GUIDE-CONDUCTEUR

DE

L'ETRANGER DANS PARIS

AVEC

PLANS DES FORTIFICATIONS ET DE PARIS

CONTENANT

Une Dissertation géologique sur la nature, la composition du sol sur lequel est assis Paris ; Notice sur les animaux fossiles antédiluviens qui vivaient autrefois sous la latitude de cette ville, sa Minéralogie ; la Description de tous les Monuments civils et religieux ; Musées publics et privés ; Bibliothèques, Ministères, Administrations, Tribunaux ; Cultes étrangers, Ambassadeurs et Consuls étrangers ; Loges maçonniques ; Etablissements de Bienfaisance ; Hospices et Hôpitaux ; Jardins publics, Fontaines, Promenades de Paris et de ses environs ; Voitures, Omnibus, principaux Restaurateurs, Cafés, Hôtels garnis, etc., etc.

Par TEYSSÈDRE,

Édition entièrement neuve,

DANS LAQUELLE SE TROUVENT LES EMBELLISSEMENS NOMBREUX QUI ASSAINISSENT LA CAPITALE.

PARIS.

CHEZ LES PRINCIPAUX LIBRAIRES

1847

1340

8os Z e jeume
1122

N° 70.

ÉGLISE CATHÉDRALE
de Notre-Dame,
de Notre-Dame.

GUIDE-CONDUCTEUR

DE

L'ÉTRANGER DANS PARIS

AVEC

PLANS DES FORTIFICATIONS ET DE PARIS.

CONTENANT

Une Dissertation géologique sur la nature, la composition du sol sur lequel est assis Paris, Notice sur les animaux fossiles antédiluviens qui vivaient autrefois sous la latitude de cette ville; sa Minéralogie; la Description de tous les Monuments civils et religieux; Musées publics et privés; Bibliothèques; Ministères, Administrations, Tribunaux; Cultes étrangers; Ambassadeurs et Consuls étrangers; Logés Maçoniques; Établissements de Bienfaisance; Hospices et Hôpitaux; Jardins publics; Fontaines, Promenades de Paris et de ses environs; Voitures; Omnibus; principaux Restaurateurs, Cafés, Hôtels garnis, etc., etc., etc.

Par TEYSSÈDRE,

Édition entièrement neuve, dans laquelle se trouvent les embellissemens nombreux qui assainissent la Capitale.

PARIS.

CHEZ L'ÉDITEUR,

RUE DU PETIT-CARREAU, 32.

IMPRIMERIE DE Mme DE LACOMBE,
2, rue d'Enghien.

TABLE DES MATIÈRES.

—

CONDUCTEUR.

——◦❦◦——

DÉPARTEMENT DE LA SEINE.

 Ce département offre cette triple particularité qui est de se trouver renfermé tout entier dans celui de Seine-et-Oise, et d'être à la fois le plus petit, et, après le département du Nord, le plus peuplé des 85 qui divisent la France continentale. Son élévation au-dessus du niveau de la mer est généralement de 24 mètres 50 centimètres. Sa figure est à peu près celle d'un cercle dont Paris occupe le centre; le diamètre de cette circonférence, mesuré de l'est à l'ouest et du nord au sud, est de 30,000 mètres (7 lieues) ; son développement est de 94,000 mètres (23 lieues), et sa surface entière contient 475,000 mètres carrés ou 47,500 hectares.

Son sol se compose de marnes, de craie et surtout de pierres à bâtir (calcaire marin grossier) dont les bancs énormes s'étendent sous les villages de Conflans, Ville-Juif, Montrouge.... puis ils s'avancent vers la Seine, toujours en diminuant d'épaisseur; ils pénètrent sous le sol de la ville jusqu'à la rue de Poliveau d'une part, et de l'autre jusqu'à Vaugirard, en passant sous le Jardin-des-Plantes, l'église Saint-Sulpice, les rues de Sèvres, du Colombier......

1

Sur les bords du fleuve se trouvent des cailloux roulés, des terrains sableux et de transport.

Au nord de la ville s'élèvent les collines de Montmartre, Belleville, Ménilmontant, entièrement composées de gypse (pierre à plâtre).

Du calcaire siliceux (Champigny), des sables rouges et de grès (Fontenay-aux-Roses), de l'argile (vallée de la Bièvre), des terrains d'eau douce (plaine Saint-Denis), complètent cette énumération abrégée des principales matières dont se compose le sol du département.

Parmi les points élevés qui dominent sa surface, on distingue le Mont-Valérien, aujourd'hui chargé d'une forteresse, dont la hauteur, au-dessus du niveau de la Seine, est de 136 mètres (420 pieds). Cette hauteur, avec celle de la forteresse, surpasse la hauteur de la grande pyramide d'Egypte (450 pieds); Montmartre, 105 mètres (324 pieds) au-dessus du fleuve; la montagne Sainte-Geneviève, qui en a 35 (108 pieds).

Du sein de ces montagnes s'échappent beaucoup de sources, dont quelques-unes sont minérales, comme celle de Passy, qui contient du fer; celle de Montmartre, qui est sulfureuse; une troisième coule à Vaugirard (rue Blumet, 65); une quatrième à Auteuil. Les eaux de Passy sont les seules dont on fait usage.

Résultat des études faites par MM. Cuvier et Alexandre Brogniart sur le sol de Paris.

« Ces diverses études nous ont démontré que la mer, après avoir long-temps couvert ce pays (le sol de Paris) et y avoir tranquillement déposé des couches assez diverses, l'a abandonné aux eaux douces qui s'y sont étendues en vastes lacs; que c'est dans ces lacs que ce sont formés nos gypses (pierres à plâtre); et les marnes qui alternent avec eux ou qui les recouvrent immédiatement; que les animaux particuliers, dont les ossemens remplissent les gypses, vivaient sur les bords de ces lacs ou sur leurs îles; nageaient dans leurs eaux et y tombaient à mesure qu'ils mouraient; qu'à une époque plus récente, la mer a occupé de nouveau son ancien domaine, et y a déposé des sables et des marnes mêlées de coquillages; qu'enfin, après sa dernière retraite, des étangs ou des marais ont encore occupé long-temps la surface des hauteurs aussi bien que le fond des vallées, et y ont laissé des couches épaisses de pierres fourmillant de coquilles d'eau douce.

»Cette pierre, formée dans l'eau douce, on la trouve dans presque toute la France; mais son alternative avec des couches marines n'est, nulle part, aussi évidente que dans nos environs de Paris. »

ANIMAUX FOSSILES DES ENVIRONS DE PARIS.

Les carrières à plâtre des environs de la capitale contiennent une quantité extraordinaire d'ossemens ayant appartenu à des animaux dont on ne retrouve plus d'analogues vivans; il n'est presque pas de bloc, extrait de ces carrières, qui, étant fendu, ne laisse voir des fragmens ou des empreintes d'os de quadrupèdes, d'oiseaux, de reptiles, de poissons, etc. Presque tous les quadrupèdes étaient *pachydermes* (à peau épaisse), non ruminans; très peu étaient carnassiers; les deux classes principales étaient des *palæotherium* (animaux anciens), et des *anoplotheriums* (animaux sans armes).

C'est par l'observation de leurs dents qu'on a pu reconnaître les caractères de ces animaux; et au moyen des crânes, des fémurs, des tibia, des pieds qu'on a rassemblés avec une admirable sagacité, on est parvenu à rétablir leurs squelettes et à donner leurs proportions avec la plus grande exactitude.

On trouve, en outre, dans nos carrières à plâtre des débris fossiles d'oiseaux, de reptiles, de poissons, d'arbres, et de plantes, etc.

Palæotherium minus (le plus petit).

M. Cuvier, ayant eu la satisfaction de rétablir le squelette de cet animal, croit, avec beaucoup de raison, qu'il ressemblait à un tapir, plus petit qu'un chevreuil, aux jambes grêles et légères ; que, par cette raison, il devait être doué d'une grande agilité.

Palæotherium magnum (le grand).

Cet animal, de la taille du rhinocéros de Java, avait, au garrot, 1 mètre 5 décimètres et plus, de hauteur (4 pieds et demi); moins élevé qu'un grand cheval, il était plus trapu. Sa tête était plus massive, ses extrémités plus grosses et plus courtes.

Palæotherium crassum (épais).

Il ressemblait beaucoup au *palæotherium magnum*, sa configuration rappelait celle du tapir d'Amérique; sa taille ne devait pas surpasser celle d'un cochon ordinaire.

Palæotherium medium (moyen).

Tapir à jambes grêles, sa hauteur, au garrot, devait être de 8 décimètres (31 à 32 pouces).

Palæotherium latum (large).

D'après la brièveté et la largeur de ses extrémités, on peut juger qu'il était l'extrême de la lourdeur et peut-être de la paresse. Hauteur : 7 décimètres.

Palæotherium curtum (court); ressemblait au précédent, mais il était considérablement plus petit.

ANOPLOTHERIUMS.

Anoplotherium commune (commun).

Hauteur : 1 mètre et quelques centimètres , il était herbivore; comme le rat d'eau, comme l'hippopotame, il devait se plaire dans les lieux humides, aimait à nager et à plonger, avait des oreilles courtes, son poil était lisse comme celui de la loutre.

Sa longueur totale, la queue comprise, était au moins de deux mètres 55 centimètres, et, sans la queue, de 1 mètre 56 centimètres; la longueur de son corps égalait à peu près celle d'un âne de taille ordinaire , mais sa hauteur était un peu moindre.

Anoplotherium gracile (agile).

Hauteur : 55 centimètres; léger comme la gazelle ou le chevreuil, il devait courir rapidement autour des marais et des étangs pour y paître les herbes aromatiques qui croissaient sur leurs bords. Comme tous les herbivores agiles, il est probable que cet animal était naturellement craintif ; des oreilles très mobiles, comme celles des cerfs, l'avertissait du moindre danger; nul doute que tout son corps ne fût couvert d'un poil ras. Tout porte à croire qu'il ne ruminait pas.

Anoplotherium leporinum (genre du lièvre).

Si l'anoplotherium *gracile* était le chevreuil du monde antédiluvien, celui-ci en était le lièvre; même grandeur, mêmes proportions , même genre de mouvemens.

Parmi les débris d'autres quadrupèdes, on a cru reconnaitre une sorte de sarigue, animal naturel à l'Amérique; une espèce d'écureuil ; un carnassier, qui a beaucoup de rapports avec la famille des chiens.

Les oiseaux fossiles des environs de Paris sont

bien moins communs que les quadrupèdes. On en distingue une douzaine d'espèces dont deux se rapprochaient de la caille et de la bécasse ; quelques-unes de ces espèces étaient carnivores et vivaient de proie.

Les reptiles étaient des tortues d'eau douce, des crocodiles...

On a signalé neuf sortes de poissons, dont quelques-uns avaient beaucoup de rapports avec le brochet, la truite...

Les végétaux les plus remarquables étaient de la famille des palmiers, des pins...

(CUVIER, *Foss. des Environs de Paris*, 4e éd. t. V.)
(Galeries de minéralogie, Jardin-des-Plantes.)

SOL ACTUEL.

Le département est arrosé par trois rivières : la Seine, la Marne, la Bièvre.

La première (1), la plus considérable des trois, le traverse de l'est à l'ouest. Son développement dans ce trajet est de 59,485 mètres (15 lieues) , sa largeur moyenne de 188 mètres (570 pieds), sa pente sur 2,500 mètres est d'un mètre (5 pieds 1 pouce) ; sa vitesse d'un mètre 42 cent. par seconde.

La Marne se jette dans la Seine au hameau des Carrières sous Charenton. L'espace qu'elle parcourt depuis son entrée dans le département jusqu'à ce point est de 22,675 mètres (5 lieues et demie). Sa largeur moyenne est de 85 mètres (262 pieds).

La Bièvre mêle ses eaux à celles de la Seine un peu au-dessus du pont d'Austerlitz. Cette faible rivière, dont la largeur est à peine de 3 mètres, alimente, dans le département seul, près de deux cents usines établies sur ses bords.

---

(1) La Seine, en latin *sequana*, s'appelait en Gaulois SEACH-AN (eau qui tourne). Le cours de cette rivière est en effet très sinueux, surtout au-dessous de Paris.

D'autres cours d'eau d'une moindre importance, tels que le Rouillon, le ruisseau de Sarcelle, celui de Pierrefitte, etc., arrosent encore le sol du département.

Enfin, quatre canaux : ceux de l'Ourcq, Saint-Denis, Saint-Martin, Saint-Maur (voûté dans toute sa longueur).

Sept gares, onze étangs complètent la nomenclature des eaux du département. On estime à 13 millions 645,097 mètres carrés (un 37° de son étendue) le terrain qu'elles occupent.

BOIS.

Quelques restes des antiques forêts qui couvraient cette partie de la France sont ceux de Vincennes, Boulogne, Meudon, Fleury; d'autres d'une moindre étendue, sont disséminés en bouquets sur les communes de Romainville, Bondy, Pantin, Fontenay, Maisons, etc. Leur totalité, s'ils étaient réunis, formerait 2,657 hectares.

SOL ACTUEL DE PARIS.

Au milieu de ces hameaux, de ces villages, de ces bourgs, disons même de ces villes, séparés par des champs, des prairies, des portions de bois, s'élève en amphithéâtre sur l'une et l'autre rive du fleuve un assemblage énorme de maisons, une ville immense; cette ville est Paris, dont Vauban disait il y a un siècle et demi :

« On ne peut le nier, cette ville est à la France ce que la tête est au corps humain ; c'est le vrai cœur du royaume ; la mère commune des Français et l'abrégé de la France, par qui tous les peuples de ce grand état subsistent, et dont le royaume ne saurait se passer sans déchoir considérablement (mémoire écrit en 1700 sur l'importance de fortifier Paris). »

Cette ville occupe aujourd'hui 34,379,016 mètres carrés (plus de 2 lieues carrés) ; son circuit est de

26,551 mètres (6 lieues). Le mur d'enceinte ou d'octroi est percé de 58 ouvertures appelées *barrières*.

Sa figure est à peu près celle d'un ovale dont le grand diamètre de l'est à l'ouest ou de la barrière de Passy à celle de Charonne, est de 7,809 mètres (2 lieues); le petit diamètre (sud-nord), compris entre la barrière de la Santé et celle des Martyrs contient 5,505 mètres (1 lieue et demie) (1).

POSITION GÉOGRAPHIQUE DE PARIS.

Cette ville est à 20 degrés moins 6 minutes un quart de longitude du méridien qui passe au couchant de l'Ile-de-Fer (une des Canaries) (2), et à 48 degrés 50 minutes 15 secondes de latitude septentrionale ou bien à environ 4,556 kilom. (1,138 lieues) du pôle nord.

Son élévation, au-dessus du niveau de l'Océan, n'est pas nettement déterminée à cause des inégalités du sol sur lequel elle est assise, mais on sait que le 0 de l'échelle du pont de la Tournelle est de 25 mètres 76 centimètres plus élevé que la surface de la mer.

Lorsqu'on creuse des tranchées dans les ancien-

---

(1) **Pour les fortifications et les camps,** *Voir les Environs de Paris.*

(2) **Les astronomes et géographes français** comptent les longitudes à partir du méridien qui passe par l'Observatoire de Paris.

nes rues de cette ville, pour y construire des égouts, il arrive assez souvent, surtout dans les parties basses qui avoisinent la Seine, que l'on rencontre des restes de pavés antiques à des profondeurs plus ou moins considérables ; on en découvrit un au bas de la rue Saint-Jacques en 1842, composé de larges dalles de grès grossièrement taillées, qui était à plus de trois mètres au-dessous du sol actuel, preuve évidente que, par la suite des temps le sol de Paris s'est considérablement exhaussé en certains endroits.

TABLE

Contenant en mètres, centimètres les hauteurs des points les plus élevés du sol de Paris au-dessus des eaux moyennes de la Seine.

	mèt.	cent.
Sommet du boulevart Saint-Martin.	15	45
— du boulevart Poissonnière	15	85
— de la butte des Moulins	15	96
— boulevart Bonne-Nouvelle	17	78
— du jardin du Luxembourg.	14	18
Niveau du bassin de La Villette.	26	45
Barrière du Combat.	30	5
— des Trois-Couronnes	30	59
— du Mont-Parnasse	31	42
— de Fontarabie	32	8
— Poissonnière	35	
— de la Chopinette.	35	48
— Mouffetard.	37	20
— Blanche	37	44
— d'Enfer.	37	85
— de Montmartre.	39	35
— des Martyrs.	39	79
— des Amandiers.	34	68
— Sainte-Marie, à Chaillot.	47	5
Boulevart extérieur de Neuilly.	32	29

1

	mét.	cent.
Place Sainte-Geneviève.	34	5
Butte Sainte-Hyacinthe, près la rue Saint-Jacques	34	99
Butte de l'Estrapade	35	83
Sommet du labyrinthe du Jardin-des-Plantes.	35	45

Table des plus courtes distances, évaluées en myria-mètres, de Paris aux capitales suivantes.

myriam.			myriam.	
Alexandrie (Egypte),	303		Madrid,	130
Alger (Afrique),	134		Mecque (la),	456
Amsterdam,	43		Mexico,	919
Athènes,	210		Moscow,	258
Batavia,	1,158		Munich,	68
Berlin,	88		Pékin,	822
Buénos-Ayres,	1,105		Pétersbourg,	216
Caire,	321		Pondichery,	809
Calcuta,	786		Rio-Janeiro,	914
Constantinople,	225		Rome,	110
Copenhague,	103		Stockolm,	155
Hispahan,	446		Varsovie,	137
Jérusalem,	336		Vienne (Autriche),	103
Lisbonne,	145		Washington (1),	616
Londres,	35			

HISTORIQUE.

Le nom de *Paris* vient indubitablement de celui des *Parisii*, petit peuple gaulois dont elle était la capitale ; les anciens Latins l'appelaient *lutetia*, mot qui, suivant les uns, venait de *lutum*, fange (ville fangeuse), et, suivant d'autres, des mots *luth, touez,*

---

(1) Pour ténir compte des sinuosités des routes, il faut généralement augmenter ces distances d'environ un quart.

y, qui en gaulois signifiaient *rivière, milieu, habitation*. Cette dénomination convenait parfaitement à une ville qui, dans ses commencemens, était entourée d'eau de tous côtés.

Lutetia avait une certaine importance, parmi les anciens Gaulois; on lit dans les commentaires de César (livre VI, ch. III) que ce conquérant y convoqua un congrès de divers peuples de la Gaule : *Concilium Luteliam parisiorum transfert.*

Paris doit son origine et sa situation aux îles de la Cité, Saint-Louis... positions naturellement fortifiées par les eaux de la Seine. On a des preuves incontestables qu'après la conquête des Gaules, les Romains eurent à *Lutèce* des corps d'armée en permanence, soit pour contenir les populations environnantes, soit pour intimider les Barbares de la Germanie qui depuis des siècles manifestaient un violent désir de s'établir en deçà du Rhin ; ce qu'ils firent dans la suite. Le célèbre Julien, qui avait séjourné pendant tout un hiver à Lutèce (358) en parle avec avantage (1). C'est aux portes de cette ville, dans

---

(1) On lit dans son livre du *Misopogon* (l'ennemi de la barbe) : J'étais en quartier d'hiver dans ma chère Lutèce. C'est ainsi que les Celtes (Gaulois) appellent la petite ville des Parisiens (*e tan chanon ego cheimazon para ten philen leuketian ; onomazousi de outos oi keltoi tôn parisiôn ten polichnen*), située sur le fleuve qui l'environne de toutes parts, en sorte qu'on n'y peut aborder que par deux ponts de bois. Il est rare que la rivière se ressente beaucoup des pluies d'hiver et de la sécheresse de l'été. Ses eaux pures sont agréables à la vue et excellentes à boire. Ils ont (les habitans) de bonnes vignes et des figuiers même, depuis qu'on prend soin de les revêtir de paille de froment, pendant l'hiver (*le kalamè tou purou*).

le quartier Saint-Victor que les troupes et le peuple le proclamèrent empereur. Plus tard, les rois francs y établirent le siége de leur gouvernement. Clovis, Childebert, Dagobert y bâtirent des églises, des palais, etc. Philippe-Auguste ceignit la capitale de murailles, la fit paver. Toutefois, jusqu'à François Ier, Paris n'avait rien qui le mit au-dessus de plusieurs villes de province.

ANTIQUITÉS DE PARIS.

Lutèce était une petite ville située dans la partie nord des Gaules occupée pendant moins de quatre siècles par les romains et qui, malgré la puissance tant et trop vantée de ces *maîtres* du monde, fut sans cesse exposée aux incursions des Barbares d'Outre-Rhin; il ne faut donc pas s'attendre à trouver dans Paris des ruines imposantes d'édifices antiques. Le palais dit des *Thermes*, rue de la Harpe, dont il sera parlé plus loin, est en ce genre tout ce qu'on trouve qui soit digne de quelque attention dans la capitale.

Signalons cependant quelques *antiquailles* qui datent de l'époque où les Gaulois reconnaissaient enfin et sans contestation l'autorité des empereurs romains.

ANTIQUITÉS GAULOISES.

En fouillant dans les caves de la cathédrale en 1711, on trouva, dans le courant du mois de mars, quatre pierres que l'on croit avoir servi d'autels; d'autres pensent, avec non moins de raison, que ces pierres, posées les unes sur les autres, formaient une colonne à quatre faces.

Sur un des côtés de la première pierre est gravée l'inscription latine que voici :

TIB. COESARE
AUG. JOVI OPTUM
O
MAXSUMO. . . M
NAUTAE PARISIACI
PUBLICE POSIERU
TN

Il manque à la troisième ligne des lettres qui ont
été effacées et que l'on supplée facilement par ARA,
fragment de mot qui joint à l'M forme ARAM ; après
OPTUM, de la seconde ligne, il faut ajouter l'O qui est
au-dessous, ce qui fera OPTUMO. Après POSIERU, de la
dernière ligne, ajoutez le TN qui est au-dessous, et
renversant l'ordre des lettres T, N, vous aurez POSIE-
RUNT.

Le sens de l'inscription ainsi rectifiée est celui-
ci :

*Les bateliers parisiens ont élevé cet autel à Jupi-
ter, le meilleur et le plus grand des dieux, sous le
règne de Tibère, César-Auguste.*

Sur le côté opposé à l'inscription, sont figurés des
hommes barbus, tenant un bouclier de la main
gauche et un javelot dans celle de droite. Ils sont
coiffés de bonnets semblables à ceux des Barbares
qui sont représentés sur la colonne Trajane.

A la droite de l'inscription sont des figures de
vieillards couverts de manteaux ; à la gauche de
l'inscription, on voit des jeunes gens armés d'un
bouclier et d'un javelot.

Sur les faces de la seconde pierre, sont représentés quatre dieux : *Jupiter* et *Vulcain*, avec leurs attributs ; le dieu gaulois *Esus*. Vient ensuite un
taureau accompagné de trois grues dont une vole
au-dessus de sa tête avec l'inscription *Tarvos triga-
ranus* (taureau aux trois grues). On sait que le taureau était en grande vénération chez les Gaulois.

Sur la troisième pierre, *Castor* et *Pollux*. Sur la

troisième face , un homme chauve avec des cornes de cerf. On croit que c'est *Bacchus*, dieu de la bière, boisson des Gaulois. Sur la quatrième face *Hercule*.

La quatrième pierre offre un bas-relief à chaque face ; le premier représente un homme armé, couvert d'un manteau, coiffé d'un casque à longue crinière et le bras droit appuyé sur une lance ; il est accompagné d'une femme vêtue d'une longue robe, le bras droit nu et orné d'un bracelet.

Sur la seconde face on voit une femme à demi-couchée, ayant un pan de sa robe sur le bras gauche et tenant ses vêtemens de la main droite.

Sur la troisième face est représentée une femme vêtue d'une robe serrée par une large ceinture et tenant dans sa main gauche une espèce de thyrse. A son côté, on voit un homme barbu, aux cheveux courts, et tenant de sa main gauche une espèce de casque renversé.

Sur la quatrième face , on remarque une figure demi-nue, en attitude de se déshabiller ; à sa gauche, est un homme couvert d'un manteau militaire, portant une espèce de couronne sur la tête.

Il est probable que l'ensemble de ces bas-reliefs représentait une cérémonie religieuse dont l'histoire ne nous a pas conservé le souvenir.

CLIMAT.

Placé sous la zône tempérée, Paris n'éprouve ni des chaleurs ni des froids excessifs. Cependant, il arrive quelquefois que le thermomètre monte à 36 et 38 degrés centigrades, et qu'il descend à 17, 21 et 24 (en 1655, 1795, 1798), mais ces cas sont rares.

On a remarqué que les plus grands froids ont lieu assez ordinairement vers le 14 janvier, et les plus fortes chaleurs vers le 15 juillet.

La température moyenne est de 10 degrés 81 centièmes, et répond ordinairement à celle du 23 avril et du 22 septembre.

Les vents qui régnent le plus communément sur l'horizon de la capitale sont ceux du Sud, du Sud-Ouest, de l'Ouest, du Nord et du Nord-Ouest. D'après une série d'observations faites à l'Observatoire royal pendant 21 ans (de 1805 à 1826), ces vents soufflent pendant 279 jours; ceux d'Est, de Nord-Est, de Sud-Est pendant 86, amènent constamment, en été, un ciel pur et de beaux jours, en hiver, un froid vif et piquant.

Les vents de Nord-Ouest, d'Ouest, de Sud-Ouest, couvrent le ciel de nuages, amènent des pluies, des brouillards, et produisent une température molle, chaude, mais, le plus souvent, humide et froide.

De cette direction habituelle des vents, résulte la température moyenne de l'année, à Paris; on y compte 57 jours de chaleur, 58 où il gèle, 12 où il neige, 180 de brouillards et 140 de pluie, en tout 447.

Comme il peut arriver que dans le même jour on ait successivement du brouillard, de la pluie et de la neige, ce même jour est nécessairement compté trois fois dans les observations météorologiques.

Cet état habituel de l'atmosphère rend compte des hivers longs, des printemps aigres et froids, de l'humidité habituelle de l'air...

Et, toutefois, le climat de Paris n'est point malsain : malgré des variations subites de température, de 10 à 15 degrés, en 24 heures, des été chauds, de très beaux automnes surtout dédommagent des rigueurs d'un printemps qui, fort souvent, n'est, en quelque sorte, qu'une continuation de l'hiver.

Sous le climat de Paris, il tombe, année commune, 55 centimètres d'eau de pluie, ce qui donne, pour l'étendue de la ville, 1,904,000 mètres cubes; les eaux ménagères augmentent cette quantité d'environ 5,000 mètres; celles que versent les fontaines de plus de 40,000; voilà donc 181,620 mètres cubes dont il faut, les jours de pluie, débarrasser la voie publique par des écoulemens.

Dans les années fortement pluvieuses, il tombe, par an, à Paris, jusqu'à 130 centimètres d'eau de pluie. On a observé que de 1689 à 1824, pendant 135 ans, on a compté trois mois seulement sans pluie (janvier 1691, février 1725, janvier 1810).

Il est fort probable que la température moyenne du département de la Seine a varié de fort peu depuis le commencement de l'ère vulgaire; on lit, en effet, dans les œuvres de l'empereur Julien que les Parisiens cultivaient le figuier, etc.

Et, toutefois, ce qu'il y a de bien certain, c'est que les hivers, autrefois, étaient, à Paris, plus longs, plus froids, plus abondans en neiges qu'ils ne le sont généralement aujourd'hui.

Les hivers les plus rigoureux, observés pendant les dix-huitième et dix-neuvième siècles, ont été ceux des années :

	Froid.			Froid.
1709	15°		1776	15°
1716	15°		1788	17°
1742	13°		1795	18°
1747	12°		1830	15° 1|2

SALUBRITÉ.

Comme dans toutes les anciennes villes qui furent, pendant des siècles, ceintes de murailles, flanquées de tours, on ne voyait, dans Paris, que des rues étroites, humides, sombres, mal pavées; cet état de choses dura jusqu'à Henri IV. Alors on commença à bâtir le quartier du Marais, les alentours de la place Dauphine... Ces améliorations, suspendues ou à peu près sous Louis XIII, furent reprises avec activité sous son successeur; alors on planta les boulevarts, on ouvrit plus de cent rues nouvelles, on bâtit le Faubourg-Saint-Germain; le

siècle suivant vit les terrains de la Chaussée-d'Antin se couvrir de maisons... Pendant la révolution,
les améliorations de Paris se réduisirent, à peu de
chose près, à la destruction de quelques vieilles églises jugées inutiles. L'empire fut de trop courte durée pour qu'on eût le temps de mener de grands travaux à fin.

Au rétablissement de la paix générale, des améliorations de toute espèce reprirent leurs cours; alors
les particuliers commencèrent à bâtir avec ardeur;
on redressa, on élargit des rues, on en perça de nouvelles; on construisit des marchés commodes et de
bon goût; depuis, et même avant cette époque, il
n'a plus été permis d'abattre les bestiaux dans l'intérieur de la ville; de vastes bâtimens, situés hors
du mur d'enceinte, sont spécialement affectés à cet
usage, etc.

Les travaux d'embellissement et d'assainissement
ont continué sans interruption jusqu'à 1830, et,
depuis cette époque, on est heureux de le reconnaître, ils ont pris une extension et une activité extraordinaires; un long mémoire suffirait à peine
pour les signaler et en donner des détails : ce sont
des lignes immenses d'égouts, qui ne permettent
plus aux eaux de pluie de couler long-temps sur le
pavé et d'y former des ruisseaux incommodes et
même dangereux. Des quais, solidement construits,
qui bordent le fleuve depuis le pont d'Austerlitz
jusqu'au-dessous de celui d'Iéna, retiennent ses eaux
et les empêchent de se répandre, par des temps plu-
vieux, sur les parties du sol de la ville qui avoisinent ses rives. Ces quais sont, en même temps, accompagnés de beaux trottoirs pavés en dalles de
granit, et ornés d'une ligne d'arbres dans toute leur
longueur, de sorte que les quais offrent, actuellement des promenades des plus intéressantes. Enfin, on a eu le bon esprit de planter des arbres par-

tout où l'étendue et la qualité des terrains l'ont permis.

Pour l'arrosement des promenades, pour le lavage du pavé et d'autres services, les eaux coulent en abondance, pendant certaines heures de la journée...

L'éclairage ne laisse rien à désirer.

On a beaucoup fait jusqu'ici, et, malheureusement, il reste encore beaucoup plus à faire : il existe encore des quartiers, d'une étendue plus ou moins considérable, qui ont conservé leur laideur dans tout son entier, tels sont ceux qui sont adjacens aux rues Saint-Denis, Saint-Martin, les faubourgs Saint-Jacques, Saint-Marceau, etc.; mais, si aucun événement extraordinaire n'y vient mettre obstacle, on a tout lieu d'espérer que, dans un temps qui n'est pas très éloigné, Paris ne laissera rien à désirer sous le rapport de la salubrité publique, et qu'il pourra le disputer en beauté aux autres capitales de l'Europe, les surpasser même, à cet égard, par le nombre, la richesse de ses édifices...

AVENIR DE PARIS.

Des archéologues (antiquaires) prétendent que Rome antique, dans son plus grand développement, s'étendait jusqu'au port d'Ostie, et qu'elle comptait neuf millions d'habitans, ce qui est assez probable, attendu que cette ville fut, pendant un assez long espace de temps, le centre d'une grande partie du monde connu alors. Quoique Paris soit la capitale d'un royaume qui, autrefois, était une simple province romaine, tout porte à croire, à moins que des événemens extraordinaires n'y viennent mettre obstacle, que sa population égalera un jour celle de la ville sacrée : depuis 1815, elle a presque doublé; le nombre des voitures (63,000) a plus que quadruplé; les constructions qui s'élèvent dans ses alentours vont toujours croissant, et forment des villages ou des bourgs qu'on pourrait qualifier de villes; les terrains sur lesquels on se propose de bâtir sont hors de prix, tel mètre carré qu'on eût payé *un franc*, il y a ving-cinq ans, en vaut aujourd'hui 20, 50.

Le cours de ces choses, loin de s'arrêter, ne fera que s'accroître : maintenant que des voies nouvelles permettent aux voyageurs de se transporter à de très grandes distances, avec une rapidité merveilleuse et à des prix modérés. Ce ne serait donc pas avancer une absurdité que de dire que le Havre, Orléans, Amiens, Rouen... seront considérés comme des faubourgs de la capitale, dont les habitans pourront manger des poissons frais, pêchés dans la Méditerranée ou l'Océan, ainsi que des fruits de Provence... cueillis seulement vingt-quatre heures auparavant. Et comme cette ville sera toujours le centre des arts, le siége de la politesse et du bon goût en toutes choses, le rendez-vous des savans, des artistes du premier ordre, des industriels, des ouvriers même les plus habiles en divers genres, quel sera l'homme un peu aisé qui ne s'absentera pas de son pays, au moins une fois dans sa vie, pour venir contempler les merveilles de l'immense Athènes moderne.

Les premiers ornemens d'une ville sont, incontestablement, le nombre, la beauté, la magnificence de ses monumens : sous ce rapport, Paris ne le cède à aucune capitale de l'univers; s'il n'a pas d'église aussi gigantesque que Saint-Pierre de Rome, ni des ruines aussi importantes que celles du Colysée, il a des palais comme jamais aucun souverain étranger, soit ancien soit moderne, n'en a habité : ses Arcs-de-Triomphe surpassent ceux des Romains en grandeur et les égalent pour les ornemens; la Cathédrale, les églises Saint-Sulpice, la

Madeleine, Sainte-Geneviève (Panthéon), Saint-Vincent-de-Paul, Saint-Roch, Saint-Eustache; le dôme des Invalides, les palais de la Bourse, de la Chambre des députés, du quai d'Orsay, le Garde-Meuble, l'hôtel des Monnaies, l'Hôtel-de-Ville, etc., sont des édifices du premier ordre.

Ce qui est bien digne de remarque, le sol de Paris renferme des matériaux d'excellente qualité, soit pour les arts, soit pour les constructions ordinaires : la vallée de la Bièvre fournit de l'argile plastique (dont les sculpteurs font usage dans la composition de leurs modèles); les fondeurs en métaux trouvent, à Fontenay-aux-Roses, le sable qui leur convient dans la confection de leurs moules; les plâtres de Montmartre, Pantin, jouissent d'une réputation justement méritée; on en fait des ornemens, des statues, des bas-reliefs, et comme ils sont très abondans, on les emploie avec avantage dans les constructions de tout genre; enfin, le sol de Paris renferme des bancs de pierre de taille qu'on pourrait dire inépuisables.

COMESTIBLES.

Paris est une des villes du monde où l'on peut faire la meilleure chère, à des prix fort raisonnables : le pain, les viandes de boucherie y sont d'excellente qualité; le gibier, la volaille y abondent; le poisson de mer arrive dans la ville dans toute sa fraîcheur, et, pendant le trajet, il acquiert des qualités qu'on ne lui trouve pas communément sur les bords de l'Océan; ce qu'il y a de bien remarquable, c'est qu'il coûte généralement moins cher à Paris qu'au Hâvre.

On boit dans la capitale des vins de tous les pays et à des prix accessibles à toutes les fortunes. Les personnes qui logent *extrà muros*, et qui les achètent en pièces, ne paient guère plus cher les vins ordinaires que les habitans des pays d'où ils proviennent.

Le raisin et les autres fruits que l'on récolte dans le département de la Seine sont fort bons à manger; bien des gens les préfèrent à ceux que produisent les contrées méridionales : par la raison qu'ils ne contiennent pas du sucre en quantité excessive.

En un mot, on trouve, à Paris, tous les genres de mets que l'on peut souhaiter, et l'on vit, dans cette heureuse capitale, avec bien plus d'agrémens et à meilleur marché que dans une foule de villes de province. Paris, enfin, a tant d'attraits que les hommes même les plus vulgaires qui l'ont habité pendant un an, ne peuvent plus le quitter sans regrets. On pourrait dire de cette ville, et avec bien plus de raison, ce que les Grecs de l'antiquité disaient d'Athènes : « Qui ne désire pas de voir Athènes, est stupide; qui la voit sans s'y plaire, est plus stupide encore; mais le comble de la stupidité, c'est de la voir, de s'y plaire et de la quitter. »

Paris consomme annuellement 72,000 bœufs; 21,000 vaches; 73,000 veaux; 457,000 moutons; 90,000 porcs et sangliers; 866,000 h. vin; 45,000 h. eaux-de-vie; 13,000 h. cidre et poiré; 17,000 h. vinaigre; 129,000 h. bière; 6,000 h. huiles fines; 1,285,000 kil. raisin; 281,000 k. pâtés, terrines, viandes confites, écrevisses, homards; 2,945,000 k. viandes dites à la main; 993,000 k. charcuterie; 1,560,000 k. abats et issues; 1,277,000 k. fromages secs. Il consomme encore : 5,099,000 f. de marée; 1,192,000 f. huîtres; 584,000 f. poisson d'eau douce; 7,457,000 f. volaille et gibier; 11,508,000 francs beurre; 5,517,000 f. œufs.

Paris renferme environ 40,000 maisons, dont 5,700 garnies. Il y naît 30,200 personnes, dont 9,650 hors mariage. Les décès sont de 2 p. 500. 63,000 voitures circulent dans Paris, traînées par

35,000 chevaux, qui consomment 6,738,000 bottes de foin, 11,701,000 bottes de paille, et 945,000 hectolitres d'avoine.

BOULANGERS:

Il existe à Paris six cent deux ou six cent quatre boulangers; on les divise en quatre classes. Ils sont soumis à l'obligation de fournir un cautionnement en nature, c'est-à-dire en farine, dont la quotité est fixée à vingt sacs chacun; ils sont en outre tenus d'avoir en magasin un approvisionnement dont le maximum, calculé d'après l'importance des établissemens, doit être de cent quarante sacs pour les boulangers de première classe, de cent dix pour ceux de la deuxième; de quatre-vingts sacs pour ceux de la troisième, et de trente pour ceux de la quatrième. Ce seul approvisionnement suffit aux besoins de la capitale pour environ trente jours.

La consommation quotidienne approche de deux mille sacs; elle exige donc environ sept cent mille sacs de farine par année, lesquels produisant 204 kilogrammes de pain chacun, donnent un total de 242,500,000 kilogrammes. Si nous évaluons le pain, terme moyen, à 70 centimes les 2 kilogrammes (4 livres), nous aurons une dépense annuelle de 50 millions de francs pour la consommation de pain dans Paris.

Le prix du pain est fixé le 14 et à la fin de chaque mois par le préfet de police. La taxe est réglée pour toute la quinzaine suivante. Une commission, composée de trois ou quatre des principaux boulangers et d'employés de la préfecture de police, arrête à l'avance les élémens de cette fixation. Le tableau journalier des ventes de farines faites à la halle de Paris, pendant les quinze jours précédens, servent de base aux calculs; on prend le taux moyen de ces ventes, etc.

Il a été constaté par des expériences que 159 kilogrammes de farine, composée de première et de seconde qualité, rendaient cent deux pains de 2 kilogrammes, cuits à un degré convenable.

ACCIDENS.

Tous les jours, que Dieu fasse, il y a à Paris, en moyenne, d'après les documens officiels :

Deux faillites déclarées; 315 dépôts d'objets au Mont-de-Piété; — 50 ventes par autorité de justice; — 2 morts violentes et 3|5; — 470 personnes qui entrent à l'hôpital; — 91 personnes qui meurent;— 3,000 exploits lancés par 242 huissiers;—78 crimes et délits; — une personne 3|10 écrasée sur la voie publique et par les voitures; — enfin, il faut que tous les jours les habitans de Paris, au nombre de 915,033, trouvent 4,000,000 de fr. pour se loger, se nourrir, s'habiller et payer l'impôt.

Liste par ordre alphabétique des hommes les plus illustres en genres divers, qui sont nés dans la ville de Paris.

siècles.

ALEMBERT (D'), mathématicien et philosophe.	18e
ANQUETIL, historien	18e
ANQUETIL-DUPERRON, orientaliste.	18e
ANVILLE (D'), géographe.	18e
ARNAULT (Antoine), savant théologien . .	18e
ARNAULT, auteur-dramatique.	19e
ARNOULD (Sophie), cantatrice.	18e
AUGEREAU, maréchal de l'empire. . . .	19e
BALLY, astronome.	18e
BARBIER-DU-BOCAGE, géographe	19e
BARRÉ, créateur du vaudeville	18e
BEAU (LE), historien	18e
BEAUMARCHAIS, auteur dramatique . . .	18e
BÉRANGER, illustre chansonnier	19e

siècles.

MANSARD, architecte. 17e
MARIVAUX, auteur dramatique. , ... 18e
MATHIEU MOLÉ, premier prés. du parlement. 17e
MERCIER, littérateur. 18e
MOLIÈRE, auteur comique. 17e
NÔTRE (LE), dessinateur de jardins. . . . 17e
ORLÉANS (duc d'), père de Louis-Philippe. . 18e
PARCEVAL-GRANDMAISON, poète 19e
PASQUIER (ETIENNE), érudit. 16e
PATRU (OLIVIER), avocat. 17e
PERRAULT, architecte. 17e
PETIT-DE-LACROIX, orientaliste. 17e
PICARD, auteur dramatique. 19e
PIGALLE, sculpteur. 18e
QUINAULT, poète lyrique. 17e
RACINE, fils, poète. 18e
RAMEY, sculpteur. 19e
RICHELIEU (le cardinal de). 17e
ROLLAND (Mme) 18e
ROLLIN, historien. 18e
ROUSSEAU (J.-B.), poète lyrique 18e
SANTEUIL, célèbre poète latin 17e
SEDAINE, auteur dramatique. 18e
SUEUR (LE) (Eustache), peintre 17e
TALMA, acteur. 19e
THOU (DE) historien. 16e
TURGOT, ministre. 18e
VERNET (père et fils), peintres 19e
VILLEMAIN, littérateur et ministre. . . . 19e
VOLTAIRE, naquit à Châtenay près de Sceaux. 18e
VOUET, peintre. 16e

EGLISES.

EGLISE METROPOLITAINE.

(Du Grec METER mère POLIS ville.)

On n'est pas très certain de l'époque où les fondations de ce monument furent jetées. On a quelques raisons de croire que c'est en 1163, sous l'épiscopat de Maurice de Sully, évêque de Paris, règne de Philippe-Auguste. Il paraîtrait, d'après quelques antiquités, comme autels, bas-reliefs, grossièrement exécutés, qu'on déterra dans le dernier siècle dans les souterrains de l'église actuelle, que l'immense cathédrale occupe l'emplacement de quelque ancien temple gaulois. Ce monument, dont la masse est énorme et les détails innombrables, exigea bien des années de travaux (200 ans) avant d'être terminé. On ne saurait trop admirer le courage, la hardiesse, l'audace de ceux qui en arrêtèrent le plan; et la confiance, la constance des autorités qui, avec des ressources probablement très restreintes, entreprirent et menèrent à fin l'exécution de cette construction gigantesque; ne dirait-on pas que les Parisiens du douzième siècle avaient le pressentiment que leur ville serait un our une des capitales les plus importantes du monde. La cathédrale, en effet, est même aujourd'hui un des monumens les plus remarquables de Paris.

Cet édifice est dans le genre purement gothique.
Son plan géométral (par terre) est une croix latine,

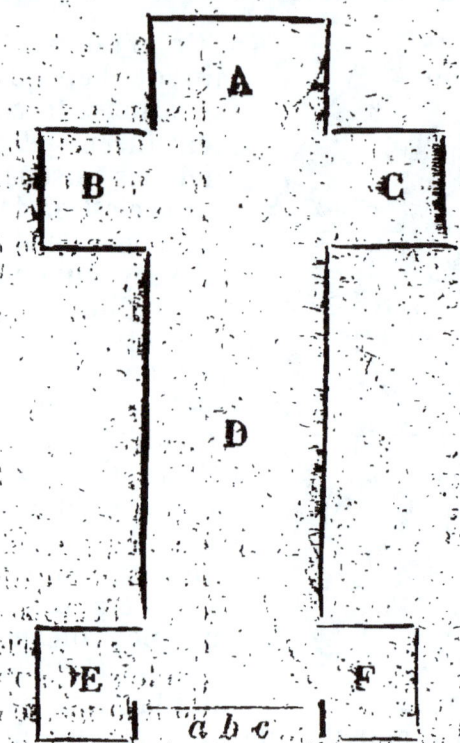

dont un des bras D (figure ci-dessus) est plus long
que les trois autres A, B, C; en A est le chœur, en
D est la grande nef; E, F sont les bases des deux
tours qui flanquent le portail percé de trois portes
a, b, c. Les bras latéraux B, C sont aussi terminés
en dehors, chacun par un portail.

La grande nef D est soutenue par deux rangs de
piliers en style barbare et dissemblables entre eux,
pour la plupart. De cette disposition résultent trois
nefs; les deux qui sont latérales et qu'on appelle
bas-côtés, servent de communication à une rangée

de chapelles ; des tribunes règnent sans interruption au-dessus de leurs voûtes.

Dans les premiers temps du dix-huitième siècle , on revêtit le chœur de marbres que l'on tailla et disposa , suivant le style grec ou moderne. On a eu quelque raison de blâmer l'adoption de ce système pour une église dans le genre gothique, de tout point. Le chœur est en outre orné de boiseries richement sculptées et de plusieurs tableaux.

Le maître-autel est surmonté d'une descente de croix en marbre blanc, par Coustou. Avant la révolution, on voyait, à droite et à gauche, les statues des rois Louis XIII et Louis XIV offrant à genoux leur couronne à la mère du sauveur ; ces statues furent rep'acées sous la restauration ; elles ont disparu depuis 1830.

Le chœur est fermé par une grille en fer poli, avec des ornemens en bronze, d'un style trop moderne, et, tranchons le mot, un peu trop bourgeois. On a commis ici la même faute que l'on reproche à ceux qui ont revêtu le chœur de tables de marbre.

Tout au tour, et à l'extérieur du chœur, on peut voir une suite de bas-reliefs représentant les diverses scènes de la vie de J.-C. Jean Vavy, auteur de ces sculptures, ne connaissait pas les premiers élémens du dessin ; bien des tailleurs de pierre de campagne feraient aussi bien et peut-être mieux.

Dans une des chapelles situées derrière le chœur, on trouve un monument en marbre blanc, érigé par ordre de Napoléon, à la mémoire du cardinal de Belloy, premier archevêque de Paris, après la révolution. Le prélat est représenté assis, distribuant des aumônes. La vieillesse (99 ans) du personnage , les habits dont il est revêtu , ont été probablement des difficultés que l'artiste n'a pu surmonter pour donner à son œuvre toutes les perfections qu'on voudrait y trouver.

2

Malgré ses imperfections, le vaisseau de la cathédrale offre, à l'intérieur, de la grandeur, du mouvement, qualités devant lesquelles s'efface la mesquinerie des détails et qui attestent une grande force de génie dans les architectes qui ont dirigé la construction de tout l'édifice. On admire avec raison la vivacité, la variété des couleurs des vitraux, des immenses rosaces, par lesquelles la lumière s'introduit dans l'intérieur du temple ; ces rosaces ont jusqu'à 12 mètres de diamètre (plus de 36 pieds).

Ce qu'il y a de plus remarquable à l'extérieur de Notre-Dame, ce sont les deux tours énormes qui ornent son portail ; elles sont de forme carrée ; leur hauteur est de 66 mètres (204 pieds), 80 mètres de moins que la grande pyramide d'Egypte.

SAINTE-CHAPELLE.
(Dans l'enceinte du Palais-de-Justice).

Ce petit édifice, dans le genre gothique, bâti en 1140, par Gabriel, architecte de saint Louis, a, de tout temps, joui d'une certaine célébrité : les querelles si ridicules des chanoines qui desservaient autrefois cette église, fournirent à Boileau le sujet de son charmant poème du LUTRIN.

A la suite de la révolution, la Sainte-Chapelle fut convertie en un magasin de *paperasses* provenant des cour*s* et tribunaux du Palais-de-Justice. Cette ignoble destination semblait lui être assurée à toujours. Du temps de l'empire, on refit ou l'on répara les escaliers et le porche qui conduisent dans son intérieur; mais à cette époque ni sous la restauration, il ne fut nullement question, du moins sérieusement, de lui restituer son ancien éclat.

Et véritablement, lorsqu'on examine ce monument extraordinaire, dans son ensemble comme dans ses innombrables détails, on demeure comme stupéfait de la hardiesse de nos gouvernans et des artistes qui, de nos jours, ont entrepris de le restaurer dans toutes ses parties : là, gisent par terre des statues mutilées, qui demandent des têtes, des bras, des draperies d'un éclat éblouissant; ici doit être refait un *jubé* (tribune), formé de pierres découpées comme de la dentelle; ces murs veulent qu'on les recouvre d'or, d'émaux, de peintures brillantes et variées à l'infini. Ces voûtes, que des vandales révolutionnaires eurent l'impertinence de polluer par des badigeonnages, seront repeintes en bleu d'outremer, matière dont le prix égale presque celui de l'or; à l'imitation de celle des cieux, ces voûtes seront parsemées d'étoiles brillantes.

Que dire des vitraux, de l'incroyable variété, de la vivacité de leurs couleurs! Et ces inimitables compositions dignes de figurer avec avantage dans un palais de fées, ont abrité pendant un demi-siècle les archives de la chicane !

Le ton qui domine dans l'intérieur de la Sainte-Chapelle est la légèreté des divers membres d'architecture, portée jusqu'aux limites du possible; figurez-vous des piliers de la grosseur de la cuisse, et de 15 à 20 mètres de hauteur; il est vrai que ces piliers sont adroitement soutenus par des contreforts qu'on n'aperçoit pas de l'intérieur du temple.

Au-dessous de la chapelle proprement dite, en est une autre beaucoup plus basse dans le même style et qui méritera d'être vue. Elle sera aussi restaurée.

Le peu de sculptures, de dorures qu'on a exécutées jusqu'à présent, donnent la plus haute idée de ce que sera un jour la chapelle de SAINT LOUIS. On pourra la comparer à tout ce que l'imagination la plus féconde et la plus brillante peut se figurer des demeures célestes. Ces admirables travaux seront longs et coûteux, mais enfin Paris aura un monument unique dans son genre.

Cet édifice, couvert en plomb, n'offre rien de remarquable à l'extérieur.

ÉGLISE SAINT-EUSTACHE.

Les fondations de ce temple, dans le genre gothique un peu modifié, furent jetées en 1532, sur un terrain occupé auparavant par une chapelle dépendante de Saint-Germain-l'Auxerrois. L'édifice fut terminé en 1642. L'intérieur de cette église est des plus imposans; les voûtes, soutenues par des piliers composés de pièces de formes diverses, sont d'une hauteur extraordinaire; cet ensemble inspire le recueillement et des sentimens religieux. L'orgue, que l'on vient de restaurer et d'agrandir, passe pour un des meilleurs de la capitale. La chaire à prêcher, l'œuvre, quelques tableaux, quelques statues, peuvent arrêter un moment les regards des visiteurs.

A l'extérieur, l'église ne se fait remarquer que par la hauteur de sa masse, aussi l'aperçoit-on de fort loin, quoiqu'elle manque de tours d'une hauteur qui dépasse ses combles au Nord, à l'Orient et au Midi.

Saint-Eustache a des abords difficiles; au devant

de la porte qui regarde le couchant, on trouve une place d'une étendue médiocre; de ce côté, le vaisseau de l'église est précédé d'un portail de style grec, construit, en 1754, aux frais du duc d'Orléans; il se compose de deux rangs de colonnes superposés, dorique en bas, ionique par-dessus; le tout couronné d'un fronton; à droite et à gauche, on devait élever deux tours; il n'y en a qu'une, celle du Nord, d'achevée.

Ce portail, dont les entre-colonnemens sont outrés, est un des plus mauvais ouvrages de ce genre que l'on puisse voir.

ÉGLISE SAINT-GERVAIS.

Elle fut bâtie sous le règne de Charles VI, vers l'époque où les rois de France faisaient leur séjour dans ses environs; la dédicace en fut faite en 1420. A l'extérieur, ce monument ne se fait remarquer que par son portail, ouvrage de Debrosses, architecte du palais du Luxembourg. Ce portail, qui est dans le genre grec, présente trois ordres d'architecture. La première ordonnance se compose de huit colonnes d'ordre dorique moderne, les quatre du milieu forment un avant-corps couronné d'un fronton angulaire; les autres colonnes sont en retraite, deux de chaque côté.

L'ordonnance qui vient après est d'ordre ionique;

elle se compose, à peu près, comme celle qui est au-dessous ; la frise de son entablement est bombée; on s'explique difficilement cette singularité.

La troisième et dernière ordonnance est d'ordre corinthien; elle offre un portique de quatre colonnes, couronné d'un fronton circulaire.

Le portail Saint-Gervais a mérité quelques critiques, à cause de ses ressauts, des trois ordonnances empilées les unes au-dessus des autres ; mais il a eu de tout temps, et il aura toujours, un grand nombre d'admirateurs.

L'intérieur de l'église est dans le genre gothique pur; on remarque dans ses voûtes plusieurs singularités assez piquantes, les arcs-doubleaux se détachent de la voûte vers leurs extrémités supérieures, et se replient en bas comme s'ils étaient doués d'un certain degré de flexibilité. La chapelle de la Vierge offre, suspendue au milieu de la voûte, une construction légère qui est comme une miniature d'une autre chapelle.

Les vitraux de ce temple, peints par Pingré et Jean Goujon ; attirent l'attention des connaisseurs.

Ont reposé, dans l'intérieur de Saint-Gervais, Scarron, Philippe de Champagne, le poëte Crébillon, etc.

SAINT-MERRY.

(A l'entrée de la rue Saint-Martin.)

Eglise gothique fort intéressante quant à l'intérieur; ses autels sont décorés de colonnes de marbre avec chapiteaux corinthiens de bronze doré. Les frères Stoldtz revêtirent le chœur de tables de marbre de diverses couleurs.

Le vaisseau principal de ce temple est divisé en cinq nefs parallèles entre elles.

Les piliers qui soutiennent les voûtes son t dépourvus de chapitaux; il paraîtrait que l'arch itecte
qui bâtit ce monument se proposa d'imite r, en
quelque sorte, le port naturel des arbres; ses arcs-
doubleaux, en effet, se détachent des piliers à la
manière des branches d'un arbre qui sortent du
tronc.

On est surpris qu'une église, dont l'intérieur a dû
coûter tant de frais, soit précédée d'un portail sans
grandeur, sans ornemens, misérable. Dans ces derniers temps, on y a fait quelques réparations en ci-
ment dit *romain*.

SAINT-ETIENNE-DU-MONT.

Ce temple, dans le genre gothique modifié et qui
approche quelque peu du style dit de la renaissance,
fut commencé en 1517, l'extérieur en est bizarre et
n'offre rien qui soit digne d'attention, pas même
son portail, dont Marguerite de Valois, sœur de Charles IX et de Henri III, posa la première pierre en
1610; des masses sans harmonie, des colonnes surchargées d'ornemens ridicules, tels sont les défauts
de ce portail que dépare encore une tour d'une simplicité extrême qui se voit à gauche.

. Dans l'intérieur du temple, le vulgaire admire un
jubé (tribune) qui domine l'entrée du chœur, il y a
des prétentions dans cet ouvrage, dont la légèreté,
la singularité surtout font le principal mérite, car le
phidias qui le sculpta, ne savait manier que bien
médiocrement le burin; et néanmoins la perspective
de cet ouvrage a été souvent reproduite par des artistes peintres.

La chaire à prêcher attire les regards des curieux;
elle est ornée de belles sculptures. Mais ce qui la
distingue des autres ouvrages du même genre, c'est
la manière dont elle est soutenue au-dessus du sol.
Une figure sculptée en bois, représente Samson dans

l'attitude d'un homme qui, d'un genou, presse le corps d'un lion qu'il vient d'étouffer, tandis qu'il reçoit le bas de la chaire entre ses bras écartés.

Cette statue, d'un mérite fort contestable sous le rapport de l'art, n'a pas des proportions assez fortes; le fardeau qu'elle soutient l'écrase. La figure du lion mort a les mêmes défauts.

Lorsqu'on dirige ses regards vers les voûtes de cette église, on aperçoit un cul-de-lampe qui pend de 4 mètres au-dessous de la voûte principale, c'est un tour de force qui n'a plus rien de surprenant, lorsqu'on sait que les pierres qui sont entrées dans sa construction sont retenues par des tirans en fer; des galeries étroites suspendues à des piliers sans caractère et sans ornemens, font tout le tour de l'intérieur de l'église.

Le tombeau de sainte Geneviève, patrone de Paris, fut transporté dans Saint-Etienne-du-Mont, lors de la démolition de l'ancienne église consacrée en l'honneur de cette sainte. Ce tombeau n'a de remarquable que l'affluence des personnes religieuses, soit de Paris, soit des environs, qui viennent y faire leurs dévotions.

Cette église est ornée de plusieurs tableaux de mérite parmi lesquels on distingue celui qui représente la prédication de saint Etienne au moment où il va être lapidé, peint par Abel de Pujol.

EGLISE SAINT-SÉVERIN.

Il règne beaucoup d'obscurité touchant l'origine de cette église, qui, du reste, est très ancienne. Les uns prétendent que ce fut d'abord une simple chapelle, au milieu d'un bois, dédiée à saint Clément, dans laquelle un moine, nommé Séverin, se retira en 511, sous le règne de Childebert; s'y sanctifia, et fut dans la suite reconnu comme patron de cet établissement religieux. Une lettre patente du roi de

France Henri Ier, de 1031, donne beaucoup de force à cette opinion.

D'autres veulent que le véritable patron de cette paroisse soit un saint Séverin, abbé de Saint Maurice, dans le diocèse de Narbonne, que Clovis, affligé d'une fièvre opiniâtre, fit venir à Paris, en 506, afin d'obtenir, par son intercession, la guérison de sa maladie.

Il résulte d'une sentence arbitrale du mois de janvier 1210, qui intervint entre l'évêque de Paris et Guillaume, curé de Saint-Séverin, que cette église était déjà, et peut-être bien avant, érigée en paroisse.

En quel temps cet édifice a-t-il été bâti tel qu'on le voit maintenant? on l'ignore; mais tout porte à croire, vu la diversité des systèmes qu'on remarque dans plusieurs de ses parties, que les constructions furent suspendues et reprises à des époques différentes. Il est constant que cette église ne fut entièrement terminée et bénite qu'en 1495.

En 1684, le chœur et le maître-autel reçurent de grandes améliorations sous la direction du grand peintre Lebrun.

Cinq des piliers barbares qui entouraient cette enceinte, furent revêtus de tables de marbre à compartimens; les arcades en ogive en reçurent d'autres en plein-cintre et aussi en marbre, avec des ornemens en bronze doré.

Le maître-autel se trouve en avant d'une grande niche, dans laquelle est placé le tabernacle. Cet ouvrage est en marbre couleur de chair; il est orné de colonnes corinthiennes, avec bases et chapiteaux en cuivre doré. Cet autel est le seul qui soit digne d'être vu dans Saint-Séverin.

L'église est divisée intérieurement en cinq nefs par quatre rangs de piliers. Celle du milieu est vaste, très élevée et bien éclairée par deux rangs de

3

fenêtres. Outre les cinq nefs, il règne tout autour une suite de chapelles adossées aux murs.

Ce temple est indubitablement l'ouvrage comme il vient d'être dit, de plusieurs maîtres maçons, qui, se succédant, et ne voulant pas passer pour les serviles imitateurs de ceux qui les avaient précédés, ont bâti à tort et à travers, sans s'inquiéter de l'ensemble et de la régularité qui auraient dû dominer parmi les diverses parties de l'édifice. C'est un pêle-mêle de piliers composés avec chapiteaux, sans chapiteaux, ronds à pans, il y en a même un de ce dernier genre derrière le chœur, qui est comme tordu.

En général, Saint-Séverin est d'une grande pauvreté, en certains endroits, le pavé est en briques.

Au dehors, un chaos inextricable, impossible d'en saisir l'ensemble.

Lorsqu'on eut démoli l'église Saint-Pierre-aux-Bœufs, sur l'emplacement de laquelle passe maintenant la rue d'Arcole, on eut soin de conserver la porte à cause du mérite qu'on lui reconnaissait; on la démonta avec précaution, on la répara; maintenant elle sert de principale entrée à l'église Saint-Séverin.

Dans ces dernières années, ce monument gothique a reçu d'importantes réparations; on a ouver une petite place sur le devant de la principale porte dont une grille en fer défend les approches.

EGLISE SAINT-GERMAIN-DES-PRÉS.

Ce temple, on pourrait même dire cette antiquité, date du règne de Childebert (6e siècle). Des archéologues assurent, mais sans en donner des preuves certaines, que Saint-Germain occupe l'emplacement d'un temple païen.

Cet édifice, construit, dès l'origine, en pierres de petite dimention, a dû subir des réparations et des changemens successifs répétés à diverses époques;

de là vient le défaut d'ensemble qui règne, tant à l'extérieur qu'à l'intérieur de ce monument, c'est un assemblage incohérent de bâtisses qu'on a ajustées, tant bien que mal, les unes à la suite des autres.

Sous la restauration, on s'aperçut que l'édifice ne tarderait pas à crouler si l'on ne se hâtait de le consolider au plus tôt, on agita même la question de le démolir; mais on reconnut, après des études approfondies, qu'une restauration était possible, et, dès-lors, les constructions furent si bien consolidées, que la durée de cette église est assurée pour bien long-temps encore.

On voit, dans l'intérieur, le monument en marbre, de Casimir, roi de Pologne, mort dans l'abbaye de Saint-Germain; deux autels remarquables par les dorures et les colonnes de marbre qui les décorent.

Sur des tables de marbre, qui se voient à la droite du chœur, on lit des inscriptions qui annoncent que les cendres de Descartes, Boileau, Montfaucon, ont été déposées dans cette église.

SAINT-GERMAIN-L'AUXERROIS.

Son origine se perd dans l'obscurité des temps; il en est fait mention dans le poème d'Abbon, sur le siège de Paris par les Normands en 886, sous le nom de *Saint-Germain-le-Rond* (*teores*). Il y a des Chroniqueurs qui prétendent que cette église eut d'abord saint Vincent pour patron, mais l'opinion commune et la plus probable est qu'elle a toujours été sous le patronage de S. Germain, évêque d'Auxerre.

Le roi Robert fit beaucoup travailler à cette église; c'est sous son règne qu'on bâtit le grand portail, lequel, tombant en ruines vers le commencement du treizième siècle, on le refit aux frais de l'œuvre et des paroissiens dans les années 1435-1439; et pour cela, il fut payé 960 livres à Jean *Gausel*, maçon tailleur de pierre. Le porche ou vestibule qui précède la porte d'entrée, est aussi son ouvrage; il l'avait décoré de colonnes et de six statues plus grandes que nature, représentant saint Vincent, saint Marcel, un Ange, sainte Geneviève, le roi Childebert II et la reine Ultrogothe sa femme. Ces statues n'étaient que des ébauches.

Saint-Germain-l'Auxerrois est une des églises gothiques les plus considérables de Paris; elle n'en est pas la plus belle, mais bien la plus singulière; à l'extérieur, elle se fait remarquer par son portail, précédé d'une galerie couverte, servant de porche ou de vestibule, orné de statues et de sculptures dans le genre gothique. C'est la seule église de Paris dont la principale porte d'entrée soit précédée d'une galerie de ce genre.

Il y a deux portes latérales ornées aussi de sculptures; l'intérieur est vaste, la grande nef a de la grandeur; les ouvertures qui l'éclairent se font remarquer par le brillant éclat des couleurs de leurs vitraux.

Les nefs latérales, beaucoup plus basses, selon l'usage, sont soutenues par des rangs de piliers d'un goût détestable; les nervures qui fortifient les voûtes choquent le simple bon sens; nulle symétrie, nul accord entre tous ces soutiens, les uns carrés, d'autres ronds. Le chœur seulement est entouré d'une sorte de colonnade dont tous les piliers sont conformes à un seul modèle.

Les objets intéressans qu'on voit dans cette église sont : derrière le chœur, à droite, un beau bas-relief de *Jean Goujon*, qui représente Nicodème mettant le corps du Sauveur au tombeau.

A gauche, dans des niches, saint Vincent, premier patron, et saint Germain, second patron de cette église, par Boudin.

La chaire à prêcher, richement sculptée par Mercier; en face, le banc de l'œuvre, magnifique ouvrage de sculpture sur bois.

Derrière, la chapelle de la Vierge de la compassion, dont l'autel est orné d'un immense bas-relief en bois où sont figurés une multitude de personnages distribués en plusieurs groupes.

Le maître-autel, le tabernacle... en bronze doré, n'est pas sans quelque mérite.

Le chœur est fermé par une belle grille en fer et cuivre polis; c'est un très bel ouvrage de serrurerie; aucune église de la capitale, pas même la cathédrale, n'en a une aussi belle.

Saint-Germain était autrefois l'église paroissiale de la Cour; elle jouissait de cet avantage sous la restauration.

Au mois de mars 1831, le jour anniversaire de la mort du duc de Berry, des royalistes y célébrèrent un service funèbre pour le repos de son âme; des révolutionnaires fanatiques saisirent ce prétexte pour saccager cette église, renverser les croix, dévaster le palais de l'archevêché.

Depuis que le calme est revenu, on s'est empressé de faire disparaître les témoignages de cet impie vandalisme, et l'église de Saint-Germain-l'Auxerrois sera, dans peu de temps, plus belle que jamais. On continue à y travailler avec activité (1844).

SAINT-ROCH.

(Paroisse du 2ᵉ arrondissement, rue Saint-Honoré, entre les Nᵒˢ 296 et 298).

Comme monument, Saint-Roch ne se recommande que par sa vaste enceinte, dans laquelle on ne trouve pas moins de dix-huit chapelles, sans compter la grande nef et le chœur.

On arrive dans ce temple par un perron qui part du sol de la rue Saint-Honoré et qui conduit à un

portail orné de de deux rangs de colonnes engagées.
Le premier rang (rez-de-chaussée) est d'ordre dorique; celui qui est au-dessus est d'ordre corinthien.
Ce portail, couronné d'un fronton, est, suivant l'u-
sage des 17° et 18° siècles, une imitation de celui de
l'église Saint-Gervais; il est, dans son genre, assez
satisfaisant.

Le 13 vendémiaire an V, le général Bonaparte,
chargé par le Directoire, de mettre les quartiers de
Paris à la raison, fit tirer à boulet, de la rue du Dauphin, sur un groupe qui s'était posté sur les marches
de Saint-Roch. Les dégâts que les projectiles occa-
sionnèrent aux colonnes du portail ont été réparés,
mais on peut encore s'en faire une idée par les nombreux dés de pierre dont on a bouché les trous faits
par les boulets.

Le plan de l'intérieur de l'église manque totalement d'ensemble et de régularité; c'est l'image d'une
sorte de labyrinthe; les murs, quoique décorés de
pilastres d'ordre dorique sont pauvres; on doit en
dire autant des voûtes en général.

Après le chœur, qui n'a rien de bien remarquable,
on trouve la chapelle de la Vierge, dont la voûte, de
figure circulaire, est ornée d'une peinture représentant l'Assomption, par *Pierre*.

Au-dessus de l'autel, on voit un ange porté sur
des nuages en relief; on a voulu, dans ce sujet qui
manque beaucoup trop de légèreté et de mouvement, représenter l'Annonciation.

Après la chapelle de la Vierge, vient celle de la
Communion; on ne s'y arrête pas.

Enfin, et tout au fond du temple, est la chapelle
du Calvaire; c'est un hors-d'œuvre, un réduit dans
lequel on pénètre par des portes d'une grande simplicité. Les ornemens de cette chapelle ne sont rien
moins que riches; sa destination le voulait ainsi.

En face de la porte d'entrée, le Calvaire est re-

63.

PANTHÉON
ou Nouvelle Église S.ᵗᵉ Geneviève.

présenté par des rochers au-dessus desquels s'élève
Jésus-Christ sur la croix; la Madeleine pleurant est
au pied.

L'autel est en marbre bleu-turquin; on a pratiqué
le tabernacle dans un tronçon de colonne autour duquel sont suspendues les figures des instrumens de
la passion.

La chapelle du Calvaire offre cela de particulier
qu'elle est éclairée par un jour faible et mystérieux
qui vient d'en haut; l'ouverture par où arrive cette
lumière n'est point visible de l'intérieur de la chapelle dont ce réduit a été plusieurs fois le sujet de
tableaux de différentes dimensions.

La chaire à prêcher, couverte d'un rideau (en bois
sculpté) qu'un ange détourne, n'est pas sans mérite.

En 1663, Louis XIV, accompagné de sa mère Anne
d'Autriche, posa la première pierre de Saint-Roch;
les constructions ne furent terminées qu'en 1740. En
1721, le fameux Law avait donné 100,000 livres
(600,000 fr. d'aujourd'hui) pour l'achèvement de
cette église.

EGLISE SAINTE-GENEVIEVE (Panthéon).

Il y avait bien des
siècles que les Pari-
siens reconnaissans
avaient bâti une égli-
se sous l'invocation
de sainte Geneviève
leur patrone, lors-
qu'un procureur de
chanoines, nommé
Feru, attaché à cette
église, conçut le pro-
jet hardi de la rem-
placer par une autre
qui, par son étendue
sa hauteur, la grandeur, la magnificence de ses or-

nemens, figurerait avec avantage parmi les monumens de premier ordre de la capitale et de l'Europe.
L'intendance des bâtimens était alors confiée à Marigny, frère de la favorite *Pompadour*. Cet homme,
outre le haut crédit dont il jouissait, avait des con-
naisances en architecture, art qu'il affectionnait.
Feru lui soumit son projet, Marigny le goûta, et
l'architecte *Souflot*, son ami, fut chargé de tracer
les plans du nouveau temple.

L'argent manquait pour l'exécution, on y suppléa au moyen d'une loterie qui rapportait 400,000
fr. par an. On se mit à l'œuvre en 1757; les travaux
avancèrent lentement, car il ne fallut pas moins de
sept ans pour faire arriver les fondations au niveau
du sol; le terrain occupé auparavant par des briquet-
teries, était perforé d'une multitude de puits; on fut
obligé d'en combler une soixantaine.

En 1764, le 6 septembre, Louis XV vint solennellement poser la première pierre d'un des quatre
soutiens du dôme; à cette occasion, l'architecte Souflot soumit aux yeux du roi une immense peinture
représentant l'édifice futur en perspective; ce tableau, qui a été reproduit en petit par la gravure,
nous apprend que l'auteur du temple de Sainte-Geneviève n'avait pas le projet de le couronner d'un
dôme aussi colossal que celui qu'on admire aujour-
d'hui.

Deux fois les constructions furent nivelées pour
s'assurer de leur tassement; et l'infortuné Souflot
mourut, assure-t-on, du chagrin que lui causèrent
les critiques que l'on faisait de ses projets; les voûtes alors commençaient à naître, les ouvrages furent
continués sous la conduite d'autres architectes; et
principalement sous celle de M. Rondelet.

Ce temple a, comme toutes les églises à dômes,
des rapports avec Saint-Pierre de Rome, il est d'un
style moins riche, plus simple et plus sévère.

Son plan représente une croix grecque dont les bras sont dirigés vers les quatre points cardinaux. A l'extrémité de celui qui répond à l'occident, est un portail orné de colonnes corinthiennes surmonté d'un fronton angulaire. Cette colonnade produirait un meilleur effet si, au lieu de disposer les deux colonnes extrêmes en retraite, l'architecte les eût placées sur une même ligne; son portique aurait alors présenté huit colonnes de front, il en serait résulté plus de simplicité, plus de majesté, et dans ce cas, les entrecolonnemens n'auraient pas mérité le reproche qu'on leur adresse d'être trop espacés; il y avait enfin de quoi faire un magnifique ouvrage, car ce portique ne compte pas moins de vingt-deux colonnes pareilles, ayant 19 mètres 4 centimètres de hauteur.

Dans le tympan du fronton, on sculpta dans l'origine une croix *radieuse*. Ce sujet, beaucoup trop simple, fut remplacé sous la république par un sujet allégorique et profane; en 1817, la croix radieuse fut rétablie pour disparaître après 1830.

Le sujet du bas-relief aujourd'hui existant, représente, au milieu, la France ou la Gloire distribuant des couronnes; à sa gauche, on voit le général Bonaparte, le grenadier Latour-d'Auvergne et autres guerriers; à la droite de la déesse, sont représentés : le député Manuel, Fénélon, Malesherbes avec sa robe et son bonnet d'avocat, Voltaire et Jean-Jacques Rousseau.

Ce tableau, considéré sous le rapport des convenances, et indépendamment de ce qu'il peut valoir comme ouvrage d'art, mérite à bon droit les critiques sévères dont il a été l'objet. Quelle réunion bizarre de personnages! qui, par leurs professions, leurs opinions, n'ont dû jamais concorder ensemble ou marcher sur la même ligne. L'artiste a voulu flatter tous les partis, et malheureusement il lui est arrivé de confondre un grand renom, un bruit même éphémère avec la vraie gloire. Voltaire, homme d'un esprit merveilleux, mais historien infidèle, menteur, poète ordurier, *détracteur* insolent de l'héroïne d'Orléans, flatteur abject, effronté calomniateur, n'a rien à voir dans le temple consacré aux grands hommes véritablement dignes de ce nom; et ce Jean-Jacques Rousseau qui, tout en prêchant aux mères l'amour de leurs enfans, faisait porter les siens à l'hôpital ! Il est plaisant le dieu génevois... Dans des temps calmes qui sont près d'arriver et qui permettront au bon sens et à la raison de reprendre leur empire, ce bas-relief sera supprimé; on a tout lieu de le croire.

A l'extérieur, les quatre ailes de Sainte-Geneviève n'offrent rien de particulier; elles étaient autrefois percées de fenêtres qu'on a bouchées plus tard, et l'on a bien fait.

Aux deux côtés du bras de la croix qui est tourné vers l'Orient, étaient autrefois deux tours devant servir de clocher ; on les démolit, quant à la partie supérieure, pendant la révolution; on les réédifia sous l'empire, sans les achever; depuis 1830, on les a rasées de nouveau.

Ce que le temple de Sainte-Geneviève a de plus remarquable à l'extérieur, c'est son dôme. Il occupe le centre de la croix, on voit d'abord un massif ou soubassement de figure octogone dont quatre des huit côtés sont plus courts que les autres; au-dessus est un stylobate sur lequel posent 32 colonnes d'ordre corinthien disposées en cercle.

Dans la manie d'innover, on a donné à ces colonnes vers le haut et vers le bas, moins de grosseur que dans le milieu; tranchons le mot, on leur a fait *du ventre*; cette innovation n'a pas été heureuse.

Cette colonnade circulaire ne serait raisonnable qu'autant qu'elle poserait sur le sol, mais outre qu'elle n'est point accessible, il arrive que les 16 fenêtres qu'on a percées dans la tour du dôme, et qui ne sont pas vis-à-vis des entre-colonnemens, ne répondent jamais à la position qu'on a voulu leur faire, nous voulons dire que la colonnade étant détachée du mur, il arrive que, suivant les divers aspects, il y a des colonnes qui masquent tantôt le côté, tantôt le milieu des fenêtres qui sont derrière elles; d'où résulte une confusion désagréable qui donne à la tour du dôme l'apparence d'une sorte de cage.

Au-dessus de la colonnade circulaire, se voit en retraite un rang de fenêtres d'un goût pur et simple. Vient ensuite le dôme proprement dit; sa voûte est en pierre couverte de plomb, divisée par des côtes en saillie, ce qui lui donne l'apparence d'un melon un peu allongé; une lanterne ornée de colonnes, percée de fenêtres et entourée d'un balcon dans lequel on peut monter, couronne le tout. Sous la restauration, cette lanterne était surmontée d'une croix; on la descendit en 1831. On parle de la remplacer par une statue de...

L'intérieur de Sainte-Geneviève ne répond pas à beaucoup près à la magnificence de l'extérieur. Le bras de la croix qui est tourné vers l'Orient se termine en demi-cercle, c'est là que doit être le chœur; le dôme se compose d'une tour ornée à l'intérieur de seize colonnes engagées; ce péristyle soutient une coupole au sommet de laquelle on a ménagé une ouverture d'un peu moins de dix mètres de diamètre (29 pieds 5 pouces); c'est à travers cette ouverture que l'on aperçoit un beau tableau peint par Gros, sur la seconde coupole et qui représente l'apothéose de sainte Geneviève; tout autour de la sainte sont groupés : Clovis, Charlemagne, Saint Louis, Louis XVIII, à côté duquel on voit madame la duchesse d'Angoulême.

Cette seconde coupole est allégée vers le bas par quatre grandes arcades que l'on ne voit point de l'intérieur de l'église; au-dessus d'elle est la troisième et dernière coupole en pierre et entièrement pleine

Souflot, en laissant une large ouverture au sommet de sa première coupole, imita l'heureuse invention que Jules Mansard, son auteur, mit à exécution dans son dôme des Invalides.

Les trois coupoles de Sainte-Geneviève sont admirables de solidité et de légèreté; cette construction est un chef-d'œuvre de l'art de bâtir. Les architectes, conseillés par des mathématiciens du premier ordre, et il faut bien croire aussi qu'ils étaient eux-mêmes de fort habiles géomètres, résolurent un problème qui présentait des difficultés sérieuses; leur édifice qui, certes, est loin de menacer ruine, ne comprend, dans l'enceinte de ses murs, que le septième du terrain qu'ils occupent. Ce rapport est pour Saint-Pierre de Rome, de un quart; un peu moins de un quart pour Saint-Paul de Londres, et de trois septièmes pour le dôme des Invalides.

L'intérieur du temple de Sainte-Geneviève, ne répond pas à l'idée que l'on peut s'en faire lorsque l'on a vu son portique et son dôme; cependant, on ne saurait trop louer l'élégante légèreté des voûtes de ses nefs; elles sont de toute beauté; la coupole du dôme est loin de mériter les mêmes éloges, elle est d'une pauvreté, d'une tristesse qui fait peine à voir.

Les architectes de Sainte-Geneviève, tourmentés par l'ardeur de faire du nouveau, ordonnèrent aux constructeurs qui travaillaient sous leurs ordres, de *démaigrir* les pierres qui devaient faire partie des piliers du dôme, c'est-à-dire de les rendre moins grosses du côté de l'intérieur du mur qu'elles devaient occuper que par le devant, afin que leurs joints en fussent plus exacts. L'adoption de ce système amena des résultats déplorables; le poids énorme du dôme (10,865,954 kilogrammes) fit fendre les pierres des piliers qui le soutenaient; les voûtes

EGLISE ST. SULPICE.

se lézardèrent, le monument menaçant ruine, il fallut l'étayer et refaire en entier les quatre massifs qui supportent le dôme; ces massifs, ornés de pilastres, n'ont pas à beaucoup près l'élégance des anciennes colonnes, mais enfin, l'édifice est parfaitement consolidé. On se demande pourquoi on n'a pas redressé les architraves qui avoisinent le dôme, qui, lors du tassement de ce dernier, perdirent leur position horizontale.

130 colonnes d'ordre corinthien ornent l'intérieur de ce temple qu'elles divisent en plusieurs nefs. Ces colonnades rapetissent le vaisseau de l'édifice.

Depuis la révolution de juillet, les abords du Panthéon ont été pavés avec luxe, une grille en défend les approches; deux candélabres en bronze et de mauvais goût se voient aux extrémités de la partie de cette grille, qui est au-devant de la principale porte d'entrée. L'ancienne inscription : AUX GRANDS HOMMES LA PATRIE RECONNAISSANTE a été rétablie.

ÉGLISE SAINT-SULPICE.

Les fondations de ce temple, le plus vaste de tous ceux de Paris, après la cathédrale, furent jetées le 20 février 1655, conformément aux plans fournis par Leveau, achitecte du roi; plus tard, Cuillard fut chargé de la conduite des travaux. Les troubles de la Fronde, les guerres incessantes de Louis XIV, les revers qui en furent la suite, firent que, faute de fonds suffisans, les constructions ne reprirent un peu d'activité qu'en

1718. Enfin, le curé Linguet qui, par ses démar-
ches, ses intrigues, ses importunités, se fit une réputation de mendiant très honorable, obtint en 1742 le
privilége d'une *loterie* dont les produits devaient être
affectés à l'édification de son église; dès-lors les
constructions, sous la direction d'Oppenood et de
Servandoni, continuèrent pour ne plus s'arrêter.

Le plan de Saint-Sulpice est, comme celui de la
plupart des églises gothiques, une croix latine (*Voir*
NotreDame, p. 27), mais les détails sont d'architecture grecque. Le bras le plus long de la croix est divisé en trois nefs par deux rangs d'arcades, dont les
pieds droits sont ornés de pilastres d'ordre corinthien; les nefs latérales ou bas-côtés se prolongent
jusqu'à la chapelle de la Vierge, située derrière le
chœur de sorte qu'on peut faire le tour de celui-ci
sans entrer dedans ou sans passer par la grande nef.

L'architecture de l'intérieur de cet édifice manque totalement d'élégance et de mouvement, on n'en
peut louer que la solidité; les voûtes sont dépourvues d'ornemens; quant à l'espèce de dôme surbaissé
qui couvre le point où les quatre bras de la croix
viennent concourir, n'en parlons pas : c'est une
composition dont on ne peut dire aucun bien.

Le long des bas-côtés s'ouvrent deux rangées de
chapelles qui toutes seront bientôt ornées de peintures à fresque; celle de la Vierge vient d'être remise à neuf.

Le maître-autel de Saint-Sulpice est loin d'être
satisfaisant, avec ses colonnettes, ses dorures; il peut
éblouir le vulgaire ignorant, mais assurément, ce
n'est pas un Michel-Ange qui en a fourni les dessins. La chaire à prêcher de cette église se fait remarquer par sa forme élégante, sa légèreté, ses ornemens, et surtout par la manière dont on s'y est
pris pour la soutenir : elle est comme en l'air, et
c'est un double escalier qui la maintient dans cette

position. Ce tour de force, que le commun des visiteurs admire, n'a pas l'assentiment des hommes réfléchis qui veulent de la raison et du bon sens dans tous les ouvrages, quels qu'ils soient, qui ont des rapports avec l'observation des règles que prescrit la saine architecture.

Le buffet de l'orgue, d'ordre corinthien, construit par le savant menuisier Roubo, laisse peu à désirer; c'est jusqu'à présent le plus riche, le plus beau de la capitale ; on peut y monter les jours qu'on joue de l'instrument en donnant quelque monnaie au souffleur.

Dans une des chapelles se voit le tombeau en marbre du curé Linguet; le défunt est représenté au moment où, à la voix d'un ange, le couvercle du cercueil dans lequel il était censé enfermé se soulève; ce monument offre généralement trop de recherche; la satisfaction ne se peint point sur le visage du ressuscité et la figure de l'ange n'annonce rien de céleste.

Un obélisque en marbre blanc est adossé contre le mur qui forme le fond de la nef latérale du nord. Cet appareil, si l'on peut l'appeler de ce nom, est destiné à indiquer le moment précis de l'équinoxe du printemps et du solstice d'hiver (21 mars et 22 décembre). Une ligne en cuivre divise l'obélisque en deux moitiés dans toute sa hauteur ; cette ligne s'appelle *gnomon* par les astronomes, mot qui, en grec, signifie *piquet*, *style*; c'est l'ombre du gnomon qui, dans les cadrans solaires, indique les heures.

Du pied du gnomon part une autre ligne en cuivre incrustée dans le pavé qui va directement du Nord au Midi, et se prolonge jusque dans la nef opposée; cette ligne s'appelle *Méridienne*.

Dans le vitrage d'une fenêtre de la nef où vient se terminer la méridienne, est percé un petit trou par lequel s'introduit un rayon solaire, et c'est ce rayon qui, allant se terminer, tantôt sur l'obélisque, tantôt sur la méridienne, qui indique l'équinoxe ou le solstice que l'on veut connaître au moment précis.

En entrant dans l'église on voit, à droite et à gauche, deux grandes coquilles de formes bizarres, qui servent de bénitiers; elles proviennent d'un poisson appelé *tuilée*; on dit qu'autrefois la république de Venise en fit hommage au roi François Ier.

Il y a quelques années que l'intérieur de Saint-Sulpice a été regratté entièrement avec beaucoup de soin; pendant cette opération, on a fait disparaître quelques irrégularités, des tribunes, par exemple, qui étaient comme suspendues à des murs qu'elles déparaient.

Le monument qui nous occupe se fait remarquer à l'extérieur et au loin, par un portail qui, malgré quelques défauts, commande l'attention et même l'admiration par sa grandeur, par sa fierté, par la beauté des ordres d'architecture dont il est décoré.

Cette belle construction se compose d'abord d'un portique d'ordre dorique cannelé, dont on loue, avec raison, la force, la régularité et l'heureuse proportion des masses. Au-dessus de cet ordre en est un autre fort beau aussi, cannelé et de style ionique. Le portail est flanqué de deux tours, hautes de 70 mètres (210 pieds); elles dominent les deux rangs de colonnes d'une dizaine de mètres; le dernier étage de celle qui est du côté du Nord est orné de colonnes corinthiennes engagées. La tour qui est du côté du Midi est plus basse et moins ornée que la précédente; il est question de rebâtir son dernier étage, afin que les deux tours soient tout-à-fait pareilles. On a aussi l'intention de placer des statues colossales entre les deux tours pour diminuer le vide qui règne entr'elles; les piédestaux qui doivent les porter les attendent depuis long-temps.

Le portail de Saint-Sulpice est de Servandoni; cet habile architecte se vit forcé par la hauteur des

ÉGLISE DE LA MADELEINE.

voûtes déjà existantes, de former son œuvre de plusieurs rangs de colonnes superposés , mais il eut le bon esprit d'éviter les désagrémens que causent les *ressauts* en disposant ses colonnes sur une même ligne droite.

Dans la tour du Nord sont les cloches , au nombre de cinq ; la plus grosse pèse 6,000 kilogrammes ; la suivante 4,000. C'est la première sonnerie de la capitale ; on peut la voir à toute heure de la journée, moyennant 20 centimes.

Tous les autres membres d'architecture que l'on rencontre en faisant le tour de cette église sont généralement très lourds, mal assortis; ils ne sont dignes d'aucune attention.

EGLISE DE LA MADELEINE.

Ce temple magnifique, le plus riche , le plus imposant des édifices qu'on a bâtis en Europe depuis cinquante ans, fut projeté en 1764. *Constant-d'Ivry*, son premier architecte , mourut en 1777 ; *Couture* , son successeur, détruisit et changea, comme c'est l'ordinaire , tout ce qu'on avait construit sur les plans de son prédécesseur, et toutefois, les travaux étaient assez avancés en 1790; ils avaient déjà coûté deux millions. La révolution les fit suspendre.

Sous l'empire, en 1806, on se rappela les constructions de la Madeleine; il fut décidé que, mettant à profit les fondations, on bâtirait dessus un temple de la *Gloire*.

Vignon, mort beaucoup trop jeune, fournit les plans du nouvel édifice. Tout ce qui existait au-dessus du sol fut rasé. Sous la restauration, on démolit encore ce qui avait été fait sous l'empire; néanmoins le plan de Vignon est, à peu d'exception près, reproduit dans l'édifice que nous admirons aujourd'hui.

Pour vous faire une idée de la splendide église de la Madeleine, figurez-vous un rectangle de 100 mètres de long (50 toises) sur 42 hors d'œuvre de large; sur un soubassement d'environ 4 mètres de haut s'élève un admirable péristyle d'ordre corinthien, dont les colonnes, au nombre de 56, ont 20 mètres (60 pieds) de hauteur; leurs chapiteaux, pour les frais de sculpture seulement, ont coûté chacun dix-sept cents francs, non compris les bénéfices de l'entrepreneur.

Pendant qu'on circule au-dessous de ce noble péristyle, on se sent pénétré de sentimens qui élèvent l'âme et la remplissent de satisfaction. Après avoir traversé un superbe portique décoré de seize colonnes, on arrive à l'entrée principale, dont les portes en bronze massif, sont couvertes de bas-reliefs qui représentent des sujets pris dans l'Ancien-Testament.

L'intérieur du temple est vraiment d'une magnificence extraordinaire : la voûte se compose de trois coupoles parfaitement égales et semblables qui produisent un effet admirable; des sculptures, des dorures à profusion ornent ces voûtes; les bases, les chapiteaux des colonnes qui décorent les chapelles, l'intérieur du chœur, sont aussi tout brillans d'or, marbres, peintures, dorures, tout est si resplendissant dans l'intérieur de cette église, que si on osait se permettre cette expression, on dirait qu'elle est une heureuse imitation des demeures célestes.

Passons sous silence les beautés et les défauts qui sont du ressort de l'art. A ces considérations près, nous osons affirmer sans crainte d'être démentis, que, parmi les temples païens, il n'a pas dû en exister un seul qui, pour la richesse, la magnificence, ait pu être comparé à notre église de la Madeleine.

On blâme avec raison le peu de profondeur des chapelles, l'incroyable mesquinerie des autels, le mauvais goût des bénitiers; les vrais connaisseurs eussent voulu qu'on eût laissé les sculptures des voûtes, des chapiteaux, des fûts... des colonnes toutes nues au lieu de les couvrir d'or.

Le fronton qui regarde la place de la Concorde est décoré d'un immense bas-relief par M. *Lemaire*, de Valenciennes; il représente le jugement dernier; la figure du Christ, de près de 6 mètres de hauteur, occupe le milieu; à sa droite, on voit un ange qui vient de sonner de la trompette pour appeler les bienheureux aux jouissances éternelles, du même côté sont les figures allégoriques de l'Innocence soutenue par la Foi, l'Espérance et la Charité. Un ange aide un ressuscité à sortir de sa tombe sur laquelle on lit ECCE DIES SALUTIS (Voici le jour du salut).

Au côté opposé, on remarque la Madeleine suppliante, demandant au Sauveur grâce pour les réprouvés, qu'un ange repousse avec sa redoutable épée. Ces malheureux sont représentés avec les emblèmes des sept péchés capitaux, l'orgueil, l'avarice.... Dans l'angle, un démon précipite un réprouvé dans les flammes; tout à côté on lit, VÆ IMPIO (malheur à l'impie).

Ce tableau a généralement satisfait les connaisseurs, mais la figure du Christ n'est-elle pas un peu trop grande? on trouve encore que la Madeleine n'est pas assez en évidence; que le tableau pourrait être mieux encadré.

Au-dessous du fronton, on lit sur la frise en lettres d'or :

D. O. M. SUB INVOCATIERE SANCTÆ MAGDALENÆ.

(A Dieu très bon et très grand, sous l'invocation de sainte Madeleine).

SAINT-VINCENT-DE-PAUL.

(Rue Lafayette, en face la rue Hauteville).

On l'aperçoit du boulevart Bonne-Nouvelle. Les fondations de ce temple furent jetées vers la fin de la restauration, sur une hauteur qui lui donne une position des plus favorables. On arrivera à cette église par deux perrons immenses, un escalier mènera directement de la rue au seuil de la grande porte d'entrée ; à droite et à gauche seront deux autres perrons, ou plutôt deux chemins privés de marches d'escalier qui conduiront en serpentant jusqu'au pied des colonnes du portique. Les perrons et les chemins seront bordés de belles balustrades en pierre; ces ouvrages sont terminés.

La façade principale de Saint-Vincent se compose d'un mur tout uni, fortifié à ses extrémités par deux tours d'environ 40 mètres (120 pieds) de haut;

elles sont de forme carrée, et leurs angles sont ornés de pilastres doriques, ioniques et corinthiens ; ces tours ont de l'élégance, et elles produiraient un bon effet si leur masse était plus considérable.

Entre les deux tours et en avant du mur lisse qui les réunit, s'avance un portique soutenu par un rang de six colonnes, et couronné d'un fronton angulaire, deux autres rangs de colonnes et des pilastres doriques adossés au gros mur, soutiennent le plafond qui couvre l'intérieur du portique. Toutes ces colonnes sont cannelées, leurs chapiteaux sont d'ordre ionique à deux volutes qui se croisent et produisent comme quatre cornes qui déparent singulièrement les chapiteaux, ce système a été toujours blâmé et toujours avec raison. C'est du style barbare, bâtard dont on devrait toujours s'abstenir. Au total, ce portique prête beaucoup à la critique, il est d'une maigreur qui fait peine à voir.

Après avoir franchi le seuil de la grande porte, on se trouve dans un vestibule, à la droite et à la gauche duquel on a pratiqué deux grandes niches; de ce vestibule, on passe par une autre porte dans l'intérieur de l'église proprement dite.

On voit d'abord une grande nef ornée de chaque côté de deux rangs de colonnes superposées, celles du rang inférieur sont d'ordre ionique, leurs bases posent sur des socles ou prismes à huit pans, les colonnes de l'ordre supérieur sont d'ordre corinthien de fantaisie.

La couverture de la grande nef qui est en bois, est formée de deux parties qui se joignent à angle et produisent l'effet d'un toit à deux égouts (celui d'une grange) vu en dessous.

Deux rangs de colonnes parallèles à ceux qui soutiennent la grande nef divisent les bas-côtés en trois nefs, en tout sept nefs. L'intérieur de toutes ces nefs est éclairé par des fenêtres percées dans les deux grands flancs de l'édifice, elles sont au nombre de cinq de chaque côté.

A l'opposite de la grande porte et au bout de la grande nef, s'ouvre une grande arcade derrière laquelle on voit quatorze colonnes ioniques disposées en demi-cercle. C'est dans cet espace que doit être le chœur dont le plan est aussi un demi-cercle; dans le haut, on a ménagé une ouverture par laquelle son intérieur sera principalement éclairé.

Le temple est terminé quant au dehors; l'intérieur est obstrué d'échafaudages; les travaux continuent, et, par ce qui est déjà fait, on peut juger que Saint-Vincent ne le cédera point en ornemens et en éclat à l'intérieur de la Madeleine; tous les chapiteaux des colonnes seront dorés, et leurs fûts, qui sont en pierre de taille, seront couverts d'une sorte de stuc susceptible d'un poli très brillant et qui leur donnera l'apparence du plus beau marbre; on peut en juger par celles des colonnes qui sont entièrement finies.

Les plafonds qui couvriront les nefs, seront ornés de dorures ou couverts de peintures du plus brillant effet. Après la Madeleine, l'église de St-Vincent sera la plus importante qu'on ait bâtie en France depuis plus de soixante ans; nous n'en dirons pas davantage sur ce bel édifice encore inachevé, nous y reviendrons dans l'édition qui suivra celle-ci.

ÉGLISE SAINT-PHILIPPE-DU-ROULE.

Commencée en 1769, et terminée quinze ans après seulement, cette église, ouvrage de Chalgrin, n'a rien, à l'extérieur, qui soit de quelque importance que son portail; il est décoré de quatre colonnes d'ordre dorique moderne et couronné d'un fronton angulaire, dans le tympan duquel on a sculpté un bas-relief représentant la Religion et ses attributs.

N.° 20.

St PHILIPPE

Le mur, qui répond directement derrière les colonnes, est en retraite, ce qui produit un dégage-
ment commode au-devant de la porte principale.
On entre habituellement dans le temple par deux
petites portes qui se trouvent à côté de la grande.

Le plan de l'intérieur de cette église est un rec-
angle, au bout duquel se voit, à l'opposé de la grande porte, un demi-cercle dans lequel se trouve le
chœur.

Le rectangle, proprement dit, est divisé en trois
nefs par deux rangs de six colonnes d'ordre ionique, dont le goût et l'exécution ne laissent rien à
désirer. Les deux nefs latérales aboutissent à deux
chapelles qu'on a ménagées de chaque côté du
chœur.

Cette jolie église, à l'intérieur du moins, n'est
point couverte d'une voûte en pierre; un ouvrage de
menuiserie, partagé en divers compartimens, en
tient lieu; l'effet en est satisfaisant, mais cette couverture, outre qu'elle est périssable de sa nature,
peut être la proie des flammes.

NOTRE-DAME-DE-LORETTE.
(*Au bout de la rue Laffitte.*)

Le désir d'innover est assurément fort louable, mais
lorsque ce désir dégénère en
manie extravagante, il conduit à des résultats qui choquent le bon sens et la raison. Notre-Dame-de-Lorette
en est une preuve. L'architecte de cette église, ou de
cette salle de danse, ou de ce
café aux larges développemens, ou de ce théâtre.... a
voulu imiter, dit-on, un
temple païen; lequel? qui le sait? ou bien une

basilique de la primitive église... Qu'il soit imitateur ou original, toujours est-il que son église n'a aucun des caractères que réclamait sa destination. A l'extérieur, la principale entrée est précédée d'un portique soutenu par quatre colonnes corinthiennes et couronné d'un fronton angulaire. Derrière les colonnes, on a ménagé un enfoncement, à la droite et à la gauche duquel s'ouvrent deux petites portes par les quelles on entre dans le temple les jours ordinaires. La grande porte répond au milieu du portique qui, soit dit pour ne plus y revenir, est beaucoup trop haut, eu égard à sa longueur. Les autres parties de l'extérieur de cet édifice ne méritent aucune attention, pas même le petit clocher qui domine du côté du nord et qui n'est pas sans prétentions. Toutes ces constructions respirent le génie bourgeois.

A l'intérieur, si l'on n'a pas su faire du grand, du beau, du magnifique, on est parvenu, à force d'argent, à faire du joli, dans les détails bien entendu. Tout y est éblouissant de marbres polis, de dorures... De fort belles colonnes ioniques, dont les fûts non cannelés sont couverts d'une couche d'une sorte de stuc d'un très bon effet, soutiennent non des voûtes, mais des plafonds en menuiserie, divisés et subdivisés en compartimens, vernis, dorés., tours d'adresse inutiles qui ne diminuent en rien dans ces plafonds une pesanteur qui fait peine à voir.

On a dit que les auteurs de Notre-Dame-de-Lorette se sont proposés de nous offrir une imitation du style des églises d'Italie. On doit le croire d'autant plus volontiers que les nombreuses peintures, la fresque qui décorent l'intérieur de cette église, rappellent, par leur ton, le climat des pays chauds. Ces peintures ont cela d'intéressant qu'elles représentent les types de personnes des deux sexes de divers peuples de la terre.

L'intérieur de l'édifice qui fait le sujet de cet article, est digne d'être visité ; il peut se faire que bien des gens le trouvent à leur gré.

ÉGLISE SAINT-PAUL ou DES JÉSUITES.

(Rue Saint-Antoine, 120).

On y arrive par un portail composé de trois ordonnances superposées d'ordre corinthien; l'auteur de cette composition se proposait, à n'en pas douter, d'imiter le portail Saint-Gervais , et de le surpasser en élégance et en richesse; il n'y réussit pas, et, toutefois, son édifice a de la grandeur, et la grandeur est une belle qualité'; la hauteur de ce portail est de 48 mètres (144 pieds).

Le dôme qui domine l'église, couvert en ardoise, est surmonté d'une lanterne; le tout est d'une grande pauvreté.

Le plan de ce temple offre, à l'intérieur, la figure d'une croix latine, le bras le plus long est divisé en trois nefs par deux rangs d'arcades, dont les pieds-droits d'une masse excessive, sont tout-à-fait dépourvus de grâce.

Le dôme, vu de l'intérieur, occupe le centre de la croix, il est porté sur quatre piliers ornés ou renforcés de pilastres. Vers le haut, il est éclairé par le jour qui pénètre à travers les vitres de la lanterne.

L'église Saint-Paul est l'ouvrage du père Derraud, jésuite. Elle fut bâtie de 1627 à 1641 ; on a placé en 1842, au-devant du portail , une grille en fer qui en défend les approches.

EGLISE SAINT-LOUIS.

(Rue et île Saint-Louis).

Cette église, dans le genre moderne, ne se fait remarquer à l'extérieur que par une pyramide ou flè-

che en pierre percée sur ses quatre faces d'ouvertures qui vont en diminuant de grandeur de bas en
haut. C'est un ouvrage à jour qui ne se distingue
que par sa singularité.

Il n'y a rien à l'intérieur qui mérite la peine d'ê-
tre vu. Les murs sont fortifiés par des pilastres d'ordre corinthien.

VAL-DE-GRACE.

Avant la révolution, le Val-de-Grâce était un vaste
et riche couvent de bénédictines ; aujourd'hui ses
bâtimens servent d'hôpital militaire.

Voici ce qui donna lieu à la fondation de cet établissement : le roi Louis XIII et sa femme, Anne
d'Autriche, se voyant sans enfans après vingt-deux
ans de co-habitation, firent vœu de bâtir une église
et de fonder un couvent si le ciel leur accordait un
héritier de la couronne. Ce vœu fut exaucé, et ils
eurent la joie d'avoir un fils qui, dans la suite, ré-
gna sous le nom de Louis XIV.

Deux ans après la mort de Louis XIII, en 1645, la
reine, accompagnée du jeune roi, âgé de sept ans,
alla poser la première pierre de l'église du Val-de-
Grâce ; les constructions commencèrent immédiatement sur les plans de l'architecte Mansard ; les ouvrages sortaient déjà de terre quand des intrigues
firent donner la direction des travaux à Mercier.

Celui-ci, par jalousie de métier, ce qui est fort
ordinaire, ou pour toute autre raison, s'écarta des
plans qu'avait donnés son prédécesseur, ce qui, suivant les mémoires du temps, occasionna, dans l'ensemble des constructions, des changemens, qui furent loin d'être heureux.

Les bâtimens du Val-de-Grâce, que l'on pourrait
appeler profanes, sont réguliers, simples, solidement
construits, tels qu'ils pouvaient convenir aux usages
pour lesquels on les destinait.

Ce qui donne de l'importance à cet établissement, c'est son église, dont le dôme est le plus remarquable de la capitale après ceux des Invalides et de sainte Geneviève.

Cette église s'annonce par un portique composé de deux ordonnances superposées, couronnées d'un fronton angulaire et décorées de colonnes engagées d'ordre corinthien inégalement espacées; tout cet ensemble est totalement dépourvu de grandeur et de beauté, et ne mérite aucune estime.

Le dôme, à l'extérieur, offre une tour flanquée de contre-forts ou éperons, et percée de fenêtres : quatre campanilles accompagnent cette tour.

Le dôme, proprement dit, est un ouvrage de charpente en bois, couvert de feuilles de plomb; la courbure ou le profil de cette coupole manque d'élégance; il se rapproche trop de celui d'un hémisphère.

Une voûte en pierre est au-dessous de la calotte en bois.

Une lanterne couronne tout l'édifice.

L'église, à l'intérieur, se compose d'une nef principale, décorée de pilastres corinthiens et couverte d'une voûte dont le poids et la monotonie sont déguisés par des sculptures; au fond, à droite et à gauche de la grande nef, on en voit deux autres de peu de profondeur. Les plans de ces trois nefs forment une croix, du centre de laquelle s'élève un BALDAQUIN (sorte de pavillon) orné et soutenu par six colonnes torses en marbre noir. C'est dans l'intérieur de cet ouvrage, imité du baldaquin de Saint-Pierre de Rome, que se trouve le maître-autel.

Le dôme du Val-de-Grâce fit, dans un temps, l'admiration du public parisien; Molière le chanta dans une pièce de vers assez médiocre, et qu'il intitula : *La gloire du Val-de-Grâce.*

Avant la révolution, l'église de ce couvent jouis-

sait du privilége de recevoir, en dépôt, les premières chaussures et les cœurs des princes et princesses
de la famille royale.

D'après une histoire archéologique de cet établissement, par M. le docteur Baudens, l'origine du
Val-de-Grâce remonte aux premiers siècles de notre ère, ce qui est prouvé par une crypte (souterrain) récémment trouvée sous des ruines provenant
de l'ancien fief de Valois, une médaille, à l'effigie
d'Adrien (en l'an 60 de notre ère), a été trouvée,
dans des fondations, près de cette crypte; enfin, des
documens historiques attestent qu'en 1260, Phi-
lippe-le-Bel était propriétaire d'un hôtel appelé fief
du *Valois*, sur l'emplacement duquel Anne d'Autriche fit édifier, en 1645, une église et un monas-
tère.

LA SORBONNE (ÉGLISE DE).
(*Rue et place du même nom*).

Cet établissement est ainsi appelé du nom d'un
théologien *Sorbon*, fondateur d'une faculté de
théologie qui, avant la révolution, jouissait d'une
haute considération dans le monde chrétien.

Le cardinal de Richelieu, ministre tout puissant
de Louis XIII, pour récompenser les services que
les docteurs de cette société rendaient à l'orthodoxie
catholique, fit commencer, en 1629, les vastes constructions de la Sorbonne. Ces bâtimens, comme
ceux du Val-de-Grâce, sont solides, simples et con-
venables; ils sont aujourd'hui dans les attributions
de l'Université (Académie de Paris); on y fait des
cours de théologie, etc.

La Sorbonne n'a de remarquable que son
église; c'est encore une réminiscence de Saint-Pierre
de Rome, dans de médiocres proportions. Le portail se compose de deux ordonnances ornées de colonnes engagées, un fronton angulaire couronne la

dernière. Le dôme , plus petit que celui du Val-de-Grâce, lui est supérieur par le profil de sa coupole.

Dans l'intérieur de l'église, on voit le tombeau, en marbre blanc, du cardinal-fondateur. L'artiste Coisevox l'a représenté à demi-couché, recevant les consolations de la religion.

Lorsque Pierre-le-Grand vint à Paris , 1720, il alla visiter la Sorbonne , embrassa la statue du cardinal en disant : « Je te donnerais volontiers la » moitié de mon empire pour apprendre de toi la » manière de gouverner l'autre. »

L'église de la Sorbonne, ouvrage de Lemercier, fut commencée en 1635.

SAINT-THOMAS-D'AQUIN.

Avant la grande révolution, cette église, aujourd'hui paroissiale, appartenait à un couvent de Jacobins.

Ce monument qui, à la rigueur, n'est guère digne de ce nom, fut commencé en 1682 et terminé 68 ans après, en 1740.

Le portail de cette église est, comme tant d'autres, une réminiscence de celui de Saint-Gervais (page 53) ; il se compose de deux ordonnances superposées; le rez-de-chaussée est d'ordre dorique, l'ordre ionique qui est au-dessus, présente une face moins large; le tout se termine par un fronton angulaire; à droite et à gauche de l'ordre ionique, s'élèvent deux pyramides allongées.

Ce portail, malgré les défauts inhérens à son système, ne manque pas d'une certaine élégance qui plaît.

Saint-Thomas est la paroisse de la haute noblesse du Faubourg-Saint-Germain , on s'en aperçoit lorsqu'on voit la plupart des chaises ornées de velours, garnies de coussins.

4.

NOTRE-DAME-DES-VICTOIRES.
(Près la place des Victoires.)

Louis XIII qui, comme on sait, mit son royaume sous la protection de la Sainte-Vierge, ayant obtenu de grands avantages sur les protestans, voulut en remercier la Mère de Dieu en lui consacrant une église qui, par cette raison, prit le nom qu'elle porte. Le roi en posa la première pierre en 1629. Un couvent de religieux Augustins-Déchaussés, appelés Petits-Pères, fut chargé de la desservir. Les travaux furent repris en 1656 pour y opérer des changemens et des améliorations; suspendus faute de fonds jusqu'à 1737, ils furent terminés définitivement en 1740.

Ce temple ne se recommande par rien de remarquable ni en dehors ni en dedans. Dans le temps de l'empire, les gens de bourse s'y réunissaient pour y traiter d'affaires.

Maintenant, c'est dans cette église qu'est le centre de l'archi-confrérie du Sacré-Cœur de Marie.

TOUR SAINT-JACQUES LA BOUCHERIE.
(Près la rue des Arcis.)

Reste de l'ancienne église de *Saint-Jacques de la Boucherie*, dont l'emplacement est maintenant occupé par un marché, dit de *Saint-Jean*.

Cette tour, de genre gothique, est surchargée d'ornemens de mauvais goût; elle est remarquable par l'excellence des matériaux qu'on employa dans sa construction; car, depuis plus de trois cents ans qu'elle existe, ils n'ont souffert aucune altération des injures du temps.

Ce monument, commencé en 1508, fut terminé en 1522; les dépenses s'élevèrent à 1,350 livres, monaie du temps. Sa hauteur est de 51 mètres environ ou de 155 pieds ; autrefois, sa plate-forme était dominée par une flèche de 10 mètres.

Aujourd'hui, cette tour est occupée par une fabrique de plomb de chasse.

CHAPELLE BEAUJON.

(*Rue du faubourg du Roule*, 59.)

Ce petit temple est enclavé dans l'hôpital de ce nom, fondé par le receveur-général dont il porte le nom.

Cette chapelle est dédiée à Saint-Nicolas, patron du fondateur. Elle s'annonce à l'extérieur par un avant-corps de peu de saillie, couronné d'un fronton angulaire ; au bas de cet avant-corps s'ouvre une porte précédée d'un portique soutenu par deux colonnes.

L'intérieur est divisé en trois nefs par deux rangs de colonnes d'ordre ionique ; la grande nef est éclairée par une ouverture carrée qu'on a ménagée dans la voûte ; au bout de la grande nef, est le chœur, orné de colonnes corinthiennes isolées et disposées en demi-cercle. Cette partie de la chapelle est aussi éclairée par le jour qui lui vient d'en haut. Ce petit temple a toujours joui d'une réputation de bon goût justement méritée.

EGLISE DE L'ASSOMPTION.

Monument insignifiant sous le rapport de l'art, mais qui se recommande, jusqu'à un certain point, par la grosseur du dôme qui le domine et qui forme, à peu de chose près, la totalité de l'édifice. Cette coupole est couverte en ardoise, sa tour est percée de fenêtres ; le tout couronné d'une composition bizarre, que l'on prendrait pour les anses d'une cloche, est d'une grande pauvreté.

L'intérieur de l'église n'offre rien d'intéressant, hormis quelques tableaux. On y entre par une porte précédée d'un portique d'ordre corinthien dont les colonnes, inégalement espacées, annoncent bien peu de goût dans le peintre Errard, qui, en 1670, bâtit ce temple pour servir de chapelle à un couvent de femmes qui portait le nom d'*Assomption*.

SAINT-NICOLAS-DES-CHAMPS.

(*Rue Saint-Martin*, 202).

L'extérieur de cette église est des plus communs; à l'intérieur, le vaisseau est partagé en cinq nefs parallèles; les voûtes sont soutenues par des piliers dépourvus de chapiteaux, ceux qui entourent le chœur, aussi sans chapiteaux, sont uniformes.

Cette église, qui ne pourrait avoir quelque importance que dans un bourg de province, est dans le genre gothique.

SAINTE-MARGUERITE.

(*Rue Saint-Bernard*, 28).

Cette église paroissiale du Faubourg Saint-Antoine, reprise, agrandie à des époques différentes, présente un assemblage confus de constructions d'une grande pauvreté; on y distingue néanmoins une chapelle ornée de peintures, par Brunetti, dont l'artiste avait fourni les dessins originaux.

CHAPELLE EXPIATOIRE DE LOUIS XVI.

(*Rue d'Anjou-St-Honoré.*)

L'infortuné Louis XVI et son auguste épouse, après avoir subi le dernier supplice sur la place de la révolution (aujourd'hui de la Concorde) furent ensevelis dans le cimetière de la Madeleine. Au commencement de 1815, les restes de ces royales victimes furent recueillis et transportés à Saint-Denis, en même temps il fut décidé qu'un monument expiatoire serait érigé sur l'emplacement même du cimetière de la Madeleine.

L'architecte, M. Fontaine, reçut ordre de tracer les plans du nouvel édifice; l'artiste se conformant au style qui devait dominer dans un monument expiatoire, donna à la chapelle ainsi qu'à ses accessoires, les attributs qui conviennent à des tombeaux aux grandes proportions.

Le plan général des constructions est un rectangle ou carré long dont une des extrémités est occupée par la chapelle, le reste forme comme une cour ou une galerie qui la précède ; les deux côtés de cette galerie sont bordés de deux files de tombeaux simulés, avec les attributs qui les caractérisent tels que urnes funéraires, torches renversées.

Le corps principal de la chapelle est un grand carré; aux faces latérales et postérieures, sont adossés des hémicycles qui, à l'intérieur, présentent trois grandes niches; sur la face qui regarde la cour est percée la porte d'entrée. Le tout est couvert d'une coupole au milieu et de trois demi coupoles.

A l'intérieur, on voit, dans la niche de droite, la statue en marbre blanc de Louis, vêtu de ses habits royaux et soutenu par un ange qui lui indique le ciel du doigt; sur le piédestal, est gravé le testament qu'il rédigea avant de marcher à l'échafaud.

La reine Marie-Antoinette, encouragée et consolée par la religion, se voit dans la niche de gauche; sur le piédestal on a gravé la lettre que cette princesse écrivit de la conciergerie à Madame Elizabeth, sa belle-sœur.

L'autel occupe la niche qui est en face de la porte d'entrée.

La chapelle expiatoire est un monument unique dans son genre; il est digne d'être visité, la construction en est parfaite, seulement on peut lui reprocher d'être un peu lourd et de manquer, s'il est permis de parler ainsi, de vie et de mouvement, du moins quant à l'intérieur.

On y officie tous les dimanches.

Liste des monumens religieux qui, n'offrant rien d'intéressant, n'ont pas été jugés dignes d'une description spéciale.

L'Abbaye-aux-Bois, rue de Sèvres, bâtie en 1700. Cet établissement est maintenant le centre des Missions étrangères.

Saint-Antoine, rue Charenton, bâtie en 1701.

Saint-Ambroise, rue Saint-Ambroise, bâtie en 1659.

Saint-Denis, rue Saint-Louis, au Marais; ce temple, bâti tout récemment, est dans le genre grec; on y remarque des colonnes ioniques assez belles; mais, chose incroyable, celles du portique ont des bases dépourvues de plinthes, le tore pose immédiatement sur le pavé! les bas-côtés de la nef sont couverts d'immenses plafonds.

Sainte-Elizabeth, rue du Temple, bâtie en 1626; on y arrive par un perron assez élevé.

Saint-François-d'Assise, rue du Perche, bâtie en 1684.

Saint-Jacques-du-Haut-Pas, rue Saint-Jacques; elle est accompagnée d'une tour d'une grande simplicité, mais d'assez bon goût.

Saint-Médard, rue Mouffetard, église gothique, bâtie en 1565, recommandable seulement par son antiquité.

Saint-Nicolas-du-Chardonnet, rue Saint-Victor, bâtie en 1700; elle fait comme partie du séminaire de ce nom.

Notre-Dame-de-Bonne-Nouvelle, rue de la Lune, église bâtie dans ces derniers temps, plan sans unité, pauvreté d'ornemens.

Saint-Pierre du Gros-Caillou, église ou plutôt chapelle en style grec, bâtie en 1822.

TEMPLES DES CULTES DISSIDENS.

Protestans de la Confession d'Augsbourg ou luthériens, rue des Billettes.

Calvinistes, rue Saint-Honoré, église ci-devant de l'Oratoire. Ce temple sert à plusieurs communions.

Anglicans (protestans anglais), rue d'Aguesseau, 5; service le dimanche à 11 heures.

Autres chapelles anglaises, rue Neuve-des-Capucines, 7; rue de Vaugirard, 75; rue Taitbout, 6, et rue d'Anjou, 6.

Le service en anglais tous les dimanches.

Les Américains ont leur chapelle rue de Varennes. Offices en anglais tous les dimanches.

Les synagogues des Juifs sont : rue Neuve-Saint-Laurent, 14, et rue Notre-Dame-de-Nazareth, 17.

Service tous les jours en hébreu.

Chapelle des chrétiens grecs, rue n. d. Berry.

✠

PALAIS.

LOUVRE.

Tout ce qu'on a écrit sur ce palais est si vague et si obscur qu'on ignore l'époque où il fut commencé et d'où lui vient le nom par lequel on le désigne depuis tant de siècles ; tout porte à croire que ce fût d'abord une habitation royale entourée de murs et de fossés qui en défendaient les approches, semblable en tout aux châteaux forts qui servaient de demeures à la noblesse des temps barbares. Philippe-Auguste fit travailler au Louvre ; mais il paraît que les constructions ou les embellissemens qu'il y ajouta ne lui firent pas perdre son caractère de château féodal. Cette gloire était réservée à François Ier. Au commencement de son règne, et même un peu avant, les beaux-arts, proprement dits avaient fait de grands progrès ; on étudiait les modèles de l'antiquité, et le bon goût avait repris son empire.

En 1527, Pierre l'Escot, abbé de Cluny, grand dessinateur et architecte du premier ordre par génie et par goût, fut chargé, par le roi, d'élever un palais sur les terrains occupés par les constructions du vieux Louvre ; Pierre adopta les manières de bâtir et d'orner les édifices que nous devons aux Grecs et aux Romains.

Le projet de l'abbé-architecte était d'élever quatre ailes semblables de bâtimens autour d'une cour
carrée, laquelle, si son plan n'avait pas été modifié
dans la suite, aurait eu, en étendue, le quart de
celle d'aujourd'hui.

Deux de ces quatre ailes furent élevées sous la
conduite de Lescot ; elles étaient contiguës et se
terminaient, l'une à la porte du couchant, que domine le pavillon de l'Horloge, et l'autre à la porte
du midi, qui est en face du pont des Arts; la première de ces deux ailes est telle qu'elle fut exécutée dans l'origine, l'autre a subi des changemens
vers le haut.

Henri II, fils et successeur de François Ier, fit
continuer les travaux; ils furent suspendus pendant les guerres de religion ; on les reprit sous
Louis XIII, et conduits par l'architecte Lemercier , qui fit élever le pavillon de l'Horloge
dont Sarrasin sculpta les cariatides; l'aile occidentale
de Lescot fut reproduite de l'autre côté de ce pavillon.

Enfin, sous Louis XIV, il fut décidé que l'on ter-
minerait le Louvre le plus tôt possible. Leveau, architecte du roi, fournit des dessins pour la façade
qui est du côté de Saint-Germain-l'Auxerrois. Ils
avaient reçu un commencement d'exécution lorsque Colbert fut nommé intendant des bâtimens. Ce
grand ministre, mécontent des projets de Leveau,
fit arrêter les travaux, puis il ouvrit un concours
dans lequel tous les artistes de Paris furent invités
à présenter des dessins sur le même sujet; de
tous les concurrens , le médecin Claude-Perrault
fut le seul dont le projet captiva singulièrement
l'attention du ministre. Et, toutefois, avant de le
mettre à exécution, il voulut savoir ce qu'en pen-
saient les artistes d'Italie ; les réponses qu'il en
reçut ne le satisfaisant point , il lui vint en

l'idée de faire venir le *cavalier Bernin*, artiste qui, comme architecte, peintre, sculpteur, remplissait alors l'Europe de l'éclat de son nom. Louis XIV lui écrivit de sa propre main pour l'engager à venir à Paris, invitation qu'il accepta après quelques hésitations. Il fut reçu et traité dans le royaume avec les honneurs et les égards qu'on n'aurait accordés qu'à un grand prince.

Les dessins qu'il fournit pour le Louvre ne furent pas trouvés aussi beaux qu'on s'y attendait généralement; néanmoins, soit par égard pour une grande renommée ou par toute autre raison, il fut convenu qu'on les mettrait à exécution, et le 17 octobre 1665, le roi posa solennellement la première pierre des fondations.

Cependant, Colbert, peu satisfait des plans du Bernin, et qui, probablement, n'avait consenti à leur adoption que par condescendance pour le roi, fit des observations, proposa des changemens, des additions qui révoltèrent l'orgueilleuse suffisance de l'Italien; il demanda à reprendre le chemin de son pays, ce qui lui fut accordé avec une secrète satisfaction.

Il n'est pas vrai, comme l'a dit Voltaire, dans son siècle de Louis XIV, et bien d'autres après lui dans leurs écrits, que le Bernin demanda à se retirer par dépit d'avoir trouvé le projet de Perrault supérieur au sien. Tout porte à croire qu'il n'en avait point eu connaissance. (Voyez Mémoires de Ch. Perrault.)

Une fois qu'on se fut débarrassé du cavalier, on revint au projet du médecin qui, comme il le méritait, fut trouvé magnifique. On commença à bâtir en 1666, et les travaux furent poussés avec tant d'ardeur que la façade fut terminée quatre ans après (1670).

La colonnade du Louvre se compose de deux ordonnances superposées, et divisées l'une et l'autre

par trois avant-corps. L'ordonnance du rez-de-
chaussée est percée de fenêtres dont les bordures
forment, à très peu de chose près, tous les ornemens
dont elle est décorée. Cette ordonnance sert comme
de soubassement à la colonnade proprement dite.

Celle-ci est divisée en deux parties par l'avant-
corps du milieu, lequel est couronné d'un fronton
angulaire, formé de deux pierres seulement, de 17
mètres 3 décimètres de long sur 1 mètre de large.
Ces pierres n'en formaient qu'une, que l'on divisa
en deux au moyen de la scie; pour les mettre en
place, on les fit glisser sur un plan incliné, en bois,
qui commençait au Pont-Neuf.

Dans le tympan de ce fronton, on sculpta, lors
de la restauration du palais sous l'empire, le buste
de Napoléon, entouré des signes allégoriques de la
Victoire et des divinités qui président aux arts. Sur
le socle qui portait le buste, on lit :

NAPOLÉON-LE-GRAND A TERMINÉ LE LOUVRE.

Après le retour des Bourbons, le buste de l'Empereur dut céder la place à celui de Louis XIV, au-
dessous duquel on lit :

LUDOVICO MAGNO (A Louis-le-Grand).

Les avant-corps extrêmes n'ont point de fronton,
ils sont ornés de pilastres aux angles et percés de
trois fenêtres; celle du milieu, beaucoup plus grande que les autres, est pratiquée dans un enfoncement, deux colonnes corinthiennes l'accompagnent.

Ce qu'il y a de plus remarquable dans cette façade, ce sont les deux colonnades d'ordre corinthien qui sont comprises entre les trois corps-
avancés; les colonnes accouplées posent deux à deux
sur un même socle.

On s'est demandé souvent pourquoi l'architecte

n'a pas laissé des espaces égaux entre ses colonnes, comme cela se pratique ordinairement; il est probable que ce fut par un trait de génie dont il ne se rendit pas compte. Si, cependant, on en cherche la raison, on trouvera qu'une colonnade, derrière laquelle s'ouvre un rang de fenêtres, ne fait pas bien quand deux fenêtres consécutives ne sont séparées que par une colonne, on dirait que chaque fenêtre en prend la moitié. Dans le cas où les colonnes sont accouplées, chaque fenêtre est censée encadrée entre deux colonnes.

La galerie qui règne derrière les deux colonnades ayant quatre mètres de largeur, il fallut trouver un moyen d'empêcher les plates-bandes de s'affaisser et de s'écrouler, on atteignit très heureusement le but en ménageant dans l'intérieur de l'entablement et au-dessus du plafond du portique, une galerie couverte d'une voûte en plein-ceintre ; par ce moyen, les plates-bandes n'eurent à soutenir que leur poids seulement; et, pour achever de consolider le tout, on accrocha, s'il est permis de parler ainsi, les voussoirs des plates-bandes à la voûte en plein-ceintre avec des tirans de fer, les colonnes elles-mêmes sont traversées dans toute leur longueur par une barre de fer recouverte d'une lame roulée d'étain.

La façade orientale du Louvre est richement ornée dans toutes ses parties ; au-dessus de la porte d'entrée se voit un bas-relief représentant un quadrige par Cartelier; dans le plafond de la galerie, sont sculptés des soleils, emblème que Louis XIV avait adopté.

Lors de la restauration du palais, sous Napoléon, on fit communiquer les deux parties de la galerie par un couloir qu'on pratiqua à travers l'avant-corps du milieu ; c'est encore à cette occasion que l'on ouvrit des fenêtres aux endroits où l'on voyait des niches auparavant; dans cette opération, l'on reconnut que Perrault avait d'abord pratiqué des fenêtres aux mêmes endroits, et qu'ensuite il les avait bouchées pour leur substituer des niches.

La colonnade du Louvre prête singulièrement à la critique. On ne tarit pas sur les défauts de convenance qu'on lui trouve : pourquoi le soubassement est-il si haut? pourquoi n'y a-t-il qu'un seul rang de fenêtres au-dessous du portique?

Et, toutefois, tout le monde est forcé de convenir que cet édifice offre l'aspect d'architecture le plus séduisant qui ait jamais existé dans le monde, on ne se lasse pas de le voir et de l'admirer. Quel heureux accord dans les masses! quelle variété! quelle richesse dans les détails!

Proportions des diverses parties de cette façade.

Sa hauteur est à sa longueur comme 4 est à 25; la largeur de l'avant-corps du milieu est à la longueur totale comme 1 est à 7.

La hauteur du soubassement est à celle de la colonnade, y compris l'entablement et la balustrade, comme 7 est à 17.

Les colonnes ont 21 modules ou 10 diamètres et demi de hauteur, et en réalité 12 mètres 6 décimètres 6 centimètres ou 37 pieds 11 pouces.

L'entablement a quelque chose de plus en hauteur que le quart de celle de la colonne. (Arch. de F. Blondel.)

Façade du côté du midi.

Sous le rapport des proportions, elle diffère peu de la précédente : sur un soubassement pareil à celui de la colonnade, s'élèvent deux étages éclairés par deux rangs de fenêtres; des pilastres corinthiens isolés séparent ces fenêtres et sont le principal ornement de cette façade.

Sa longueur est partagée en deux parties par trois avant-corps ornés de pilastres corinthiens. L'avant-corps du milieu est couronné d'un fronton angulaire; les deux avant-corps extrêmes n'en ont point.

Cette façade est bien proportionnée et plus sagement ordonnée peut-être que celle d'Orient, dont les dispositions et les ornemens sont d'une originalité extrême.

Cour du Louvre.

Le plan de cette cour est un carré; au milieu de chacune des quatre ailes qui l'enferment, est percée une grande porte en arcade, qui traverse toute l'épaisseur du bâtiment, d'où résultent quatre vestibules ornés de colonnes d'ordre dorique et ionique. Celles de ce dernier genre sont du plus mauvais goût à cause de leurs chapiteaux, dont on dirait qu'on a tourmenté les volutes à plaisir.

L'entrée qui est du côté de l'Orient est fermée par une porte en bois richement sculpté, exécutée du temps de l'empire; on y a représenté une aigle aux ailes déployées, des foudres, etc.

Des quatre façades qui entourent la cour du Louvre, il y en a trois qui sont parfaitement uniformes, la quatrième, celle d'Occident, en diffère à partir du premier étage.

Le second étage de cette aile, qui est construite suivant les dessins de Lescot, en place de pilastres et de colonnes, est ornée de riches sculptures; de petits avant-corps ornés de tables de marbre et de bas-reliefs par Jean Goujon, en rompent l'uniformité. Cette aile est couverte d'un toit apparent, et l'avant-corps du milieu se termine par un pavillon carré.

Perrault, auteur des façades uniformes, ne s'est écarté du système de Lescot que dans le second étage, qu'il n'a point orné de sculptures, mais de colonnes d'ordre corinthien, de sorte que, du rez-de-chaussée jusqu'au grand entablement, on voit trois ordres superposés : les deux extrêmes sont corinthiens, et celui du milieu composite.

Les façades uniformes sont couvertes de toits masqués par des balustrades.

La cour du Louvre, la plus magnifique du monde, offre, à côté de quelques imperfections, des beautés du premier ordre; les fenêtres qui éclairent l'intérieur des quatre ailes sont d'une rare perfection. Toutes ces diverses constructions sont empreintes d'un ton de grandeur et d'opulence qu'on ne saurait trop admirer.

Galerie du Louvre.

Du côté de la rivière, le Louvre est joint aux Tuileries par une suite de bâtimens contigus de même hauteur, mais différens les uns des autres par leurs masses et leurs détails; on donne à cette file de constructions le nom de *galerie* avec aussi peu de raison que si l'on appelait de ce nom l'assemblage de maisons qui forme le côté d'une rue. Les auteurs de cette galerie ont fourni une preuve éclatante de cette vérité : que l'orgueil des architectes les empêche, quand ils sont chargés de continuer un édifice, de se conformer fidèlement aux plans de ceux qui l'ont commencé; de là, tant de monumens irréguliers manquant d'unité.

La galerie du Louvre change jusqu'à sept fois de système, il y a des parties du côté du Louvre qui ne sont pas encore terminées. A partir d'un avant-corps, couronné par une lanterne, jusqu'au palais des Tuileries, la galerie est parfaitement régulière; elle se compose, au rez-de-chaussée, d'un rang d'arcades au-dessus duquel correspond un rang de fenêtres; le tout est couronné de frontons alternativement circulaires et angulaires. Cette construction est ornée de pilastres accouplés d'ordre corinthien.

On loue, dans cette partie de la galerie, la force et la pureté des sculptures que Louis XIV fit exécuter dans les tympans des frontons.

Il y a quelque probabilité que la galerie du Louvre fut commencée sous Charles IX. Henri IV la fit terminer en grande partie; quant à la maçonnerie, elle fut complétée, telle qu'on la voit, par les rois Louis XIII et Louis XIV.

A l'intérieur, la galerie est ouverte dans toute sa longueur. (V. Musées.)

TUILERIES (palais des).

L'immense palais des Tuileries est dans son ensemble un véritable fatras. Cet amas de pavillons de toute forme, de toute grosseur, distribués sur une même ligne, couverts de combles énormes et dominés par des cheminées gigantesques, offre un aspect qui n'a rien de monumental. Et cependant les divers corps qui composent ce palais sont symétriques entre eux. En partant du pavillon du milieu, ce qui se trouve à gauche est tout-à-fait pareil à ce qui se voit à droite.

Cet édifice, ou plutôt ce groupe d'édifices, fut commencé, par ordre de Catherine de Médicis, en 1564.

Hédouin delin.

Dureau sculp.

PALAIS DES TUILERIES.

Philibert de l'Orme en fournit les dessins. Le palais, qui fut bâti sous la conduite de cet architecte, se composait du pavillon du milieu et des deux ailes qui le lient avec les deux autres pavillons suivans, lesquels étaient alors extrèmes.

On ignore si de l'Orme avait le projet d'étendre les constructions plus loin ; il est probable que non : il n'aurait pas fait preuve de talent, si telle avait été son intention.

La reine, dit-on, se dégoûta de son entreprise. Disons plutôt que les troubles et les guerres de religion, qui ne tardèrent pas à éclater, la forcèrent de laisser les travaux en suspens.

Ils furent repris par Henri IV, sous la direction d'Étienne du Pérat. Sous Louis XIII, l'architecte Ducerceau donna au palais tous les développemens à peu près qu'il présente aujourd'hui, comme on peut s'en convaincre par les plans de cet architecte qui existent encore.

Enfin, sous Louis XIV, Leveau et Dorbay furent chargés de mettre de l'ordre et de la régularité dans cette confusion d'ailes, de pavillons ; ce qu'ils firent de leur mieux. Ils abaissèrent certaines parties, en élevèrent d'autres, refirent le pavillon du milieu, démolirent un bel escalier en vis, ouvrage de de l'Orme, qui occupait le vestibule, et qui interceptait la vue du jardin ; ils changèrent la forme du toit, le faisant carré de sphérique qu'il était auparavant.

Depuis 1664 qu'eurent lieu ces modifications, le palais n'a pas reçu de changemens notables, du moins quant à l'extérieur. Seulement, quelque temps après 1830, le grand escalier, qui conduisait du pavillon du milieu au premier étage, fut détruit et remplacé par celui que l'on voit à gauche en venant du jardin, il occupe la galerie qui conduisait autrefois à la chapelle. Ce changement peut avoir ses a-

5

vantages particuliers , mais il faut convenir que le nouvel escalier, étroit, couvert de voûtes basses, n'a pas la grandeur imposante de l'ancien.

Du côté du jardin , on voyait de chaque côté du pavillon du milieu deux terrases découvertes. Lorsqu'on refit l'escalier d'honneur , on exhaussa celle de gauche, ou plutôt on la convertit en galerie couverte en élevant le mur qui lui servait de parapet jusqu'à la hauteur des constructions voisines. Ce changement ne produisit aucun mauvais effet ; la terrasse de droite existe toujours.

Le palais des Tuileries tire son nom d'une fabrique de tuiles établie depuis long-temps sur le terrain qu'il occupe. Désessarts et de Villeroi ; ayant acquis ces terrains , y firent élever deux maisons de plaisance en 1342. François Ier acheta ces propriétés , et ce fut sur leur emplacement que la reine, veuve de Henri II , fit jeter les fondations du palais.

Il n'est pas bien certain si Catherine habita sa nouvelle demeure, mais il est probable que les rois Henri IV , Louis XIII y firent quelque séjour , puisqu'ils s'occupèrent de son embellissement ; Louis XIV, dans sa jeunesse, habita quelquefois les Tuileries ; alors on donnait volontiers à ce palais le nom de *Louvre* , à cause sans doute du séjour que le roi y faisait. Dans la suite , la cour s'étant fixée à Versailles , les Tuileries furent délaissées ; Louis XVI n'y fit que de courtes apparitions ; plusieurs personnes y obtinrent des logemens , ce qui fit dire que les Tuileries étaient devenues un hôtel garni.

En 1792 , l'infortuné Louis XVI fut contraint de venir s'y établir. La populace de Paris l'en chassa le 10 août 1792. Ensuite la Convention y tint ses séances. Enfin Bonaparte, devenu consul à vie, en prit solennellement possession, et depuis lors ce palais n'a pas cessé d'être la demeure principale du chef de l'état.

PALAIS DU LUXEMBOURG.

(*Rue de Vaugirard*, *n°* 19.)

La reine Marie-de-Médicis, de l'illustre maison des ducs de Florence, femme du roi Henri IV, voulut se faire un palais qui, par son style, lui rappelât sa patrie; le palais *Pitti* fut pris pour type par *Jacques Desbrosses*, l'architecte en vogue dans ce temps-là.

Le Luxembourg, du côté de la rue de Vaugirard, se présente avec deux pavillons extrèmes, qui communiquent entre eux par une galerie, véritable hors-d'œuvre, au milieu de laquelle domine un petit pavillon de fort mauvais goût, mais toujours dans le style caractéristique du palais. Ce pavillon, ou ce petit dôme atténue, s'il est permis de parler ainsi, le vide que laissent entre eux les deux pavillons extrèmes.

Le plan géométral (par terre) de ce palais est très régulier, car il fut combiné et arrêté par un même homme : ce sont des carrés ou des rectangles allongés; en entrant, du côté de la rue, on arrive dans une belle cour, plus longue du midi au nord que de l'est à l'ouest.

Au midi de cette cour, le palais autrefois se terminait par un corps de bâtiment flanqué à ses extrémités de quatre pavillons. Depuis la révolution de Juillet, on a ajouté au midi du palais un nouveau corps de bâtiment terminé par deux pavillons pareils en tout à ceux dont il vient d'être parlé, de sorte que le palais du Luxembourg se compose maintenant de huit pavillons : deux au nord et six au midi; ces derniers sont parfaitement semblables entre eux.

Le nouveau corps de bâtiment, dans lequel se

trouve la salle de la Chambre des pairs, ne nuit point, quoique ajouté au plan primitif, à l'ensemble du palais; on doit même convenir que la façade qui domine actuellement du côté du jardin est, sous quelques rapports, supérieure à l'ancienne, dont elle est à peu de chose près une copie fidèle. Le cadran solaire a été remplacé par celui d'une horloge à roues; le pavillon du milieu est couvert par un petit dôme carré d'une coupe élégante, qui produit un agréable contraste avec la lourdeur des combles des pavillons extrêmes.

Le palais du Luxembourg est un assemblage de bâtimens le plus irréprochable que l'on connaisse; car malgré les additions qu'on lui a faites, le plan primitif n'a pas éprouvé d'altérations nuisibles.

Jacques Desbrosses, l'auteur de cet édifice, avait plutôt le génie de la solidité, de la force, que celui de l'élégance et de la grâce, ce qu'attestent le portail Saint-Gervais, l'aqueduc d'Arcueil, ses ouvrages. Son palais du Luxembourg, tout couvert de bossages, jusque dans les plus petits détails, est d'une solidité parfaite, sans doute; mais d'une pesanteur, d'une monotonie que l'on pourrait dire fort ennuyeuses.

En entrant du côté de la rue Vaugirard, et en tournant à gauche, au-dessous de la galerie, on arrive au pied d'un escalier très ordinaire qui conduit à des galeries dans lesquelles sont exposés des tableaux de peintres vivans. Ces galeries sont ouvertes au public tous les dimanches (*Voir* Musées).

Le palais du Luxembourg, bâti sur l'emplacement d'une maison ayant appartenu au duc d'Epinay-Luxembourg, d'où il a pris le nom, fut commencé en 1615; il a été appelé successivement Palais d'Orléans, du nom du duc d'Orléans, frère du roi, et, depuis la révolution, il a été le palais du Directoire, du Consulat, du Sénat conservateur, de la Chambre

Hédouin del.t

Durau sculp.t

HOTEL DES INVALIDES.

des Pairs, mais le public l'a toujours désigné sous le nom de *Luxembourg*.

PALAIS-ROYAL.

Le cardinal de Richelieu, ministre tout-puissant du roi Louis XIII, et qui, dit-on, s'allouait quatre millions de livres par an pour subvenir à ses dépenses particulières, ce qui n'est guère probable, car quatre millions de ce temps-là auraient été l'équivalent de trente à quarante millions d'aujourd'hui.

Quoiqu'il en soit, Richelieu se fit bâtir un palais dont on jeta les fondations en 1629. Cet édifice, considéré comme monument, n'avait rien de supérieur; son plan manquait d'unité, et quoique les constructions aient été refaites en grande partie depuis Richelieu, le Palais-Royal ne se distingue d'un hôtel ordinaire que par l'espace qu'il occupe, le nombre et l'importance des bâtimens qui en dépendent.

La façade qui domine au midi du côté de la place se compose de deux ailes qui se terminent par deux pavillons ornés d'un fronton angulaire soutenu par quatre colonnes ioniques beaucoup trop espacées. Ces deux pavillons sont liés entre eux par une galerie découverte d'ordre toscan ou plutôt dorique. Cette galerie et les deux ailes qu'elle fait communiquer entre elles, forment trois des quatre côtés d'une cour qui est fermée au nord par un gros corps de bâtiment, couvert de combles élevés et dont l'uniformité est rompue par un corps saillant couronné d'un fronton courbé en arc de cercle qui s'élève au milieu.

Tout cet assemblage de constructions manque d'unité; les détails en sont mesquins et dépourvus de force et de noblesse.

De cette première cour, on passe dans une seconde plus spacieuse; elle est entourée de trois côtés (orient, nord et couchant) de colonnades d'ordre dorique, dont les entablemens n'ont ni trigliphes, ni autres ornemens; ces colonnes n'ayant qu'environ cinq mètres de hauteur, on s'est vu dans la nécessité de donner aux entrecolonnemens plus de largeur que ne le permettent les règles de l'art et du bon sens.

Cette cour, qu'on appelle des *Colonnes*, est dominée au midi par une énorme façade solidement construite, et c'est tout le bien que l'on en peut dire; les détails en sont lourds, coordonnés sans discernement; des colonnes qui ont quelque ressemblance avec celles qu'on appelle d'ordre ionique et qui ont la prétention d'orner le gros pavillon du milieu de la façade, sont d'un style barbare, détestable.

A l'orient de cette cour et au-dessous de la colonnade, on aperçoit sur le mur des reliefs qui représentent des ancres, des proues de navires... Ce sont des emblêmes qui font allusion aux fonctions d'amiral de France que le cardinal avait exercées.

Richelieu fit orner son palais avec un luxe vraiment royal : on y trouvait toutes les commodités désirables, des salles de bals, deux salles de spectacles, dont une pouvait contenir 1,500 spectateurs et l'autre le double de ce nombre; plusieurs galeries contenaient des tableaux de grand prix et d'autres objets rares et curieux. Les vases de la chapelle en or massif qui servaient aux diverses cérémonies du culte, étaient pour la plupart enrichis de diamans. On appelait cet assortiment de vases sacrés *la Chapelle d'or du Cardinal*.

Le luxe que le grand ministre étalait dans ses bâtimens, ses équipages, excitait la jalousie de son maître. Pour obvier aux inconvéniens qui pouvaient en résulter, il lui fit don de son palais, mais ce ne fut qu'après sa mort (1642), que le roi et la reine en prirent possession le 7 octobre; dès-lors ce palais, qui auparavant s'appelait *Cardinal*, prit le nom de

Royal qu'il a toujours conservé; pendant la révolution, on lui imposa les noms de *Palais-Égalité, Palais du Tribunat.*

Galeries du Palais-Royal.

Jusque vers la fin du 18me siècle, le Palais-Royal ne se composait que des bâtimens dont il vient d'être parlé, lorsqu'on suggéra au duc d'Orléans, père du roi Louis-Philippe, l'idée d'entourer de portiques et de galeries le vaste jardin qui s'étendait au nord du palais. Ce projet fut trouvé bon; on se mit promptement à l'ouvrage (en 1781), et dans peu d'années les longues galeries du palais, et les étages qui sont au-dessus, furent terminés, sous la conduite de l'architecte *Louis,* qui en avait fourni les dessins.

Le plan de ces constructions est un rectangle (un carré long) dont les deux grands côtés sont dirigés du midi au nord.

Les trois anciennes galeries sont éclairées par cent quatre-vingts arcades parfaitement égales; leurs pieds-droits sont ornés de pilastres cannelés d'ordre composite, dont les chapiteaux s'élèvent jusqu'au second étage; l'entablement qui, eu égard aux grandes proportions des pilastres, est nécessairement d'une grande hauteur, est percé d'ouvertures qui servent de fenêtres à des logemens qui sont derrière; une balustrade couronne le tout.

Ces trois ailes de bâtimens sont ornées de sculptures qui manquent de correction et de délicatesse, mais qui, vues d'un peu loin, donnent à l'édifice une apparence de richesse qui satisfait. L'architecte commit la faute, peu grave à la vérité, de faire communiquer ses trois galeries tout simplement à angles droits (d'équerre); ces coudes auraient dû être fortifiés par un corps avancé d'un style différent de celui des galeries.

Depuis le retour des Bourbons, une nouvelle galerie, dite d'*Orléans*, richement ornée et couverte de tables de verre, établit, du côté du midi, une communication entre les anciennes galeries, d'où résulte une promenade couverte continue. (*Voir* Jardins).

PALAIS DE LA CHAMBRE DES DEPUTÉS.

(*Rue de Lille.*)

Cet immense palais, propriété ci-devant de la maison de Condé, fut commencé en 1722 par ordre de la duchesse douairière de Bourbon, ce qui lui fit donner le nom de *Palais Bourbon*.

Depuis la révolution, les constructions de cet édifice ont subi de grandes modifications, principalement du côté de la rivière. Du côté du Midi, se présentent deux pavillons unis entre eux par une galerie à jour ornée de deux rangs de colonnes d'ordre corinthien. La principale porte d'entrée, percée dans une sorte d'arc de triomphe, coupe cette galerie en deux parties égales. Ce portail a de la force et de la pureté; il est, dans son genre, le premier de Paris.

Après la grande porte, vient une cour spacieuse, ceinte à droite et à gauche de constructions simples, régulières et sans ornemens. Au fond s'élèvent deux pavillons ornés chacun de colonnes corinthiennes, entre lesquelles sont percées des fenêtres. Ces ouvertures sont trop grandes, ce qui fait que les pavillons ressemblent à des cages.

Entre les ailes qui terminent ces pavillons, se présente un portique soutenu par quatre colonnes corinthiennes et couronné d'un fronton angulaire. Les voitures arrivent jusqu'à son perron par deux plans inclinés, contournés en arcs de cercle. On lit sur la frise · CHAMBRE DES DÉPUTÉS.

C'est par la porte qui s'ouvre au-dessous de ce péristyle que le roi et les députés se rendent dans la salle des séances.

Vu du côté de la place, le palais de la Chambre n'a pas cet aspect imposant qui caractérise la demeure d'un grand prince, mais les divers corps qui le composent sont symétriques et assez bien assortis entre eux. Le mur énorme auquel est adossé le portique sous lequel est la porte d'honneur, est d'une trop pesante simplicité.

Du côté de la rivière, le Palais-Bourbon, autrefois, n'offrait rien qui pût le mettre au-dessus d'un hôtel ordinaire; mais, depuis que les assemblées législatives y tiennent leurs séances, on l'a rebâti en entier; on n'a pas réussi à lui donner le ton de grandeur auquel on prétendait. On a élevé une grosse masse de laquelle se détache un portique orné de douze colonnes d'ordre corinthien aux grandes proportions, mais au reste d'un style assez commun. Ce portique, couronné d'un fronton angulaire, a le défaut capital de ne se composer que d'un seul rang de colonnes; du moins eût-il fallu ménager sur le mur un rang de pilastres qui leur correspondît. Cinq portes basses et toutes égales entre elles se présentent derrière les colonnes prises deux à deux.

Lorsque le palais fut affecté au conseil des CINQ CENTS, on construisit dans son intérieur une salle particulière, dans laquelle cette nombreuse assemblée put tenir ses séances. C'était une sorte d'amphithéâtre orné d'une colonnade en stuc, d'ordre ionique, disposée en demi-cercle. Cette construction, exécutée à la hâte et avec peu de soin, menaçant ruine, la Chambre des députés vota les fonds nécessaires pour son entière reconstruction.

La nouvelle salle a nécessairement, à cause de sa destination, beaucoup de rapport avec l'ancienne; la tribune et le fauteuil du président occupent le centre d'un péristyle semi-circulaire composé de 20 colonnes d'ordre ionique dont les fûts sont en marbre poli couleur de chair, et d'une seule pièce; les bases et les chapiteaux de ces colonnes sont en bronze doré.

PALAIS-DE-JUSTICE.

Ce palais est situé dans l'île de la Cité, ce qui fait supposer avec raison que son origine remonte aux rois de la première race; il fut réparé par ceux de la troisième dynastie, dont les douze premiers y fixèrent leur séjour; il existe encore des pièces qui portent les noms de *Cuisines de Saint-Louis*, de *grande chambre de Saint-Louis*; la Sainte-Chapelle (voyez Eglises), est un monument dû à saint Louis.

Le Palais-de-Justice modifié, agrandi à diverses époques, est aujourd'hui un amas confus de constructions sans ensemble. Comme on est sur le point d'opérer de grands changemens dans cet édifice et de l'augmenter considérablement, nous signalerons pour le moment ce qu'il y a dans ce palais qui mérite d'être vu.

Du côté de la rue de la Barillerie s'offre une grande grille en fer d'une belle apparence, dont le fini d'exécution laisse beaucoup à désirer; en cela on ferait mieux aujourd'hui. Cette grille est fortifiée de distance en distance par des pilastres d'ordre ionique, formés de barreaux de fer; leurs chapiteaux manquent de grâce et de correction.

La grille dont il est ici question, construite sous Louis XVI, avait reçu des ornemens de bronze fleurdelisés, on les fit disparaître pendant la révolution; on les rétablit après le retour des Bourbons; détruits de nouveau en 1830, on les a remplacés; ce sont maintenant des globes en bronze doré tout unis.

A droite et à gauche de la grille, viennent aboutir deux ailes de bâtimens qui se terminent par deux avant-corps ornés de quatre colonnes doriques. Ces deux ailes de bâtimens reposent sur des soubassemens auxquels, par nécessité, on a été obligé de donner trop de hauteur.

En face de la grille et de l'autre côté, se développe un large perron formé d'un grand nombre de marches. Ce perron conduit au-dessous d'un portique soutenu par quatre colonnes doriques, d'un style un peu lourd; en arrière et au-dessus de ce portique domine un pavillon carré.

Dans l'intérieur du palais, on trouve une grande salle dite des *Pas-Perdus*, par Jacques des Brosses; elle est voûtée et divisée en deux nefs par un rang d'arcades.

La salle où la cour de cassation tient ses séances, mérite d'être vue. Cette salle, avant la révolution, portait le nom de *Grand'-Chambre*; il faut en demander le chemin ou s'y faire conduire. Il faut encore voir une galerie qui a reçu, il y a quelques années, des ornemens dans le style du moyen-âge.

Lorsque le Palais-de-Justice sera terminé, nous lui consacrerons un article d'une longueur convenable.

PALAIS DU QUAI D'ORSAY.
Rue de Lille, 66.

Cet énorme édifice fut commencé sous l'empire. Les constructions s'élevaient, du côté du quai, jusqu'au premier étage, quand les revers qu'éprouvèrent nos armées firent suspendre les travaux; repris et poussés avec vigueur depuis 1830, ils furent terminés avec une incroyable rapidité, tant à l'extérieur qu'à l'intérieur.

La façade de ce palais qui regarde le quai a quelques beautés et de grands défauts : au milieu, se présente un avant-corps composé de trois étages, celui du rez-de-chaussée est éclairé par un rang de grandes fenêtres en arcades, séparées par des colonnes d'ordre toscan adossées au mur.

Le second étage est semblable à celui du rez-de-chaussée, avec cette différence que les colonnes qui séparent ses fenêtres, aussi en arcades, sont d'ordre ionique.

Enfin, au-dessus, est un étage beaucoup plus bas, percé de petites fenêtres carrées, séparées par des pilastres de fantaisie.

Ce grand corps de bâtiment a de la force, de la régularité, mais il est lourd et dépourvu de grâce, il serait mieux si le second étage était plus haut que celui du rez-de-chaussée; mais ce qui dépare surtout cette façade, ce sont les corps en retraite qui se voient de chaque côté du bâtiment principal ; ils sont divisés en quatre étages percés d'une multitude d'ouvertures de toutes grandeurs; pour tout dire, en un mot, ces arrières-corps sont pitoyables.

Les trois autres façades du palais offrent de grandes beautés et peu de défauts; la symétrie y est bien observée : il y a du mouvement, de la grâce et de la légèreté sans maigreur.

La plus belle de ces façades est incomparablement celle qui borde la rue de Lille ; elle s'annonce par deux avant-corps réunis par une belle galerie à jour soutenue par des arcades, derrière laquelle on trouve une cour de figure rectangulaire entourée de quatre ailes de bâtimens de toute beauté; rien de plus agréable à voir que ces galeries couvertes ornées d'arcades d'un goût exquis; ses dispositions rappellent le système que l'on a suivi généralement dans l'édification des palais italiens.

Deux cours, plus petites que celle dont il vient d'être question, ont été réservées dons l'intérieur; on y entre par de belles portes en arcade qui s'ouvrent sur les rues de Bellechasse et de Poitiers.

Le palais du quai d'Orsay est dans le genre dit de *la Renaissance*, mais dans le meilleur goût. L'adoption de ce système, dont on a tant abusé depuis une vingtaine d'années, entraîne dans des fautes qu'il est difficile d'éviter; il affectionne les plafonds en bois avec quelques dorures, et très souvent sans aucune espèce d'ornemens; ces plafonds sont soutenus souvent par des colonnes en pierre, ce qui produit des disparates qui font mal à voir; le palais qui nous occupe en offre des exemples.

Cet édifice, s'il n'a pas la régularité du Luxembourg, a des grâces qui sont tout-à-fait étrangères à ce dernier; il le cède au Louvre pour la richesse, la noble magnificence... Pour tout dire, en un mot, il est moins royal, mais il est, après lui, le plus beau de la capitale.

Dans ce moment, ce palais est effecté à la Cour des Comptes et au Conseil-d'Etat.

PALAIS DE LA LEGION-D'HONNEUR.

(*Rue de l'Université*, 70.)

Ce bâtiment, construit en 1786 pour le prince de Salm, ne doit son nom de palais qu'à sa nouvelle destination. Auparavant, c'était tout simplement un hôtel plus élégant, mais bien moins imposant que plusieurs des autres grands hôtels du faubourg St-Germain.

Ce palais est dans le genre d'architecture qui dominait pendant la seconde moitié du dix-huitième siècle ; on croit avec quelque raison que son auteur, l'architecte Rousseau, se proposait, en traçant le plan de son hôtel, d'imiter celui de l'Ecole de Médecine, en lui faisant subir, toutefois, de notables modifications.

Comme l'Ecole de Médecine, le palais de la Légion-d'Honneur est d'ordre ionique.

Du côté de la rue, il s'annonce par deux pavillons qui communiquent entre eux par une colonnade à jour, coupée en deux moitiés par un massif percé d'une porte cochère. Cette disposition rappelle l'entrée du Palais-Bourbon qui donne sur la place.

Après la porte d'entrée, vient une grande cour de figure rectangulaire, entourée de galeries soutenues par des colonnes d'ordre ionique. Ces galeries sont de beaucoup trop étroites, et les colonnes, qui en font le principal ornement, n'ont pas d'assez larges proportions, ce qui fait que ces portiques ne sont que jolis.

En face de la principale porte d'entrée se voit au fond de la cour, un portique orné de six colonnes d'ordre corinthien, supportant un fronton ou plutôt un attique de figure rectangulaire. Sur la frise de ce portique on lisait, du temps de l'empire :

HONNEUR, PATRIE, NAPOLÉON.

Depuis 1814, le dernier de ces trois mots a disparu.

Du côté de la rivière, le palais présente une façade dont le corps principal et le plus avancé est une demi-rotonde ornée de colonnes corinthiennes engagées. Cette demi-rotonde est couverte d'une calotte, au bas et tout autour de laquelle sont des statues représentant des personnages debout.

L'hôtel de Salm-Salm a généralement de la grâce, mais il est dépourvu de force et de grandeur. La plus grande partie de l'intérêt qu'on lui porte, lui vient de sa nouvelle destination.

LE GARDE-MEUBLE.

Lorsque, sur la fin du règne de Louis XV, on voulut lier d'une certaine manière le Jardin des Tuileries avec les Champs-Elysées, on adopta le projet d'ouvrir, entre ces deux promenades, une place défendue par des fossés et ceinte de riches balustrades. Au midi et de l'autre côté de la rivière, existait déjà le Palais-Bourbon. Afin de lui donner une sorte de pendant, on éleva, au nord de la place, les deux corps de bâtiment que l'on connaît sous le nom de *Garde-Meuble*, apellation qui manque de justesse : car il n'y a que les constructions qui sont derrière la colonnade que le spectateur voit à sa droite, quand il regarde vers le nord, qui aient servi de magasins aux meubles et autres objets précieux appartenant à la couronne. L'autre corps de bâtimens appartient à des particuliers.

Le système que Gabriel, l'architecte du Garde-Meuble, se proposait d'imiter, est, à n'en pas douter, celui que le médecin Claude Perrault avait suivi dans la composition de sa colonnade du Louvre.

Les deux bâtimens du Garde-Meuble sont parfaitement semblables et symétriques ; il suffit d'en décrire un pour faire connaître l'autre.

Au rez-de-chaussée est un soubassement percé d'un rang de fenêtres en arcades, derrière lesquelles règne une galerie couverte d'une voûte.

Au-dessus de cette galerie, en est une autre ornée, sur le devant, d'une colonnade d'ordre corinthien ; le mur, qui fait face à cette colonnade, est percé de deux rangs de fenêtres qui éclairent l'intérieur de deux étages.

Les deux extrémités du bâtiment sont fortifiées

par deux avant-corps ornés de portiques couronnés de frontons angulaires portés chacun si quatre colonnes engagées, d'ordre corinthien.

Les bâtimens du Garde-Meuble n'ont pas, à beaucoup près, les magnificences du Louvre : les deux rangs de fenêtres qui se voient derrière les colonnades sont d'un style sec et pauvre; les entre-colonnemens sont trop larges, et, malgré ces défauts, le Garde-Meuble n'est pas indigne de la qualificatio du *Palais*.

BOURSE (Palais de la).

Rue des Filles-Saint-Thomas.

Le nom de palais, que porte cet édifice, ne lui convient guère car ordinairement, par le mot palais on désigne une réunion de constructions qui sont groupées entre elles avec plus ou moins d'art il serait plus convenable de donner à la Bourse de Paris, qui consiste en un seul corps de bâtiment, le nom de *Temple de Plutus*; la Bourse, en effet, a beaucoup de rapport, quant à l'extérieur, avec les temples des païens.

Le plan géométral de cet édifice est un rectangle ou carré-long, de 69 mètres de long sur 41 de large, dont la direction est d'orient en occident.

Un soubassement tout uni porte un péristyle de soixante-six colonnes d'ordre corinthien ; ce péristyle enveloppe les quatre faces sans interruption;

les colonnes ne sont point cannelées, elles ont un mètre de diamètre, et, suivant la règle, dix mètres de hauteur.

La principale entrée est du côté de l'occident; on y arrive par un perron de seize marches, enclavé entre deux massifs qui attendent toujours les statues qu'ils doivent porter. Quand on a franchi le perron, on se trouve sous un beau portique de quatorze colonnes de front; il serait sans défauts s'il était plus profond, c'est-à-dire si, au lieu de se composer de deux rangs de colonnes, il en avait trois ou quatre.

Du côté opposé, celui d'orient, il y a aussi un perron qui est moins large que le précédent; il conduit à un portique qui n'a qu'un rang de colonnes. Ce portique, ainsi que le précédent, n'ont point de frontons angulaires. La colonnade porte un entablement dont la frise n'a reçu aucun ornement; un attique, aussi d'une grande simplicité, règne tout autour de l'édifice et masque le toit.

Derrière la colonnade, on aperçoit deux rangs de fenêtres en arcades, séparées par un entablement d'ordre dorique; voilà un défaut capital; Palladio l'a dit et la raison l'approuve : On ne doit jamais élever, derrière une colonnade, deux rangs de fenêtres superposés, l'imposte, le cordon, comme on voudra l'appeler, qui sépare ces deux rangs de fenêtres, semble couper les colonnes en deux. Et, d'ailleurs, à quoi pensait-on lorsqu'on mettait du dorique à côté du corinthien.

Le bâtiment est couvert d'une charpente en fer sur laquelle on a cloué des feuilles de cuivre.

Dans l'intérieur du palais, on trouve une grande salle dans laquelle se réunissent les négocians et les agioteurs. Son plan est un rectangle; le jour qui l'éclaire arrive par une grande ouverture vitrée qu'on a ménagée dans un plafond en dos d'âne que soutiennent deux rangs d'arcades superposés. L'ensem-

6

ble de cette salle, sous le rapport de l'art, n'atteint pas même le médiocre; les pieds-droits des arcades sont trop massifs, ceux surtout du rang supérieur, et puis la salle, eu égard à sa hauteur, paraît trop étroite.

Dans l'intérieur du plafond sont peints divers sujets en grisailles (avec deux couleurs seulement, le blanc et le noir), représentant des sujets qui ont des rapports avec le commerce.

Au premier étage, et sur la gauche de la grande salle, on trouve une large galerie soutenue par deux rangs de colonnes d'ordre toscan; du fond de cette galerie, on arrive dans un grand vestibule sous lequel s'ouvre la porte du tribunal de commerce.

Le palais de la Bourse ne laisse rien à désirer sous le rapport de l'exécution; il serait difficile de faire mieux, et, quoique cet édifice prête le flanc à la critique dans plusieurs de ses parties, il n'en est pas moins un des plus beaux de la capitale; la colonnade qui l'entoure ne mérite que des éloges.

La Bourse fut bâtie sur les dessins de Brongniart.

BOURSE (*histoire*).

Elle a été instituée en 1724; d'abord elle s'assembla dans une partie de l'ancien hôtel Mazarin, au coin des rues Vivienne et Neuve-des-Petits-Champs; ensuite, pendant la révolution, dans l'église Notre-Dame-des-Victoires, puis dans une des galeries du Palais-Royal, puis encore dans l'ancien magasin des décors de l'opéra, et enfin dans le palais qui porte son nom.

Construction.

Un décret impérial du 16 mars 1808 ordonna la construction d'un édifice spécial pour les réunions de la Bourse sur l'emplacement de l'ancien couvent des Filles-Saint-Thomas. La première pierre en fut posée le 24 du même mois. Les travaux, commencés la même année, sur les plans fournis par Brongniart, furent poussés avec activité jusqu'en 1814 ; ralentis ensuite à cause de nos désastres politiques, repris en 1821, avec une nouvelle activité, ils furent terminés six ans après.

L'édifice occupe un parallélogramme ou carré long d'environ 71 mètres de longueur sur 49 mètres de largeur ; cette surface a donc plus d'un arpent de Paris.

Les fondations descendent de 7 mètres au-dessous du sol, et dans un endroit elles descendent de 8 mètres et posent sur 800 pilotis de 2 mètres de longueur.

Dans la construction des murs, voûtes, colonnes, on a employé plus de 40 espèces de pierres ; il n'y a en bois, dans cet édifice, que les portes, les croisées, quelques parquets et lambris ; les vitres sont en glaces.

La totalité de la dépense, non comprise la valeur du terrain concédé par l'État, s'est élevée à environ 7 millions 729 mille francs.

Dans cette somme figurent :

459,000 fr.	pour appointemens des architectes, inspecteurs des travaux ;
186,400	peintres, sculpteurs ;
282,600	sculptures des chapiteaux ;
12,000	l'horloge ;
79,400	marbres bruts des Pyrénées ;
87,500	glaces employées aux vitrages ;
103,400	la couverture en cuivre ;
86,000	l'établissement du chauffage à la vapeur ;
34,000	améliorations, extensions.

PALAIS DES BEAUX-ARTS.

Rue des Petits-Augustins.

Il occupe le terrain de l'ancien couvent des Petits-Augustins. Pendant la révolution, à l'époque où l'on profanait les tombeaux, les églises, M. Alexandre Lenoir eut l'heureuse idée de réunir, dans les bâtimens de ce couvent, tous les objets de quelque mérite, tels que statues, colonnes, bas-reliefs, qu'il put soustraire à la rage des vandales civilisés, et cette collection prit naturellement le nom de *Musée des Monumens français.*

Sous la Restauration, il fut décidé que les constructions des Petits-Augustins feraient place à un édifice régulier, bâti à neuf à peu de chose près, et qui prendrait le nom de *Palais des Beaux-Arts.* Alors, presque tous les monumens qui avaient été déposés dans cette enceinte, furent rétablis dans les lieux qu'ils occupaient avant la révolution.

Les travaux, commencés avant 1830, marchèrent d'abord avec lenteur... Il y a maintenant plusieurs années qu'ils sont terminés. Ce palais, conformément à son nom et à sa destination, devrait être le plus élégant, le plus beau, le mieux composé, le plus savamment distribué de tous les édifices publics de la capitale : eh bien ! il n'est rien de moins que cela; à quelques détails près, c'est un véritable fatras : peu de symétrie; d'unité, de plan général, point. Quant aux matériaux, du marbre, du bronze et des plâtras.

L'entrée, du côté de la rue, est défendue par une grille en fer d'un goût détestable, imbécile; c'est un grillage en tortillis, dont on ne saurait deviner le motif, et l'on a osé orner cela de dorures! De chaque côté de la principale porte s'élèvent deux gaines en pierre surmontées des têtes de Pierre *Puget* et de Nicolas *Poussin*, l'un sculpteur et l'autre peintre. Ces deux malheureux sont là travestis en Hermès, et malgré tout le respect qu'on a pour leurs talens, on ne peut, en les voyant, s'empêcher de rire, tant est bête la physionomie qu'on leur a faite.

En entrant dans la cour, s'offrent, à droite et à gauche, des vieux murs en plâtre ; un peu plus loin et sur la droite, se présente une jolie construction de style grec d'une grande pureté, quoique de la Renaissance. Ce charmant édifice faisait autrefois partie du château d'Anet (Eure-et-Loir) bâti sur les dessins de Philibert Delorme, en 1548, aux frais de Henri II, pour Diane de Poitiers ; les sculptures sont de Jean Goujon.

Un peu plus loin, on a bâti deux ailes en arcs de cercle, décorées de colonnes ioniques adossées au mur et dont les entablemens ne couvrent pas les entrecolonnemens ; l'une de ces ailes est supportable, celle de gauche ne vaut rien.

Entre ces deux hémicycles s'élève une colonne de marbre rouge d'une seule pièce ; son chapiteau, en bronze et d'ordre corinthien, est surmonté de la statue d'un ange, aussi en bronze. Cette colonne provient du tombeau du cardinal Mazarin.

A la suite de ce monument, qui est à peu près irréprochable, on trouve une partie de la façade du château de Gaillon (près Meulan) bâti en 1500 pour le cardinal Georges d'Amboise. Ce morceau d'architecture, plus singulier que beau, aurait été plus convenablement placé dans l'une des cours qui sont sur les ailes du palais ; ici, il masque désagréablement l'entrée du principal corps de bâtiment.

En avant de la porte du pavillon central, on voit un grand bassin circulaire en marbre et d'une seule pièce ; il est un peu dégradé. On arrive enfin dans un vestibule orné de colonnes d'ordre toscan dont les fûts, en marbre rouge, sont d'une seule pièce ; les

6.

bases et les chapiteaux sont en marbre blanc. Les artistes qui ont fourni les dessins de ces piliers ont cru sans doute donner du nouveau et du piquant en supprimant les plinthes, de façon que les tores des bases de leurs colonnes posent immédiatement sur les dalles du pavé. Innover ainsi, c'est faire un pas à reculons vers la barbarie.

A la gauche et à la droite du vestibule se présentent deux grands escaliers, chacun à une seule rampe, dont les côtés sont entièrement couverts de tables de marbre poli et sans aucune sculpture ; cette prodigalité dispendieuse, loin de dissimuler la pauvreté des escaliers, la fait au contraire ressortir.

Lorsqu'on a atteint les dernières marches, on a devant soi des portes qui conduisent dans de grandes salles destinées spécialement aux expositions des concours de peinture, sculpture, gravure, architecture, aux ouvrages que les pensionnaires de France envoient de Rome tous les ans, etc.

Ces galeries sont vastes, voilà tout leur mérite ; les ornemens dont elles sont décorées, dans le genre de la renaissance, suivant la mode du jour, sont de mauvais goût ; représentez-vous d'immenses plafonds en menuiserie divisés en compartimens et soutenus par des pilastres cannelés. Quand aura-t-on assez de bon sens pour comprendre qu'il est ridicule de faire soutenir des plafonds, droits en tous sens, par des colonnes en pierre ?

Des fenêtres de l'une de ces galeries, la vue plonge dans une cour régulière entourée de quatre ailes de bâtimens ; elle est richement pavée en marbres de diverses couleurs ; moins longue ou plus large, elle serait sans défauts. Cette cour est ce qu'il y a de mieux dans les constructions modernes du palais des Beaux-Arts.

Après avoir redescendu l'escalier, on sort dans la grande cour, et, tournant à gauche, on voit, accrochés aux murs, des bas-reliefs, divers membres d'architecture, ayant appartenu à des édifices en style gothique ou de la renaissance. De ce côté, on arrive par des corridors, dans d'autres cours entourées d'ailes de bâtimens tout-à-fait simples et qui n'ont rien de monumental.

Avant de sortir du palais, on ne manquera pas de se faire conduire dans l'antique chapelle du couvent où est exposée une copie de la fameuse fresque de Michel-Ange, par *Sigalon*, représentant *le Jugement dernier*. Il faudra visiter encore le joli amphithéâtre de peinture, dans lequel Paul Delaroche a représenté les grands maîtres des diverses écoles de peinture de toute l'Europe. Ce tableau, qui est à fresque, fait tout le tour de l'hémicycle.

Puis on se fera conduire dans la chapelle dite *de Médicis*, et autres pièces où sont exposées des copies en plâtre de statues, bas-reliefs, qui existent en Italie dans ce moment (1844).

On ne peut visiter tout l'intérieur du palais qu'autant qu'on est accompagné d'un des gardiens ; pour cela il faut s'adresser au concierge.

PALAIS DE L'INSTITUT.

(Sur la rive gauche de la Seine, tout en face du Louvre.)

Le cardinal Mazarin, qui, tout en faisant les affaires du roi de France, s'était arrondi une fortune colossale, ordonna, par son testament (1661), qu'il serait fondé, aux frais de ses héritiers, un collége dans lequel seraient élevés gratis soixante jeu-

nes gentilshommes, originaires de Pignerol ou des
Etats du pape, d'Alsace, de Flandres et de Roussil-
lon. C'est ce qui fit donner à l'établissement le nom
de *Collége des Quatre-Nations.*

Depuis la grande révolution, les bâtimens de ce
collége furent affectés à l'institut et à des écoles de
peinture, sculpture, architecture. De là, cet édifice
prit le nom de *Palais des Beaux-Arts*, nom qu'il
vient de perdre depuis que les *beaux-arts* ont un
palais spécial rue des Petits-Augustins.

Le palais de l'Institut renferme deux bibliothèques, une dite *Mazarine*, du nom du fondateur,
dans laquelle le public est admis tous les jours non
fériés, de dix à trois heures.

La seconde bibliothèque est celle de l'Institut ;
pour y être admis, il faut être recommandé par un
membre de cette illustre compagnie (V. Bibliothèques).

Considéré sous le rapport du mérite des bâtimens,
le palais de l'Institut n'est guère au-dessus d'une
caserne ordinaire, à l'exception, toutefois des constructions qui font face au pont des Arts. Elles forment un arc de cercle orné de pilastres et qui se
termine de part et d'autre à deux énormes pavillons
du plus mauvais goût. On a le projet de les détruire,
on fera bien.

Du milieu de l'arc de cercle, s'avance un méchant
portique sottement orné de colonnes engagées,
d'ordre corinthien, les unes rondes, les autres carrées ; le tout est couronné d'un fronton angulaire ;
c'était là autrefois l'entrée d'une église, dont le
dôme circulaire, d'un bien faible mérite, existe
toujours.

C'est au-dessous de ce dôme, et dans l'ancienne
église, que l'Institut tient ses assemblées d'appa-
rat.

L'architecte du palais des Quatre-Nations s'appelait LEVEAU.

PALAIS DES THERMES (DES BAINS).

(Rue de la Harpe, 63.)

On désigne, par cette dénomination, une ruine antique, que, suivant la tradition, on doit considérer comme les restes d'un ancien palais romain, ce qui est très probable; d'abord, le peu de constructions que le temps et les hommes ont épargnées, sont percées de grandes ouvertures qui ont dû servir de fenêtres à un édifice habité par des personnages de haut rang. En second lieu, la manière dont les murs sont bâtis, rappelle le système que les Romains suivaient habituellement en élevant des monumens d'un certain ordre, dont plusieurs se sont conservés en partie jusqu'à nos jours.

Les ruines de la rue de la Harpe rappellent ce système; c'est d'abord une rangée de briques posées à plat; vient ensuite une assise de petites pierres, puis une couche de mortier de plusieurs doigts d'épaisseur et ainsi de suite alternativement.

Tout porte à croire que les couches de mortier étaient fortement battues et à plusieurs reprises, afin de leur donner promptement une consistance suffisante, pour soutenir le poids des briques que l'on posait dessus; ces constructions ainsi exécutées ont acquis la dureté de la roche.

Une salle carrée, couverte d'une voûte à arêtes, est tout ce qu'il y a de curieux à voir dans l'intérieur de ces ruines.

Des fouilles ont appris que le palais communiquait avec la rivière par un souterrain, dont on a trouvé des vestiges; un autre souterrain s'étendait jusqu'à la place Saint-Michel.

Il est enfin très probable, pour ne pas dire certain, que l'aqueduc d'Arcueil, dont on voit encore des ruines, avait été construit tout exprès pour amener des eaux au palais dit des Thermes.

ELYSÉE-BOURBON.

(Faubourg Saint-Honoré.)

Ce gros hôtel que l'on qualifie du nom de *palais*, parce qu'il est habité ordinairement par des personnages de haut rang, fut bâti en 1748, pour le comte d'Evreux. Sous le rapport du mérite architectural, ce bâtiment le cède à plus de dix édifices de la capitale, qui sont la propriété de particuliers. Un vaste jardin le précède du côté du Midi; il est planté de beaux arbres; un petit canal alimenté par une fontaine artificielle, serpente sous de magnifiques peupliers, vers l'extrémité qui touche aux Champs-Elysées.

L'histoire de ce palais est des plus piquantes, considérée sous le rapport des personnages qui l'ont possédé ou habité, ce sont : le comte d'Evreux, madame d'Etioles, plus connue sous le nom de Pompadour; le marquis de Marigny, son frère; Louis XV; le financier Beaujon; la duchesse de Bourbon; pendant la révolution, l'imprimerie du gouvernement y fut établie; Murat ensuite l'acquit et l'habita; Napoléon, Alexandre, Wellington, le duc de Berry, y demeurèrent plus ou moins long-temps.

ÉCOLE MILITAIRE.

On lit, dans certains mémoires, que la fameuse marquise de Pompadour suggéra à Louis XV l'idée d'un établissement dans lequel cinq cents gentilshommes, peu favorisés de la fortune, seraient reçus pour y compléter leur éducation aux frais de l'Etat.

Le projet une fois arrêté, l'architecte Gabriel fut chargé de fournir les plans nécessaires et de conduire les travaux.

Le défaut capital de l'Ecole-Militaire est le manque d'unité; vue du côté du Champ-de-Mars, on y voit trois édifices bien distincts.

Au milieu, un gros pavillon surmonté d'un dôme carré, et, sur le devant, un portique orné de six colonnes d'ordre corinthien, dont les deux extrêmes sont en retraite; à droite et à gauche, et sur la même ligne, s'étendent deux ailes dépourvues de toute espèce d'ornémens. L'architecte Antoine a suivi le même système dans son hôtel des Monnaies.

Enfin, et toujours des deux côtés, Gabriel éleva deux corps symétriques de bâtimens ornés d'un portique surmonté d'un fronton angulaire. Ces deux édifices sont réguliers et laissent peu de prise à la critique, mais ils sont là comme des hors-d'œuvre.

Du côté opposé, l'Ecole s'annonce par deux cours fermées de grilles et entourées de bâtimens ornés de colonnes doriques accouplées. La façade principale offre un portique d'ordre corinthien couronné d'un fronton; des deux côtés, le rez-de-chaussée est orné de colonnes doriques accouplées; au-dessus, est une ordonnance semblable d'ordre ionique; les colonnes semblent comme prises dans une même masse, c'est-à-dire qu'elles sont comme engagées deux à deux dans une sorte de pied-droit; cet ensemble ne manque pas de certains agrémens.

Même avant la révolution, l'Ecole-Militaire n'existait plus que de nom; on parlait d'y transporter l'hôpital de l'Hôtel-Dieu. Depuis la révolution, l'établissement sert de caserne.

Du côté de la rivière, les constructions sont précédées d'une plaine rectangulaire d'environ 180 mètres de long sur 74 de large, c'est le *Champ-de-Mars*, entouré de fossés revêtus de maçonnerie.

En 1790, lorsqu'il fut question de célébrer l'anniversaire de la prise de la Bastille et la fête de la fédération, les Parisiens élevèrent tout autour du Champ-de-Mars des tertres en talus, en enlevant des terres du milieu de l'enceinte; ces tertres servent comme d'amphithéâtres.

Le Champ-de-Mars est propre à divers usages :
on y passe des revues, on y fait courir des chevaux,
on y donne des fêtes, etc., etc.

HOTELS.

DOME ET HOTEL DES INVALIDES.

Les hommes qui ont passé leurs belles années,
soit pour défendre leur patrie, soit encore pour faire
des conquêtes sur les peuples étrangers, ont de tout
temps inspiré dans leur vieillesse le plus grand intérêt à leurs compatriotes : les Romains distribuaient
des terres prises sur l'ennemi à leurs vétérans ; il
arriva même, dans des temps de révolution, que des
citoyens, possesseurs légitimes de leurs biens, en furent dépossédés en faveur des soldats qui avaient
contribué au triomphe du parti vainqueur.

Les peuples modernes, plus civilisés et plus équi-
tables que les païens, plaçaient leurs soldats invalides dans des établissemens religieux où ils trouvaient le nécessaire pour le soutien et le prolongement de la vie. Ces bienfaits n'étaient pas tout-à-fait
gratuits : le brave invalide devait nettoyer les cours,
balayer les salles, les corridors du couvent qui lui
donnait asile....

Les rois de France, qui depuis douze siècles mar-
chent à la tête de la civilisation, adoptèrent enfin
sur le sort des guerriers nécessiteux et courbés sous
le poids des ans, des projets d'établissemens dans
lesquels le vieux soldat devait trouver, sans la moindre apparence d'humiliation, tout ce qui pouvait
suffire raisonnablement à ses besoins de toute espèce.

Une demeure spéciale pour les soldats invalides
fut projetée sous Henri IV. Il est fort probable qu'il
en avait été question dans des temps antérieurs; on
en parla sous Louis XIII, et on n'exécuta rien.

N.° 26.

Bertmm. del.

Ducan. sculp.

COUR DES INVALIDES.

Vint enfin le grand siècle de Louis XIV à cette immortelle époque de notre histoire, la proposition d'une belle idée était immédiatement suivie de son exécution.

Les fondations de l'hôtel royal des Invalides furent jetées en 1670, sous le ministère de Louvois, pour la guerre, l'année même que la colonnade du Louvre fut terminée.

Libéral-Bruant fournit les dessins de cet immense édifice, qui devait couvrir plus de six hectares (environ dix-huit arpens). Dans l'origine, cet hôpital militaire offrait la figure d'un rectangle ou carré long, divisé en cinq cours, dont la principale, appelée *Cour royale*, occupe le centre. Cette enceinte a 106 mètres de long sur 64 de large ; les quatre ailes qui l'entourent sont percées de deux rangs d'arcades superposés, d'un style simple et sévère qui rappelle le ton des amphithéâtres romains. Cette cour, qu'on a louée avec raison, est un chef-d'œuvre de convenance et de dignité.

Sur la cour royale s'avance le portique de la chapelle, composition détestable s'il en fut jamais : il consiste en deux rangs de colonnes, le premier, au rez-de-chaussée, est d'ordre ionique dont les volutes figurent des cornes de bélier ; la colonnade qui est au-dessus est d'ordre corinthien. Ce portique, pour l'ensemble, comme pour les détails, ne mérite pas qu'on en fasse mention.

L'intérieur de la chapelle est d'une grande simplicité ; il est divisé en trois nefs par deux rangs d'arcades dont les pieds-droits sont ornés de pilastres d'ordre corinthien. Au-dessus du premier rang d'arcades règnent des galeries ou tribunes dans lesquelles les invalides infirmes peuvent se rendre de plein-pied du premier étage de l'hôtel. Ces tribunes sont bordées de parapets formés d'enroulemens en pierre que les architectes appellent des *entre-las*.

7

Aux quatre coins de l'édifice principal sont quatre cours de 46 mètres de long sur 36 de large. Des corps de bâtiment les séparent de la cour royale, dans lesquels on a établi quatre grands réfectoires de 50 mètres de long sur 9 de large ; ces réfectoires sont décorés de tableaux qui représentent les grandes batailles du règne de Louis XIV.

Les grands corps de bâtimens de l'hôtel des Invalides ont quatre étages dont la monotonie est rompue par des avant-corps qui se voient au milieu et aux deux bouts de chaque façade, et, malgré cette multitude de portes, de fenêtres, l'édifice conserve un ton de grandeur et de dignité qui le caractérisent d'une manière toute particulière : cet édifice, en effet, n'est ni une caserne ni un palais, c'est quelque chose d'intermédiaire, c'est mieux qu'une caserne ordinaire et moins qu'une demeure royale.

Les combles de cet hôtel sont ornés de trophées d'armes et d'autres sculptures, en pierre de taille, qui produiraient un meilleur effet s'ils n'avaient pas l'air d'être assis sur des charpentes couvertes d'ardoises.

Le projet de Libéral-Bruant avait déjà reçu son exécution, quand Jules Mansard, un des architectes privilégiés de Louis XIV, proposa d'élever, au midi de l'hôtel, une église en forme de dôme, qui servirait comme de temple de Mars pour les réjouissances militaires. L'idée de Mansard fut approuvée, on se mit à l'œuvre, et dans moins de neuf ans, un des plus magnifiques temples de l'Europe fut achevé.

Considéré relativement à l'ensemble des autres constructions des Invalides, ce dôme est un hors-d'œuvre, il n'en fait point partie, il leur est seulement comme adossé.

La masse principale de cette église, et qui supporte le dôme proprement dit, offre quatre faces

N.º 71.

ÉCOLE DE MÉDECINE

fortifiées par des avant-corps couronnés de frontons
angulaires ; la face du nord est attenante à la chapelle dont il a été parlé ci-dessus. La face qui regarde le midi se compose de deux ordres de colonnes doriques et ioniques superposés. Ce portique,
au-dessous duquel s'ouvre la porte principale par
où l'on entre dans le temple, laisse beaucoup à désirer sous le rapport des détails, à cause des ressauts
dont il est hérissé et des vilaines fenêtres qui se voient
derrière les entre-colonnemens. Du reste, l'on doit
convenir que, sous le rapport de l'ensemble, cet ouvrage a de la grandeur et de la noblesse.

Au-dessus de la masse carrée s'élève la tour du
dôme, consolidée par douze contre-forts ornés chacun de deux colonnes engagées ; c'est une réminiscence de la tour du dôme de Saint-Pierre-de-Rome.
Des fenêtres sont percées entre les contreforts, elles
éclairent l'intérieur de la tour.

Les douze contre-forts sont surmontés d'éperons
en forme de consoles renversées ; entre ces éperons s'ouvre un second rang de fenêtres qui projet-
tent de la lumière entre la première et la seconde
coupole intérieures.

Vient ensuite le dôme proprement dit ; c'est une
sorte d'hémisphère en bois que recouvrent des feuilles de plomb. Pour jeter de la variété dans cette
surface sphérique, on l'a percée de petites lucarnes
qui, à l'extérieur, offrent l'apparence de casques ornés.

Une lanterne ou campanille en bois recouvert de
plomb doré, couronne tout l'édifice. Cette lanterne
ne répond nullement à la majesté du monument.

L'extérieur du dôme a été doré deux fois ; en dernier lieu, en 1811—1812, sous Napoléon; cette dorure n'a pu résister aux injures du temps, il en reste
à peine quelques traces.

L'intérieur du dôme est d'une très grande magni-

ficence, tout y est éblouissant de marbres polis, d',
et de peintures. Il est percé, au rez-de-chaussée, (
huit arcades : quatre grandes qui répondent au
quatre faces principales de l'édifice, et quatre plu
petites qui conduisent dans des chapelles ménagé(
dans les coins du vaisseau de l'église.

Au-dessus des arcades est suspendue la premiè
coupole dont la voûte non fermée laisse voir à tra
vers une large ouverture circulaire, une second
coupole fermée et décorée de peintures d'un mérif
contestable.

Vient après la coupole en bois, que l'on ne vo
pas de l'intérieur.

La hauteur totale du dôme, depuis le pavé ju.
qu'à l'extrémité de la croix qui surmonte la lantern(
est de 105 mètres (324 pieds) ; après le clocher d
Strasbourg, c'est l'édifice le plus haut du royaum(

La façade de l'hôtel qui est du côté de l'esplana.
et de la rivière a 200 mètres (101 toises) de long
c'est sur son milieu qu'est percée la principale por.
d'entrée au-dessus de laquelle est un bas-relief re
présentant Louis XIV à cheval ; les ornemens d
cette porte sont de fort mauvais goût.

En avant de la grande façade, on voit, à droite c
à gauche, deux rangées de canons dont quelques-
uns sont fort anciens et chargés d'ornemens bizarres. On tire ces canons les jours des réjouissance:
publiques.

L'hôtel proprement dit est accompagné de constructions basses d'un genre tout commun et qui lu
servent comme d'accessoires ; l'ensemble de toute:
ces constructions comprend quinze cours de diver- .
ses grandeurs.

Nous aurions encore bien des choses à dire sur le
dôme et l'hôtel des Invalides ; mais comme cet établissement est sur le point de recevoir des modifications et des changemens considérables à cause du

tombeau et de la statue de Napoléon qu'on doit y placer, nous nous réservons de nous étendre davantage dans une autre édition.

HOTEL-DE-VILLE ou DE LA PREFECTURE.

La ville de Paris, capitale, depuis des siècles, du plus beau royaume du monde, eut, bien avant les temps modernes, une maison *spéciale* dans laquelle se réunissait les chefs de son administration.

L'Hôtel-de-ville, proprement dit, fut commencé en 1433, sur les dessins de *Cortonne*; les travaux marchèrent lentement. On s'écarta, fort probablement, des plans de *Cortonne*, d'où résulta un édifice informe, un véritable fatras, tant à l'extérieur qu'à l'intérieur : le roi Henri II, invité par les échevins de Paris à un magnifique diner, dans une des salles de l'hôtel en construction, témoigna hautement le mépris qu'il en faisait. et le fils de François Ier, bon connaisseur et ami des beaux-arts, comme son père, avait raison : le ci-devant Hôtel-de-Ville de la capitale était complètement indigne de ce nom, et toutefois on a eu la maladresse de le conserver presqu'en entier, du moins quant à l'intérieur; on pourrait dire à cette occasion qu'on a poussé beaucoup trop loin le respect que l'on doit aux *antiquités*, soit dit aux *antiquailles*.

L'opulente ville de Paris, riche comme bien des rois ne le sont pas, et qui, dans son enceinte, tout évalué, renferme plus de trésors que n'en possédait autrefois l'empire romain dans sa plus grande prospérité; la ville de Paris vient de faire un hôtel !.. un magnifique palais, digne de servir de demeure au chef d'un grand empire.

Le plan du nouvel Hôtel-de-Ville est un carré-long dont les deux grands côtés sont dirigés du nord au midi; on a conservé du côté de la place (occident) la façade de l'ancien bâtiment, qu'on a flanquée d'ailes et de pavillons ; maintenant, cette façade, ainsi ajustée et qui est censée la plus importante, est la moins belle de tout l'édifice.

L'ancien hôtel était dans le style de la renaissance; le nouveau est dans le même genre; il y a cela de bon que les divers membres qui composent les trois faces, entièrement neuves, sont parfaitement symétriques.

Le côté qui regarde la rivière se compose d'une aile régulière terminée par deux pavillons de fort bon goût, dans leur genre bien entendu; car le style de la renaissance avec ses trumaux, ses chapiteaux corinthiens d'une incroyable bâtardise, n'aura jamais l'approbation des artistes habiles qui savent très bien que le bon goût est UN. Ce côté du palais est précédé d'un joli jardin fermé d'une grille et dont le plan est un demi-cercle; il est arrosé par deux fontaines jaillissantes d'une composition aussi simple qu'elle est gracieuse.

Le derrière de l'Hôtel offre une façade immense, consolidée vers chacune de ses extrémités par deux pavillons séparés l'un de l'autre par des constructions un peu plus basses. C'est de ce côté-ci que l'édifice se montre sous l'aspect le plus avantageux, il est peu de résidences royales en Europe qui présentent une façade aussi imposante.

L'intérieur du palais de la ville ne sera pas terminé, assure-t-on, avant trois ans. S'il faut juger de sa magnificence future par ce qui existe déjà, ce sera une habitation dont l'éclat fera pâlir les demeures royales les plus opulentes : représentez-vous des salons resplandissans de dorures, des tapis de 50 mille francs, des fauteils de 600 francs pièce, et partout des tentures en satin, velours brochés d'or.

La salle des fêtes avec ses dépendances pourra contenir à l'aise 4,000 personnes!!!

Aussi cet Hôtel, indépendamment de ce qu'on a conservé de l'ancien, a-t-il coûté déjà 12 millions cinq cent mille francs, et l'on croit qu'il ne faudra pas moins de 4 à 5 millions encore pour suffire aux dépenses que nécessiteront de nouveaux travaux devenus indispensables, afin qu'il règne un accord parfait entre les diverses parties intérieures de l'édifice.

L'horloge de l'Hôtel-de-Ville, exécutée dans le dernier siècle, par Lepaute, est un chef-d'œuvre dans son genre. Le pendule qui règle sa marche a 4 mètres 5 décimètres de long, sa lentille pèse 160 kilogrammes, et il bat les doubles secondes, c'est-à-dire qu'il ne fait que 30 oscillations par minute; les pivots des rouages tournent sur des rubis.

Cette belle machine fait marquer l'heure sur trois cadrans différens; celui de ces cadrans qui regarde la place de grève, composé de sept morceaux, coûta, dans le temps, 25 mille francs.

En entrant du côté de la place de Grève, et après avoir franchi deux perrons, on arrive dans une cour assez régulière, au fond de laquelle se voit une statue pédestre, en bronze, de Louis XIV, vêtu à la romaine et coiffé de la perruque si en usage de son temps. Cet ouvrage fait beaucoup d'honneur au sculpteur Coisevox, et aux fondeurs, les frères Keller; la ciselure et la composition du bronze ne laissent rien à désirer.

HOTEL DES MONNAIES.

(*Quai Conti.*)

Dès les temps les plus reculés, et du moment que les peuples comprirent les avantages de faire leurs échanges plus commodément, au moyen de pièces métalliques caractérisées par des marques distinctives, il dut se former des espèces de *fabriques* de monnaies autorisées et surveillées par les chefs des gouvernemens ; mais ces établissemens restèrent, sous bien des rapports, dans l'enfance jusqu'au dix-septième siècle : les monnaies et médailles des Grecs et des Romains, qui nous sont parvenues, sont d'une étonnante grossièreté, considérées relativement à leur exécution mécanique : ce sont, fort souvent, des morceaux de métal informes, sur lesquels sont empreintes des effigies d'hommes, de dieux, d'une admirable beauté ; voilà pourquoi on les recherche avec tant d'empressement. Mais les moyens d'imprimer le *Cachet du génie* sur des fragmens d'or ou d'argent, aussi simples qu'ils étaient imparfaits, consistaient, fort probablement, en des procédés analogues à la manière dont les serruriers, les couteliers, impriment leur marque ou leurs noms sur les ouvrages qui sortent de leurs ateliers.

Ce système de fabrication pour les monnaies se maintint jusqu'au règne de Henri II, roi de France. A cette époque, un *menuisier* !! inventa le balancier et l'offrit au gouvernement comme machine propre à frapper la monnaie avec régularité et précision ; le roi approuva l'invention du menuisier. Ajoutons que ce prince ordonna que l'effigie des rois ses successeurs serait figurée en relief sur les monnaies de France... et, toutefois, malgré les justes éloges qu'on lui avait donnés, le balancier ne fut définitivement adopté, pour la *frappe* des monnaies, que sous Louis XIII. Cette belle machine reçut de grands perfectionnemens sous Louis XIV. C'est sous le règne incomparable de ce roi que l'on construisit le *balancier des médailles* établi dans la galerie du Louvre ; il n'a pas fallu moins de seize chevaux, après 1830, pour le traîner dans le local qu'il occupe maintenant dans l'*Hôtel des Monnaies*.

Avant la seconde moitié du dix-huitième siècle, les monnaies se *fabriquaient* dans des maisons sans importance ou sans caractère spécial; la *Monnaie* de Paris, par exemple, et dont il ne reste plus de vestiges, était située sur l'emplacement qu'occupent aujourd'hui les rues Boucher et Etienne; lorsque, vers 1760, on forma le projet de bâtir pour cette destination un nouvel hôtel sur un des côtés de la place Louis XV, les travaux, déjà commencés, furent suspendus, et il fut décidé que l'hôtel des Monnaies serait élevé sur les terrains occupés par l'hôtel Conti.

L'architecte *Jacques-Denis Antoine* eut mission de fournir les plans du bâtiment et d'en surveiller la construction, et le 30 avril 1771, l'abbé *Terray*, contrôleur général des finances, en posa la première pierre.

Cet édifice, disons mieux, ce palais, offre du côté de la rivière une façade de près de 180 mètres de long sur 28 de hauteur; le rez-de-chaussée est en bossages; au-dessus règnent deux étages éclairés chacun par 27 fenêtres.

L'uniformité de cette façade est rompue par un avant-corps qui la partage en deux parties égales; six colonnes ioniques, avec des chapiteaux ornés de guirlandes et de mauvais goût, pour cette raison, ornent cet avant-corps; au-dessus des colonnes, sont représentées, en pierres de taille, les statues de *la Paix, du Commerce, de la Prudence, de la Loi, de la Force et de l'Abondance.*

Cette façade, solidement construite et qui n'est pas sans mérite, a le défaut de présenter deux ailes qui courent à droite et à gauche sans que l'on puisse assigner le point convenable où elles s'arrêteront, et ont le même défaut qui se fait remarquer au palais de Versailles et au bâtiment de l'Ecole-Militaire qui regarde le Champs-de-Mars.

7.

La façade qui longe la rue Guénégaud offre deux avant-corps extrêmes, réunis par une aile basse coupée à son milieu par une sorte de pavillon lourd et sans grâce, décoré de statues en pierre de taille, qui représentent les quatre saisons par *Cassieri* et *Duprez*.

L'intérieur de l'édifice renferme huit cours; la plus vaste est celle que l'on trouve après la porte d'entrée qui est du côté du quai.

Ce qu'il y a de plus curieux à voir dans l'hôtel des Monnaies, c'est un magnifique escalier orné de seize colonnes ioniques, que l'on voit à droite en entrant du côté du quai. Cet escalier conduit dans une superbe salle décorée de vingt colonnes corinthiennes en stuc. Tout autour et au-dessus de leur entablement règnent des galeries qui ont vue dans l'intérieur de la salle. C'est dans celle-ci et dans ces galeries qu'on a établi le *musée monétaire*. Cette collection, unique en son genre, contient des copies ou des empreintes des monnaies de tous les peuples modernes; on y trouve aussi des exemplaires de la plupart des médailles qui ont été frappées en France.

Ce musée contient aussi des modèles de machines propres à fabriquer les monnaies; les conservateurs en expliquent poliment les usages aux curieux.

Dans le salon de *Napoléon,* on voit une jolie copie de la colonne Vendôme; un masque en bonze de l'empereur et son buste, par Canova.

Dans les galeries qui règnent au-dessus de la grande salle, sont exposés les poinçons-matrices qui ont servi, en France, à frapper des monnaies et médailles, depuis François Ier jusqu'à nos jours. De sorte que l'administration a le moyen de frapper à l'instant des pièces, des médailles à l'effigie de Louis XIII... de Louis XV...

On est admis dans le *musée monétaire* : les mardi et vendredi de 11 à 2 heures.

MUSÉES.

MUSÉE ROYAL.

Cette admirable collection occupe une grande partie du Louvre et tout le premier étage de la longue galerie qui joint ce palais avec celui des Tuileries ; le Musée Royal est distribué comme il suit :

Musée des antiques,
Musée des tableaux de peintres morts,
Musée espagnol,
Musée de tapisseries des Gobelins,
Musée égyptien et d'antiquités d'Herculanum ,
Musée d'Angoulême,
Musée d'armes , curiosités et meubles précieux ,
Musée maritime.

MUSÉE D'ANTIQUES.

Son entrée est à l'occident du Louvre, à gauche en allant vers les Tuileries. L'histoire n'offre aucun exemple d'une collection aussi riche et aussi précieuse. Les *galeries des antiques* comprennent sept salles.

La première est le vestibule dont le plafond, peint par *Berthelemy* représente l'homme formé par *Promethée* et animé par Minerve en présence des Parques.

Salle de Diane.

A gauche du vestibule est la porte qui conduit à la *salle de Diane.*

Le tableau du plafond , par *Prudhon* représente Diane demandant à Jupiter la grâce de la laisser au nombre des déesses vierges. Les deux tableaux circulaires par *Garnier*, représentant la déesse accordant aux prières d'*Hercule* la biche aux cornes d'or et rendant *Hippolyte* à la vie.

Le milieu de la salle est occupé par un magnifique candélabre antique.

En tournant à gauche, on trouve un couloir, et tournant encore à gauche, on entre dans la superbe salle dite des *antiques*. Au fond on voit un balcon soutenu par quatre admirables cariatides, un des chefs-d'œuvre de Jean Goujon. Outre les statues, les bustes, les colonnes qui ornent cette salle, on voit, vers ses extrémités deux grandes patères en porphyre. Si quelqu'un parle à voix basse dans l'intérieur de l'un de ces vases, il est entendu d'une autre personne qui tend l'oreille au-dessus de l'autre vase.

En sortant de cette salle, et tournant à gauche, on en trouve deux autres séparées par un mur d'une épaisseur énorme recouvert de tables de marbre. Dans la plus large de ces deux salles, on remarque un balcon soutenu par des *perfides*, figures d'hommes bizarres ; au bas est une belle statue du Tibre; un peu plus loin, la *Vénus de Milo*.

Au bout opposé de la même salle, est une Melpomène aux proportions colossales ; le pavé qui est au-devant est une mosaïque moderne, dans laquelle est représenté un quadrige et des attributs militaires.

Étant de retour dans le vestibule, si l'on tourne à droite, on entre dans la salle des *Empereurs*.

Les peintures du plafond représentent la *Terre* recevant des empereurs les lois romaines dictées par *la Nature, la Sagesse et la Justice* ; c'est l'ouvrage de M. *Meynier*.

On admire dans cette salle quatre colonnes, deux d'albâtre fleuri, une troisième d'albâtre à veines et la quatrième, de ce marbre connu sous le nom de *fleur de Pêcher*.

De cette salle, on passe dans celle dite des *Saisons*, dont le plafond peint par *Romanelli*, par ordre de Marie de Médicis, représente les *Saisons, Apollon couronnant les Muses ; Diane et Actéon, Diane et Endymion*.

A la suite de cette salle vient celle des *hommes illustres*. On y voit trois tableaux allégoriques qui ont rapport aux *arts*, à la *paix* et au *commerce*.

Cette salle est décorée de huit colonnes en granite, d'ordre ionique ; elles sont tirées d'Aix-la-Chapelle, et primitivement elles ornaient le tombeau de *Charlemagne*.

De là, on passe dans la salle des *Romains*.

Le plafond représente la *Poésie* et l'*Histoire* célébrant les succès de *Bellonne* (la guerre). Les quatre autres tableaux représentent les députés du Sénat, apportant la pourpre consulaire à *Cincinnatus*, l'*Enlèvement des Sabines*, le *sang-froid de Mutius Scevola*, la *Continence de Scipion*.

On voit dans cette salle deux colonnes de porphyre vert de la plus belle qualité.

Les tableaux de la salle qui vient après, et qu'on appelait autrefois du *Laocoon*, représentent le *Triomphe de la Religion* par les vertus *théologales*, *Judith et Holopherne*, l'*Évanouissement d'Esther*, la *Sagesse*, la *Prudence*, la *Justice*, la *Force* et des *Génies* qui font allusion à ces quatre vertus. Tous ces ouvrages sont de *Romanelli*.

Cette salle est encore ornée de huit colonnes ; quatre de porphyre rouge qui proviennent de la villa d'*Albani* ; les autres de vert antique ont été tirées de l'église de Montmorency, où elles faisaient partie du mausolée du connétable *Anne de Montmorency*.

Vient enfin la salle dite autrefois d'*Apollon*, parce que la statue de ce Dieu, chef-d'œuvre de la sculpture antique, occupait la niche qui est au fond. Cette statue, tirée du belvédère du palais du Vatican, y retourna après les désastres de 1815. La niche est maintenant occupée par une statue de Diane, autre chef-d'œuvre de sculpture grecque.

Les plafonds de cette salle sont dépourvus de peintures, ainsi que les murailles.

Pour décrire tous les objets admirables que renferme le musée des antiques, il faudrait des volumes et un grand nombre de figures. L'administration a eu le bon esprit de faire apposer, sur le socle de chaque buste, statue, des écriteaux en bronze, qui en indiquent les noms, les attributs, etc.

MUSÉE DES TABLEAUX DE PEINTRES MORTS.

Si du vestibule du musée royal on tourne à droite, on trouve un grand escalier à quatre rampes, dont deux conduisent à la galerie d'Apollon, et les autres à la grande salle d'exposition. Cet escalier est orné de vingt-deux colonnes de marbre d'un style très sévère, qui tient du dorique et du toscan. Ces colonnes paraissent comme surchargées par les voûtes énormes qu'elles soutiennent.

Lorsqu'on est dans le grand salon carré, on voit, à droite, une porte basse par laquelle on entre dans la grande galerie divisée en neuf parties par des arcs qui font saillie sur la voûte, et que soutiennent des colonnes et des pilastres en marbre avec bases et chapiteaux en bronze doré; dans les entre-pilastres sont des glaces qui reflètent les images des candelabres, des vases antiques et modernes qui sont placés entre les colonnes. Les voûtes sont ornées de caissons; les salles sont éclairées alternativement par le haut et par les côtés.

Les tableaux qui sont exposés dans cette immense galerie sont divisés en trois classes : 1° ceux de l'école française; 2° ceux des écoles allemandes; 3° ceux des écoles italiennes.

Les tableaux de l'école française, les premiers que l'on trouve en entrant du côté du grand salon, sont des ouvrages de Jean Cousin, Jacques

Blanchard, Simon Vouet, Laurent de la Hire, Valentin, le Poussin, Eustache Lesueur, Charles de la Fosse, Joseph Vernet, Alphonse Dufresnoy, le Lorrain, Bourdon, J. Jouvenet, Lebrun, Mignard, Carle Vanloo, Jean-Baptiste Sans-Terre, Coypel... David, Grodet, etc., etc.

Les écoles allemandes viennent après, et enfin les écoles italiennes occupent la partie de la galerie qui est du côté des Tuileries.

Outre une multitude de tableaux de tout genre et de toutes dimensions; on trouve dans cette galerie une multitude de colonnes et de vases précieux; les bustes en marbre de peintres célèbres.

TAPISSERIES DES GOBELINS, etc., etc.

Tout à côté de la précédente elle abonde en *tableaux-tapis*, qui représentent des chasses.

Si l'on sort du salon carré par la porte qui fait face à celle de la grande galerie, on entre dans celle d'Apollon; elle est toujours en réparation.

De cette galerie, on passe dans le musée égyptien ou de Charles X, il se compose de neuf salons admirablement bien décorés de stucs colorés, de pilastres ioniques avec bases et chapiteaux dorés; les plafonds, peints par nos meilleurs artistes, représentent l'apothéose d'Homère; le Vésuve recevant la foudre de Jupiter pour engloutir les villes d'*Herculanum*, *Pompeï*; Joseph expliquant les songes de Pharaon; la Grèce sous la figure d'une jeune femme rendant visite à l'Egypte, etc.

Dans ce musée, on trouve une foule d'objets provenant des anciens habitans de l'Egypte, comme figurines de divinités, bijoux, vases, corbeilles, momies, harpes, tissus, manuscrits hiéroglyfiques, des épingles, et jusqu'à du pain et des grains de blé.

Un salon, qui vient à la suite du musée égyptien, est rempli de vases étrusques; de là on passe dans un autre où l'on voit une multitude d'objets provenant des fouilles d'Herculanum et de Pompeï; presque tous ces objets sont en bronze, comme passoires, vases de cuisine, balances, romaines, candélabres, lampes, lames d'épées, fers de lances.

A côté du musée Charles X, est une autre suite de salons, dans lesquels on a exposé des curiosités beaucoup plus modernes : ce sont des meubles en bois rares, enrichis d'ornemens en bronze doré, des armures complètes, etc.

Du Musée égyptien, on peut passer dans les galeries du musée espagnol; il a été acheté en Espagne, presqu'en entier, par ordre du roi Louis-Philippe; il contient des tableaux de *Murillo Velasquez*, qui représentent généralement des sujets religieux, des portraits, parmi lesquels celui de Charles II, enfant.

Le musée dit d'Angoulême est au rez-de-chaussée, on y entre par une porte qui s'ouvre au-dessous du vestibule qui est du côté des Tuileries; on y voit des statues, des bustes, ouvrages d'artistes modernes français et étrangers; parmi les statues, on remarque le fameux groupe *Du Puget*, représentant Milon de Crotone déchiré par un lion.

Le musée maritime est au second étage du Louvre, dans l'aile qui est du côté de la rue Saint-Honoré; il est rempli de toutes sortes d'objets ayant rapport à la marine et du plus grand intérêt.

MUSÉE DU LUXEMBOURG.
(*Rue de Vaugirard.*)

Il est au premier étage du palais, dans l'aile qui est du côté de l'orient, et dans le pavillon à droite de la façade qui longe la rue de Vaugirard. L'escalier qui conduit aux salles de ce musée est au bout du corridor que l'on voit à gauche lorsqu'on est au-dessous de la grande porte d'entrée qui fait face à la rue de Tournon.

Ce musée, ouvert les dimanches et fêtes depuis dix heures jusqu'à quatre, est destiné à recevoir les tableaux de peintres vivans dont le gouvernement a cru devoir faire l'acquisition. Après la mort de leurs auteurs, ces peintures vont, pour la plupart, au musée royal du Louvre.

Du côté de l'orient, les salles de ce musée sont au nombre de trois : une petite qui sert comme de vestibule, une beaucoup plus grande, suivie d'une troisième moins étendue.

Pour arriver dans la seconde partie du musée, il faut passer sur la terrasse qui est parallèle à la rue de Vaugirard ; on trouve, au bout, deux pièces, de l'une desquelles on aperçoit le bel escalier qui conduit à la salle des séances de la Chambre des pairs.

HOTEL ET MUSÉE DE CLUNY.

Depuis une vingtaine d'années, le génie qui présidait à la littérature et aux beaux-arts, pendant le moyen-âge, est devenu en quelque sorte le rival, et le rival redoutable de l'Apollon des Grecs et des Romains : on ne rêve, on ne loue, on n'exalte que le *gothique* : nos romanciers, nos dramaturges nous peignent sans cesse les monumens, les mœurs, les coutumes des temps demi-barbares, compris entre le douzième et le dix-septième siècles. Au jugement du plus grand nombre de nos contemporains, les plus beaux édifices de l'Europe moderne sont les cathédrales gothiques..... On va même jusqu'à nous faire des éloges pompeux des sculptures, en genres divers, que l'on doit au ciseau des artistes du moyen-âge..... C'est beaucoup trop : l'école des Grecs fut et sera toujours la première du monde aux yeux des vrais artistes qui auront le bonheur de l'apprécier ;

et, toutefois, il s'est fait, pendant le moyen-âge, bien des choses, sinon fort belles, du moins très curieuses; le musée *Cluny* en offre de nombreux exemples. La capitale, déjà si riche en collections de statues, de tableaux antiques et modernes, en galeries d'histoire naturelle, d'anatomie, de modèles de machines... manquait, qu'on nous passe cette expression, d'un musée *gothique*. Les nombreux objets exposés dans les salles de l'hôtel Cluny, et ceux qu'on ne manquera pas d'y ajouter, à mesure que des occasions favorables se présenteront, nous donnent la certitude que Paris méritera plus que jamais le nom de *capitale du monde civilisé, de centre des arts, des sciences...*

L'hôtel Cluny fut bâti vers le milieu du quatorzième siècle, sur une partie des ruines du palais des Thermes (page 105), aux frais de Pierre de Chalus, abbé de Cluny, qui lui donna le nom de son abbaye; c'est un bâtiment d'une étendue considérable, mais, soit dit de bonne foi, il n'y a ni grandeur, ni régularité dans son ensemble; quelques détails peuvent fixer un moment l'attention des curieux : de ce nombre sont les ornemens (sculptures) de la porte d'entrée et de plusieurs fenêtres; une tourelle qui est au-devant de la façade principale, et dont l'intérieur est occupé par un escalier en vis. Au premier étage, on trouve la chapelle dont la voûte est soutenue, vers son milieu, par un pilier, du sommet duquel partent de nombreuses nervures, à l'imitation des branches d'un palmier. Cette bizarrerie fait l'admiration d'une certaine classe d'archéologues. On assure qu'un Anglais, il y a environ quinze ans, offrit à M. Leprieur, libraire, alors propriétaire de l'hôtel Cluny, une somme considérable pour qu'il lui fût permis de démonter ce petit édifice et de le transporter dans son pays pour l'y rebâtir pierre à pierre. Notre compatriote répondit : « Si ma chapelle est aussi intéressante que vous le dites, elle restera en France. »

Sont exposés dans le musée *Cluny* des meubles de toute espèce, en ébène et autres bois plus ou moins précieux, richement sculptés ou enrichis d'incrustations en ivoire, nacre. Ces sortes d'ouvrages ne se font plus de nos jours, ils seraient trop coûteux; il est tel de ces *bahuts* qui a été payé de quinze à vingt mille francs et qui, pour les commodités de l'usage, ne vaut pas *cent francs*!

Le même établissement contient des vitraux admirables, des armures magnifiques, des éperons et des étriers ayant appartenu à François Ier, un échiquier en cristal qui servit aux délassemens de Saint-Louis et de Louis XIII ; des verres de Bohème, des faïences de Bernard de Palissy, des glaces de Venise d'une limpidité peu commune ; des émaux, des statuettes, des lutrins, des crosses d'évêques, des ostensoirs, des missels, des habits sacerdotaux, des vases flamands en grès d'un beau profil ; et, sous des vitrages, des livres manuscris ornés de peintures du plus brillant éclat... On trouve enfin, dans ce musée deux lits complets confectionnés aux époques du moyen-âge.

Le musée Cluny a été fondé en réalité par M. Dusommerard, homme riche et grand amateur d'antiquités curieuses; le gouvernement a eu le bon esprit d'acquérir cette intéressante collection ainsi que les bâtimens de l'hôtel de Cluny, lesquels communiquent maintenant avec les salles qui subsistent du palais des Thermes, dans lesquelles on voit quelques antiquités gauloises; il en est fait mention page 12 et suivantes.

MUSÉE D'ARTILLERIE.

(*Place Saint-Thomas-d'Aquin.*)

Après le 13 vendémaire, quand Bonaparte eut

réduit les sections de Paris à la raison, le Directoire ordonna que tous les citoyens qui auraient des armes chez eux, n'importe de quelle espèce, les déposeraient à l'hôtel des colonnes, rue Neuve-des-Capucines, dans lequel Bonaparte avait établi son quartier-général; le dépôt forcé de ces armes forma le noyau du musée d'artillerie, lequel s'enrichit successivement d'armes offensives et défensives que l'on put tirer des châteaux royaux, de collections ayant appartenu à des particuliers, etc.

Cette collection, établie d'abord dans l'ancien couvent des Jacobins, fut, en 1796, transférée définitivement dans le local qu'elle occupe près l'église de Saint-Thomas-d'Aquin.

Le musée d'artillerie, qui s'était enrichi de plusieurs curiosités recueillies à la suite de nos armées triomphantes, en fut dépouillé en 1815; il eut encore à souffrir, en 1830, de quelques soustractions.

Néanmoins, cette collection est encore une des plus riches en son genre que l'on trouve dans toute l'Europe; les objets qu'elle contient sont : 1b des armes défensives, comme boucliers, cuissarts, brassarts, dont plusieurs enrichies d'incrustations en or et ornées de reliefs d'un travail exquis : de ce nombre est l'armure complète de François Ier à cheval;

2° Des armes offensives, telles que piques, sabres, épées, masses-d'armes, casses-tête de sauvages, fusils et pistolets, dont plusieurs enrichis d'ornemens en or et de diamans ;

3° Des armes offensives non portatives, canons, mortiers, obusiers, pierriers, bombarbes, etc.;

4° Modèles de ponts, de trains, d'équipages; modèles de toutes les pièces et d'appareils qu'on a inventés pour le service de l'artillerie, etc., etc.

On est admis à visiter cet établissement quand on

PORTE S. DENIS.

est muni d'une permission du directeur qu'il faut demander par écrit.

ÉCOLE DE MÉDECINE.

(Rue et place de ce nom.)

Les fondemens de cet édifice, un des plus irréprochables de la capitale, furent jetés en 1774 ; l'architecte Gondoin avait fourni les dessins. Son plan est un rectangle ou carré long, dont le milieu est occupé par une cour de même figure, entourée de quatre ailes de bâtimens de même style et de même hauteur.

Du côté de la place, ce petit palais présente une façade à deux étages ; celui du rez-de-chaussée est percé d'arcades séparées par seize colonnes d'ordre ionique ; la porte d'entrée coupe cette ordonnance en deux parties égales ; de chaque côté de cette porte on a supprimé deux arcades, tellement qu'en ces endroits la colonnade est tout-à-fait à jour.

Les arcades, fermées de vitres, sont un peu trop larges, et par conséquent les co'onnes sont trop espacées.

Sur l'ordonnance du rez-de-chaussée règne un attique percé de fenêtres quadrangulaires; cet étage presque sans ornemens, serait mieux s'il était moins pesant.

Au-dessus de la porte d'entrée, et toujours du côté de la place, on a sculpté un bas-relief qui, dit-on, représente la figure allégorique du gouvernement français, accompagné de celles de la Sagesse et de la Bienfaisance ; un génie tient le plan développé de l'édifice.

Les quatre ailes qui entourent la cour sont absolument dans le même genre que la façade qui vient d'être décrite, c'est-à-dire qu'on y voit des arcades et des colonnes ioniques au rez-de-chaussée, et un attique au-dessus.

Au fond de la cour, et tout en face de la porte d'entrée, s'avance un portique soutenu par six colonnes d'ordre corinthien, et couronné d'un fronton dont le tympan est orné d'un bas-relief dans lequel sont représentées les figures allégoriques de la Théorie et de la Pratique. A la gauche de ce portique on trouve un couloir qui conduit au principal amphithéâtre ; il est tout en pierre ; son plan est un demi-cercle ; sur les gradins peuvent s'asseoir environ 1200 spectateurs. La chaire du professeur occupe le centre de l'hémicycle dont l'intérieur est éclairé par une seule ouverture qu'on a ménagée dans la voûte.

Tout autour de la cour sont d'autres amphithéâtres bien moins importans, dans lesquels on fait des cours de chimie, de physique...

Si l'on retourne sous la grande porte d'entrée, on verra, à droite, un escalier en pierre avec une rampe de fer ; il conduit aux galeries d'anatomie qui occupent l'intérieur de l'attique ou du premier étage. Dans ces galeries on voit une multitude de pièces d'anatomie qui représentent les diverses parties du corps humain, tant intérieures qu'extérieures ; ces imitations en cires coloriées sont d'une telle perfection, que si l'on n'était pas prévenu, on les prendrait pour de la chair, des os... véritables.

Dans la galerie qui est tout au fond, sont exposés des instrumens de chirurgie. On y voit, entre autres choses curieuses, la statue en cire de *Bébé*, nain de Stanislas, roi de Pologne ; les habits dont est vêtu le petit bonhomme en cire sont les mêmes que portait l'original de son vivant.

Lorsque *Bébé* vint au monde (dans les Vosges), il pesait 375 grammes (12 onces), un sabot lui servit de berceau ; sa taille ne dépassa jamais 6 décimètres (22 pouces) ; il mourut en 1764, à l'âge de 25 ans.

En sortant des galeries d'anatomie, on trouve à droite et sur le même palier, une porte rembourrée et couverte de toile ; c'est celle de la bibliothèque, ouverte ou public tous les jours, excepté le jeudi et les jours fériés, depuis onze heures jusqu'à trois.

Les galeries d'anatomie sont ouvertes au public le jeudi seulement.

MUSÉE DUPUYTREN.

(*Rue de l'Ecole de Médecine, en face celle Hautefeuille.*)

Cette collection occupe la nef de l'église des ci-devant Cordeliers. Lorsqu'on a passé le seuil de la porte d'entrée, on a, en face, cette inscription :

Erigé aux frais de l'Etat, en 1835, par les soins de M. Orfila, doyen de la Faculté de Médecine de Paris, qui lui a donné le nom de Musée Dupuytren, pour honorer la mémoire d'un homme célèbre, en reconnaissance d'un legs de 200,000 francs, fait à la Faculté par ce professeur, pour la création d'une chaire d'anatomie pathologique.

La salle dans laquelle on entre ensuite est grande, bien éclairée ; son plafond est très élevé, les boiseries des armoires qui sont adossées à ses murs sont en style renaissance et d'un goût qui s'accorde fort bien avec le genre d'architecture qui fut suivi dans la construction de ce vieux temple.

Tous les objets qui sont exposés dans ce musée ont appartenu à des corps humains, ou bien ils en sont des fidèles imitations en cire. On ne peut se lasser d'admirer l'adresse des artistes anatomistes qui ont confectionné ces imitations, c'est à s'y méprendre : la peau, les chairs sont d'une fidélité admirable, soit pour les formes, soit pour les couleurs.

Tous ces objets, fort intéressans pour les hommes de l'art, n'offrent rien d'agréable au commun des visiteurs, tant s'en faut ; les armoires qui occupent le milieu de la salle sont pleines de pièces d'anatomie qui font horreur. Ce sont des représentations au naturel de maladies affreuses, d'autant plus révoltantes que l'on sait que les individus qui en furent affligés étaient des hommes vivans.

En entrant, à droite. — Locomotion, classe et lésions des articulations; — appareils de la digestion; — cranes; — appareils de la respiration, lésions du cœur et du péricarde; — appareils de la circulation; — lésions des artères; — lésions de l'appareil de la génération chez l'homme; — appareils genito-urinaires; — lésions de l'appareil de la génération chez la femme; — appareil de la génération des inervés. — Au milieu, armoire 8, horribles (Am. Paré). —Armoires supplémentaires, à gauche en entrant, à l'opposé, infusions.

CONSERVATOIRE DES ARTS ET MÉTIERS

(Rue Saint-Martin n. 208).

Cette collection unique en Europe occupe les bâtimens de l'ancienne abbaye St-Martin. Au temps de la révolution, l'évêque Grégoire fut le promoteur de cette espèce de musée; on y déposa d'abord tous les modèles et machines que l'on put tirer des châteaux royaux, du cabinet de l'Académie des Sciences, etc.

Le Conservatoire offrit donc des modèles de charrues, de moulins à bras, à vent, à eau, un grand nombre de machines hydrauliques, des outils propres à l'agriculture, des machines à carder, filer, tisser le coton, la laine.

Au premier étage étaient distribués sur des tables des modèles en petit d'une multitude d'appareils et de machines, des métiers à bas, des tours, celui de Louis XVI, par exemple, le plus remarquable de tous. Un peu avant, et surtout depuis 1830, il s'est opéré plusieurs changemens dans cet établissement; un grand nombre des anciens modèles ont été mis au rebut comme imparfaits ou surannés, et l'on a commencé à les remplacer par d'autres choisis avec plus de discernement, d'une exécution parfaite, et qui ont pour eux l'avantage d'avoir fonctionné en grand.

Les modèles qu'on voit déjà dans les galeries du premier étage, construits sur des échelles d'une longueur médiocre, sont en état pour la plupart de donner des produits reels; vous y verrez par exemple un petit moulin à scie qui peut diviser une bûche en planchettes avec toute la précision désirable; il en est semblablement de quelques appareils hydrauliques; tous les nouveaux modèles sont admirables, diverses pièces en sont travaillées avec autant de soin que celles qui font partie d'une horloge de prix, malheureusement ces petites machines coûtent cher, et le défaut de fonds ne permet pas aux administrateurs de faire toutes celles qui leur paraîtraient utiles et même nécessaires.

Pour le moment, les collections du Conservatoire sont fort incomplètes; il y a des salles qui restent fermées depuis plusieurs années,

Dans l'établissement on trouve une bibliothèque; elle manque de beaucoup de livres qu'on croirait y trouver.

On fait aussi dans l'établissement des cours publics et gratuits de géométrie, de physique, de chimie, d'économie, etc., etc., ils sont tous les ans annoncés par des affiches.

Les salles du Conservatoire sont ouvertes au public les dimanches et les jeudis depuis 10 heures jusqu'à 4. On y est admis les autres jours de la semaine quand on est muni d'un passeport.

L'OBSERVATOIRE.

A l'extrémité du faubourg Saint-Jacques et directement au midi du palais du Luxembourg; cet énorme édifice fut bâti en 1667 sur les plans de Claude Perrault, il se compose d'un corps de bâtiment qui en occupe le centre, dont les quatre faces sont orientées suivant les points cardinaux *est*, *ouest*... la face *nord* présente, sur son milieu, un avant-corps couronné d'un fronton.

Aux coins de la face *sud* sont adossées deux tours octogones.

Ces diverses constructions, d'une grande simplicité, sont solidement bâties en pierre de taille.

Du côté du nord, l'observatoire présente un rez-de-chaussée, une sorte d'entre-sol; vient ensuite un grand étage éclairé par des fenêtres en arcades. Tous ces étages sont voûtés; le toit, pavé de dalles en pierre, forme terrasse; au-devant de la façade du midi, on a formé une terrasse en pierres de taille qui se trouve de plein pied avec le pavé de la salle du premier étage. Lorsqu'on veut faire des observations avec les grands instrumens que renferme cette salle, on les pousse sur la terrasse, de sorte qu'ils se trouvent alors isolés et tout-à-fait à découvert.

Au-dessous de l'Observatoire sont de vastes souterrains pris sur d'anciennes carrières; on y descend par un escalier en vis de 560 marches, un vide qui remplace son noyau laisse pénétrer le jour jusqu'au fond des caves; des trous qu'on avait laissés autrefois dans les voûtes et qui sont bouchés maintenant correspondaient avec cette ouverture, de sorte qu'un corps pesant qu'on laissait tomber de l'étage le plus élevé n'allait s'arrêter qu'au fond des souterrains.

L'édifice dont il est ici question avec ses salles vastes, ses tours, ses terrasses, s'est trouvé insuffisant pour qu'on pût y faire toutes les observations astronomiques qui sont devenues nécessaires: on a donc été obligé d'y ajouter les constructions basses qui se voient à l'orient et au couchant de l'édifice principal, et dans lesquelles les astronomes ont établi la plupart de leurs instrumens.

ARCS-DE-TRIOMPHE.

Paris compte aujourd'hui quatre arcs-de-triomphe, dont deux connus sous les noms de *Portes Saint-Denis* et *Saint-Martin*, ont été construits sous Louis XIV, aux frais de la ville; les deux autres, dits du *Carrousel* et de *l'Etoile*, sont des monumens de l'empire.

ARC DU CARROUSEL.

Les fondemens de cet arc-de-triomphe furent jetés en 1806, la construction commença et fut continuée sur les plans de l'architecte Fontaine. Ce monument a beaucoup de rapport avec l'arc érigé à Rome en l'honneur de l'empereur Septime Sévère, dont les ruines existent encore.

L'arc du Carrousel est percé d'une grande arcade au milieu.

Deux autres plus petites se voient à droite et à gauche; une quatrième arcade partage le monument dans toute sa longueur et suivant son épaisseur, tellement que la masse de cette construction est supportée par huit pieds-droits. La figure ci-dessous pourra donner une idée assez juste de cette disposition :

```
    c    c         E         c    c
    A                             B
         c         F         c    c
```

c c c c sont les plans des bases des pieds-droits; E F est celui de la grande arcade; A B indique la direction de l'ouverture qui partage le monument suivant sa longueur.

Rien n'a été épargné dans la construction de ce monument : la pierre, les marbres, sont du meilleur choix, les bases et les chapiteaux des colonnes qui ornent ses deux grandes faces sont de bronze ciselé; leurs fûts consistent en un seul bloc de marbre rouge de Languedoc. Ces colonnes, au nombre de huit, quatre de chaque côté, sont isolées; chacune d'elles porte la statue en marbre blanc d'un guerrier vêtu de l'uniforme de la grande armée.

Ce sont, du côté des Tuileries, un grenadier, par Dardel; un carabinier, par Montoni; un canonnier, par Bridan; un sapeur, par Dumont.

Du côté du Louvre, un cuirassier, par Tounay; un dragon, par Corbel; un chasseur à cheval, par Foucou; un grenadier à cheval, par Chinard.

Six bas-reliefs, aussi en marbre blanc, sont incrustés sur les quatre faces du monument.

En venant du Louvre, on voit à gauche la capitulation devant Ulm, par Cartelier; à droite, la victoire d'Austerlitz, par Espercieux; du côté des

Tuileries, Entrée à Munich, par Clodion, et, à gauche, l'entrevue des deux empereurs.

Du côté de la Seine, paix de Presbourg, par Lesueur; du côté du nord, entrée à Vienne, par Deseinne.

Avant 1815, le monument était couronné par un char de triomphe, attelé de quatre chevaux conduits par deux Victoires en plomb doré; la carcasse du char, ainsi que ses roues, étaient composées de barreaux de fer malléable; le tout était recouvert de feuilles de cuivre jaune et de quelques ornemens en plomb doré : c'était un bien pitoyable ouvrage.

Quant aux chevaux, ils étaient en bronze. Mummius, général romain, les avait enlevés de Corinthe après le sac de cette ville, et les avait fait conduire à Rome. Après la translation du siège de l'empire à Constantinople, ils furent transportés dans cette dernière ville; de là, on les conduisit à Venise, puis de Venise à Paris, puis enfin (1815) de Paris à Venise; ils ornent maintenant le portail de l'église de Saint-Marc.

En 1815, l'arc fut encore dépouillé des six bas-reliefs en marbre qui le décorent aujourd'hui ; ils ont été replacés en 1831.

Sous la restauration, un char en bronze, tiré par quatre chevaux, aussi en bronze, ouvrage de Bosio, remplaça l'ancien quadrige. La statue allégorique de la restauration est placée debout sur le char; dans la main droite, elle tient une branche d'olivier, emblème de la paix, et de la main gauche elle s'appuie sur un sceptre surmonté de la figure de Louis XVIII.

Après la campagne du duc d'Angoulême en Espagne, des bas-reliefs en plâtre, relatifs aux principaux événemens de cette expédition, furent mis à la place des anciens; en 1831, les sculptures, qui

ne devaient être que provisoires, furent détruites.

L'arc-de-triomphe a 15 mètres de haut, 20 de
large et 7 d'épaisseur. Ces proportions sont trop
faibles pour un monument élevé au milieu d'une
vaste enceinte entourée de constructions énormes.

L'exécution de cet arc est parfaite; on peut blâmer les ressauts que produisent les entablemens des
colonnes et la statue de la restauration un peu légère pour le quadrige qui est censé la traîner. L'i-
dée de mettre un char et des chevaux dans une position où ils ne peuvent faire un pas sans se préci-
piter en bas, n'est-elle pas un peu ridicule?

PORTE SAINT-DENIS.

Cet arc-de-triomphe fut construit en 1672, dans
les beaux jours du règne de Loüis XIV et en son
honneur; François Blondel, mathématicien, en
fournit les dessins; les superbes sculptures qui le
décorent sont de Michel et François Augier.

Cet arc-de-triomphe est, eu égard à la magnificence des bas-reliefs dont il est orné, le plus beau
des monumens de ce genre qu'on ait construits jusqu'à ce jour. Ses deux grandes faces sont un carré
parfait de 24 mètres de côté (72 pieds); la grande
arcade a 8 mètres 3 décimètres de large sur 14 mètres 3 décimètres de hauteur, mesurée au-dessous
de la clé; deux petites ouvertures ou portes, de figure
rectangulaire, se voient à droite et à gauche de
la grande arcade.

Du côté de Paris, les pieds-droits sont comme
précédés de deux pyramides en relief, couvertes
d'armes antiques, telles que boucliers, casques,
sculptées avec une fierté, une vigueur qui, de tout
temps, ont fait l'admiration des connaisseurs.

Au pied de ces pyramides, on a sculpté deux fi-

PLACE VENDOME.

gures plus grandes que nature, dont une s'appuie sur un gouvernail et tient, de l'autre main, une corne d'abondance; la figure du côté opposé représente la Hollande; des flèches brisées, emblèmes de ses provinces, attestent sa défaite et son infortune.

Au-dessus de la grande arcade est incrusté un bas-relief représentant le passage du Rhin sous les yeux de Louis XIV. Ce qui est bien digne de remarque, les guerriers français de cette époque y sont costumés à la romaine, montés sur des chevaux avec des selles sans étriers.

La face qui regarde le faubourg est, en quelque sorte, le pendant de celle qui regarde la ville. Au bas des pyramides, on a sculpté des figures de lions; le bas-relief qui se voit au-dessus de la grande arcade représente la prise de Maëstricht.

Cet arc-de-triomphe n'a pas assez d'épaisseur; vu sur les côtés, on le prendrait pour un mur ordinaire; l'arc de la grande porte devrait être un peu plus haut. Un escalier conduit sur la plate-forme; il existe, en outre, dans son intérieur des vides qui, au besoin, peuvent être convertis en logemens pour le gardien, etc.

Ce monument avait éprouvé des dégradations considérables, soit par l'effet des injures du temps ou par le vandalisme des hommes, lorsque, sous l'empire, il fut résolu de le restaurer, ce qui fut exécuté en 1808; alors aussi on rétablit l'inscription

LUDOVICO MAGNO (A Louis-le-Grand).

Voici les inscriptions latines qui se lisent sur les faces de ce monument avec leur traduction.

Du côté du faubourg :

Quod trajectum ad Mosam, XIII diebus cepit, præfectus et ædiles poni, MDCLXXIII.

Côté de la ville :

Quod diebus vix sexaginta Rhenum, Wahalim, Mosam, Isalam, superavit subegit prôvincias tres cepit urbes munitas quadraginta.

Traduction libre (côté du faubourg).

Le préfet et les'intendans des bâtimens ont érigé ce monument à la gloire de Louis-le-Grand, en mémoire de son arrivée sur la Moselle en treize jours, an 1673.

Côté de la ville :

A Louis.., pour avoir franchi, en moins de soixante jours, le Rhin, le Wahal, la Moselle, l'Issel (en même temps).

Il soumit trois provinces et se rendit maitre de quarante places fortes.

PORTE SAINT-MARTIN.

Cet arc-de-triomphe fut construit sur les plans de Pierre Beullet, élève de François Blondel, deux ans après la porte Saint-Denis.

Cette porte triomphale est percée de trois arcades, une grande au milieu, de 5 mètres de large sur 10 de hauteur; les arcades latérales ont 2 mètres 6 décimètres de large et 5 mètres 4 décimètres de hauteur.

L'aspect de cette construction a quelque chose de trop rustique eu égard à sa destination. Depuis le sol jusqu'à l'entablement, les quatre faces sont hérissées de bossages, lesquels ne sont interrompus que par des bas-reliefs sculptés, de chaque côté de l'arc de la grande porte ; ces bas-reliefs, du côté de la ville, représentent Louis XIV assis sur un trône; à ses pieds est une femme à genoux qui lui présente le traité de la triple alliance. Le bas-relief qui se voit du côté opposé représente le même prince dans l'attitude d'un Hercule sans vêtemens et armé d'une massue. Ce sujet allégorique a été composé dans l'intention de rappeler la conquête de la Franche-Comté.

Du côté du faubourg, les deux bas-reliefs représentent la prise de Limbourg et la défaite des Allemands.

La porte Saint-Martin est de beaucoup inférieure à la porte Saint-Denis, elle n'a rien d'héroïque; ôtez les quatre bas-reliefs, que restera-t-il? une masse lourde et grossière très propre à annoncer l'entrée d'un fort.

Inscription. — Côté de la ville :

Vesontione Sequanisque bis captis, et fractis Germanorum, Hispanorum Batavorumque Exercitibus.

Traduction. — Côté de la ville :

A Louis quatorze...

En mémoire de ce qu'il fit deux fois la conquête de Besançon et de la Franche-Comté.

Et pour avoir détruit les armées des Allemands, des Espagnols et des Hollandais.

ARC-DE-TRIOMPHE DE L'ÉTOILE.

Napoléon, ayant remporté des victoires extraordinaires sur les ennemis de la France, il conçut ou on lui suggéra le dessein de les éterniser par un arc-de-triomphe gigantesque, qui surpassât en grandeur, solidité, ornemens, tous les édifices de ce genre dont l'antiquité nous a laissé des ruines si intéressantes.

Le projet du monument, tracé sur une très grande échelle, reçut un commencement d'exécution en 1806. Pour asseoir les fondations, on creusa jusqu'à la profondeur de 8 mètres (24 pieds 8 pouces), et comme le terrain n'avait pas le degré de fermeté que l'on cherchait, on y suppléa par une assiette factice composée de plusieurs assises en pierre de *libages* : dans ce système ,

a	b	c
1	2	3

Les pierres *a*, *b*, *c*, d'une assise, croisent les joints 1, 2, 3, de l'assise qui est immédiatement au-dessous ; par cet arrangement, on obtient des fondemens qui ont la solidité d'un rocher naturel

Dans la construction du monument, on employa, de préférence de la pierre de Château-Landon, sorte de demi-marbre susceptible de résister aux injures du temps comme le granite.

L'arc de l'Etoile est percé au milieu d'une grande arcade de 30 mètres de haut sur 15 de large ; sa hauteur totale est de 51 mètres, sa largeur de 46 mètres et son épaisseur de 23 ; il est, en outre, percé dans son épaisseur d'une arcade qui le traverse de part en part et qui coupe la grande à angles droits, de sorte que la masse du monument pose sur quatre pieds-droits.

A   *a*   B

  c   O   *d*

  C   *b*   D

A, B, C, D, dans la figure ci-dessus représente le plan géométral ou parterre ; les lignes *ab*, *cd*, qui se coupent à angles droits en O, figurent la première ; l'arc de la grande arcade ; *cd*, celui de l'arcade transversale ; la clé de la voûte de celle-ci se trouve au-dessous de l'imposte de la grande arcade et qui fait le tour du monument.

Les travaux commencés, comme il vient d'être dit, en 1806, furent un moment suspendus lors du mariage de l'Empereur; à cette occasion, on exécuta, en bois et en toiles peintes, le simulacre du monument tel qu'on se proposait de le construire en pierre; les bas-reliefs étaient simulés par des peintures en grisailles.

Après les fêtes, les travaux reprirent lentement leur cours, et s'arrêtèrent tout-à-fait en 1814. A cette époque, la maçonnerie s'élevait jusqu'à la naissance de la voûte de la grande arcade. Alors on démonta les échafaudages, et ce ne fut qu'en 1823 qu'on prit la résolution sérieuse de finir ce monument, ce qui fut terminé, quant à la maçonnerie, un peu avant 1830; enfin, en 1836, l'arc avait reçu toutes les perfections, tous les ornemens qui pouvaient lui convenir. Voici la description sommaire des bas-reliefs qui ont été sculptés sur ses diverses faces.

Face du côté des Tuileries : à droite et à gauche de la grande arcade, deux groupes d'un relief très saillant et de près de 12 mètres de haut (36 pieds); celui de droite, par Rude, représente, sous des figures allégoriques, le commencement de la guerre de 1792. Ces figures ont près de deux mètres de proportion (six pieds); on y remarque le génie de la guerre sous la forme d'une femme échevelée; à côté est un chef qui agite son casque et semble inviter les jeunes guerriers à le suivre; tout près se voit un vieillard, sorte de Nestor; un personnage qui se débarrasse de son manteau et s'apprête à tirer l'épée; un archer qui tend son arc; un homme vêtu d'une cotte de mailles et qui sonne de la trompette; un cavalier qui maîtrise un cheval fougueux, etc.

Le groupe qui est de l'autre côté du grand arc,

composé et exécuté par Cortot, est consacré spécialement à la gloire de Napoléon ; l'Empereur y est représenté debout, couronné par la Victoire; la Renommée annonce ses hauts faits à l'univers, tandis que le Génie de l'histoire les grave sur le marbre; tout près sont des villes vaincues dans des attitudes de suppliantes; un peu plus loin, est un prisonnier enchaîné; les trophées, qui attestent l'humiliation des ennemis, sont suspendus à un palmier.

Lorsqu'on est tourné vers la face qui regarde Neuilly, le groupe, par Etex, qu'on voit à droite, est destiné à perpétuer le souvenir des efforts extraordinaires que Napoléon fit en 1814 pour empêcher les coalisés d'arriver jusqu'à Paris; on y remarque un jeune guerrier prêt à se lancer au milieu des combats; un vieillard, son père sans doute, embrasse ses genoux, sa femme, tenant un enfant dans ses bras, cherche à le retenir; derrière est un cavalier blessé tombant de cheval. Le Génie du courage et de l'espérance domine au-dessus de cette composition.

Le groupe de gauche, aussi par Etex, est consacré à la paix conclue en 1815 : un guerrier met son épée dans le fourreau; à gauche est une femme qui carresse un enfant couché sur ses genoux; à droite, un homme qui répare une charrue; tout près, un homme vigoureux qui dompte un taureau, emblème des fureurs de la guerre, pour le soumettre au labourage. Minerve, déesse des sciences et des arts, se voit au-dessus de ce groupe.

Directement au-dessus des pieds-droits du grand arc, sont deux autres tableaux d'un relief beaucoup moins prononcé. En venant de Paris, celui qui est à droite, par Lemaire, représente les funérailles du général Marceau, tué le 19 septembre 1796.

Celui de gauche, par Seurre, rappelle la victoire

d'Aboukir, remportée en Egypte, par Bonaparte, le 24 juillet 1799.

En venant du côté de Neuilly, le bas-relief de droite, par Feuchère, représente le passage du pont d'Arcole (5 novembre 1796).

Celui de gauche, par Chaponnière, consacre le souvenir de la prise d'Alexandrie (Egypte, 2 juillet 1798).

Le bas-relief, qui est au-dessus de l'arc de la face qui regarde le midi, par Gechter, rappelle la victoire d'Austerlitz.

Celui qui se voit sur la face tournée vers le nord, par Marochetti, représente la bataille de Jemmapes, livrée le 6 novembre 1792.

Un bas-relief, dont les figures ont 1 mètre 70 centimètres (5 pieds) de proportion, occupe la frise qui fait le tour du monument. Il représente, du côté de Paris et jusqu'au milieu des faces latérales où il est interrompu par une espèce de porte, le départ des armées pour les expéditions qui ont eu lieu pendant les guerres de la révolution et de l'empire. La seconde moitié de ce long tableau, qui se voit du côté de Neuilly, représente le retour des armées.

L'attique, qui couronne cet arc-de-triomphe, est comme fortifié par des pilastres entre lesquels on a sculpté trente boucliers qui portent chacun, en gros caractères, le nom d'une victoire; savoir : Valmy, Jemmapes, Fleurus, Montenotte, Hanau, Montmirail... La corniche de cette attique, avec ses denticules, n'est pas digne des autres parties du monument.

A l'intérieur, les voûtes des arcs et les murs qui les soutiennent sont couverts de bas-reliefs et de longues listes de noms de villes, de batailles... qui ont illustrés nos armes depuis 1792 jusqu'à 1815.

Dans la masse de cet énorme édifice, et au-dessus des voûtes des arcs, on a ménagé de vastes salles dans lesquelles on peut monter; des escaliers conduisant aussi au-dessus de la plate-forme, d'où la vue domine au loin sur un horizon immense.

L'arc de l'Etoile, le plus grand qu'on ait jamais bâti et même le plus irréprochable des édifices de ce genre, soit anciens, soit modernes, laisse beaucoup à désirer sous le rapport des sculptures qui le décorent. En cela, la porte Saint-Denis l'emporte sur lui de beaucoup.

PLACES.

PLACE ROYALE.

Afin d'utiliser les terrains occupés autrefois par le palais des Tournelles et ses dépendances, Henri IV fit élever sur cet emplacement quatre ailes de bâtimens à peu près uniformes, dans lesquels il se proposait d'établir des manufactures.

Au rez-de-chaussée de ces constructions s'ouvrent des files d'arcades qui répandent le jour dans des galeries couvertes qui servent de promenades ; les étages supérieurs sont tout-à-fait ordinaires. Les galeries, couvertes elles-mêmes, sont trop basses ; les pieds-droits des arcades sont trop gros et fort mal exécutés. Les combles, partagés en pavillons très hauts et presque tous semblables entre eux, donnent un certain air de grandeur à cet ensemble de constructions.

Le milieu de la place est occupé en très grande partie par une promenade de figure carrée, entourée d'une jolie grille en fer avec des ornemens de fort bon goût. Cet ouvrage est tout neuf; on a le droit de lui reprocher de manquer de force jusqu'à un certain point.

Aux quatre coins de la promenade on a placé quatre jolies fontaines ayant les mêmes dimensions et

N.º 33.

les mêmes formes. Du centre d'un bassin circulaire s'élève une sorte de pied-douche supportant deux vasques de la plus grande beauté. Les eaux s'échappent par seize petits mufles de lions. Ces ouvrages sont en lave d'Auvergne.

PLACE VENDOME.

En cet endroit, il existait, autrefois, un hôtel appartenant à la maison de Vendôme. Colbert en fit l'acquisition en 1685, il le paya, avec ses dépendances, 600,000 livres; c'est de cet hôtel que la place tire son nom. Le grand ministre mourut peu de temps après, et les constructions dont on avait jeté déjà les fondemens furent suspendues. Plus tard, Jules Mansard modifia le plan qui avait été adopté, les travaux furent repris et la place fut enfin terminée, en 1699, telle qu'elle existe aujourd'hui.

Le plan de cette place est un octogone ou une figure de huit côtés dont quatre grands et quatre plus petits. Deux des quatre grands, ceux du nord et du midi, sont coupés par les rues de la Paix et de Castiglione; ce sont les seules ouvertures par lesquelles on entre dans la place.

Les bâtimens qui environnent cette enceinte sont construits suivant un même système; ils se composent : au rez-de-chaussée, d'un soubassement en bossages, percé de fenêtres dont les linteaux, en arcs surbaissés, sont ornés de masques.

Au-dessus, s'élèvent deux étages décorés de pilastres corinthiens. Le milieu de chaque façade présente un avant-corps décoré de quatre colonnes engagées d'ordre corinthien; le tout est couronné d'un fronton angulaire.

La place Vendôme est la plus belle, la plus régulière de Paris; sans avoir l'opulente richesse de la cour du Louvre, son architecture, d'ordre corinthien, ne déparerait pas une résidence royale, surtout si les profils des détails étaient plus purs et d'une exécution plus soignée.

PLACE DE LA CONCORDE.

Ouverte sous Louis XV, elle porta d'abord le nom de ce roi, puis on l'appela *Place de la Révolution*; quand le calme fut rétabli, *Place de la Concorde*, et sous la restauration *Place Louis XVI*; depuis 1830, elle a repris le nom de *Place de la Concorde*, et depuis qu'on l'a restaurée, décorée, on aurait bien le droit de l'appeler *Place aux Lanternes*.

La figure de cette place est celle d'un octogone dont quatre côtés sont plus grands que les autres; cette enceinte n'est point entourée de bâtimens, comme le sont les places ordinaires; ce sont des fossés bordés de balustrades en pierre. Aux angles de l'octogone, on éleva huit pavillons pareils à un même modèle. Depuis la restauration de la place, qui s'est faite il y a quelques années, les pavillons servent de piédestaux à des statues énormes en pierres de taille. Ces statues sont assises; elles représentent ou sont censées représenter les huit villes dont les noms suivent :

Lille et Strasbourg par Pradier; Bordeaux et Nantes par Calohet; Marseille et Brest par Cortot; Rouen et Lyon par Petitot.

Ces statues ont le grand défaut de paraître semblables entre elles, à quelques différences près; elles sont lourdes; leurs poses sont peu variées, et les emblêmes qui les accompagnent sont trop peu caractéristiques, et, par exemple, Lille et Strasbourg sont assises sur des canons; rien n'empêchent donc de les prendre l'une pour l'autre.

Enfin, en restaurant cette place, on l'a hérissée d'une multitude confuse de candélabres en fer coulé, de formes et de grandeurs diverses; cette profusion

PORT PHILLIP.

de lanternes dorées offre un aspect beaucoup moins brillant que ridicule.

De cette place, qui n'en est pas une, car elle n'est pas entourée de corps de bâtimens, on a tout autour de soi les plus magnifiques points de vue de la capitale :

A l'orient, le palais des Tuileries et son jardin ; au midi, le pont de la Concorde et le frontispice du Palais-Bourbon ; au nord, les belles colonnades du Garde-Meuble et le portique de la Madeleine ; au couchant la magnifique avenue des Champs-Elysées que termine noblement le gigantesque arc-de-triomphe de l'Etoile.

PLACE DES VICTOIRES.

Le maréchal de la Feuillade ayant l'intention de donner à Louis XIV, son bienfaiteur, une preuve éclatante de sa reconnaissance, conçut le projet d'élever une statue représentant le roi au milieu d'une place régulière, entourée de bâtimens uniformes et d'un style au-dessus du commun. A cet effet, il acheta, en 1684, l'hôtel de la *Ferté-Sennetère*. De son côté, la ville de Paris y ajouta l'hôtel d'*Emeri* ; ces constructions furent démolies, et ce fut sur leur emplacement que furent élevés les bâtimens qui entourent la place des Victoires.

Son plan est un ovale ou cercle allongé ; les façades des bâtimens sont ornées de pilastres d'ordre ionique dont les bases reposent sur un soubassement rustique percé de grandes fenêtres ; ce système est d'une sécheresse et d'une mesquinerie qui ne font pas honneur à l'architecte Mansard, son auteur.

Le circuit de cette place est interrompu du côté du nord ; il a en outre le défaut d'être coupé par un trop grand nombre de rues.

PLACE DE LA BASTILLE (COLONNE DE JUILLET).

Le 13 décembre, les Chambres votèrent une loi dont l'article 9 porte qu'un monument national sera construit pour perpétuer le souvenir des journées des 27, 28 et 29 juillet 1830; par une autre loi, du mois de mars de l'année suivante, il est décidé que le monument sera érigé sur la place de la Bastille; ensuite il fut convenu que le monument serait une colonne de bronze.

Du temps de l'empire, on avait arrêté le projet d'établir une fontaine gigantesque sur l'emplacement occupé maintenant par la colonne, un énorme éléphant devait en faire le principal ornement.

Les travaux étaient en activité, lorsque les évènemens de 1814 les firent suspendre, et ils ne furent point repris sous la restauration. Deux grands bassins circulaires et concentriques étaient à peu près faits; on eut la malheureuse idée de les utiliser pour le monument de juillet.

Du centre d'une vaste plate-forme dont la hauteur, au-dessus du sol des rues adjacentes est de deux ou trois décimètres et qui est stratifiée en asphalte, s'élève un bassin circulaire en marbre rouge d'environ six décimètres de hauteur. Les bords de ce bassin servent maintenant de soubassement à une magnifique balustrade en fonte de fer; quand nous disons magnifique, c'est de l'ensemble qu'on doit l'entendre, car les balustrades, considérées isolément, sont du plus mauvais goût.

Au milieu de ce dernier bassin, en est un autre beaucoup plus haut, en marbre blanc, dont le couronnement porte une suite de mufles fantastiques de lions ou de tigres, c'est par les gueules de ces mufles que devaient s'échapper les eaux du bassin.

L'espace circulaire compris entre les deux bassins est richement pavé en marbres de diverses couleurs. Cet ouvrage serait d'un bon effet dans le vestibule d'un palais, ici il est ridicule, étant sans objet.

Le milieu du bassin, en marbre blanc, est occupé par une sorte de soubassement, aussi en marbre blanc, à quatre faces, sur chacune desquelles sont incrustés des médaillons en bronze : les deux extrêmes représentent l'étoile de la Légion-d'Honneur; celui du milieu, la charte, à sa droite et à sa gauche deux têtes humaines en bas-relief, entourées d'un cercle ou d'un serpent, emblème de l'immortalité.

C'est une faute énorme que d'avoir placé un carré au milieu d'un espace circulaire, un rond dans un carré fait bien, mais un carré dans un rond choque le goût et les convenances.

Sur le soubassement en marbre, pose le stylobate ou piédestal en bronze de la colonne; outre qu'il est trop bas, il est sans grâce et sans noblesse. Sur la face qui est du côté de la porte par laquelle on monte dans l'intérieur de la colonne, se voit, en relief, une partie d'un zodiaque étoilé et une figure de lion, emblème du signe du zodiaque, dans lequel se trouve le soleil au mois de juillet. Au-dessus on lit :

A la gloire des citoyens français qui s'armèrent et combattirent pour la défense des libertés publiques les 27, 28, 29 juillet 1830.

Sur les faces du nord et du midi est figurée une palme dans une couronne; les armes de la ville de Paris sont représentées sur la face qui regarde l'orient.

Aux quatre coins de la corniche, on voit quatre coqs à l'instar des aigles qui occupent les quatre coins du piédestal de la colonne Vendôme ; cette imitation n'est pas heureuse, par la raison que le coq, superbe oiseau quand il se promène dans la basse-cour, perd toute sa noblesse lorsqu'il déploie ses ailes.

Vient ensuite la colonne, la base se compose d'une plinte, d'un torse, richement orné. Le fût de la colonne est divisé par de larges cannelures, lesquelles ne sont apparentes qu'au-dessus de la base et un peu au-dessous du chapiteau, une gaine est censée envelopper tout le reste, c'est sur cette gaine qu'on a gravé les noms des braves qui combattirent en juillet; quatre bandeaux circulaires divisent la hauteur de la gaine en trois parties.

Le fût de cette colonne, ainsi emmailloté, est souverainement ridicule, il fait peine à voir. Le chapiteau est digne du fût : c'est un corinthien d'une insigne barbarie, il est ORNÉ! de mufles de lion, de figures d'enfans qui soutiennent des guirlandes; immédiatement au-dessus de l'astragale est une *colerette* de feuilles.

Comme on arrive sur le tailloir, par un escalier pratiqué dans l'intérieur du fût, il a fallu fixer au-dessus une grille qui en suive les sinuosités. Cette grille, composée de barreaux droits, eût été d'un mauvais effet, mais, afin d'en rendre l'aspect encore plus baroque, on l'a composée de tringles contournées, entrelassées, ce qui lui donne tout-à-fait l'apparence d'un panier ou d'une cage.

Enfin, le génie de la liberté, représenté par une figure de bronze doré, s'élance du sommet d'une cippe qui occupe le milieu du tailloir. Cette statue a de trop faibles porportions eu égard à la masse de la colonne qui la porte, l'éclat de la dorure, le grillage qui entoure la galerie qui est en bas, la font comparer à un papillon qui s'échapperait d'une cage.

Le monument de juillet, considéré sous le rapport de l'art, est misérable de tout point, on n'y trouve à louer que le fini des ciselures, l'excellence des matériaux qu'on y a employés, l'alliage du bronze est très heureux; les proportions des composans ont été fournies par les statues des jardins de Versailles. Quel malheur qu'on ait sacrifié tant de richesses pour élever un monument qu'on croirait fait pour attester l'impéritie de nos architectes.

PLACE DU PALAIS-BOURBON.

Située au midi du palais; elle est vaste, régulière; les maisons qui l'entourent sont uniformes, si ces constructions n'ont pas la magnificence qu'on a déployée dans la place Vendôme, elles plaisent par la symétrie qu'on a rigoureusement observée dans les dispositions des masses qui les composent.

Le milieu de cet espace, occupé par un piedestal en marbre entouré d'une grille en fer, attend la statue de Louis XVIII.

Si la place Vendôme est la première de Paris, celle du Palais-Bourbon en est la seconde.

PLACE DU PALAIS-DE-JUSTICE.

A l'orient de ce palais; son plan est un demi-cercle, sur lequel on a bâti des maisons semblables entre elles et qui se succèdent sans interruption; leurs façades sont sans ornemens.

Cette place n'a pas une grande étendue.

PLACE DE L'ODÉON.

Elle s'étend au nord du théâtre. Son plan est un demi-cercle; les constructions qui le décrivent sont uniformes.

Cette place, qui est d'une étendue raisonnable, a le défaut d'être divisée en trop de groupes de bâtimens par les rues qui y aboutissent.

BIBLIOTHÈQUES.

BIBLIOTHÈQUE ROYALE.

(Rue Richelieu.)

Charles V, surnommé le sage, peut être considéré comme le fondateur de cette bibliothèque, aujourd'hui la plus nombreuse, la plus complète qui ait jamais existé dans l'univers ; elle eut, comme bien d'autres établissemens, des commencemens insignifians ; car la bibliothèque de Charles V ne se composait que de 900 volumes dont une bonne partie, sans doute, consistait en livres d'église. Cette collection, placée dans une des tours du Louvre, était accessible nuit et jour aux savans. Louis XII y joignit la bibliothèque de Pétrarque, et François Ier l'enrichit d'un grand nombre de manuscrits grecs.

La bibliothèque du roi, après avoir voyagé du Louvre à Blois, de Blois à Fontainebleau, fut déposée, en 1595, par ordre de Henri IV, dans le collége de *Clermont*, aujourd'hui *Louis-le-Grand*. En 1604, le dépôt en fut confié aux *Cordeliers*; sous Louis XIII, on lui donna un logement rue de la Harpe. Malgré de nombreuses acquisitions, elle ne comptait, en 1661 que 16,747 volumes, tant imprimés que manuscrits. Cinq ans après, elle fut transportée rue Vivienne.

En 1681, Louis XIV visite la Bibliothèque ; déjà

on lui avait adjoint des collections d'Estampes et de
médailles. Enfin, en 1722, elle fut transférée dans
les deux hôtels qu'elle occupe aujourd'hui; elle
comptait alors près de 80,000 volumes imprimés.
En 1763, ce nombre s'élevait à 152,868; par l'effet
de la suppression des couvens, l'établissement s'enrichit d'un grand nombre de livres, médailles, antiquités, etc. Elle fit de nouvelles acquisitions à la
suite des armées de la République et de l'Empire,
dont une bonne partie fut restituée forcément en
1815.

Aujourd'hui, les livres imprimés s'élèvent à plus
de 800,000. Ce nombre augmente tous les ans d'environ 6,000. La collection des manuscrits contient
plus de 80,000 volumes en diverses langues (1).

Le cabinet des médailles, contenait, avant le vol
de 1831, au-delà de 100,000 pièces en or, argent
et bronze.

Outre des médailles antiques et modernes, ce cabinet contient un grand nombre de curiosités de
toute espèce : le fauteuil du roi Dagobert, les armures de François Ier, Henri IV, Sully, du duc de
Bourgogne, enfant, petit-fils de Louis XIV, etc.

Cette collection est ouverte aux visiteurs les mardi et vendredi, de 10 à 3 heures.

Le département des estampes contient au-delà de
1,200,000 pièces, renfermé (:dans plus de 6,000
portefeuilles; les travailleurs y sont admis tous les
jours de 10 à 3 heures.

On a distrait du département des estampes la col-

_____

(1) On a calculé qu'il ne faudrait pas moins de 8
à 900 ans; à un *liseur* intrépide, pour prendre connaissance de tous les livres imprimés ou manuscrits
que contient la Bibliothèque royale, en lisant quatorze heures par jour.

lection des cartes et plans ; mais elle est toujours comme une suite de celle des estampes.

Parmi les curiosités isolées que l'on rencontre dans les galeries de la Bibliothèque royale, on remarque au rez-de-chaussée le zodiaque dit de *Denderah*, du nom du temple égyptien d'où il a été tiré ; c'est dans la salle qu'il occupe qu'on fait des cours *d'archéologie* (d'antiquités).

A côté de la salle du zodiaque, on en trouve une autre dans laquelle on voit deux charmans modèles de la fameuse tour de porcelaine de Nankin (Chine).

Le plafond de cette salle coupe par la moitié deux globes terrestre et céleste de 3 mètres 7 décimètres de diamètre, composés par Coronelli et donnés à Louis XIV par le cardinal d'Estrées. Ces mêmes globes sont visibles d'une des galeries du premier étage de la Biblothèque.

Dans ces galeries, on rencontre une statue en plâtre de Voltaire ; des modèles des pyramides d'Egypte avec leurs proportions, le *Parnasse français* de *Titon-du-Tillet,* en bois et bronze ; des échantillons des premiers produits de l'imprimerie ; des reliûres anciennes, et une planche typographique tout en bois.

BIBLIOTHÈQUE DE SAINTE-GENEVIÈVE.

Elle doit son origine aux religieux de Sainte-Geneviève qui, dans le dernier siècle, l'avaient distribuée dans des galer es de fort bon goût, qui occupaient le second étage de leur couvent. Ces galeries menaçant ruine, une partie des livres a été déposée provisoirement dans les bâtimens de la ci-devant prison de *Montaigu.*

Cette fraction de bibliothèque, destinée principalement aux étudians des Ecoles de Droit et de Médecine, est ouverte tous les jours de 10 à 3 heures, et le soir de 6 à 10.

Nous n'en dirons pas davantage sur cette bibliothèque, la seconde de Paris, jusqu'à ce qu'elle soit
transférée en entier dans le nouveau local qu'on se
propose de lui bâtir.

BIBLIOTHÈQUE DE LA VILLE.

(Ordinairement à l'Hôtel-de-Ville, et pour le mo-
ment près le pont d'Austerlitz, maison d'arrêt
de la garde nationale.)

Elle contient environ 55,000 volumes tirés, pour
la plupart, des dépôts des anciens couvens de la capitale.

Grâce au zèle du conservateur actuel, M. Prosper
Bailly, cette bibliothèque sera, dans la suite, une
des mieux fournies de la capitale en livres modernes. On y trouvera la collection la plus complète
de tous les ouvrages qui ont été publiés sur l'histoire et la description de Paris.

Ouverte tous les jours non fériés, de dix heures
à trois heures.

Il y a encore les bibliothèques publiques de l'Ecole-
de-Médecine, du Jardin-des-Plantes. (*Voir* ces
mots.)

BIBLIOTHÈQUE MAZARINE.

Le cardinal d'où lui vient son nom en ordonna la
fondation par testament. Nicolas Nandé, chargé par
les héritiers du cardinal de mettre à exécution les
dispositions testamentaires de leur oncle, ramassa
des livres précieux de tous côtés, et dès 1648 la Bibliothèque du collège des Quatre Nations devint publique ; elle comptait déjà 40,000 volumes, elle en
contient aujourd'hui environ 100,000 dont 3,500 manuscrits.

On remarque dans les salles de cette Bibliothèque
de beaux vases en marbre, plusieurs bustes tant en

marbre qu'en bronze, des tables en marbre blanc portées sur des pieds en bronze doré.

Dans la salle de lecture on voit un beau globe terrestre en cuivre de 3 mètres 4 décimètres de diamètre ; la faiblesse du plancher qui le supporte n'a pas permis de lui laisser son équateur et son zodiaque à cause de leur poids.

Dans la salle du fond sont exposés des modèles de constructions de l'antique Italie encore demi-barbare et qu'on appelle *Cyclopéennes*.

BIBLIOTHÈQUE DE L'ARSENAL.

(*Rue de Sully, dans les bâtimens de l'ancien Arsenal.*)

Cette bibliothèque publique est due à la munificence du comte d'*Artois*, depuis Charles X. Ce prince l'acheta, en 1781, du marquis de *Paulmy*, ancien ambassadeur de France en Pologne. Peu de temps après, il y ajouta une très grande partie de celle que les héritiers du duc de La Valière avaient mis en vente. Ces deux collections réunies, et avec ce qu'on y a ajouté depuis, comptent aujourd'hui près de 180,000 volumes dont 6,000 manuscrits.

La bibliothèque de l'Arsenal se recommande par les belles éditions qu'elle contient; elle abonde en romans anciens. On y trouve une suite de pièces de théâtres, qui commence à l'époque des moralités et des mystères; un recueil de poésies françaises, qui commence au XVIe siècle. Cette bibliothèque, comme toutes celles du second ordre, est pauvre en ouvrages imprimés depuis le commencement de ce siècle.

En fait de curiosités, il n'y a de remarquable que la salle d'étude, décorée de boiseries et d'ornemens de fort bon goût.

Ouverte de 10 à 3 heures tous les jours non fériés.

BIBLIOTHÈQUE DE L'INSTITUT.

(*Au palais de ce nom.*)

La porte d'entrée ouvre sur le même palier que celle de la Bibliothèque Mazarin. L'ancienne bibliothèque de la ville de Paris, fondée par le procureur du roi *Moreau*, en 1759, et augmentée de celle de son premier conservateur *Romany*, en 1760, servit, à l'époque de la Révolution, de fond à celle-ci.

Cette Bibliothèque, qui compte aujourd'hui près de 90,000 volumes, abonde en ouvrages modernes.

On trouve dans cette Bibliothèque une belle horloge qui, outre les heures, etc., marque les années, les siècles, etc., etc.

On est facilement admis dans la Bibliothèque de l'Institut sur la recommandation d'un membre de cette compagnie.

BIBLIOTHÈQUES NON PUBLIQUES.

Il existe encore à Paris une quarantaine de Bibliothèques spéciales non publiques dans lesquelles on est facilement admis, quand on en fait la demande par écrit; souvent même il suffit de s'y présenter en personne, toutes les fois que l'ouvrage qu'on veut consulter ne se trouve que dans le dépôt auquel on s'adresse.

Les établissemens qui possèdent des Bibliothèques particulières sont:

Tous les ministères, les palais des Chambres des pairs et des députés.

Celle de la galerie du Louvre ;

Du Cabinet du roi, aux Tuileries ;

De la Cour de cassation, au Palais-de-Justice ;

De l'Ecole royale des mines, rue d'Enfer, 34;

Des cartes et plans, rue de l'Université, 64;

Des ponts-et-Chaussées, rue Culture-Sainte-Catherine, 27 ;

De l'Université, à la Sorbonne ;

Des avocats, au Palais-de-Justice, etc., etc.

JARDINS.

JARDIN DES TUILERIES.

Avant Louis XIV, les terrains qui sont aujourd'hui occupés par le jardin ne différaient en rien d'un parc champêtre ; ils étaient clos de murs et de fossés. On y trouvait des étangs, une garenne, un chenil, une ménagerie, des volières et des bouquets de bois. Cet enclos était séparé du palais par une rue qui portait son nom.

En 1665 , le célèbre architecte-planteur de jardins , Lenôtre , fut chargé par le roi de faire disparaître la rusticité de cet enclos et d'en faire une promenade digne du palais.

Lenôtre supprima d'abord la rue des Tuileries, et, pour faire disparaître les inégalités du terrain, il le divisa en trois parties ayant à peu près même longueur; mais une, celle du milieu, beaucoup plus large que les deux autres.

Les deux divisions latérales furent exhaussées par les terres qu'on enleva de la division du milieu, afin de rendre celle-ci parfaitement plane et la mettre de niveau avec rez-de-chaussée du palais. Les terres rapportées sur les divisions latérales furent contenues par des murs, et ces divisions prirent le nom de *terrasses*.

La terrasse du *midi* ou du *bord de l'eau* est plus régulière, plus haute et plus large que celle du nord. Elle commence vis-à-vis le pavillon méridional et extrême du palais ; de là , elle se prolonge jusqu'à la place Louis XV. De ce côté, elle s'élargit en faisant un coude vers l'intérieur du jardin, ce qui a permis de planter un bosquet en cet endroit, au milieu duquel on a ménagé une pièce de gazon fermée d'une grille qui la rend inaccessible au public. C'est dans ce petit enclos que, pendant la grossesse de

Marie-Louise, on éleva un pavillon ou une espèce de tente en bois peint et orné de dorures.

Du côté du palais, on pratiqua un passage souterrain par lequel on arrivait sur la terrasse sans être exposé aux importunités du public. On posa des grilles à tous les aboutissans qui conduisent sur la terrasse. Toutes les fois que la princesse avait l'intention de se promener au grand air, on faisait retirer le public et l'on fermait les grilles ; le pavillon en tente servait de lieu de repos.

Cette même terrasse servit plus tard de promenade à la duchesse de Berry pendant qu'elle était enceinte du duc de Bordeaux. Maintenant le passage est bouché, le pavillon a disparu ; les grilles existent toujours.

La terrasse du côté du nord est étroite et basse dans la plus grande partie de sa longueur. Avant d'arriver sur la place Louis XV, elle s'élargit et s'élève au niveau de la terrasse du midi.

La partie du jardin comprise entre les deux terrasses a 740 mètres de long (près d'un cinquième de lieue) sur 300 de large.

Cette plaine contient quatre divisions principales. En sortant du palais, on voit à droite et à gauche deux jardins réservés entourés de grilles et de fossés ; le public n'y entre jamais. Vient immédiatement un vaste parterre divisé en plusieurs tapis de gazon, entourés de grilles basses et bordés de plates-bandes où l'on cultive des fleurs et des arbrisseaux.

Au couchant du parterre, on trouve deux bois séparés par une large avenue. Le bois qui est du côté du nord est séparé de la terrasse par une large allée, dite des *orangers*, parce que, pendant la belle saison, elle est ornée dans toute sa longueur de plusieurs rangées de ces sortes d'arbres.

Dans l'intérieur des bois, on a ménagé quelques

pièces de gazon de figures diverses , entourées de grillages, ornées de statues, de bancs en marbre.

A l'occident des bois , on a laissé un espace découvert dans lequel les deux terrasses contournées en fer-à-cheval , viennent se terminer en pente douce.

Le jardin des Tuileries, à peu près délaissé pendant le dix-huitième siècle, reçu d'importantes améliorations pendant la révolution et principalement sous l'empire. Tous les escaliers qui mènent aux terrasses furent refaits , le mur qui séparait la terrasse du nord des rues voisines, fut remplacé par une belle grille en fer soutenue de distance en distance par des piliers carrés surmontés de vases en marbre. Cet ouvrage règne dans toute la longueur du jardin ; il est très satisfaisant. Il existait autrefois sur la partie ouest de la terrasse du nord plusieurs maisons et autres propriétés appartenant à des particuliers. On les fit disparaître sous l'empire; on nivela le terrain qu'elles avaient occupé. Depuis cette époque, le jardin se trouve débarrassé de toute propriété étrangère.

Les améliorations que l'on fit subir à ce jardin, on élargit l'avenue du milieu , on refit les bassins , on y fit de nouvelles plantations, etc., etc.

En 1831 , les jardins réservés furent établis sur un emplacement entièrement privé de plantations, auparavant. Ce changement, loin de nuire à l'ensemble du jardin , peut être considéré comme un embellissement.

STATUES ET VASES.

En sortant du palais, on voit à droite une statue en bronze, d'après l'antique, fondue par les frères Keller ; elle représente un esclave accroupi, faisant semblant d'aiguiser une serpe pendant qu'il écoute des gens qui trament un complot.

A droite et vis-à-vis est aussi une statue en bronze d'après l'antique, représentant une Vénus assise sur une tortue, d'où lui est venu le nom de *Vénus à la Tortue*.

Dans le parterre.

A droite :—Un vase très médiocre—Flore et l'Amour—Une dryade ou nymphe des bois ; sa chaussure est formée d'écorce d'arbre—Un vase passable—Un berger qui joue de la flute. On assure que ce fut cette statue qui donna au célèbre Vaucanson l'idée de son fameux joueur de flute.

A gauche sur la même ligne :—Un vase commun—Une Nymphe, une Colombe et l'Amour tirant une épée du fourreau—l'Amour désarmé par une Nymphe— Un Vase passable—Un Chasseur caractérisé par le chien qui est à côté de lui et l'épieu qu'il tient à la main—Un Lion en bronze, par Barye.

Second rang, en commençant du côté de la terrasse du bord de l'eau.

PÉRICLÈS, illustre Athénien qui gouverna la république pendant quarante ans, fut bon général, grand orateur, protecteur éclairé des arts. C'est sous son gouvernement que furent bâtis les plus beaux monumens d'Athènes.

De sa main droite se déroule une feuille sur laquelle on lit en caractères grecs : *Euripidès, Pheidias, Apollodoros, Iktinos* (Euripide, Phidias, Apollodore, Ictinus).

PHIDIAS, un des plus habiles sculpteurs de l'antiquité, contemporain de Périclès, fut l'auteur des bas-reliefs du Panthéon et des fameuses statues de Minerve, de Jupiter Olympien.

CINCINNATUS, Romain célèbre que le sénat envoya prendre à la charrue pour le mettre à la tête d'une armée... il rétablit les affaires.

SOLDAT laboureur, sujet pris des Géorgiques de

Virgile, liv. II, dans lequel, après avoir dit que les armées romaines se battront entre elles et que leur sang engraissera les campagnes de la Macédoine, le poète ajoute :

« Il viendra donc un temps où le laboureur de
» ces contrées découvrira avec sa charrue des piques
» rongées par la rouille, heurtera avec sa herse des
» casques vides et sera saisi d'étonnement à la vue
» des ossemens extraordinaires dont il aura décou-
» vert les tombeaux. »

Silicet et tempus veniet quà, finibus illis,
Agricola, incurro terram molitus aratro,
Inveniet scabra rubigine pila ;
Ant gravibus vastris galeas pulsavit inanes ;
Grandiaque effossis mirabitur ossa sepulchris.

SPARTACUS, Thrace de nation, fait prisonnier par les Romains, il fut contraint de faire le métier de gladiateur. Des esclaves révoltés le reconnurent pour leur chef ; il livra des batailles, battit les armées de la République et mit Rome à deux doigts de sa perte ; l'indocilité de son armée causa sa perte.

THÉMISTOCLE, grand général athénien. C'est par ses conseils et sous son commandement que les Grecs mirent en déroute l'armée navale des Perses à la fameuse bataille de Salamine.

CATON d'Utique, romain illustre pour son éloquence et ses mœurs rigides, avait pris le parti de Pompée. Après la défaite de ce dernier à Pharsale, il se réfugia dans Utique, ville d'Afrique où il se donna la mort de désespoir dans sa chambre, après avoir lu le traité de Platon sur l'immortalité de l'âme. L'artiste l'a représenté lisant, couvert d'un drap de lit et prêt à se percer d'une épée qu'il tient de la main droite.

PHILOPOEMEN, le dernier des grands capitaines grecs, commanda les armées de la ligue achéenne et battit les Lacédémoniens.

Allée de l'Orangerie.

Du côté du palais, deux grands vases d'assez mauvais goût—Hercule et Téléphe en bronze, d'après l'antique.

Au fond de l'avenue, Méléagre, chasseur, en marbre, d'après l'antique, caractérisé par un chien, par l'épieu sur lequel il s'appuie, et surtout par la hure du sanglier de Calydon qu'il avait tué.

Autour du bassin qui est au milieu du parterre, en venant du palais, à droite,

DAPHNÉ changée en arbre — Enlèvement de Cérès par Pluton.

Mort de Lucrèce. Cette romaine ayant été violée par un des fils de Tarquin-le-Superbe, fit venir son mari, qui pour lors était à l'armée, lui apprit l'affront qu'elle avait reçu, et, à l'instant, elle se plongea un poignard dans le cœur au désespoir de son mari qui cherchait à la retenir.

A gauche, en venant du palais,

ATLAS, fils de Jupiter et de Cybèle, ayant refusé l'hospitalité à Persée, celui-ci le pétrifia en lui montrant la tête de Méduse.

Atlas en égyptien signifiait *travail, excessif soutien*. C'était un roi qui excellait dans l'astronomie et qui, dit-on, avait inventé la sphère ou un globe qui figurait le monde.

Enlèvement d'Orithye par Borée.

Orithye, fille d'Erechthée, roi d'Athènes, jouant sur les bords de l'Ilissus, fut enlevée par Borée, vent du Nord. Le nom d'Orithye vient du grec *oros,* montagne , et de *thyein* , sacrifier , parce que cette princesse allait sacrifier sur les montagnes.

En tournant toujours :

ENÉE , héros troyen. Après avoir vaillamment combattu pour chasser les grecs qui s'étaient introduits par surprise dans la ville d'Illion , sa patrie , voyant qu'il n'y avait plus d'espoir de réussir, charge son vieux père Anchise sur ses épaules , prend son fils Ascagne par la main et va joindre ses compagnons qui l'attendaient hors des remparts.

Le sujet de ce groupe est pris de l'Enéide de Virgile, liv. II.

Aux bouts de la large avenue dont le bassin occupe le milieu.

Au nord, PROMÉTHÉE , fils de Japet, ayant formé l'homme du limon de la terre, l'anima avec le feu sacré qu'il avait dérobé au char du Soleil. Jupiter, irrité, donna ordre à Mercure de l'enchaîner sur le mont Caucase, où un aigle devait lui dévorer éternellement le foie. Son nom est grec, *Promethos*, et il signifie qui prévoit, qui délibère, qui prend conseil.

En face , Thésée assommant le Minotaure.

Au midi, à droite, Alexandre blessé.

Ce conquérant , dans son expédition de l'Inde, faisant le siége de la ville des Oxydraques, monta lui-même à l'assaut ; arrivé au sommet du mur , il s'y trouva seul , ses soldats n'ayant pu résister à la violence des traits que les assiégés leur lançaient. Emporté par son courage téméraire, il saute dans la ville, tombe heureusement sur les pieds, s'adosse au tronc d'un arbre qui, par bonheur se trouvait là, et se défend avec son bouclier contre la grêle de projectiles qu'on lui jettait , tuant ceux qui avaient la témérité de l'approcher. Cependant , épuisé de fatigue, il s'affaissa sur les genoux; il était dans cette position, lorsqu'un Indien lui décocha une flèche de deux coudée, qui traversa la cuirasse et s'enfonça dans le flanc droit. Cette grave blessure lui fit presque perdre connaissance; il reprit cependant assez de vigueur pour tuer l'Indien qui l'avait blessé au moment où il s'apprêtait à le dépouiller. Enfin ses amis arrivèrent. (*Quinte-Curce, liv.* IX, *ch.* XIV.)

En face, un soldat spartiate tenant une branche de palmier.

Ne serait-ce pas plutôt ce brave Athénien qui, après la victoire de Marathon, courut à toutes jambes l'annoncer à Athènes, et qui, arrivé devant les magistrats, n'eut que le temps de leur dire : *Vous avez vaincu*, et tomba mort à l'instant.

Le long du bois à partir du côté de la terrasse du midi,

HERCULE, dit de Farnèse, d'après l'antique.

Deux vases magnifiques richement ornés.

JULES-CÉSAR, premier empereur romain.

FLORE.

Deux beaux vases.

DIANE, dite *à la Biche*, copie de la belle statue antique qui est au Musée royal.

Dans les massifs du bois,

A droite :

Grand siège semi-circulaire, de marbre blanc, en ruines.

Au milieu d'une pièce de gazon entourée d'un grillage en bois, Castor et Pollux.

Plus loin un Centaure dompté par l'Amour.

Dans le massif de gauche,

Banc de marbre en ruines.

Au milieu d'une pièce de gazon, Bacchus et Hercule jeune.

Plus loin , deux Lutteurs.

Plus loin encore et un peu à gauche, un Sanglier d'après l'antique.

Dans un enfoncement ménagé, en face de l'escalier qui conduit du milieu du bois de gauche sur la terrasse du bord de l'eau , on voit une statue de bronze , d'après l'antique , représentant une femme endormie ; on a cru pendant long-temps que c'était Cléopâtre, la dernière reine d'Égypte , qui , pour éviter l'affront d'être conduite à Rome pour orner le triomphe d'Auguste , se fit piquer par un aspic , piqûre dont elle mourut. La figure de ce reptile est roulée autour de l'un de ses bras.

L'opinion générale est maintenant que l'auteur de la statue a voulu représenter Antigone abandonnée par Thésée dans l'île de Naxos. Alors le prétendu serpent serait un brasselet ; mais, en réalité, c'est bien un serpent , il a une tête , des yeux , se termine en queue pointue ; nous nous en sommes assurés nous-mêmes. La tête de la statue est ceinte d'un bandeau , emblème de la royauté. Il ne serait pas impossible que l'artiste ait eu l'intention de représenter Cléopâtre, quoiqu'il se soit écarté beaucoup du portrait qu'en ont fait les historiens ; et, par exemple, n'est-il pas vrai qu'il n'existe presque pas de portraits de Napoléon qui reproduisent ses traits fidèlement ?

A l'Occident du bois allant du midi au nord,

SILÈNE. Bronze d'après l'antique, carressant le petit Bacchus. On prendrait cette statue pour un Bacchus ; elle en a tous les attributs. Ce qui la caractérise est une touffe de poils que ce sujet porte sur le milieu des reins.

AGRIPPINE, mère de Néron.

Le PRINTEMPS OU FLORE.

L'ÉTÉ.

SCIPION dit l'Africain, parce qu'il fit la guerre dans ce pays et ruina pour toujours la puissance de Carthage.

ANNIBAL, célèbre général carthaginois. Il tua un si grand nombre de chevaliers romains, à la fameuse bataille de Cannes, qu'il put envoyer au sénat de sa patrie plein un boisseau d'anneaux ramassés sur le champ de bataille. L'urne qui est à côté de lui rappelle ce fait ; de la main droite il tient une enseigne romaine renversée.

L'HIVER.

L'AUTOMNE ou plutôt l'ÉTÉ, ce qui est indiqué par la gerbe de blé.

Une Vestale, statue non caractérisée. Elle représente tout simplement une belle femme drapée à l'antique.

BACCHUS.

Au bas des chemins en pente qui conduisent aux terrasses, quatre groupes de fleuves.

A droite, le Tibre d'après l'antique, la Loire et le Loiret.

A gauche, le Nil d'après l'antique. Les petits enfants qui grimpent sur ses jambes ses bras représentent ses diverses crues. Celui qui s'est le plus élevé e croise les bras de satisfaction, signe d'une bonne récolte.

En haut et sur les bords des terrasses sont distribuées les statues d'Apollon et des neuf Muses.

De chaque côté de la porte par où l'on va sur la place Louis XV, Mercure et la Renommée sur des chevaux ailés.

10

Aux coins des terrasses du côté de la place, deux lions en marbre.

Bassins du jardin des Tuileries.

Il y en a trois dans le grand parterre ; celui du milieu est le plus grand. Des jets-d'eau les alimentent.

Au couchant du bois, on en trouve un autre beaucoup plus grand, de figure octogone. Chacun des huit côtés que nous avons mesurés nous-mêmes, a 25 mètres 8 décimètres de long tellement que le diamètre de ce bassin surpasse en longueur la hauteur des tours de la cathédrale qui est de 66 mètres (209 pieds).

Statues des jardins réservés.

Ces tatues sont maintenant assez difficiles à voir à cause des plantations à feuillages épais qui entourent les deux enclos.

En entrant du côté du pont Royal, on voit, dans le premier parterre d'abord un Laocoon en bronze d'après l'antique. A droite et à gauche un peu en avant, Hippomène et Atalante se disputent le prix de la course ; puis Diane à la Biche en bronze, un beau vase en marbre Apollon du Belvédère en bronze.

Dans le jardin qui se trouve après, un Jeune Homme, bronze d'après l'antique ; un beau Vase ; Vénus Pudique, bronze d'après l'antique ; Apollon et Daphné. Ces deux statues sont ici fort mal placées, car elles semblent courir de front, tandis que selon la fable, Apollon poursuit Daphné. Vient après un Hercule en bronze terrassant le fleuve Acheloüs changé en serpent. Cette statue est de M. Bosio ; l'Hercule qu'elle représente fut modelé d'après une sorte de géant qui se faisait voir à Paris il y a une vingtaine d'années et qu'on appelait *Hercule du Nord*.

JARDIN DES PLANTES.

Description du Jardin.

Le Jardin des Plantes a deux entrées principales; l'une du côté du pont d'Austerlitz, et l'autre par la rue St-Victor, tou auprès de l'hôpital de la Pitié.

Le milieu du jardin, la partie plate, est occupée par des carrés entourés de grilles en bois ou en fer, dans lesquels on cultive toutes sortes d'arbres et de plantes ; on ne peut entrer dans ces carrés que muni d'une carte ou accompagné d'une personne appartenant à l'établissement.

La partie méridionale du jardin est plantée d'arbres de toutes sortes ; on y trouve aussi un café.

La partie nord du même jardin comprend la Ménagerie, le Cabinet d'Anatomie comparée, l'amphithéâtre, l'administration, divers ateliers, le labyrinthe, une laiterie, etc.

Dans la ménagerie on nourrit des bêtes féroces ; elles sont enfermées ; des singes, qui sont aussi enfermés, deux volières et plusieurs parcs fermés de grillages en bois ou en fer, dans lesquels vivent des oiseaux et divers quadrupèdes non féroces.

Le terrain de la ménagerie est fort inégal et sillonné d'un grand nombre de chemins qui serpentent, tous reviennent vers les mêmes points et forment, en un mot, un véritable labyrinthe. Il est impossible de parcourir la Ménagerie sans être obligé de retourner plusieurs fois en arrière.

Notice historique.

Hérouard, premier médecin du roi Louis XIII, obtint de ce prince des lettres-patentes datées du mois de janvier 1626, qui ordonnent l'établissement d'un jardin où seraient spécialement cultivées des plantes médicinales, et dont la direction serait confiée au sieur Hérouard et à ses successeurs. Ce ne fut que sept ans après, en 1633, que ce projet reçut un commencement d'exécution. Une voirie, appelée des *Copeaux*, d'environ deux arpens de superficie, fut achetée par Bouvard, premier médecin du roi, et Gui Labrosse, son collègue; les terrains voisins ne furent acquis qu'en 1636. Tous ces terrains réunis présentaient une superficie de 14 arpens.

En 1635, Labrosse fit construire dans cet établissement des bâtimens et des salles où l'on faisait des cours de botanique, de chimie, d'histoire naturelle, etc. Labrosse est le véritable fondateur du Muséum.

Jusqu'en 1782, la partie du Jardin des Plantes située en face et au levant de l'édifice qui contient le cabinet d'histoire naturelle, se terminait vers la moitié de sa longueur actuelle, et, dans ce sens, il n'avait pas plus de 160 toises de longueur. Sous Louis XVI, on l'étendit jusqu'auprès de la Seine. A cette époque, et pendant la révolution, il a reçu de nouveaux accroissemens; de sorte qu'aujourd'hui sa superficie totale est cinq fois aussi grande que celle qu'il avait lors de son origine.

Le Jardin des Plantes s'appela d'abord *Jardin royal des plantes médicinales*; ensuite il reçut le nom plus concis et moins caractéristique de *Jardin du Roi*, qu'il changea pendant la révolution pour celui de *Jardin des Plantes* ; enfin, sous la restauration, on lui restitua celui de *Jardin du Roi* ; mais le plus souvent on le désigne par la dénomination de *Jardin des Plantes*.

Avant la révolution, on ne voyait point dans cet établissement d'animaux vivans ; ceux qui l'ont habité les premiers provenaient de la ménagerie de Versailles, abandonnée par suite de la retraite de la cour. Cette nouvelle acquisition a été d'un grand secours aux naturalistes du Jardin pour étudier les goûts et les mœurs d'un grand nombre d'animaux étrangers à nos climats. En les disséquant après leur mort on a pu connaître leur organisation intérieure.

Bâtimens et constructions qu'on trouve dans le Jardin-des-Plantes.

Si vous entrez du côté du pont d'Austerlitz, tournez tout de suite à droite, continuez à marcher, vous arriverez en face d'un bâtiment formé d'une vingtaine de gros pilastres d'ordre dorique de fantaisie, entre lesquelles sont autant de loges grillées. Cette construction, dont le plan est un rectangle, se termine par deux pavillons surmontés de frontons angulaires. Ce bâtiment est régulier ; il sert de ménagerie pour les animaux féroces.

Tournant à gauche, vous trouverez un peu plus loin un petit édifice régulier et d'assez bon goût ; c'est le *palais des singes*. Son plan est un demi-cercle sur lequel on a élevé un bâtiment d'un seul étage, sans fenêtre à l'extérieur, de courbure et percé à l'intérieur d'une vingtaine d'ouvertures ; au-devant est une cour circulaire avec un petit bassin à son centre. Cette cour est entourée d'une grille en fer et couverte d'une charpente de même métal ; le tout est entrelacé de fils de fer. C'est dans cette

10.

cour que les singes vont prendre leurs ébats quand le temps le permet ; les extrémités du demi-cercle que forme l'édifice sont ornées d'un fronton et de deux pilastres.

Marchant toujours dans le même sens, on trouve successivement plusieurs volières, puis enfin, dans une vieille maison, de petites loges grillées dans lesquelles on nourrit des serpens.

Tournant à gauche, on voit un énorme pavillon flanqué de plusieurs autres. La symétrie de ces masses est parfaite, mais leur ensemble est lourd et pénible à voir.

C'est là que sont les habitations des éléphans, des giraffes, etc.

Un peu plus haut est une grande serre-chaude en pierre, percée, du côté du midi, d'arcades avec des vitres que l'on ouvre et ferme à volonté.

Les autres serres qui viennent ensuite sont presque entièrement en fer et verre ; elles sont grandes et régulières. On peut y cultiver des végétaux d'une hauteur considérable.

Au sommet du monticule le plus élevé du jardin, on trouve un pavillon à jour tout en bronze, il est supporté par des hallebardes. Une sphère armillaire le couronne.

Cet ouvrage est régulier, mais il a dû coûter plus cher qu'il ne vaut.

Galerie de minéralogie et de botanique.

Ce bâtiment, le plus considérable de l'établissement, borde une partie de la rue Buffon. C'est un chef-d'œuvre de mauvais goût dans l'intérieur comme à l'extérieur.

Son plan général est un parallélogramme avec deux avant-corps du côté du jardin et du côté de la rue. Ces avant-corps sont séparés des extrémités du bâtiment par un rang de cinq fenêtres. On ne comprend pas le motif de cette bizarre disposition.

Les avant-corps du côté du jardin forment des portiques qui sont ornés de pilastres et de colonnes cannelées, d'ordre toscan et surmontés d'un fronton angulaire. Ces deux portiques sont séparés par une façade des plus ridicules. Il faut la voir, car il est à peu près impossible de la décrire. Ce sont, vers le haut des ouvertures en demi-cercle et de très petites fenêtres au-dessous et de distance en distance des pilastres grossiers quoique cannelés.

Les bouts du bâtiment sont percés d'une grande fenêtre en arcade fermée par un grillage à barreaux très rapprochés. A droite et à gauche sont deux pilastres ; un fronton couronne le tout.

Cette pitoyable construction a dû nécessairement coûter beaucoup de frais, car son auteur l'a remaniée dix fois avant de la terminer. Il a bouché, ouvert et rebouché des fenêtres quadrangulaires ou en arcade ; il a refait en partie les avant-corps qui sont du côté de la rue.

A l'intérieur, la galerie de minéralogie est divisée en trois corridors par deux rangs de colonnes cannelées d'un ordre qui leur est tout-à-fait particulier. Leurs chapiteaux sont ornés de petites feuilles de chou des églises gothiques, et comme on a entouré les piédestaux de ces colonnes d'armoires, on dirait qu'elles posent sur des meubles.

Les architraves de ces barbares colonnades ne sont pas moins étonnantes ; les entre-colonnemens, qui répondent aux fenêtres en demi-cercle, ont deux fois et plus d'écartement que ne prescrivent les règles.

Au bout de la galerie de minéralogie est celle de botanique ; elle est décorée, si toutefois cette expression n'est pas une ironie, elle est décorée de gros pilastres cannelés, bien dignes de tout point de leurs sœurs les colonnes dont il est parlé ci-dessus ;

ils ont au reste l'avantage d'être également espacés entre eux.

Intérieur des galeries de minéralogie et de botanique.

On y entre les mardi et vendredi de chaque semaine, de trois heures jusqu'à cinq en été, et de trois jusqu'à la nuit en hiver. La principale porte est sous le portique sur la frise duquel est écrit : GALERIE DE MINÉRALOGIE.

Quand on est dans le vestibule, on tourne à gauche et l'on voit en face de la porte un énorme bloc de cristal de roche, et contre le mur, de chaque côté de la porte, des basaltes, des bois pétrifiés.

Dans le corridor à droite, des armoires qui occupent le milieu de la grande galerie, échantillons de marbres polis ; minéraux imparfaits ou non connus, minéraux à composition organique, bas-relief en sel gemme représentant le dernier roi d'Espagne Ferdinand VII.

Relief du royaume de Wurtemberg ; les hauteurs égalent huit fois et demi les longueurs, c'est-à-dire que si la longueur d'une colline de 100 mètres de long est représentée par 5 millimètres et que sa hauteur soit de 4 mètres. Comme dans cette supposition un millimètre représente 20 mètres en longueur, il faudrait 8 millimètres 1|2 pour représenter une hauteur de 20 mètres ; 4 mètres de long étant représentés par 1|5 de millimètre, il faut donner au relief 8 1|2 fois 1|5 ou 1,7 (1 millimètre 7 dixièmes).

Statue de Cuvier, vêtu du costume de conseiller de l'Université. En face de cette statue, une charmante table faite de marbres incrustés de diverses couleurs ; les pieds sont en bronze.

Ensuite, relief géologique du royaume de Wurtemberg ; pour les proportions , c'est le même que le précédent.

Minéraux polis , vases , estampes représentant le fameux jet-d'eau naturel du Geyser dans l'île d'Islande ; la grotte de Fingal en Ecosse , l'île de Stafa, l'intérieur de la grotte de Fingal.

En retournant par l'autre corridor :

Pierreries, minerais de platine, morceau d'or natif , minerais de cuivre d'un vert admirable.

Pierres taillées en haches, en armes à deux pointes, en fer de lance , dont se servaient les Gaulois nos ancêtres lorsqu'ils étaient à l'état sauvage.

Pierres sculptées, camées, agathes, quartz, jaspes façonnés, belle table d'albâtre blanc et roussâtre.

Colonne ou cylindre creux formé par le calcaire que des eaux d'Arcueil déposèrent dans un tuyau de fer qui leur servait de conduit. Au-dessus une masse de calcaire apportée de la grotte d'Antiparos, île de l'archipel grec, par Tournefort.

Sur les armoires qui occupent le milieu de la salle.

Plusieurs aérolithes (pierres tombées du ciel), une masse de fer presque à l'état de pureté tombée du ciel on ne sait quand ; on l'a trouvée dans le département du Var, elle pèse 591 kilogrammes ; masse de sel gemme.

Relief du Mont-Blanc , relief du canton de Genève et du Mont-Blanc.

En face de la statue de Cuvier , jolie basalte surmontée d'une urne. C'est un petit monument élevé à la mémoire de Dolomieu, naturaliste.

Intérieur de la galerie de botanique.

Elle est à la suite de celle de minéralogie et de géologie. En entrant, statue en marbre blanc de A. de Jussieu , botaniste célèbre.

Les objets déposés dans cette galerie sont des bois pétrifiés, des plantes et des arbres singuliers par leurs formes, leurs dimensions ; des échantillons de bois de toute espèce.

Comme tous ces objets sont accompagnés d'étiquettes qui donnent leurs noms, leurs qualités, leurs usages, il serait inutile et même impossible ici d'en donner des descriptions de quelque étendue que ce soit.

Bibliothèque.

Elle est au-dessous des combles du bâtiment. On y est admis tous les jour non fériés excepté les mercredis. Cet établissement est riche en livres, dessins, planches de toutes sortes qui ont rapport à des objets d'histoire naturelle.

On y compte maintenant plus de 20,000 volumes dont un grand nombre in-f°.

Galeries d'histoire naturelle.

Ces galeries, les plus intéressantes de l'établissement, contiennent toutes sortes d'animaux empaillés, poissons, reptiles, quadrupèdes, oiseaux, insectes ; elles sont dans le bâtiment qui longe la rue Saint-Victor et qui fait face à l'avenue qui va droit à la porte qui s'ouvre du côté du pont d'Austerlitz. Quelques-unes de ces galeries sont au rez-de-chaussée ; d'autres occupent le premier et le second étages tout entiers.

On entre dans le Cabinet d'histoire naturelle par deux portes qui sont aux deux extrémités du bâtiment.

Si l'on entre par celle qui est du côté du midi, on trouve d'abord les salle du rez-de-chaussée où sont exposés des éléphans, des hippopotames, des tapirs.

En sortant de ces salles, on arrive, après avoir monté quelques marches, dans les galeries du premier étage, en passant d'une salle à l'autre, on trouve successivement des serpens, des tortues suspen-

dus aux plafonds; les murs sont couverts de lézards;
dans des bocaux, on conserve des serpens, des gre-
nouilles, etc. Dans la salle qui suit, on voit suspendus au plafond de gros poissons de mer, tels que
requins, scies, etc. De là on passe dans celle où sont
exposés des crocodiles, des caymans, des épées de
mer. Dans les armoires on conserve des poissons
desséchés, etc., etc.

Au bout de toutes ces salles, on trouve un escalier
par lequel on monte au second étage.

La première salle que l'on rencontre contient
toutes sortes de singes empaillés. Viennent ensuite
des phoques, des tigres, des panthères, des lions,
des cangouars, des hyènes et autres carnassiers, des
ours, dont un blanc.

Dans une des salles qui viennent après, on voit,
dans des armoires vitrées, l'aï, le pangolin, le ta-
manoir, le talon, des kanguroos, des civettes, des
mangoustes.

Au-dessus de ces armoires, de magnifiques lan-
goustes.

La section qui vient après est consacrée aux oiseaux, distribués comme il suit :

Paons, calaos, une charmante lyre, un couroucou,
des toucans, le jabion, des casoars, des argus, etc.

Dans la dernière salle, on voit des giraffes, des
élans, des cerfs, des rennes, des bisons, etc.

Cabinet d'anatomie comparée.

Il est dans un de ces bâtimens sans caractère, qui
sont tout près de la rue Cuvier ; il se compose de
plusieurs salles au rez-de-chaussée et au premier
étage.

La première salle du rez-de-chaussée contient
les squelettes de chevaux, ânes, cochons, tapirs,
ect., etc.

Dans la salle suivante, qui est beaucoup plus

vaste, on voit les squelettes de grands carnassiers, de pachydermes et de cétacés, tels que éléphans mâle et femelle, d'Asie et d'Afrique, hippopotames, rhinocéros, un squelette de girafe haut de 4 mètres 66 centimètres (14 pieds), ours, chiens, loups, phoques.

Le milieu de la salle est occupé par trois squelettes de baleines. On remarque dans ces squelettes les fanons qui garnissaient la mâchoire supérieure de ces poissons. On voit dans la même salle deux têtes de baleine et de cachalot.

De cette salle on entre dans une pièce consacrée à des squelettes humains de divers âges et de diverses nations. Les plus remarquables sont ceux d'un Italien qui avait une vertèbre lombaire de moins que les autres hommes ; d'un Egyptien extrait d'une momie. Cet individu avait éprouvé treize fractures qui toutes avaient été parfaitement guéries ; le squelette de Bébé, nain du roi de Pologne, dont on voit la représentation au cabinet d'anatomie de l'Ecole de Médecine ; le squelette de Soliman, assassin du général Kléber.

Les squelettes de fœtus gradués depuis les premiers jours de la formation jusqu'à la naissance.

Les salles du premier étage contiennent une prodigieuse quantité d'objets. On y voit des têtes d'éléphans, des squelettes de requins, de scies, d'épées de mer, de serpens, d'oiseaux, de têtes humaines de divers pays ; celui d'un crocodile auquel sont suspendus les bracelets de femmes indiennes qu'on trouva dans son estomac.

Une des salles contient des écorchés en plâtre peint de couleurs naturelles pour indiquer l'arrangement des nerfs, des muscles. On y voit un homme, plusieurs chevaux, des bras, des jambes, des mains.

Quelques armoires contiennent des bocaux où

sont conservés des muscles d'animaux dans de l'esprit de vin.

Dans une autre salle, on conserve des échantillons de peaux, de plumes, d'écailles, d'ongles, de sabots, etc.

Une imitation en cire représente un enfant ouvert en partie, pour faire voir son organisation intérieure.

Dans une autre salle sont des monstres de divers animaux.

On est admis dans ce cabinet les lundis et les samedis, quand on est muni d'une carte que l'on délivre à l'administration.

Il est bon de prévenir le lecteur que les gardiens qui surveillent attentivement les visiteurs ne leur permettent pas de retourner en arrière.

Ecole de botanique.

Elle est dans le plat-jardin ; on y est admis, les enfans exceptés, quand on est muni d'une carte. Si l'on est très difficile sur l'admission des enfans dans cet établissement, c'est moins de crainte qu'ils n'y commettent des dégâts que de peur qu'ils ne s'empoisonnent eux-mêmes en cueillant des plantes vénéneuses.

Toutes les plantes sont accompagnées d'une étiquette qui porte leur nom ; un trait indique leurs usages et leurs qualités.

La couleur *rouge* signifie que la plante est médicinale.

La couleur *verte* qu'elle est potagère.

La couleur *bleue* qu'elle est employée dans les arst pour la teinture, etc.

La couleur *jaune* que c'est une plante d'ornement.

La couleur *noire* qu'elle est vénéneuse.

Le signe ⊙ qu'elle est annuelle.

11

Le signe ♂ qu'elle est bisannuelle.

Le signe ♃ qu'elle est vivace.

Le signe ♄ qu'elle est ligneuse.

OR. signifie *orangerie*.

S. C. signifie *serre-chaude*.

A l'école de botanique est jointe une école d'agriculture. Là, on enseigne à planter, greffer les arbres, la culture de toutes sortes de graines, légumes, etc., etc.

Le public est admis dans le Jardin-des-Plantes tous les jours depuis le matin jusqu'au soir.

Et dans les galeries de botanique, de minéralogie, d'histoire naturelle, les mardi et vendredi de chaque semaine, depuis trois heures jusqu'à six en été, et depuis trois heures jusqu'à la nuit en hiver.

Les ménageries des animaux féroces, des singes, les volières... sont tous les jours accessibles depuis midi jusqu'à trois heures. C'est aussi pendant cet intervalle de temps qu'il est permis de circuler autour des parcs dans lesquels on nourrit des animaux paisibles ; alors on peut encore monter dans le pavillon en bronze qui couronne le labyrinthe.

JARDIN DU LUXEMBOURG.

Il est au midi du palais (*voir* p.83) il est montueux, et son contour n'est pas régulier ; une large avenue plantée de plusieurs rangées d'arbres lui sert comme de prolongement vers le midi ; il est en outre accompagné de deux enclos dont il n'est séparé que par des murs très bas.

Il y a beaucoup de mouvement dans cette promenade à cause des inégalités de son sol ; mais si les arbres étaient plus vigoureux, les agrémens de ce jardin l'emporteraient peut-être sur ceux qu'on trouve dans celui des Tuileries.

Au devant du palais se développe un parterre dont

le milieu est occupé par un bassin au nord et au midi duquel on trouve deux pièces de gazon; dans celui du nord est une statue en marbre d'après l'antique, représentant un guerrier combattant; et non, comme on l'avait cru faussement, un gladiateur.

Dans l'autre pièce de gazon, on voit une Diane dite *à la biche*, d'après l'antique.

Puis enfin un gros dé en pierre sur lequel est fixé un canon qui, toutes les fois que le ciel est découvert, part à midi, ce qui indique que le soleil vient d'accomplir la moitié de sa course.

Bien des gens croient qu'une horloge, une montre bien réglées doivent marquer exactement midi au moment où le canon fait explosion; elles sont dans l'erreur : le soleil et les horloges dont la marche est bien réglée ne sont d'accord que quatre fois dans l'année, à quelques secondes près, c'est-à-dire le 16 juin, le 1er septembre, le 25 décembre et le 15 avril.

On trouve encore dans le jardin, en entrant du côté de la rue de Vaugirard et tournant à gauche, une construction bien proportionnée d'ordre dorique couronnée par deux statues une de fleuve et l'autre de rivière, les autres sculptures figurent des nappes d'eau. Ce serait une fontaine si les eaux qui l'alimentent étaient beaucoup plus abondantes.

On trouve aussi par-ci par-là dans ce jardin, des statues en marbre qui représentent des dieux de la Fable; Apollon, Vénus, Vulcain, Bacchus, Mercure; la plupart de ces statues sont mutilées, on se propose de leur en substituer de nouvelles : un Hercule tout récemment sculpté est déjà en place.

A droite et à gauche du bassin, dans deux pièces de gazon de figure semi-circulaire, on a placé deux colonnes en marbre rouge couleur de chair, elles sont surmontées de petites statues. Ces colonnes bien proportionnées produisent un effet satisfaisant.

Le jardin possède de nombreux orangers et une vaste et belle serre pour les héberger pendant l'hiver; nous ne pourrions dire que des sottises à l'auteur d'une tente à grandes prétentions dans laquelle on a établi un cabinet de lecteure.

JARDIN DU PALAIS-ROYAL (*voir* page 85)

Cette promenade, dont le plan est un carré long, est plantée de plusieurs rangs de marronniers que l'on croit toujours jeunes quoiqu'ils aient près de cinquante ans, par la raison que pendant cet espace de temps ils ont pris si peu d'accroissement qu'on leur donnerait quinze ans tout au plus; ce n'est pas la faute du terrain dans lequel plongent leurs racines, car il est de bonne qualité; mais bien parce que l'air ambiant qui circule autour d'eux est vicié par les miasmes qui s'exhalent des habitations qui environnent le jardin, et surtout par l'haleine et les transpirations de la foule des promeneurs qui circulent sans cesse dans le jardin, dans lequel on rencontre vers son milieu un bassin alimenté par des jets-d'eau qui forment gerbe.

Au nord et au midi de ce bassin, on voit deux pièces de gazon entourées de grilles basses et décorées de statues; dans celle du nord on trouve, en sortant du café de la Rotonde, la statue en marbre d'un jeune homme qui se dispose à entrer dans un bain; on pourrait croire tout aussi bien que c'est Narcisse qui se mire dans l'eau.

Vient ensuite Diane dite *à la biche*, statue en bronze d'après l'antique; puis un groupe en marbre représentant un enfant qui joue avec un chevreau.

Allant toujours dans le même sens, on voit dans le second carré de gazon, d'abord Ulysse tristement assis sur le bord de la mer, absorbé par le souvenir de sa chère Ithaque; vient, ensuite, l'Apollon dit du Belvédère, statue en bronze d'après l'antique, et en-

PONT DU CARROUSEL.

fin Euridice, femme d'Orphée, qu'un serpent mord à la jambe ; elle mourut de cette morçure.

PONTS.

A partir de la barrière de la Râpée jusqu'à celle des Bons-Hommes, on compte 20 ponts, tant en pierre qu'en fer ou suspendus; ce sont, à partir de la Râpée, le pont de Bercy , suspendu — d'Austerlitz, en fonte de fer — Marie et Saint-Bernard, en pierre — de Constantine, suspendu— Louis-Philippe, suspendu — de la Cité, suspendu — de l'Archevêché, en pierre — de l'Hôtel-Dieu, en pierre — de Lodi, suspendu — Notre-Dame et Petit-Pont, en pierre— Saint-Michel, et Pont-au-Change, en pierre—Pont-Neuf, en pierre — des Arts, en fonte de fer — du Carrousel, en fonte de fer — Royal, en pierre — Louis XVI ou de la Concorde, en pierre — des Invalides ou du Gros-Caillou, suspendu — d'Iéna, en pierre.

Tous les ponts suspendus se ressemblent, qui en a vu un les a vus tous; ce sont toujours de fortes piles surmontées d'arcades, solidement construites en pierres de taille, entre lesquelles sont tendues des chaînes de fer, tantôt en barreaux, tantôt en fils de ce métal, tirés à la filière et réunis en faisceaux. De ce dernier genre, est le pont Louis-Philippe; les ponts suspendus sont fort économiques, mais, il faut bien en convenir, ils n'ont rien de beau ni de monumental; on n'aurait pas dû en construire dans l'intérieur de la capitale.

Les trois ponts en fonte de fer de la ville offrent beaucoup plus d'intérêt... moins coûteux que ceux en pierre, ils les égalent en solidité et surpassent la plupart d'entre eux en élégance.

PONTS EN PIERRE.

Les ponts de cette espèce qu'on a construits anciennement dans Paris, et à des époques diverses n'offrent rien de remarquable, et généralement, ils sont fort laids.

Avant la révolution, plusieurs d'entre eux étaient chargés de deux files de maisons, on a eu le bon esprit de les en débarrasser.

Les ponts en pierre qui méritent une courte description sont ceux d'Iéna et de Louis XVI ou de la Concorde.

PONT D'IENA (*de la victoire de ce nom, gagnée sur les Prussiens*).

Chef-d'œuvre de simplicité, d'élégance, de solidité. Ce beau pont fut commencé en 1808 et terminé quatre ans après, MM. Lamandé et Dillou en fournirent les plans; il se compose de cinq arches surbaissées d'un beau profil; ses piles sont à la moderne, c'est-à-dire peu épaisses, et dont les deux bouts sont arrondis; comme les arches sont toutes égales entre elles, le pavé du pont est parfaitement horizontal. Avant 1819, on voyait directement au-dessus des piles et dans les espaces angulaires, compris entre les arcades, des aigles en relief, les ailes déployées, entrelacées dans des couronnes; sous la restauration, on effaça les aigles et l'on grava en creux au centre des couronnes le chiffre de Louis XVIII.

Les matériaux qu'on a employés dans la construction de ce pont sont d'excellente qualité, les deux parapets sont formés d'une seule rangée de pierres. Ce beau pont serait sans défauts s'il était un peu plus large; on pourrait encore trouver à redire aux quatre piédestaux qui occupent ses deux extrémités; ils semblent un peu trop gros et trop lourds.

La fortune ayant conduit une seconde fois (1815), les Prussiens dans la capitale, enflés par leurs succès et cédant au ressentiment que leur inspiraient leurs anciennes défaites, ils se disposaient à faire sauter le pont, fort heureusement une autorité supérieure (l'empereur Alexandre dit-on), les en empêcha.

PONT LOUIS XVI ou DE LA CONCORDE.

Commencé en 1787 et terminé en 1790, sous la conduite de Perronnet, auteur de celui de Neuilly. Ce pont est un des plus ornés de tous ceux qui existent en Europe; ses piles se terminent, en amont et en aval, par de grosses colonnes qui tiennent quelque peu de l'ordre toscan; des balustrades en pierre lui servent de parapets. On a lieu d'être surpris que Perronnet se soit ici écarté du système qu'il avait adopté pour le pont de Neuilly. Le magnifique pont Louis XVI serait sans défauts si son pavé était de niveau dans toute son étendue. Il y a quelques années que ce pont était orné de deux rangs de statues en marbre blanc, aux proportions colossales, on a sagement fait de les enlever; maintenant elles sont disposées tout autour de la grande cour du palais de Versailles.

Il est vrai de dire cependant que bien souvent les circonstances ne permettent pas de faire le pavé d'un pont suivant le plan horizontal : cela devient impossible toutes les fois que les bords de la rivière sont très bas, et que l'espace ne permet pas d'établir des plans-inclinés en avant des culées.

PONT-NEUF.

(A l'extrémité occidentale de l'île de la Cité.)

Ce pont, le plus long de la capitale, fut commencé sous Henri III et terminé sous Henri IV. La direction en était confiée à l'architecte Ducerceau.

Ce pont n'est assurément pas beau, et toutefois il jouit d'une grande réputatation : Montaigne, qui avait vu le commencement de sa construction, témoigne dans ses *Mémoires* la satisfaction qu'il éprouverait de le voir terminé. Ce pont, en effet, était bien *neuf*, eu égard à l'époque où il fut bâti ; couronné d'une sorte d'entablement, les mascarons (effigies humaines) qui se voient au-dessous, étaient d'un fort bon style, comme on en peut juger par ce qui en reste.

Ce pont n'était pas encore terminé, que Henri IV voulut passer dessus. — «Mais, Sire, lui dit-on, des téméraires comme Votre Majesté sont tombés dans la rivière.» — «Soit, répondit Henri ; ils n'étaient pas rois comme moi !»

Une estampe, devenue rare, représente Louis XIV passant sur le Pont-Neuf, entouré de ses gardes, etc.

Qui n'a pas passé sur le Pont-Neuf?... Tous les rois de France, depuis Henri IV ; Napoléon, avec son cortége, l'a parcouru en allant se faire sacrer à Notre-Dame, et plusieurs fois encore après; Louis XVIII était sur le Pont-Neuf, lorsqu'on inaugura la statue de Henri, chef de sa maison.

Les boutiques uniformes qui se voient des deux côtés du pont ont été bâties sur les dessins de Soufflot, l'architecte de Sainte-Geneviève (Panthéon).

Il y a quelques années que les piles du Pont-Neuf ont été refaites en entier, quant à l'extérieur; de sorte que la bâtisse est, pour le moins, aussi solide que si la construction avait été refaite en entier dans toutes ses parties.

PONT DES ARTS.

Le Louvre ayant pris, du temps de la république, le nom de *Palais-des-Arts*, le pont que l'on construisit sous l'empire, pour communiquer directement de ce palais à celui de l'Institut, fut appelé pont des Arts.

Cette construction se compose de piles en pierre de taille, au nombre de 11, peu épaisses, arrondies, tant en amont qu'en aval; elles sont toutes de même hauteur; le tablier du pont qui est en chêne, est porté sur des arcs en fonte de fer, et sa surface est parfaitement horizontale.

Le pont des Arts est fort élégant et d'un bel aspect; situé entre deux palais, il n'est destiné qu'à l'usage des piétons.

PONT DU CARROUSEL.

En fonte de fer comme ceux des Arts et d'Austerlitz, il en diffère considérablement par la forme et le système d'assemblage des diverses pièces qui sont entrées dans sa composition. Voici sa description extraite du journal la *Chronique de Paris*.

M. Ponlonceau s'est proposé de réunir dans son pont du Carrousel, la beauté, la solidité et l'économie; problème dont la solution n'était pas facile. Voyons jusqu'à quel point il y a réussi.

Ce pont se compose de deux piles à la moderne (arrondies en amont et en aval), de deux culées et par conséquent de trois arcades; il est plus élevé vers son milieu qu'aux extrémités, comme le pont Louis XVI : vu de loin, le profil de la rampe qui lui sert de parapet ne produit pas un mauvais effet; néanmoins on se surprend à croire que la courbure de cette rampe n'est pas uniforme, et qu'elle est composée de trois courbes différentes; quand on est auprès d'une des extrémités du pont, les défauts de la courbure de son plancher deviennent plus saillans; il fallait en ceci imiter le pont des Arts qui est auprès et dont le plancher est tout droit : car enfin pourquoi obliger les gens à monter et descendre, quand ils passent sur un pont, comme si les eaux des fleuves étaient plus élevées d'une quantité un peu considérable, vers le milieu, que sur les bords.

11.

Le profil des arcades du nouveau pont est un arc surbaissé; il nous semble qu'il pourrait être plus élégant; on dirait un arc de cercle d'un très grand rayon. L'auteur du charmant pont d'Iéna a été plus heureux : la courbure de ses arcades est parfaite.

Au-dessus des piles, s'élève un dé en pierre de taille qui remplit, en partie, le vide qui règne nécessairement entre deux arcs consécutifs; le reste de ce vide est occupé par des anneaux dont le diamètre diminue depuis la pile jusqu'au sommet de l'arc. Le plus grand de ces anneaux peut avoir de sept à huit pieds de diamètre, et le dernier, qui est le sixième, 1 pied environ. Ces anneaux, en fonte de fer, sont liés entre eux par des traverses en forme de balustres, fixés par les deux bouts sur les anneaux, au moyen de vis et d'écrous. Ces anneaux, disposés en file, produisent un bon effet, et ils donnent au pont, dont ils soutiennent le plancher, une grande solidité : cette innovation est très heureuse; mais l'invention qui se fait le plus remarquer, dans ce pont, c'est la manière originale dont les arcs, qui soutiennent tout l'ouvrage, sont composés :

Prenez la moitié, le tiers.... d'une roue de voiture; sciez-la par le milieu, dans le sens de sa longueur et de son épaisseur; creusez les deux moitiés, replacez-les l'une sur l'autre, et fixez-les, au moyen de vis et d'écrous placés sur les bords, de façon que la portion de roue, ainsi rétablie, soit vide dans toute son étendue, où qu'elle forme un tuyau courbé : tel est le principe des arcs qui soutiennent le pont du Carrousel.

On a donc coulé en fer des jantes concaves d'un côté et convexes de l'autre; on leur a ménagé des bords renversés en dehors, dans lesquels on a percé des trous destinés à recevoir les boulons qui fixent les jantes les unes contre les autres. On devine maintenant que, pour former un arc to-

tal, on a placé une jante sur une autre, de manière
que l'une de ses extrémités tombât sur le milieu de
celle-ci. La figure ci-dessous fera comprendre, d'un
coup-d'œil, cette disposition :

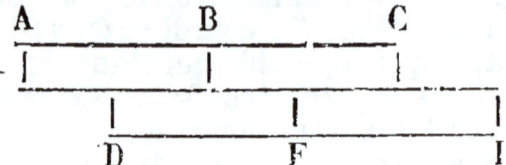

AB, BC sont deux jantes consécutives; une troi-
sième DF est fixée, sur elles, de manière que le joint
B répond à son milieu, comme le milieu de la jante
BC répond au joint F, etc., etc.

Le vide qui se trouvait entre les jantes ainsi disposées, a été rempli par un arc formé de planches
de sapin placées les unes au-dessus des autres, et
dont les joints de deux planches consécutives répondent au milieu d'une autre planche : la figure ci-dessus donne l'idée de cette composition. L'arc de bois
a été goudronné avec soin, et le vide qui pouvait rester; après qu'il a été revêtu de la gaine ou chemise
formée par les jantes de fer, a été rempli de cette
matière; enfin, le tout a été fixé solidement par des
boulons et des écrous, disposés de 10 pouces en 10
pouces.

Chaque arcade du pont qui nous occupe, se compose de cinq arcs, de soixante anneaux et de quelques disques. Les arcs sont liés les uns aux autres
par des tirans, dont quelques-uns sont en fer malléable, et d'autres en fonte : ces derniers forment
des figures qui ont quelques ressemblances avec la
lettre X. Le plancher du pont est en bois, couvert
d'une couche de béton.

Cet ouvrage fait beaucoup d'honneur au génie
inventif de M. Polonceau; s'il n'est pas aussi beau
que le pont des Arts, il est beaucoup plus solide, et

il durera plus long-temps que celui d'Austerlitz. Enfin, si l'on imite le système de son auteur, on ne verra plus, au centre des grandes villes, des ponts en chaînes, dont l'aspect a quelque chose de barbare; et toutefois on fera bien, tant qu'on le pourra, de faire les ponts en pierre de taille; car enfin, cette multitude de boulons, d'écrous, de tirans, etc., seront détruits par la rouille; le nom de *monument* ne saurait convenir à un pont de fer.

Le pont du Carrousel est orné de candélabres; il a été soumis, en 1835, à une épreuve qui a confirmé la bonne opinon qu'on avait de sa solidité, en cela, il ne le cède point aux ponts de pierre.

PONT D'AUSTERLITZ.

(*Près du Jardin des Plantes*),

Ce pont, en fer coulé comme le précédent, fut commencé en 1801 et terminé en 1806, sur les plans de Becquey-Beaupré; il se compose de cinq arches en fer, soutenues par des piles en pierre de taille. Ce pont est assez solide pour que des voitures pesamment chargées passent dessus sans danger. Son tablier, formé de madriers en bois, est parfaitement horizontal; quoique très fort, il n'est pas dépourvu d'une certaine élégance. Sa longueur totale est de 133 mètres (400 pieds).

BOULEVARTS.

Il y en a de deux sortes, les *vieux* et les *nouveaux*.

Les vieux boulevarts occupent les anciens fossés de la ville; ils commencent à la place de la Concorde et continuent sans interruption jusqu'au pont d'Austerlitz. On trouve dans cette longue promenade toutes sortes d'agrémens, des rangées d'arbres, de larges trottoirs pavés en asphalte; à droite et à gauche des maisons charmantes, des théâtres pour tous les goûts et à la portée de toutes les fortunes.

Les boulevarts dits *extérieurs* sont partie dans l'intérieur de la ville partie hors du mur d'enceinte; ils sont peu fréquentés, aussi les arbres qui les ombragent sont-ils généralement plus verts, plus vigoureux que ceux des anciens boulevarts.

On estime que les boulevarts de Paris, ajoutés les uns au bout des autres, formeraient près de quatre lieues.

QUAIS.

Après les jardins publics et les boulevarts, les quais offrent les promenades les plus commodes et les plus spacieuses. Ceux qui ont été construits ou dont on a pavé les trottoirs depuis 1830, sont dans leur genre de véritables chefs-d'œuvre ; on les a ornés de rangées d'arbres , toutes les fois que cela a été possible, et maintenant on peut aller du pont d'Austerlitz à celui de Grenelle (une lieue et demie) sur un chemin parfaitement uni et sans rencontrer aucun obstacle qui puisse le faire quitter pendant quelques instans.

Quelques promenades de peu d'étendue.

La plus considérable est celle qui entoure la cathédrale en partie ; elle est bien plantée , défendue par une belle grille en fer et rafraîchie par une fontaine en style gothique.

On trouve des plantations d'une moindre importance et non ceintes de grilles, telles sont celles qu'on voit au-devant de l'hospice du Midi, faubourg Saint-Jacques ; près du pont d'Austerlitz ; avant d'arriver à l'arsenal, etc., etc.

STATUES ÉQUESTRES.

Avant la révolution, il y avait à Paris quatre statues équestres et une pédestre, toutes en bronze, remarquables par leurs proportions; c'étaient Henri IV, sur le terre-plein du Pont-Neuf; Louis XIII, place Royale; Louis XIV, place Vendôme; Louis XV, place de ce nom, et la statue pédestre de Louis XIV, place des Victoires; la statue de la place Vendôme était vraiment colossale : le piédestal avait 10 mètres de haut; le cheval avec le cavalier, 7 mètres 2 décimètres; le tout pesait 34 mille kilogrammes, plus de deux fois le poids du bourdon de la cathédrale.

Aux quatre coins du piédestal se voyaient quatre esclaves enchaînés... barbarie renouvelée des Romains. Les figures, en bronze, de ces esclaves sont maintenant au Louvre, musée d'Angoulême.

Cette statue équestre fut détruite en 92, après la journée du 10 août.

Les autres statues qui viennent d'être mentionnées, détruites aussi pendant la révolution, avaient de bien moins grandes proportions.

Les statues équestres qu'on a refaites et rétablies sont celles de Henri IV, sur le Pont-Neuf; de Louis XIV, place des Victoires; de Louis XIII, place Royale.

Sans la révolution de Juillet, celle de Louis XV aurait occupé le rond-point des Champs-Elysées. Déjà on avait jeté les fondations du piédestal.

STATUE EQUESTRE DE HENRI IV.

(Sur le Pont-Neuf.)

L'ancienne statue n'avait pas été fondue d'un seul jet; le cheval, présent de Côme de Médicis fait à la veuve de Henri II, provenait de Florence; après la mort de Henri IV, Dupré fut chargé de lui faire un cavalier sous les traits de Henri IV, lequel cavalier, sous les guerres de religion, aurait été Henri II!!!

La nouvelle statue, ouvrage de M. Lemot, fondue d'un seul jet, représente le héros couvert d'armes défensives, telles que cuirasse, cuissarts, la tête nue et ceinte d'une couronne de lauriers; d'une main il tient la bride du cheval, de l'autre il s'appuie sur un bâton de commandement.

Le cheval, qui est censé aller au trot, pose sur deux pieds seulement.

Ce monument présente quelques défauts : le cheval n'est pas assez *animé* ; quant au cavalier, il manque de mouvement ; on le dirait cramponné sur sa monture.

Cette statue, établie aux frais de souscripteurs volontaires, a 4 mètres 6 décim. de haut, et pèse 15,000 kilogrammes ; elle a coûté, avec le piédestal en marbre blanc d'un seul bloc 337,860 francs.

Le bronze de la statue de Napoléon, qui était avant 1814 sur la colonne de la place Vendôme, fut employé dans la fonte du cheval de Henri IV.

STATUE DE LOUIS XIV.

(*Place des Victoires.*)

L'ancienne statue représentait le roi vêtu des habits de son sacre, foulant un Cerbère, symbole de l'hérésie ; derrière lui, la Victoire, portée sur un globe, tendait une couronne au-dessus de sa tête. Ce groupe en bronze doré avait 4 mètres 2 déc. de haut, et il était porté sur un piédestal de 7 mètres 1 déc., sur les faces duquel étaient des bas-reliefs rappelant le passage du Rhin, la conquête de la Franche-Comté, la paix de Nimègue, la préséance de la France sur l'Espagne.

Ce monument avait été élevé aux frais du maréchal de La Feuillade, grand admirateur de Louis XIV.

La statue nouvelle est équestre. Le roi, vêtu à la romaine, mais néanmoins coiffé de la perruque de son siècle, est monté sur un cheval qui se cabre et qui ne porte que sur les pieds de derrière ; il est vrai que les crins de sa longue queue cachent un troisième point d'appui.

La statue du cavalier est fort belle; elle a de la vie, on dirait presque du sentiment : car, malgré la fureur avec laquelle le cheval se cabre, le calme se peint sur le visage de Louis.

Ce groupe, ouvrage de Bosio, pèse 8,000 kilogrammes ; sur les deux grandes faces du piédestal, qui est en marbre, on a incrusté deux bas-reliefs en bronze qui représentent : celui du côté de l'orient, le fameux passage du Rhin, si éloquemment chanté par Boileau ; du côté de l'occident, on voit Louis, assis sur son trône, entouré de prélats, de grands seigneurs, et délivrant une écharpe à un personnage qui la reçoit à genoux sur les marches du trône.

STATUE DE LOUIS XIII.

(*Place royale.*)

L'ancienne statue était en bronze. Le fameux et tout-puissant cardinal de Richelieu en avait fait hommage à son maître. Détruite comme les autres, elle fut remplacée, sous la Restauration, par une autre en marbre blanc sculptée par Dupaty.

Louis XIII est représenté vêtu à l'antique, la tête ceinte de lauriers ; il tient d'une main un bâton de commandement. On dit que l'intention de l'artiste était de le représenter présidant aux travaux du siége de la Rochelle. Il n'y a ni bien ni mal à dire de cette statue ; toutefois, le manteau dont le héros est affublé lui donne un air embarrassé ; ses jambes sont aussi un peu trop grosses.

Pour ce qui est du cheval, on ne comprend vraiment pas les motifs de l'attitude qu'on a voulu lui faire prendre ; il ne marche point, ne trotte point, ne se cabre point, il n'est pas tout-à-fait au repos... il est ridicule.

OBÉLISQUE.

Du grec *obelos* (broche), et du diminutif *obeliskos*, petite broche. Ces monumens en effet sont à quatre faces, et ils se terminent en pointe comme les barreaux de fer dont on se sert pour faire rôtir les viandes. Les Egyptiens, qui ont taillé des obélisques en bien plus grand nombre que les autres peuples de la terre, les appelaient, dans leur langue, *dejri-auschi* ; ils plaçaient ces monumens toujours deux à deux en avant de la principale entrée de leurs palais ou de leurs temples ; ils faisaient ces *monolithes* (d'une seule pierre) en granit rose, pour le plus souvent, et ils couvraient leurs faces d'inscriptions en l'honneur de leurs dieux, ou qui étaient destinées à perpétuer la gloire de leurs princes. Les caractères de ces inscriptions qu'on appelle *hiéroglyphes* (sculptures sacrées), consistaient en figures d'oiseaux ou d'autres animaux gravées plus ou moins profondément dans la pierre. Les prêtres seuls avaient le privilége d'interpréter le sens de ces légendes.

L'obélisque qui maintenant occupe le centre de la place de la Concorde, se voyait autrefois à l'un des côtés de la grande porte du palais de Luxor, monument gigantesque de l'antique Thèbes. Telles sont ses dimentions :

Arêtes de la grande base :

Celle du côté du nord, 2 mètres 44 centimètres; les trois autres arêtes de la même base, 2 mètres 42 centimètres :

Arêtes de la petite base ou au-dessous du pyramidon (la pointe); celles du nord et sud, 1 mètre 50 centimètres; celles de l'est et de l'ouest, 1 mètre 58 centimètres.

Hauteur, non comprise celle du pyramidon, 20 mètres 90 centimètres; hauteur du pyramidon, 1 mètre 94 centimètres ; hauteur totale : 22 mètres 84 centimètres.

Volume, le pyramidon compris : 85 mètres cubes; poids : 229,500 kilogrammes, en supposant que le granit de Syène pèse 2 fois et 70 centièmes autant que l'eau.

Hauteur, avec le piédestal, 32 mètres 84 centimètres (environ 100 pieds); les faces de ce monolithe ne sont pas parfaitement planes, en appliquant dessus une règle en travers, on reconnaît qu'il y en a deux qui sont concaves et les deux autres convexes (bombées).

L'obélisque de Paris avait depuis long-temps fixé l'attention des savans qui voyageaient en Egypte; c'était le mieux conservé de tous ceux qui, dans les temps modernes, se trouvaient encore dans cette contrée; l'exécution en est parfaite, les sculptures sont d'un fini admirable. Les hiéroglyphes de la colonne du milieu ont 12 centimètres (4 pouces et demi) de creux, et les objets qu'ils représentent sont relevés en bosse sur le fond.

C'est à cause de ces diverses perfections réunies que l'on se décida à le faire venir en France, après en avoir obtenu la cession du pacha d'Egypte. Sur un rapport de M. le baron d'Haussez, du 25 novembre 1829, le roi signa l'ordonnance qui autorisait les dépenses qu'entrainerait cette translation; pour y faire face, les Chambres votèrent, le 6 janvier 1830. 300,000 fr.; plus, 200,000 fr. l'année suivante; on se mit tout de suite à l'œuvre, et l'obélisque arriva enfin à Paris, sur un bâtiment fait exprès, le 23 décembre 1833.

Ce monument fut extrait de la carrière et taillé sous le règne de Rhamsès II, vers 1580 avant l'ère vulgaire; mais il ne fut érigé que sous Rhamsès III, son frère, si connu sous le nom de *Sésostris*, comme le prouve le nom de ce prince, gravé au-dessous de la base; plusieurs des inscriptions gravées sur les faces sont à la gloire de Rhamsès III. Le monument n'était donc pas entièrement fini à la mort de son prédécesseur : les inscriptions des faces nord et sud sont de Rhamsès II. Ainsi que l'inscription de la colonne médialé de la face de l'est; toutes les autres sont de Rhamsès III.

Les inscriptions de chaque face sont divisées en trois bandes verticales : celle du milieu est creusée et les deux latérales piquées seulement au trait.

Chaque face elle-même, quant à l'ensemble des inscriptions, se divise en trois sections :

1° Immédiatement au-dessous du pyramidon le bas-relief des offrandes toute la largeur;

2° En tête de chaque colonne, la figure de l'épervier, symbole du soleil (aroéris), coiffé du pschent terminé en franges. Cet encadrement , qui représente la bannière royale, contient les titres honorifiques des princes;

3° Les trois phrases qui se lisent de haut en bas.

EXPLICATION DES HIÉROGLYPHES DE RHAMSÈS II

ARMAÏS.

Face du côté de l'arc de l'Etoile.

Bas-reliefs des offrandes. Le dieu de Thèbes, *Amon-ra* , est assis sur son trône ; deux longues plumes ornent sa coiffure ; il tient dans la main droite son sceptre ordinaire et dans sa main gauche *la croix ansée* , symbole de la vie divine. Devant lui, Rhamsès II est à genoux ; sa tête est ornée de la coiffure du dieu *Phtha-Soccoris* surmontée du globe ailé et il fait au dieu Amon-ra l'offrande de deux flacons de vin. A côté de son sceptre, on lit : *Don de vin à Amon-ra.*

En tête de la colonne du milieu est la *bannière* avec ces mots : L'Aroéris, puissant aimé de Saté (la Vérité).

Puis, en descendant, on lit : Le seigneur de la région supérieure... le seigneur de la région inférieure (haute et basse Égypte)... Hôrus (dieu) resplandissant, gardien des années, grand par des victoires, SOLEIL GARDIEN DE LA VÉRITÉ... engendré par Thmou... le *chéri* D'AMON RHAMSÈS, la *vie* (ou vive !)

Face du côté des Tuileries.

Bas-relief des offrandes. Rhamsès fait encore à Amon-ra une offrande de vin ; la bannière est à peu près la même. Dans l'inscription sont les titres de *Dieu resplendissant gardien des vigilans.* Dans l'invocation au dieu Amon, celui-ci est qualifié de seigneur des dieux.

Face du côté de la Madeleine.

Bas-relief des offrandes. Le même roi fait la même offrande au même dieu. Le vautour, emblème de la victoire, plane au-dessus de la tête du roi.

La colonne médiale porte dans la bannière les titres royaux de Rhamsès. L'inscription lui donne les titres de *gardien, grand des vainqueurs sur la terre...* l'inscription se termine par son nom et le vœu *à toujours.*

Inscriptions de Rhamsès III Sésostris.

Le bas-relief des offrandes appartient à Rhamsès II.

Colonne de gauche, bannière. L'Aroéris, puissant gardien des vigilans. L'*inscription* rappelle la force et les victoires de Sésostris et sa gloire dans la terre entière.

Dans la *colonne de droite*, la bannière le qualifie de fils chéri de Saté (la Vérité). L'inscription dit que le monde entier a tremblé par ses exploits ; elle l'assimile au dieu Mandou, dont elle le dit le fils.

Face du côté du pont Louis XVI.

Elle appartient tout entière à Rhamsès III.

Bas-relief des offrandes. Sesostris, coiffé du pschent complet, symbole de son autorité sur la haute et basse Egypte, et surmonté du globe ailé du soleil fait au grand dieu Eponyme (surnom de), de Thèbes à Amon-ra l'offrande accoutumée de vin.

Dans la colonne médiale, il est qualifié de fils préféré du roi des dieux, celui qui, sur son trône, domine le monde entier.

Le titre de *bienfaisant* lui est donné dans *l'inscription* de droite qui ajoute : Ton nom est aussi » stable que le ciel ; la durée de la vie est égale à la » durée du disque solaire.

Dans la *bannière* de *l'inscription* de gauche, Sesostris porte le titre de chéri de la déesse Saté (vérité), d'engendré du roi des dieux pour prendre possession du monde entier.

Face du côté des Tuileries.

La *bannière* et l'*inscription* de la colonne de droite proclament Sésostris « l'Aroéris puissant, l'a-mi de Saté, roi modérateur, très aimable comme Thmou, étant un chef né d'Amon et son nom étant le plus illustre de tous. »

Sur la colonne de gauche, on lit dans la *bannière* : l'Aroéris, roi vivant des régions d'en haut et d'en bas (haute et basse Egypte), fils d'Amon.

L'inscription lui donne le titre de roi-directeur, mentionne ses ouvrages et ajoute qu'il est grand par ses victoires ; fils préféré du Soleil dans sa royale demeure ; celui qui réjouit Thèbes comme le firmament du ciel par des ouvrages considérables pour toujours.

Face du côté de la Madeleine.

La *bannière* de la colonne de gauche est remarquable par le grand nombre de signes qui composent sa légende ; dont le sens est : l'Aroéris puissant, le grand des vainqueurs, combattant sur sa force.

L'inscription le nomme grand conculcateur (qui foule aux pieds), le seigneur des victoires, qui a dirigé la contrée entière et qui est très aimable.

La *bannière* qui est en tête de l'inscription de droite annonce que Sésostris est : l'Aroéris fort, puissant dans les grandes panégyries (assemblées), l'ami du monde et le roi modérateur, le prince des grands, jouissant du pouvoir royal comme Thmou, et que les chefs de la terre entière sont sous ses sandales.

COLONNE DE LA GRANDE ARMÉE OU DE LA PLACE VENDOME.

(Place de ce nom.)

Après la victoire d'Austerlitz, Napoléon étant parvenu au faîte de sa puissance et de sa gloire, on lui suggéra l'idée d'élever au centre de la plus belle place de Paris un monument extraordinaire et digne du grand nom qu'il s'était fait.

Au lieu de chercher à faire du nouveau, on se proposa fort heureusement d'imiter en bronze la célèbre colonne Trajane qui existe encore à Rome, laquelle est en marbre. Un bas-relief contourné en hélice (en vis), en couvre le fût depuis la base jusqu'au-dessous du chapiteau.

La colonne de Paris est d'un douzième plus grande que celle de Rome, mais elle est du reste une parfaite imitation ; voici sa description :

Le noyau en pierre de taille contient un escalier en vis par lequel on arrive jusqu'au-dessus du chapiteau du monument ; autour de ce noyau sont fixés avec des boulons et des clavettes les bas-reliefs en bronze dont l'ensemble rappelle les évènemens de la campagne de 1805, à partir du camp de Boulogne; l'ensemble de ces bas-reliefs forme une série continue contournée en hélice sur le noyau en pierre.

Le piédestal est aussi couvert de bas-reliefs en bronze représentant des trophées et toutes sortes d'armes pris sur l'ennemi. Comme à la colonne Trajane, les quatre coins du piédestal portent des aigles qui retiennent des guirlandes sous leurs serres. Le chapiteau, revêtu de bronze, orné d'oves est d'ordre toscan. Au-dessus du tailloir règne une plateforme entourée d'une grille en fer à hauteur d'appui. Du centre de cette galerie s'élève un cippe qui se termine en hémisphère, c'est sur cette espèce de demi-globe que se pose la statue impériale.

L'ancienne statue, qui fut descendue en 1814 puis détruite, avait près de quatre mètres de hauteur ; elle représentait Napoléon couvert d'une sorte de sayon (blouse), couronné de lauriers, s'appuyant de la main droite sur une épée et tenant dans la main gauche un globe surmonté de la figure de la Victoire ; c'était une imitation de l'emblème que les empereurs romains et d'autres potentats avaient adopté comme signe de leur toute puissance sur le globe terrestre.

Après 1830, on s'empressa de rétablir l'image de l'empereur sur la colonne, mais au lieu de reproduire fidèlement l'ancienne, ce qui eût été très sage et très convenable, on eut la malheureuse idée de représenter Napoléon vêtu à la moderne avec bottes, redingote et chapeau à trois cornes sur la tête. Telles étaient en effet les condition du programme, et cette statue, souverainement ridicule, couronne maintenant la colonne de la grande armée. Cette statue, avec la colonne de Juillet, le palais des Beaux-Arts, les romans ténébreux, les drames barbares, sans art... apprendront à la postérité qu'au dix-neuvième siècle, le mauvais goût régnait en France en dépit des règles du bon sens et des convenances.

Tous les bas-reliefs de la colonne sont fixés de façon qu'on pourrait facilement les démontrer, en commençant par le haut, sans les endommager ; la largeur de l'hélice est de 1 mètre 2 décimètres. Sur les nervures saillantes qui la bordent sont gravés les noms des faits et gestes que les bas-reliefs représentent.

Au-dessus de la porte d'entrée, on lit :

NEAPOLIO. IMP. AUG.
MONUMENTUM. BELLI. GERMANICI. ANNO.
MDCCCV. TRIMESTRI. SPATIO. DUCTU. SUO.
PROFLIGATI.
EX. ÆRE. CAPTO. GLORIÆ. EXERCITUS. MAXIMI.
DICAVIT.

Traduction libre :

Napoléon, empereur auguste consacra à la gloire de la grande armée, ce monument, fait de canons pris dans la guerre contre les Allemands (Autrichiens) qui, en 1805, fut terminée sous son commandement en trois mois.

Au-dessus du chapiteau on lit en français :

« Monument élevé à la gloire de la grande armée. Commencé le 25 août 1806, terminé le 15 août

1810, sous la direction de MM. Denon, Lepère et Gondouin, architectes. »

Proportions de la colonne.

Hauteur totale . . . . 43 mètres.
Diamètre 4
Profondeur des fondations. 10
Hauteur du piédestal. . . 7

On voit un modèle de ce monument au Musée monétaire (voir ce mot).

Les bronzes de la colonne pèsent 900,000 kilogr. On y employa 800 canons pris sur l'ennemi ; les dépenses pour la fonte et les ciselures montèrent à 1,200,000 fr. Lorsque toutes les pièces furent en place, les ciseleurs, en réparant l'ouvrage, en détachèrent 70,000 kilogrammes ; l'alliage du bronze est manqué : il y a trop d'étain vers le bas et pas assez vers le haut. Aussi, depuis 34 ans que ces bronzes sont exposés à l'action de l'air, ils sont encore loin d'avoir acquis cette teinte uniforme de vert-de-gris foncé qu'on admire dans les statues antiques et les ouvrages en cette matière qui sont dans le parc de Versailles.

FONTAINES.

CHAMPS-ÉLYSÉES (FONTAINES DES).

En venant des Tuileries et de la place Louis XV, on voit de chaque côté, sur deux piédestaux en pierre de taille, deux beaux chevaux en marbre, par Costou ; ils se cabrent comme pour franchir des blocs de pierre qui, en réalité, leur servent de soutien ; des valets ou des esclaves, presque nus, les retiennent par la bride.

Ces chevaux étaient autrefois à Marly, des deux côtés de l'abreuvoir ; après la révolution, on les amena à Paris sur une énorme charrette que l'on fit faire exprès.

Ces beaux morceaux de sculpture sont parfaitement à leur place.

Quand on est dans les Champs-Elysées, si l'on tourne à gauche, on trouve une jolie fontaine en fonte de fer; elle se compose principalement d'une grande vasque entourée de mufles de lions de fantaisie, d'où s'échappent autant de nappes d'eau; du milieu de la vasque, s'élève la statue d'une femme qui se dispose à entrer dans un bain, du moins elle est entrain de se déshabiller; tout autour d'elle jaillissent des petits jets-d'eau qui retombent dans la grande vasque.

En avançant toujours dans le même sens, on arrive dans le grand carré, sur le bord méridional duquel on a bâti un cirque en matériaux communs, tels que plâtre, moëlons.

Plus loin, et sur la grande avenue, un rond-point est occupé par un bassin, d'où j'aillit une gerbe d'eau.

En revenant sur ses pas, et prenant à gauche, on voit le CIRQUE NATIONAL, bâtiment qui n'intéresse que par sa masse et la singularité du système d'architecture qu'on a suivi dans sa construction.

Vient ensuite une jolie fontaine à deux vasques; la plus petite est soutenue par des enfans qui représentent les quatre saisons.

Ensuite s'en présente une autre qui n'est qu'un jet-d'eau jaillissant du centre d'une vasque.

On en trouve une cinquième qui ne diffère de la première qu'on a rencontrée en entrant, qu'en ce que la femme, que représente la statue, sort du bain, attendu qu'elle presse ses cheveux de ses mains pour en faire sortir l'eau.

On trouve dans les Champs-Elysées des pavillons fort jolis et sans prétention, qui sont occupés par des restaurans, des cafés.

Cette promenade fut plantée sous *Louis XIV*. On

l'appela d'abord le *Grand-Cours*, puis *Champs-Élysées*. Il faut que le terrain qu'elle occupe soit de mauvaise qualité, les arbres qu'on y a plantés manquent de vigueur et leur feuillage est pauvre.

FONTAINES DE LA PLACE DE LA CONCORDE.

Elles sont de chaque côté de l'obélisque et sur l'alignement qui va du portique du palais de la Chambre des députés à celui de l'église de la Madeleine.

Immédiatement au-dessus du sol, on a formé, en pierre de taille, un grand bassin de figure circulaire, renforcé de distance en distance par des espèces de piédestaux surmontés de grosses pommes de pin en fonte de fer et couvertes de couches de couleur qui leur donnent l'apparence du bronze; tous les autres ouvrages de ces deux fontaines sont aussi en fonte de fer. On leur a donné, tant bien que mal, non-seulement l'apparence du bronze, mais encore on a fait la folie de les couvrir de dorures en grande partie. Il n'a fallu que les rigueurs d'un seul hiver pour faire disparaître ces ridicules et coûteux enjolivemens; maintenant il en reste à peine quelques traces.

Ces fontaines se composent d'une grande vasque d'un beau profil, au-dessous de laquelle semblent s'abriter des figures de fleuves, de rivières; les pieds de ces statues posent sur des vaisseaux entre lesquels on voit de petits dauphins qui jettent de l'eau par les naseaux.

Du milieu de la vasque s'élève un groupe d'enfans qui soutiennent une sorte de vasque renversée, du centre de laquelle sort un vigoureux jet-d'eau, mais qui s'élève peu; les eaux qu'il fournit en abondance retombent dans la grande vasque, et de là dans le bassin en pierre.

A quelque distance des bords de ce dernier, on a placé huit figures : quatre de tritons et quatre de sirènes ; on les a disposées de façon qu'elles alternent. Chacune de ces divinités tient un poisson dans ses bras, de la gueule duquel jaillit un jet-d'eau oblique qui va retomber presque au-dessus de la petite vasque renversée. L'effet que produisent ces jets-d'eau, qui se dirigent en sens contraire des gerbes hydrauliques ordinaires est fort piquant.

Les fontaines de la place de la Concorde sont les plus imposantes de la capitale, principalement à cause de l'abondance des eaux, de la variété et de l'originalité de leurs mouvemens.

Mais lorsque ce magnifique manteau aqueux vient à manquer, les fontaines ne présentent qu'un monceau de ferrailles ; les tritons ressemblent à des Cosaques, et les sirènes auraient beau chanter qu'elles ne fascineraient les oreilles de personne.

FONTAINE MOLIÈRE.

(Au coin de la rue de ce nom et de la rue Richelieu.)

L'ensemble de ce monument, qu'on vient d'élever à la gloire du premier comique de l'univers, à l'inimitable Molière, offre beaucoup de ressemblance avec certains autels décorés de colonnes, de statues, etc.

Sur un piédestal en marbre et à huit pans est la statue du grand homme en bronze, par M. Seurre. Molière, couvert d'un manteau et portant le costume de son temps, est représenté assis dans son fauteuil, tenant un livre entr'ouvert d'une main et un crayon de l'autre ; il est dans l'attitude d'un homme qui médite profondément sur quelque sujet de composition.

Derrière la statue, est pratiquée une grande niche ; à droite et à gauche sont deux colonnes accouplées d'ordre corinthien, dont les fûts cannelés et couverts de feuillages vers le bas sont un peu faibles. Au-dessus de la niche, se lit le chiffre de 1844. Un fronton circulaire couronne le tout.

Cet ensemble prête fort peu à la critique; on voudrait toutefois que le piédestal fût moins en avant de la niche, et que Molière n'eût pas l'air si affaissé.

Quant aux deux figures en marbre blanc, par Pradier, et qui sont placées à la droite et à la gauche du piédestal, il est permis d'avancer que, loin d'orner le monument, elles le déparent. D'abord elles sont placées trop bas, le sommet de leurs têtes atteignant à peine la corniche du piédestal; leurs attitudes sont tourmentées et les efforts qu'elles semblent faire pour contempler le visage du grand comique donnent à leur cou une tension pénible, désagréable à voir.

Ces deux figures allégoriques tiennent dans leurs mains de longues légendes, sur lesquelles sont inscrits les noms des pièces de notre comique; une des deux déesses tient la légende des pièces gaies-bouffonnes, et sa compagne celle des comédies d'un genre plus sérieux.

Les flancs du monument ne forment pas des angles égaux avec la face principale, leurs directions sont subordonnées à celles des deux rues adjacentes; c'est porter un peu loin la condescendance pour les alignemens que prescrivent les convenances de la voierie.

L'intérieur de la FONTAINE!! est occupé par un logement habité, ayant rez-de-chaussée, chambre au premier... Ajoutons que le monument est, de plus, adossé au mur en plâtre, qu'on a peint en noir, faisant partie d'une maison dans le genre le plus bourgeois. Que dire des trois cannelles qui alimentent le bassin qui entoure le piédestal sur lequel Molière est assis? Quel rapport y a-t-il entre l'auteur du *Tartufe* et des eaux qui coulent d'un robinet.

12.

Proportions du monument :

Hauteur totale avec l'attique, 16 mètres; largeur, 6 mètres 50 centimètres.

Dépense :

Frais de construction (suivant le préfet), 200,000 francs : acquisition de maisons, 252,000 fr.

Dépense totale, 452,000 fr.

L'architecture de cette fontaine est de M. Visconti, auteur de celle de la place Richelieu.

FONTAINE DE LA PLACE RICHELIEU.

Du milieu d'un bassin octogone s'élève une sorte de piédestal qui supporte une énorme vasque en fonte de fer de fort bon goût. De son centre part un piédestal en pierre qui, se continuant derrière quatre statues groupées tout autour, va soutenir une seconde vasque au milieu de laquelle est un groupe de mufles d'animaux fantastiques, dont les gueules vomissent les eaux dans la vasque ; elles s'échappent de celle-ci par de petits mufles et vont tomber dans la grande vasque, d'où elles se rendent enfin dans le bassin par la bouche de masques à figures humaines.

Au-dessous de la grande vasque, et dans le bassin même, on a placé quatre figures de dauphins qui jettent des filets d'eau par les naseaux.

Cette fontaine, ouvrage de M. Visconti, est un chef-d'œuvre d'élégance et de bon goût ; on y trouve très peu à reprendre ; peut-être que la vasque supérieure, un peu trop petite relativement à la grande, est aussi trop éloignée en hauteur de cette dernière. Pour jeter de la variété dans les mouvemens des eaux, n'aurait-on pas mieux fait de faire tomber celles qui sortent de la petite vasque en nappe ? Pourquoi ne pas mettre au bas des statues qui sont censées représenter des rivières : *Nymphes de la Seine. de la Saône*, au lieu des mots tout simples :

Seine, Garonne?... Ces statues sont debout; or , il est contraire au bon sens de représenter des courans d'eau personnifiés dans cette attitude.

Les signes du zodiaque, qu'on a figurés autour de la grande vasque, ne sont nullement à leur place.

Enfin, les quatre dauphins qui sont dans le bassin, jettent des filets d'eau qui manquent de force et d'abondance.

FONTAINE DE LA PLACE DAUPHINE.

Du milieu d'un petit bassin s'élève un gros pilier en maçonnerie, sur lequel est posé le buste du général Desaix, tué à la bataille de Marengo , en 1800; ce buste est couronné par le génie de la guerre. Du côté du Pont-Neuf, on a gravé ces paroles, que prononça le guerrier blessé à mort avant d'expirer :

« *Allez dire au premier Consul que je meurs avec le regret de n'avoir pas assez fait pour la patrie.* »

Ce monument fut élevé aux frais des compagnons d'arme du héros, et, pour transmettre à la postérité les noms des principaux souscripteurs , on eut la malheureuse idée de les graver en petites lettres sur des marbres fixés immédiatement au-dessus de la surface des eaux du bassin, exposés, par conséquent, au choc des sceaux des porteurs d'eau ; aussi , ces inscriptions sont-elles maintenant à peu près illisibles.

Le monument de Desaix, car la fontaine est insignifiante, a été réparé en 1830 ; les matériaux sont de si mauvaise qualité, qu'il avait déjà les caractères d'une ruine.

FONTAINE CUVIER.

(*Au coin de la rue de ce nom et de celle de St-Victor.*)

Elle est adossée à une maison. Au-dessus d'un petit avant-corps en demi-cercle, couronné par un grand rebord en saillie, on a sculpté, en ronde-bosse et pêle-mêle, des phoques, des serpens, des coquillages, etc.

Du milieu de ce groupe, ou plutôt de ce tas de figures d'animaux, s'élève, en avant d'une niche, la statue symbolique de la nature assise sur un lion; derrière elle est un hibou; de la main gauche elle s'appuie sur une table où on lit ces mots : *cognoscere rerum*, c'est un fragment de ce vers de Virgile :

Felix qui potuit rerum cognoscere causas!

(Heureux celui qui a pu connaître les causes des effets de la nature).

Du sommet de l'arc de la niche se détache un aigle tenant un agneau dans ses serres; au-dessus de cette niche règne un petit entablement soutenu par deux colonnes ioniques dont les bases et les chapiteaux sont surchargés d'ornemens de mauvais goût; les volutes sont couvertes de coquillages.

Sur la frise on lit :

A Georges Cuvier !

Tout autour du grand rebord qui couronne la demi-rotonde sont représentées, en saillie, des têtes de chiens, de béliers, de rhinocéros, de tapirs; au milieu se voit celle d'un homme, entre celles d'un loup et d'un singe. Cette série de têtes, toutes plus ou moins dissemblables entre elles, est du plus mauvais effet.

En bas de la demi-rotonde sont incrustés trois bas reliefs en fer figurant des serpens; c'est de leur gueule que les eaux sortent et tombent dans un bassin en fer; n'eût-il pas été plus convenable de faire jouer ce rôle à des poissons.

La fontaine Cuvier est plus piquante que belle; elle ne répond pas aux espérances dont ses auteurs s'étaient flattés; la physionomie de la statue de la Nature est tout-à-fait commune.

FONTAINE DE GRENELLE.

(Dans la rue de ce nom, faubourg Saint-Germain.)

Vers 1737, la ville de Paris chargea Edme Bouchardon de la construction de cette soi-disant fontaine. Quel fut le motif qui détermina les magistrats à choisir cet emplacement sur le côté d'une rue d'une largeur ordinaire, plutôt qu'une place ou du moins un carrefour.

Le plan de cette construction est un arc de cercle d'un très grand rayon; la hauteur est divisée en deux parties, un soubassement rustique au-dessus duquel est une ordonnance d'ordre ionique; du milieu du fer-à-cheval se détache un massif sur lequel repose un groupe de trois figures en marbre : la Ville de Paris au milieu, et la Seine et la Marne à ses côtés; derrière le groupe se voit un petit portique orné de quatre colonnes ioniques et couronné d'un fronton angulaire; ce petit portique, aux proportions élégantes, est ce qu'il y a de mieux dans toute la construction.

Les ailes qui sont des deux côtés du portique sont ornées de pilastres ioniques et de niches dans lesquelles on a placé des enfans qui représentent les quatre Saisons.

La fontaine de Grenelle, si toutefois on peut appeler de ce nom une bâtisse sans caractère, donne peu d'eau, et il faut presque chercher les robinets par où elle s'échappe.

FONTAINE DES INNOCENS.

Le moine-architecte Pierre Lescot en fournit le plan; les ornemens sont de Jean Goujon.

Cette fontaine était autrefois au coin de la rue aux Fers; elle n'avait que trois arcades adossées à une maison · deux contre le mur de face, et la troisième le long du mur en retour. Ces arcades n'étaient qu'un pur ornement , car le peu d'eau que fournissait la soi-disant fontaine , sortait par des robinets fixés dans le soubassement. Ce petit monument était si négligé, qu'on avait formé un logement dans l'intérieur des arcades.

En 1786, lorsqu'on eut supprimé le cimetière des Innocens, on démonta la fontaine avec précaution ; on fit une quatrième arcade parfaitement semblable aux anciennes; on rebâtit et plaça le tout sur un soubassement quadrangulaire placé au milieu d'un bassin de même figure.

Maintenant , la fontaine offre l'aspect d'un petit monument symétrique et complet , couvert d'une calotte en cuivre; les ornemens sont des pilastres corinthiens et des bas-reliefs représentant des nymphes avec cette inscription : *Fontium nymphis* (aux Nymphes des fontaines).

Au centre des quatre arcades on voit une vasque en fer fondu élevée sur un pied. Des eaux de l'Ourcq arrivent dans son intérieur , s'écoulent par-dessus les bords, se divisent en quatre nappes qui s'échappent par les arcades, tombent d'abord dans des bassins en forme ne sarcophages, et de là dans le grand bassin carré. Des lions couchés jettent aussi de l'eau par des tuyaux qu'ils tiennent dans la gueule.

Ce petit monument, comme ouvrage de sculpture et d'architecture, est irréprochable, mais il n'a nullement le caractère de fontaine ; le style de l'architecture grecque s'accorde mal avec l'humidité des eaux , et toutefois cette fontaine est encore la plus remarquable de Paris ; en triplant, quadruplant ses dimensions, on en ferait un magnifique pavillon.

On lit sur la face qui regarde l'orient ce distique de Santeuil :

Quos duro cernis simulatos marmore fluctus
Hujus nympha loci credidit esse suos.

(La Nymphe de ce lieu a pris pour siennes les ondes
que tu vois ici figurées en marbre.)

FONTAINE DU PALMIER ou DE L'APPORT-PARIS.

Autrefois, on tenait un marché sur le Pont-au-Change et sur la place du ci-devant Châtelet ; de là est venu le mot d'*apport* pour signifier le lieu où l'on *apportait* des marchandises.

La fontaine qui occupe le centre de la place actuelle fut construite dans les années 1807-1808-1809 ; voici sa description :

Au centre d'un bassin circulaire est placé un piédestal à quatre faces orné d'une corniche ; du milieu de ce piédestal s'élève un gros pilier divisé, suivant sa hauteur, par des bandeaux en cuivre doré, sur lesquels sont tracés les noms des victoires remportées par les Français sous la république et au commencement de l'empire. L'arbre connu sous le nom de *palmier* a servi de type à cette espèce de colonne, dont le chapiteau est orné de feuilles de cet arbre ; au-dessus est une statue en bronze doré de *la Victoire*, tenant des couronnes dans ses deux mains.

Au bas, et tout autour du fût de la colonne, est un groupe de quatre statues allégoriques de *la Loi*, *la Force*, *la Prudence*, *la Vigilance* ; un peu au-dessus du niveau du bassin, et aux quatre coins du piédestal, on a sculpté quatre têtes de dauphins dont les corps sont remplacés par des cornes d'abondance ; c'est une imitation des vases à boire que les Grecs appelaient *rhictons*; les eaux jaillissent par les narines des dauphins.

La fontaine du Palmier est de tout point un bien pauvre ouvrage : quoi de plus contraire au bon sens que de placer un piédestal carré au milieu d'un bassin circulaire? Qui ne sait qu'un carré dans un cercle produit un mauvais effet? La colonne, pitoyable par elle-même, n'a pas assez de masse relativement à son piédestal. Les filets d'eau que lancent les dauphins sont si faibles, qu'on ne les aperçoit que quand on est tout près. Ce pauvre monument n'a aucun des caractères qui conviennent au nom qu'on lui a donné.

FONTAINE DU MARCHÉ SAINT-GERMAIN.

Au milieu du carré qu'entourent les quatre ailes du bâtiment, on voit une jolie fontaine; elle consiste en un bassin du milieu duquel s'élève un dé en pierre de taille; sur deux de ses quatre faces on a incrusté deux beaux petits bas-reliefs en marbre blanc, consacrés, l'un aux Arts, et l'autre au Commerce; le dé est couronné de quatre frontons.

Aux deux des quatre côtés du même dé, sont fixées deux grosses cannelles par où les eaux arrivent et tombent dans deux demi-coquilles en pierre, d'où elles s'échappent par de petits mascarons et tombent dans le bassin proprement dit.

Cette fontaine était autrefois sur la place Saint-Sulpice; le contraste choquant de ses proportions avec le portail colossal de l'église donna lieu à des rumeurs, et, pour y mettre fin, on se décida à la transporter où elle est.

MARCHÉ AUX FLEURS (FONTAINES DU).

Elles sont toutes deux d'une grande simplicité et d'un style parfaitement approprié aux convenances du lieu dont elles doivent faire l'ornement.

Au milieu d'un bassin circulaire se voit un support à huit pans sur lequel pose une sorte de balustre en fer, qui porte une vasque aussi en fonte de fer; les bords en sont ondulés et c'est par les plis de ces ondulations et à travers de petits masques à figure humaine, que les eaux tombent dans le bassin.

Un faisceau de petits jets d'eau sort du milieu de la vasque, s'élève à quelques décimètres , et laisse retomber ses eaux dans l'intérieur de la vasque.

Ces deux fontaines sont d'une grande utilité pour le marché, outre qu'elles lui donnent de la vie et de la fraîcheur.

Le Marché-aux-Fleurs est par lui-même tout-à-fait commun; c'est tout simplement une portion de quai de figure quadrangulaire, plantée de plusieurs rangs d'acacias ; le pavillon de l'inspecteur, qui se voit entre les deux bassins, est de fort bon goût.

FONTAINE DU BOULEVART BONDY.

Son réservoir ou bassin, proprement dit, est circulaire, son milieu est occupé, en grande partie, par une masse cylindrique, sur laquelle sont placés huit lions distribués deux à deux en quatre groupes. Ces lions, en fonte de fer, sont couchés, et l'eau s'échappe par un bout de tuyau qu'ils tiennent dans la gueule.

Du centre des quatre groupes s'élève un cône tronqué qui sert de support à trois vasques superposées; les eaux sortent de la plus élevée, s'élancent en forme de champignon et retombent en cascades de vasque en vasque. Ces ouvrages sont en fonte de fer.

Comme monument , cette fontaine ne signifie rien, son seul mérite c'est de donner beaucoup d'eau.

FONTAINE DU CARREFOUR GAILLON.

Du centre d'un bassin circulaire, engagé en partie dans une niche, s'élève un pilier à huit pans, sur lequel repose une vasque au milieu de laquelle est un enfant à cheval sur un dauphin ; il le menace d'un trident en bronze qu'il tient des deux mains.

13

Les eaux s'échappent de la vasque par des gueules ou mufles de chiens.

De chaque côté de la niche se voient deux colonnes isolées d'ordre corinthien bizarre; les feuilles du chapiteau sont entremêlées de petits dauphins.

Cette fontaine, quoiqu'on ait fait pour la rendre intéressante en la chargeant d'ornemens outre mesure, est un ouvrage qui accuse peu de génie dans celui qui en est l'auteur.

MARCHÉS.

Dans les halles ou marchés de la capitale, on trouve en abondance, et suivant les saisons, tous les comestibles de très bonne qualité que l'on peut désirer et à des prix très raisonnables.

Outre les marchés à comestibles, on trouve dans cette ville des marchés spéciaux, tels sont : les marchés aux chevaux, aux veaux, aux fleurs, au linge et hardes neufs et d'occasion, à la ferraille, aux farines, graines...

Le marché aux comestibles le plus important est celui qu'on désigne sous le nom général de *halles*, ou *Marché des Innocens*.

Il comprend plusieurs divisions ou marchés spéciaux, qui sont :

Le marché à la viande, lequel tient les mercredis et samedis. Les personnes pauvres ou qui jouissent d'une médiocre aisance vont y faire leurs provisions avec quelques avantages; il est bordé par des rues.

Le marché au poisson, section des Halles. — On y trouve, tant en gros qu'en détail, du poisson de mer et d'eau douce en abondance et au meilleur marché possible. C'est de ce marché que sortent les poissons que l'on sert sur les tables des gens les plus riches comme sur celles des plus pauvres.

N.° 88.

MARCHÉ DES INNOCENTS.

Dans les dépendances de la grande Halle sont encore les marchés au beurre, aux œufs...

Pour tout dire, en un mot, on trouve dans cette réunion de marchés, ou dans les magasins qui les avoisinent, des fruits, des légumes... de toutes espèces, en gros comme en détail, et jusqu'à du pain à un prix inférieur à celui que le vendent les boulangers.

Le marché aux huîtres se tient dans la rue Montorgueil, tout près de la grande Halle.

Les bâtimens qui servent d'abri aux marchés, sont généralement fort pauvres et presque misérables. Cependant il faut distinguer la *Halles-aux-Farines*, le marché *Saint-Germain*, bâtimens qui, dans leur genre, sont du plus grand mérite.

HALLE AUX FARINES.

On commença ce magnifique magasin en 1762, Viarmes étant prévôt des marchands. A l'exception de la coupole, tout était terminé en 1772. Cet édifice, construit sur les dessins de l'architecte Camus, de Mézières, occupe l'emplacement d'un ancien hôtel dit de *Soissons*.

Avant 1782, l'intérieur de ce bâtiment consistait en une galerie circulaire, éclairée du côté de la rue par vingt-cinq fenêtres-arcades, et tout autant du côté de la cour; un pareil nombre de fenêtres quadrangulaires éclairaient le premier étage. Cet étage et le rez-de-chaussée sont couverts de voûtes solides en pierre de taille et briques.

En 1782, on eut l'heureuse idée de couvrir la cour d'une immense coupole en charpente légère, suivant le système de Philibert de l'Orme. Ce genre d'ouvrage n'exige ni poutres ni chevrons, des planches habilement taillées et assemblées y suffisent.

L'intérieur de cette coupole était éclairé par de longues ouvertures vitrées qu'on avait ménagées de distance en distance sur ses flancs. Ce chef-d'œuvre, ouvrage de Roubo, l'auteur de l'art du menuisier, fut la proie des flammes en 1802.

En 1811, les architectes Legrand et Molinos furent chargés de rétablir la coupole sur le même plan et avec les mêmes dimensions qu'elle avait auparavant ; mais, cette fois-ci, le bois fut rejeté ; on fit la charpente en fer coulé, et on la recouvrit de feuilles de cuivre étamées du côté qui devait regarder l'intérieur. Ce dôme était éclairé par une grande ouverture circulaire et vitrée qu'on avait laissée au sommet de la voûte. Depuis quelques années on a ouvert d'autres fenêtres vitrées sur les côtés; il en résulte plus de clarté, mais il faut convenir que ces ouvertures nuisent à la régularité de la voûte.

Cet édifice, solidement construit, est, à quelques légères exceptions près, d'une régularité parfaite. C'est, dans son genre, un véritable chef-d'œuvre; on monte au premier étage par un escalier double plus singulier que beau. Il serait à désirer que les galeries circulaires fussent couvertes en cuivre comme la coupole.

MARCHÉ SAINT-GERMAIN.

(Rue du Four.)

Les constructions de ce marché consistent en quatre ailes de bâtimens parallèles, et qui forment une cour carrée dont le milieu est occupé par une fontaine (Voir FONTAINES). L'intérieur de ces quatre ailes ou galeries est éclairé par de grandes fenêtres en arcades, qui se ferment avec des persiennes. Au-dessous du toit qui est en charpente et tuiles, on a ménagé des ouvertures qui ne ferment jamais, de façon que l'air circule en toute liberté dans l'intérieur des galeries.

Tout autour de la cour, on vient de construire des rangées de boutiques plus ou moins élégantes, dans lesquelles on étale des objets d'habillement, du genre de ceux principalement qui sont à l'usage des femmes.

Dans le reste de l'etablissement, on expose des comestibles de toute espèce : herbages, gibier, poissons, œufs, fromages, etc , etc.

Le marché Saint-Germain, bien bâti en pierres de tailles, a parfaitement le caractère de sa destination; quoique dépourvu d'ornemens, il a néanmoins un certain genre de grandeur qui le fait classer au rang des édifices publics.

MARCHÉ SAINT-MARTIN.

(Derrière le Conservatoire des Arts et Métiers.)

Il se compose de deux halles parallèles symétriques, en pierre de taille, et percées d'arcades régulières. Après le marché Saint-Germain, il est le mieux bâti de Paris.

MARCHÉ DU TEMPLE.

(Rue du Temple.)

Les constructions de cet immense bazar sont, sous le rapport de l'art, tout-à-fait dépourvues de mérite; elles comprennent plusieurs hangars, au-dessous desquels on vend des habits et du linge, des chaussures, de la ferraille, des ustensiles de ménage, etc. On y trouve aussi des objets tout neufs; mais ces marchandises sont, pour le plus souvent, de basse qualité.

MARCHÉS SPÉCIAUX.

Marché aux Chevaux , boulevart de l'Hôpital.

Halle aux Vins (quai Saint-Bernard). Cet immense établissement comprend plusieurs halles séparées par des rues larges et régulières; les constructions en sont simples et solides et les distributions aussi commodes que possible.

La Halle aux Vins est isolée de tous côtés; une belle grille la défend du côté du quai.

Cet établissement est digne d'être visité.

Marché aux Veaux (rue de Pontoise). Il est solidement bâti; on désirerait qu'il régnât moins d'affectation dans les détails.

Marché de la Vallée (quai de ce nom). Halle énorme, solide, sans mérite comme objet d'art. On y vend spécialement de la volaille, du gibier.

Marché aux Fleurs (près le Pont-au-Change). C'est tout simplement un espace planté de plusieurs rangs d'acacias; il est rafraîchi par deux fontaines. (*Voir* ce mot.) Il tient les mercredis et samedis.

Il y a encore le *Marché aux Fleurs* du Château-d'Eau, boulevart Bondy, qui tient les mardi et les vendredi.

Celui de la *Madeleine* tient les lundis et jeudis.

MONTS-DE-PIÉTÉ.

Ces établissemens de bienfaisance sont très probablement d'origine italienne. Les premiers dont l'histoire fasse mention sont celui de Padoue, fondé en 1491, et celui de Pérouse, autorisé par Léon X en 1551.

On explique ainsi l'origine de leur nom Monts-de-Piété (*Monti-di-Pieta*) : très anciennement, on appelait *Monti*, en Italie, des lieux publics dans lesquels on plaçait des fonds à intérêts; les administrateurs de ces établissemens s'appelaient *montisti*, et la reconnaissance des fonds qu'on avait déposés avait pour titre : *Luogo-di-Monti*. Lorsque,

pour soustraire les indigens à la rapacité des usu-
riers, on établit des *Monti* où l'on prêtait sur gages, mais sans intérêt, pour les distinguer des autres
Monti et faire ressortir leur caractère charitable,
on leur donna le nom de *Monti-di-Pieta*, mot
qu'on a traduit littéralement en français.

De l'Italie, l'institution passa dans le midi de la
France; l'établissement d'Avignon date de 1577;
celui de Beaucaire, de 1583, et celui de Marseille,
de 1673; bientôt les provinces de Flandre, Hainaut,
Cambresis, Artois, eurent des Monts-de-Piété.

Néanmoins, on ne parvint qu'après beaucoup de
difficultés à faire adopter ces établissemens dans les
autres provinces du royaume. Louis XIII et Louis
XIV essayèrent en vain d'en fonder un à Paris;
Louis XVI y réussit. Par lettres-patentes du 9 décembre 1777, un Mont-de-Piété fut institué dans
cette ville, et le 1er janvier 1778 le public eut la
faculté d'y faire des dépôts.

Le 7 août de la même année, et le 25 mars 1779,
cet établissement fut autorisé à faire un emprunt,
sur l'hypothèque des droits et revenus de l'*Hôpital-
Général*; par la loi du 23 messidor an II, tous les
biens des établissemens de bienfaisance, sans exception, furent confisqués ; mais la loi du 27 thermi-
dor an III autorisa le Mont-de-Piété de Paris à prêter au terme d'un mois et à faire vendre les nantissemens à la fin de l'année. Un décret du 24 messidor an XII, ordonne qu'il ne sera plus régi à
l'avantage des actionnaires bailleurs de fonds, mais
au profit des pauvres. Il est dit, article 9 du règle-
ment, qu'avec le produit de la vente des maisons
urbaines et autres biens appartenant aux hospices,
il sera pourvu, dans le cours de l'an XIII, au rem-
boursement entier des sommes versées par des actionnaires dans la caisse de l'établissement; ainsi il
n'existe plus d'actionnaires.

Par ordonnance du 12 janvier 1831, le conseil d'administration se compose du préfet, président de droit, du préfet de police, de quatre membres du conseil général de l'administration des hospices de Paris, de deux membres du conseil général du département, d'un membre de la Chambre du commerce de Paris et d'un régent de la Banque. Les fonctions des membres de ce conseil durent quatre ans; ils se renouvellent par quart; les membres sortans ne peuvent être réélus qu'après une année d'intervalle; enfin, la comptabilité du Mont-de-Piété est soumise à la Cour des comptes.

Dans un rapport, fait au roi en 1837, par M. de Gasparin, ministre de l'intérieur, il est dit que le taux de l'intérêt varie, dans les Monts-de-Piété, de 4 à 18 p. cent; le même rapport apprend que les bénéfices, prélevés par les hospices de Paris sur le Mont-de-Piété de cette ville, se sont élevés, pour 1836, à la somme de 665,671 francs, non compris ceux retirés par les commissionnaires autorisés, qui s'entremettent entre l'administration et les emprunteurs, et dont les émolumens s'élèvent aux deux tiers de cette somme par le prélèvement d'un droit de 3 p. cent sur leurs opérations.

Aux plaintes de ceux qui ont, de temps à autre, qualifié les Monts-de-Piété d'établissemens usuraires privilégiés, l'administration de l'intérieur a répondu, dans sa circulaire du 6 août 1840 :

.... « Les opérations du Mont-de-Piété ne sont dirigées par aucune pensée de spéculation, et, pour répondre aux reproches d'usure, il suffit de faire connaître que le Mont-de-Piété de Paris, par exemple, est constitué en perte sur tous les prêts qui n'excèdent pas la somme de 12 francs, et que le nombre de ces prêts est annuellement de près de 900,000 francs, c'est-à-dire qu'il forme les trois quarts du total des opérations. »

Les Monts-de-Piété de Montpellier, Toulouse prêtent sans intérêt; celui d'Angers prête gratuitement jusqu'à 5 francs, et au-dessus de cette somme, il ne prélève qu'un intérêt de 1 p. cent. A Metz, Nancy, Avignon, les Monts-de-Piété se sont adjoint des caisses d'épargnes.

Il existe en France quarante-trois Monts-de-Piété. Le capital de circulation de celui de Paris s'accroît sans cesse : En 1858, le nombre des articles engagés s'est élevé à 1,344,725 pour une somme prêtée de 22,374,704 fr. ; dans ce nombre d'articles engagés, il y en a eu 579,084 pour des sommes de 5 à 8 fr., et 347,352 pour des sommes de 8 à 10 fr. ou 926,446 engagemens pour des sommes inférieures à 10 fr.

En 1839, le nombre total des nantissemens a été de 1,400,334, et en 1840 de 1,461,822 pour une somme de 24,359,847 fr.

La moyenne des prêts de 1857 à 1840 a été de 15 fr. 32 centimes et demi, et leur durée moyenne de 7 mois 20 jours. La dépense pour frais d'administration a été de 95 centimes par article ; le Mont-de-Piété perd donc sur tous les prêts inférieurs à 16 francs.

Et toutefois l'établissement fait des bénéfices, lesquels se sont élevés en 1859, à 195,000 fr.; à 334,000 fr. en 1840, et à 430,000 fr. en 1841. Ce sont les hospices qui recueillent ces bénéfices. Depuis l'an XIII, les produits du Mont-de-Piété ont dépassé 10,000,000.

RECETTES ET DEPENSES DE LA VILLE DE PARIS.

(Extrait du budget publié par les soins de la préfecture.)

Recettes.

Centimes communaux. . . . . . 877,153 fr.

15.

Report. . . .	877,153 fr.
Octroi.	29,865,000
Location de places dans les halles et marchés	1,173,950
Poids public et mesurage. . . .	215,600
Grande et petite voiries. . . .	170,100
Produit des établissemens hydrauliques.	840,000
Caisse de Poissy	1,225,000
Abattoirs	1,068,000
Entrepôts.	499,677
Location d'emplacemens sur la voie publique.	435,432
Loyers de propriétés communales.	115,553
Expéditions d'actes	88,850
Taxe des inhumations	463,200
Concession de terrains dans les cimetières	601,000
Exploitation des voieries. . . .	250,000
Garde municipale (subvention de l'état).	1,954,256
Recettes diverses annuelles, amendes, colléges, pensions, reventes de matériaux, etc., etc. . . .	1,004,462
Recettes extraordinaires . . .	1,375,289
Total général des recettes . .	42,432,494 fr.

Dépenses.

Dette municipale, intérêts, rentes.	4,606,952 fr.
Etat civil.	73,000
Prélèvemens au profit du trésor.	4,903,969
Dépenses variables, préfecture, mairie centrale.	641,700
Mairies d'arrondissement. . . .	380,715
Frais d'exploitation ou de perception	
A reporter. . .	10,606,336

Report. . . .	10,606,336
tion.	2,952,963
Instruction primaire.	928,856
Cultes.	85,800
Inhumations et cimetières . . .	357,950
Garde nationale et service militaire.	966,887
Grande voirie	500,000
Travaux d'entret. d'églises, halles.	2,318,608
Grosses réparations	150,000
Direction des travaux. . . .	340,410
Dépenses diverses. . . .	161,900
Hospices et établissemens de bien-faisance	4,388,803
Arriéré	219,128
Préfecture de police	10,449,490
Bibliothèq., musées, promenades.	110,330
Collèges, instruction publique. .	138,332
Pensions et secours	10,800
Fêtes publiques.	262,000
Grands travaux neufs, pavage, plantations, etc., etc. . . .	5,810,353
Total général des dépenses. . .	42,432,494 fr.

Ces recettes et ces dépenses ne sont que présumées : En 1841, par exemple, les recettes avaient été évaluées par le budget primitif à 52,973,717 fr., mais, en réalité, elles s'élevèrent à 56,856,920 fr. 81 c., et, pour la même année, les dépenses furent de 52,922,201 fr. 97 c.

HOPITAUX.

Avant le milieu du dix-septième siècle, on recevait à l'Hôtel-Dieu de Paris, tous les pauvres malades qui se présentaient, sans distinction de pays, même ceux qui étaient atteints de la peste; mais on refusait tous ceux qui étaient infectés de maladies honteuses Sitôt qu'un malade était reçu, on inscrivait son nom, sa profession, le nom de son pays, on faisait l'inventaire de son argent, de ses effets, qu'on lui rendait fidèlement lorsqu'il sortait guéri ; en cas de mort, il était enseveli dans un drap et enterré aux dépens de l'hôpital.

Les lépreux étaient reçus à Saint-Lazare.

Ceux affligés de gangrène (mal de Saint Antoine), dans la Commanderie et hôpital Saint-Antoine. Si c'étaient des étrangers, on leur fournissait, après leur guérison, de l'argent pour retourner dans leur pays.

Quant aux invalides sains de corps, mais incapables de travailler, tels que vieillards, petits enfans... *l'aumône générale* pourvoyait à leurs besoins.

Les enfans abandonnés étaient portés à la *Couche* près la cathédrale, où l'évêque de Paris se chargeait de les faire nourrir.

Les petits orphelins, dont les parens étaient morts à l'Hôtel-Dieu, étaient nourris et élevés jusqu'à l'âge où ils pouvaient apprendre un métier dans l'hôpital dit des *Enfans Rouges*.

Les enfans de parens trop pauvres pour les nourrir, étaient mis à l'aumône ordinaire, jusqu'à l'âge de huit ou neuf ans, dans l'hôpital de la Trinité, où on leur faisait apprendre un métier.

Les pauvres honteux recevaient secrètement des aumônes des curés et des marguilliers de leurs paroisses.

L'hôpital des Filles-Dieu logeait et hébergeait les étrangères pèlerines qui passaient par Paris, et donnait du pain et du vin aux criminels que l'on menait à l'échafaud de Montfaucon.

Les étrangers pauvres, qui passaient par Paris, y recevaient la *passade* du grand bureau où des hôpitaux, où ils étaient logés une nuit seulement.

Police des pauvres de la Ville de Paris, sous le règne de Henri IV.

A cette époque, la police des pauvres et les établissemens de bienfaisance étaient administrés par trente-deux personnes notables. Six conseillers du parlement, l'avocat du roi, trois curés, docteurs en théologie, des nobles, des marchands, des bourgeois, nommés par les marguilliers des seize grandes paroisses de la ville.

Ces trente-deux commissaires prêtaient serment devant la cour du parlement, servaient deux ans sans gages ni profits, *sinon la grâce de Dieu*, devaient s'assembler deux fois la semaine en nombre suffisant, les lundis et les jeudis à une heure de l'après-midi, pour entendre les plaintes des pauvres, recevoir les legs, les dons, les aumônes volontaires, et *taxer* ceux des habitans qui se refusaient d'y contribuer. Les pauvres valides recevaient des secours dans le bureau même des commissaires; on y accordait aussi aux étrangers indigens l'argent nécessaire pour retourner dans leur pays. Les malades étaient soignés aux frais du bureau ou envoyés aux hôpitaux sur sa recommandation.

Il était défendu de mendier dans Paris sous peine du fouet; les étrangers étaient expulsés sans pitié; ceux des indigens qui, pour cause de maladie ou autrement, recevaient des secours temporaires, devaient porter sur l'épaule droite une croix de toile rouge et jaune; pour avoir part aux secours et distributions d'aumônes, il fallait avoir séjourné au moins deux ans dans la ville; des délégués, des commissaires visitaient le domicile des requérans et prenaient chez leurs voisins des informations sur leurs moyens d'existence, leurs charges, leur santé.

Le baillif ou juge chargé spécialement de la police des pauvres, avait sous ses ordres douze *sergens à petits gages* qui avaient mission d'arrêter et de conduire en prison tous les mendians qu'ils trouvaient dans les rues, dans les églises... Il était défendu, sous peine de prison et de punition corporelle, de contrarier ces agens dans l'exercice de leurs fonctions; il était au contraire ordonné de leur prêter main-forte au besoin.

Avant la révolution de 89, les hôpitaux de Paris étaient si pauvres ou si mal administrés, que plusieurs malheureux affligés de maladies différentes couchaient dans un même lit, tellement qu'il pouvait se faire que des vivans reposassent pendant des heures entières à côté de cadavres. Il en était de même des femmes qui allaient faire leurs couches dans ces sortes d'asiles.

De nos jours, ce régime est tout-à-fait différent : chaque malade couche dans un lit distinct, tenu avec une propreté admirable; la nourriture est saine, suffisante, et les remèdes sont administrés avec une sorte de profusion... Une propreté, qu'on pourrait jusqu'à un certain point qualifier d'excessive, se fait remarquer dans les diverses parties du service.

TABLEAU DES RECETTES ET DÉPENSES

DES HÔPITAUX ET HOSPICES DE PARIS.

Recettes.

Total général.	17,336,470 f. 36 c.	
Après les diminutions.	15,255,472 18	

Vente des os.

120,000 kilo à 5 fr. 25 c. les 100 k., ont produit en argent.	6,300 fr. 00 c.	
Théâtres, bals guinguettes.	794,072	
Journées des malades	128,685	
Legs aux pauvres et hospices de Paris.	28,336	
Argent trouvé.	8,701	81
Vente d'effets après décès de malades	36,476	
Total.	45,178	

Voici le relevé du nombre des indigens à Paris: Ménages recevant des secours temporaires, 10,424; id. des secours annuels ordinaires, 14,383; id. des secours spéciaux : octogénaires, 1,233; septuagénaires, 1.962; aveugles, 1,054; paralytiques, 237.—Total, 29,282.

Les ménages indigens se composent de 66,487 personnes, savoir : 15,495 hommes, 25,704 femmes, 12,628 garçons, 12,660 filles.

On remarque que malgré l'accroissement constant de la population, le nombre des indigens n'augmente pas dans la même proportion, bien au contraire; de 1832 à 1838, on a observé un décroissement constant. Dans cette dernière année, le total était de 26,936; depuis lors, par l'effet des crises commerciales, le nombre des indigens a commencé à monter.

D'après un compte-rendu au conseil municipal en 1837, par le préfet de la Seine, il y avait alors à Paris 62,539 indigens appartenant à 28,969 ménages. Au 1er mars 1843, les recenseurs ont compté dans cette même capitale 85,246 indigens, savoir : hommes, 19,318; femmes, 31,297; garçons, 16,983; filles, 17,778. De plus, il y avait dans la banlieue 30,000 malheureux. Total des indigens dans le département, 115,246. Enfin, 35,000 enfans restent encore sans recevoir aucune espèce d'éducation.

Tel est le tableau de la misère publique à Paris, en 1844.

Dépenses.

12,022,486 f. 34 c.
Prix moyen de la journée des hôpitaux. 1 f. 77 c.
Hospices. 1 09
Nombre des malades traités. 80,063
Hommes. . . . 45,197
Femmes. . . . 34,866
Rapport, 9 hommes contre 7 femmes.
Journées de malades. 1,911,250.

Durée moyenne du séjour des malades, 25 jours 12 heures.

Hospices et maisons de retraite, nombre des indigens et pensionnaires. . 12,904

Morts pendant l'année. 1,587

Sortis . . . 1,072

Mortalité dans les hospices et hôpitaux. . . 6,371

Mortalité moyenne, 1 malade sur 12.

La mortalité la plus élevée a lieu à l'Hôtel-Dieu; elle est de 1 sur 8.

La moins élevée a lieu à la Pitié; elle est de 1 sur 14.

La mortalité moyenne des femmes est plus élevée que celle des hommes.

Secours à domicile.

La population indigente s'élève à 32,045 ménages comprenant 77,000 individus.

Magasins.

Vin, alimens, bois et charbon, médicamens, lin, toiles, étoffes, etc. 1,668,776

Mobilier.

Hôpitaux. . .	3,723,279 fr.
Hospices. . .	3,864,776
Total. . .	7,588,055

Dépenses.

Appointem., salaires des employés.	839,082 fr.
Médecins, chirurgiens, pharmaciens.	232,328
Dép. access. applic. aux personnes.	115,288
Viande fournie en vertu d'adjudic.	1,099,935
Comp hollandaise, viande, bouillon.	93,293
Etablissemens hors Paris. . .	274,000
Dépenses en vin.	606,212
Total.	3,260,138

Comestibles.

Haricots, pois, sucre, volaille, etc.   1,012,461 fr·

Habillemens.

Bas, chapeaux, sabots, draps, bonnets.   189,470 f.

Secours à domicile pour prévenir le suicide.

Abandons.   1,711,543
Entretien des marchés.   407,644

Malades.

Existans, au premier janvier, 5,331. } 80,063
Entrés, dans l'année.   .   . 74,732. }

Sortis { guéris ou autrement. . 68,631. } 75,002
        { morts .   .   .   .   .   6,371. }

Argent trouvé. .   .   .   .   .   8,701 f. 81 c·
Vente d'effets après déc. des mal.   36,476   42

Total général.   .   .   .   45,178   31

D'après un compte-rendu au conseil municipal de Paris, au 1ᵉʳ janvier 1844, l'administration a compté dans la capitale 89,700 indigens, savoir : hommes, 20,407 ; femmes , 32,200 ; garçons, 17,903 ; filles, 19,190. De plus, dans la banlieue, 30,000 malheureux.

Total des indigens dans le département de la Seine, 119,700.

Accroissement des indigens depuis 1837 pour Paris seulement, 27,161.

INSTITUTION DES JEUNES AVEUGLES.

(Boulevart des Invalides.)

Cette institution était précédemment rue Saint-Victor, le nouvel hôtel, vu du boulevart s'annonce par un fronton dans le tympan duquel M. Jouffroy a sculpté un bas-relief dont voici le sujet : C'est d'un côté Valentin Haug, premier instituteur des jeunes aveugles, donnant des instructions à ses élèves; au côté opposé est représentée une institutrice entourée de jeunes filles aveugles; la religion est figurée entre ces deux groupes.

Les dispositions intérieures ont été faites de manière que les deux sexes auront chacun leurs quartiers indépendant et séparés; la chapelle est au premier étage, elle sert comme de point de réunion à tous les habitans de l'établissement; les décorations de ce lieu sacré sont très bien entendues; sur les frises qui règnent tout au tour on a sculpté des médaillons avec des inscriptions qui contiennent les annales de cet utile établissement. Par là, on apprend que l'idée en fut conçue en 1784 par l'homme vénérable qui eut le bonheur de la réaliser avec les encouragemens de la cour de Versailles; la république dota l'institution d'un boursier par département; tout récemment le gouvernement a élevé ce nombre à 120. C'est bien peu, si l'on songe qu'en France le nombre des aveugles est de 25,000, et que pour secourir tant d'infortunés il n'existe que deux établissemens spéciaux entretenus aux frais de l'état. L'institution des jeunes aveugles et l'hospice des Quinze-Vingts; ce dernier donne asile à 300 aveugles dans un état de cécité absolue et d'indigence constatée; il fait de plus, à des aveugles externes, 600 pensions de 100 à 150, et rarement de 200 francs. C'est un total de 1,020 aveugles qui se partagent 25,000 fr.

Le nouvel établissement poura recevoir 300 enfans; cet excédant de place était nécessaire pour les élèves payans. Tout a été prévu avec beaucoup d'intelligence pour le bien-être des infortunés qui doivent habiter cet édifice, comme pour leurs exercices et leurs travaux. La distribution des réfectoires avec des tables de marbre est remarquable; dans les jardins on trouve des appareils de gymnastique. Les appartemens sont chauffés par des tubes de fer dans lesquels circule de l'eau chaude; l'éclairage se fait à l'alcool. Les chambres dans la session de 1843 ont généreusement voté l'exemption de tout impôt le liquide spiritueux qui serait affecté à cette destination.

LA MORGUE ou LA MORNE.

On ne sait pas au juste quelle est son étymologie; ne serait-ce pas une anomatopée, c'est-à-dire un mot qui peint en quelque sorte par le son ce qu'il signifie? *Morgue* ou *Morne* désignerait donc un lieu *triste, sombre.*

Le petit bâtiment de la Morgue est immédiatement sur le bord de la Seine, un peu au-dessus du pont Saint-Michel ; c'est là que l'on dépose les cadavres de gens inconnus qu'on a trouvés dans un lieu quelconque ; on les y laisse exposés aux regards du public et dépouillés de leurs vêtemens pendant quelques jours. Il est permis à leurs parens ou à leurs amis qui les reconnaissent de les enlever, en payant, pour les faire enterrer.

Le nombre des corps déposés à la Morgue est d'environ 320 par an.

Durée des générations viriles à Paris (18e siècle.)

A Paris, au dix-huitième siècle, l'âge moyen des époux, au moment du mariage, était, pour les hommes, de 29 ans 68 centièmes ou de 29 ans 8 mois 5 jours. Et pour les femmes, de 24 ans 68 centièmes, qui équivalaient à 24 ans 8 mois 19 jours.

Age moyen des père et mère au moment de la naissance d'un enfant.

Hommes, 33 ans 31 centièmes, ou 33 ans 4 mois.
Femmes, 28 ans 17 centièmes, environ 28 ans 2 mois 10 jours.

Il s'ensuit de là qu'au dix-huitième siècle les hommes, à Paris, se mariaient généralement à 29 ans 8 mois 5 jours, et les femmes à 24 ans 8 mois 19 jours. Nous voyons aussi que, généralement, l'homme marié devient père à 33 ans : d'où il suit qu'il doit y avoir trois générations par siècle ; les Grecs avaient remarqué cette loi des générations : car long-temps avant l'ère vulgaire, ils en comptaient aussi trois par siècle. Le profond, l'infatigable penseur Aristote a dit quelque part que l'âge de se marier est pour l'homme celui de 30 ans !

BARRIÈRES.

Autrefois, quand les villes étaient ceintes de hautes murailles, on y entrait par des portes basses, tristes, flanquées de tours énormes ; les progrès de la civilisation ayant éloigné les fureurs de la guerre du centre des empires de l'Europe, les fortifications des villes de l'intérieur furent négligées ou démolies.

Paris fut entièrement privé de ses remparts devenus inutiles sous Louis XIV. Depuis cette époque, la ville n'était entourée que de mauvaises clôtures à peine suffisantes pour empêcher les fraudeurs de s'approprier induement une portion des bénéfices de l'octroi lorsque, du consentement du ministre Calonne, les fermiers-généraux arrêtèrent le projet d'entourer la capitale de murailles hautes et solides et de décorer les portes d'entrée de constructions variées, originales, qui n'eussent rien du caractère des maisons du commun des bourgeois.

L'architecte *Ledoux* eut seul l'avantage de fournir les dessins de ces divers édifices. Cet homme, animé de la fureur d'innover, a orné les entrées de Paris de bâtimens bizarres et absurdes pour la plupart.

Il est vrai que ces masses énormes, construites à grands frais, paraissent de loin d'une grandeur imposante qui rappelle les monumens égyptiens, mais vues de près, elles n'offrent plus que des singularités et des tours de force qui font gémir sur l'oubli de toutes les règles et de tous les principes de l'art architectonique. Que signifient, en effet, ces colonnes sans proportion qui ne présentent à l'œil que les aspérités d'un bossage grossier? Pourquoi ces frontons sans bases et sans appui, dont la prétendue hardiesse contraste avec l'austérité de l'édifice.

La barrière la plus remarquable et la plus imposante est celle dite du *Trône* ou de *Vincennes*. Elle s'annonce de loin par deux colonnes doriques de 25 mètres de hauteur; au-dessus de leurs bases sont sculptés en relief des trophées, et leurs chapiteaux portent les statues de la Paix et de la Liberté.

Les bâtimens qui sont à droite et à gauche de ces colonnes ont de la régularité et une certaine noblesse qui font vivement regretter que *Ledoux* n'ait pas été aussi heureux dans les autres barrières. Celle de l'étoile, par exemple, et détestable.

CIMETIÈRES.

Ce mot vient du grec коïмéтérion, qui signifie *dortoir*.

Jusque sur la fin du du dix-huitième siècle, les cimetières en France et dans la plupart des royaumes de l'Europe, étaient dans l'intérieur des villes, tout contre les églises; dans l'intérieur desquelles on enterrait les gens privilégiés. On reconnut enfin que ces usages étaient pernicieux et que des cimetières sont de toute nécessité des foyers de miasmes funestes à la santé des vivans qui les respirent; il fut donc arrêté que les morts iraient reposer hors des villes et des temples dans des espaces librés, exposés aux courans de l'atmosphère.

Paris compte aujourd'hui trois grands cimetières principaux, qui sont celui de l'*Est* dit du *Père-Lachaise* ; celui du *Sud* ou du *Mont-Parnasse* ; et celui du *Nord* dit de *Montmartre*.

CIMETIERE DU NORD ou DE MONTMARTRE,

(Entre les barrières de Clichy et de Rochechouart.)

C'est le premier qui ait été établi hors des murs de Paris ; il est montueux, le terrain en est aride ; la vue n'en est pas très étendue ; les seuls monumens qu'on y remarque sont ceux du poète Saint-Lambert, du maréchal de Ségur ; de Pigale ; là reposent aussi Legouvé, Greuse, Mme Dubouchage.

CIMETIÈRE DU SUD ou DU MONT-PARNASSE.

(Entre les barrières d'Enfer et du Mont-Parnasse.)

Son établissement date de 1824 ; sa contenance est de 10 hectares 8 ares ; dans cet enclos, on trouve une fort jolie promenade bien plantée d'arbres vigoureux. Pour ce qui est des monumens, il n'y en a point qui se fasse remarquer par la grandeur, par

les ornemens. Tous ceux qui reposent en ce lieu furent, en général, des savans, des artistes, des bourgeois, qui laissèrent à leurs héritiers des fortunes
trop médiocres pour leur permettre de faire de
grandes dépenses en monumens funèbres.

Les tombeaux qui méritent quelque attention sont
ceux de Marie-Alexandre Lenoir, fondateur du Musée des monumens français ; de Pouqueville, qui a
écrit son *Voyage en Grèce* ; celui de Boinot, intendant militaire, qui se distingue par sa bizarrerie ;
celui de Poîloup, en style gothique ; de Mme Cham-
bert ; un autre en marbre noir, fort singulier, sans
nom ; celui d'Ottavi, parent de Napoléon, littérateur
mort à trente-deux ans, presque dans le besoin ; de
Chauveau-Lagarde, défenseur de la reine Marie-
Antoinette ; d'Alexandre Duval ; du statuaire Chau-
det ; de Jean Duchêne ; du comte Hulin.

MONUMENS DU PÉRE-LACHAISE.

Lorsqu'on a passé la
grande porte, si l'on
prend à gauche, on
trouve successivement
le tombeau Lacombe,
dans le genre gothique;
le buste en bronze sur
un cippe en marbre
noir du célèbre comé-
dien Potier ; un obélis-
que en pierre de taille
ordinaire, en l'honneur
de Desèze, un des dé-
fenseurs du roi-martyr ; le monument du sculpteur
Cartelier, en marbre blanc, posé sur un piédestal
en pierre ; ce monument est un peu surchargé d'ornemens ; dans une sorte de niche pratiquée sur la

face qui regarde l'occident, on voit le buste du défunt ; les côtés sud et nord sont flanqués chacun de quatre petites colonnes corinthiennes dans le style de la Renaissance ; entre ces colonnes sont, du côté du midi, les statues allégoriques de l'Amitié, de la Sagesse, de la Bonté, et, du côté du Nord, celles de la Gloire, du Talent, de la Modestie.

Plus haut, on a bâti le tombeau de Marie-Amélie de Knusli, duchesse de Duras ; il est ceint de grilles en fer ; deux escaliers mènent sur une plate-forme ; un troisième conduit dans un caveau souterrain.

Tout contre est le monument singulier de Beaujour : il consiste en un soubassement circulaire surmonté d'un gros cône qui se termine par une sorte de couronne en bronze doré ; il y a de l'originalité dans ce monument , mais celui qui en a eu l'idée manquait totalement de goût.

Dans le voisinage, on rencontre le monument de Mme Tencé ; c'est une jolie chapelle en style de la Renaissance. L'intérieur est orné de colonnes, de pilastres, de tables de marbre ; du centre de la voûte, richement travaillée, pend une lampe ; sur une sorte d'autel , on a placé un Christ, des chandeliers en plaqué d'argent... Bien des églises de province ne valent pas cette chapelle.

En allant vers le midi, le tombeau de Vittoz, intéressant par sa bizarrerie.

Puis on trouve le monument du philanthrope Ch. Bascle ; deux bas-reliefs allégoriques attestent qu'il donna des encouragemens à l'art de guérir et à l'industrie.

Le vicomte Rogniat repose au-dessous d'un beau sarcophage en marbre blanc richement orné de sculptures.

La demeure sépulcrale de J.-B. Saudomoy est en bois ; elle est à l'extérieur entièrement couverte de feuilles de tôle auxquelles on a donné l'apparence du bronze. Cet ouvrage, qui fixe un moment les regards par son étrangeté, ne promet pas une longue durée.

Dans les environs, une construction gothique sans nom, que l'on pourrait comparer à un petit clocher.

Tout près, l'obélisque en pierre de taille de la famille Gemond; c'est le plus haut et l'un des plus mauvais monumens du Père-Lachaise.

Non loin de là, un petit temple d'ordre dorique, digne d'attention pour la correction de ses profils.

Une coupole en marbre, soutenue par des colonnes de même matière, consacrée à la mémoire d'un très riche Espagnol. Cet ouvrage, sous le rapport de l'art, n'est digne que de mépris.

Un petit temple à jour, soutenu par huit colonnes toscanes de fort bon goût, couvre la tombe de De-ville.

Un charmant petit obélisque en granit d'une seule pièce, est destiné à rappeler le souvenir du capitaine Puget.

Grand sarcophage à côté duquel est représentée assise, en marbre blanc, une jeune femme en pleurs.

Le monument de Chagot, propriétaire des usines du Creuzot, en fonte de fer et bien exécuté; il y a du mérite dans l'ensemble comme dans les détails.

Sur la sépulture de la famille Leroy est représentée, en marbre blanc, la statue de grandeur naturelle d'une femme à demi-couchée; elle tient dans ses mains des torches renversées. Est-ce un personnage allégorique ou bien la représentation d'une personne de la famille Leroy qui a réellement existé?

Tout près, une grande chapelle.

La sépulture Perregaux est une sorte de temple d'ordre dorique très correct; aux deux côtés latéraux sont adossées deux demi-rotondes dont on ne devine pas le motif et qui nuisent beaucoup à la simplicité de l'ensemble de l'édifice.

14

Sur un soubassement en granit, pose un énorme bloc de marbre blanc, couvert d'ornemens en relief; du côté du midi est représentée une figure de femme qui grave des caractères sur un canon; c'est l'histoire, sans doute. Plus haut est le buste du maréchal Suchet. Ce monument n'a la forme ni d'un temple ni d'une pyramide, ni d'un tombeau; on ne saurait à quelle forme le comparer.

Dans le voisinage est le monument de Masséna, surmonté d'un obélisque en marbre blanc de 8 ou 10 mètres de hauteur.

Tout près, on trouve le tombeau du maréchal Lefèvre, remarquable par un sarcophage en marbre blanc qui, malgré les ornemens dont on l'a couvert, est loin de mériter des éloges.

Pas loin de là, on voit la sépulture du duc de Crès; le monument, tout en pierre commune, se compose d'un sarcophage posé sur un gros piédestal; ses faces sont couvertes de bas-reliefs représentant un vaisseau et autres attributs relatifs à la navigation.

La baronne de Vert-Pré repose au-dessous d'un petit édifice à six faces en marbre blanc; les angles sont défendus par de grosses baguettes en marbre noir; une urne cinéraire couronne le tout. Ce tombeau est une réminiscence de cette antiquité d'Athènes, si connue sous le nom de *Lanterne de Diogène*.

Le monument d'Edmond de Bourke se distingue par un bas-relief représentant une femme en pleurs.

Le fastueux tombeau de la princesse Demidoff se voit non loin de là, il est tout en marbre blanc; une sorte de temple à jour soutenu par 10 colonnes, 4 sur chacun des flancs et 3 sur l'avant et l'arrière, couvre un riche sarcophage dont il n'y a rien à dire, mais pour ce qui est du temple qui l'enferme, il est de tout point d'une barbarie qui donne une bien pauvre idée du goût et des talens de celui qui en a tracé le plan.

Le monument d'Ardaillon , d'ordre de pæstum, est en fonte de fer.

Le tombeau de Cambacérès , archi-chancelier de l'empire, est sans prétention ; il est digne d'attention à cause du nom seulement du personnage qui repose dans son intérieur.

Le monument qui porte le nom de Boode est un des plus importans du cimetière de l'Est ; on ne saurait en donner une idée sans le secours de figures : sa forme est celle d'une sorte de pyramide circulaire qui se termine par une grosse pomme de pin ; il y a de bonnes choses à observer dans les détails.

Un joli temple gothique sans nom : son plan est un carré long dont les grands côtés sont percés de cinq arcades.

Tout près le monument de Daunou, savant historien et antiquaire.

L'édifice qui porte le nom de Philippon est un véritable petit clocher qui a des rapports avec ces tours que les Italiens appellent *campaniles* (tours aux cloches).

Une statue couchée, en marbre, de grandeur naturelle, représente le peintre Géricault, mort à la fleur de son âge (32 ans), il s'était fait remarquer par son tableau du naufrage de la Méduse. Un bas-relief incrusté dans le piédestal du monument rappelle les dispositions de ce tableau, lequel représentait le radeau que les malheureux naufragés occupaient après la perte de la frégate.

Tombeau du général Foy : c'est le plus considérable jusqu'ici de tous ceux qu'on a élevés dans l'enceinte du Père-la-Chaise. Il se compose d'abord d'un énorme soubassement à quatre faces : sur celle du couchant est pratiquée la porte par où l'on entre dans le tombeau proprement dit; un peu au-dessus est l'inscription : LE GÉNÉRAL FOI; sur la face du nord, on a sculpté un bas-relief qui représente son convoi. Le bas-relief, pareil qui est sur la face du midi, représente le combat de Cacerès, livré par le général, en février 1810. Le bas-relief de la face de l'est représente Foy debout devant un bureau, dans l'attitude d'un homme qui fait un rapport; à sa droite et à sa gauche sont deux groupes nombreux de personnages, ses contemporains; les figures des têtes sont autant de portraits ressemblans. Ces trois bas-reliefs, dus au ciseau de David d'Angers, sont d'une pureté et d'une vigueur remarquables; on eût bien dû les exécuter sur marbre. Au-dessus du soubassement est la statue en marbre du général, il est représenté enveloppé en partie d'un manteau et dans l'attitude d'un orateur qui parle avec force et conviction. Cette statue est abritée par un toit à deux égouts en pierre, supporté par quatre colonnes doriques cannelées sans bases; ces colonnes sont beaucoup trop espacées entre elles. Cette espèce de temple à jour est d'une maigreur qui fait peine à voir; on eût beaucoup mieux fait de couvrir la statue d'une petite coupole portée sur quatre arcades, et puis, eu égard à la masse du soubassement, le pavillon aux quatre colonnes est de beaucoup trop grêle et trop léger.

Après le tombeau de Foy, vient immédiatement, pour l'importance, le monument de Casimir Périer, il y a d'ailleurs entre eux plusieurs points de ressemblance : le mausolée-Périer se compose d'un énorme piédestal orné de pilastres, de figures allégoriques, représentant sur les faces sud, la Justice; ouest, l'Éloquence; nord, la Fermeté; au-dessus de ce gros, de ce bien trop gros piédestal, domine la statue en bronze, plus grande que nature, du célèbre orateur de l'opposition sous les Bourbons; le héros s'appuie de la main gauche sur la Charte de 1830; la position du bras droit indique qu'on a voulu représenter le personnage dans un moment où il parle comme celle de Foy : la statue de Périer est drapée d'un manteau.

TOMBEAU D'HÉLOISE ET D'ABEILARD.

« Cette chambre que j'ai fait construire avec les débris d'une chapelle du Paraclet et de l'abbaye de Saint-Denis, est un monument du style d'architecture pratiqué dans le douzième siècle. Dans le milieu, on voit le tombeau d'Abeilard que Pierre-le-Vénérable avait fait élever à son ami. J'ai fait poser près de lui la statue, aussi couchée de son intéressante amie. La figure de femme que l'on voit sur le tombeau d'Héloïse est du douzième siècle ; je lui ai fait mettre le masque d'Héloïse. »

(*Description du ci-devant Musée des monumens français*, par A. LENOIR.)

Abeilard mourut au prieuré de Saint-Marcel, de Châlons-sur-Saône, le 21 avril 1142 ; Héloïse expira le dimanche 17 mai 1163.

14.

CATACOMBES.

Il est permis d'avancer que la ville de Paris est tout entière sortie de terre ; les pierres de taille, les moëllons, les plâtres dont sont faites ses maisons, ne sont-ils pas extraits des immenses carrières qui s'étendent au nord, et surtout au midi du fleuve qui baigne ses murs ?

Sous l'administration du lieutenant de police *Lenoir*, les cimetières qui infectaient l'intérieur de la capitale, furent supprimés, et, par décence, les ossemens qu'on en retira furent déposés et classés dans les carrières qui sont au-dessous de la plaine de Montrouge, et c'est par imitation qu'on appela ces collections funéraires *Catacombes*, nom par lequel on désigne les carrières des environs de Rome qui, dans les temps de persécution, servirent de tombeaux aux premiers Chrétiens.

Les Catacombes de Paris contiennent les ossemens de trente à quarante générations, provenant de sept millions d'individus. On pénètre dans les Catacombes par trois ouvertures qui sont : barrière Saint-Jacques, barrière d'Enfer et plaine de Mont-Souris.

Un escalier très étroit conduit à la première galerie, laquelle n'est pas à moins de trente mètres au-dessous du sol.

Outre les ossemens, les Catacombes contiennent des collections de minéraux que l'on trouve dans le sol de Paris, etc.

On peut les visiter en obtenant la permission de M. l'ingénieur en chef des Domaines, rue de l'Université, 29.

ÉTABLISSEMENS DE BIENFAISANCE.

Société de la Charité maternelle.

Le nom de la plus belle, de la plus auguste et de la plus infortunée des reines, de Marie-Antoinette, est glorieusement attaché à cette société, qu'elle fonda en 1783.

La société de *Charité maternelle* a pour but d'assister les pauvres femmes en couches, de les aider et de les encourager à nourrir leurs enfans. Elle secourt au moment de l'accouchement : 1° les femmes devenues veuves pendant leur grossesse et ayant au moins un enfant vivant. 2° Les femmes ayant déjà un enfant et un mari estropié ou atteint d'une maladie chronique. 3° Celles qui sont infirmes et ont déjà deux enfans vivans. 4° Celles qui ont déjà trois enfans vivans, dont l'aîné au-dessous de 14 ans.

La société secourt par année à peu près 800 familles. Elle reçoit du gouvernement une subvention annuelle de 45,000 fr. et du conseil municipal de la ville de Paris 6,000 fr. Le reste de ses dépenses est couvert par des souscriptions, qui s'élèvent à 18,000 francs.

Salles d'asile.

Les salles d'asile ont été instituées pour recevoir pendant le jour les petits enfans des deux sexes que leurs parens ne peuvent garder et surveiller chez eux.

Les enfans sont reçus dans ces salles depuis deux ans jusqu'à six. Ils sont confiés à une directrice et à plusieurs surveillantes L'admission au-dessous de deux ans et au-dessus de six, ne peut avoir lieu que sur l'autorisation de la dame inspectrice.

Les enfans apprennent les premières notions de

religion, de lecture, d'écriture, de calcul, de chant, et les premiers travaux d'aiguille. Tous les quartiers de Paris, surtout les plus populeux, ont en ce moment des salles d'asile où l'admission est entièrement gratuite.

Orphelins du choléra.

L'Œuvre des *Orphelins de Saint Vincent-de-Paul par suite du choléra-morbus*, a été fondée par Monseigneur de Quélen, archevêque de Paris, en 1852. — Elle a pour but d'assurer aux enfans dont le père ou la mère sont morts du choléra, les moyens de subsistance et d'éducation proportionnés à leur situation sociale. — Elle est dirigée par un conseil composé de Monseigneur l'archevêque de Paris, président ; de MM. les grands-vicaires, de sept membres ecclésiastiques et de sept laïques.

Frères des Écoles chrétiennes.

Les Frères des Écoles chrétiennes se vouent à l'éducation des classes pauvres. Ils ont à Paris des écoles primaires où sont admis gratuitement les garçons de 7 à 12 ans. Les Frères leur enseignent la lecture, l'écriture, le calcul, l'histoire sainte, le catéchisme, la grammaire.

A Paris, il existe 32 écoles d'enfans, 6 d'adultes, une d'apprentis, 133 frères font les classes à 8,500 enfans et 2,000 adultes.

L'institut des Frères compte en France 382 établissemens, divisés en 1730 classes, où 164,743 élèves, tant enfans qu'adultes, reçoivent les bienfaits de l'instruction.

Sœurs de Charité.

Sœurs de Saint Vincent-de-Paul (Sœurs de Charité), maison-mère, rue du Bac, nº 132, sous la direction du supérieur général des Lazaristes. — Cette

Congrégation, fondée en 1617 par Saint-Vincent-de-Paul, pour secourir les malades, instruire les jeunes filles pauvres, et prendre soin des orphelins et des enfans abandonnés, comptait en 1842 environ 3,000 sœurs dans le département de la Seine.

Les *Sœurs de Saint Vincent-de-Paul* tiennent, dans plusieurs des maisons de secours qui leur sont confiées, des écoles sous l'inspection du conseil de l'instruction publique, où les jeunes filles de huit à quatorze ans reçoivent gratuitement l'éducation religieuse et l'instruction primaire.

Les classes s'ouvrent de huit à onze heures du matin, et dans l'après-midi de deux à quatre heures.

Auprès de presque toutes les écoles sont établis des ouvroirs où les jeunes filles sont exercées aux travaux d'aiguille pendant une grande partie de la journée.

OEuvre des apprentis et des ouvriers.

Cette OEuvre s'occupe : 1° de confier à des maîtres sûrs cette multitude d'enfans qui, au sortir des écoles, entrent en apprentissage ; 2° de compléter leur instruction ; 3° de les soustraire aux dangers qui les entourent ; 4° d'offrir non-seulement aux apprentis, mais encore aux jeunes ouvriers, tous les moyens de persévérer dans la pratique de la religion.

Dans ce but, l'OEuvre a fondé une maison dirigée par les Frères des écoles chrétiennes, rue Neuve-Saint-Etienne, 6.

OEuvre de Saint-Nicolas.

L'*Etablissement de Saint-Nicolas*, rue de Vaugirard, 98, fondé par M. l'abbé de Bervanger, est destiné aux enfans pauvres auxquels leurs protecteurs veulent procurer une éducation chrétienne et l'instruction nécessaire aux classes ouvrières, et à ceux que leurs familles ne peuvent faire élever qu'à un prix très inférieur à toutes les pensions et institutions de Paris.

La pension est de 20 francs par mois pour les orphelins de père ou de mère, et de 25 francs pour ceux qui ont leurs parens.

On paie 20 francs en sus, en entrant, pour tous les frais d'habillement, de literie, d'entretien, etc. Les enfans sont reçus depuis l'âge de cinq ans.

Divers ateliers existent dans la maison pour les jeune garçons qui, élevés à *Saint-Nicolas* et y ayant fait leur première communion, veulent continuer dans l'établissement leur apprentissage. Cet apprentissage dure trois ou quatre ans, selon les états; les deux premières années les apprentis paient 20 francs par mois; ils sont au pair pour les deux autres. Il existe en ce moment à *Saint-Nicolas* des ateliers de cordonnier, tailler, tourneur, passementier, sculpteur en bois et fondeurs en caractères.

OEuvre charitable du saint et immaculé cœur de Marie.

Cette institution a pour objet de recueillir les jeunes filles pauvres et abandonnées qui se trouvent par leur âge ou pour tout autre motif en dehors des conditions d'admission dans les autres maisons. Les plus jeunes paient, quand elles le peuvent, une très modique pension jusqu'au moment où, par leur travail, elles peuvent commencer à indemniser la maison des frais qu'elles lui occasionnent. L'éducation y est essentiellement pratique et professionnelle, et le travail des mains est l'occupation de presque toute la journée. Arrivées à l'âge de se suffire à elles-mêmes, les jeunes filles élevées dans la maison sont libres soit de rentrer dans l'établissement, où elles deviennent contre-maîtresses et directrices d'ateliers, soit de rentrer dans le monde, où les protectrices de l'œuvre et les directrices leur trouvent une condition analogue à leurs goûts et à leurs aptitudes. La maison centrale, dirigée par madame Thérèse (Eugénie de la Thuillière), est située rue Mouffetard, 184.

Jeunes libérés.

La société des jeunes libérés du département de la Seine applique le système de surveillance et de placement en apprentissage aux enfans sortant de la maison pénitentiaire des jeunes détenus de la Roquette et des Madelonnettes ; la société désigne à chaque libéré qui accepte son patronage un maître et un patron ; le pécule gagné par le travail dans la prison est remis alors à la société, qui l'applique à l'entretien et à l'apprentissage du jeune libéré. — Quelques jeunes détenus obtiennent leur liberté avant l'expiration de leur peine, et passent sous le patronage et à la charge de la société. — Pour ceux-là, le gouvernement alloue à la société 60 centimes par jour.

OEuvre et Maison de refuge du Bon-Pasteur.

Une association de dames visite la prison de St-Lazare, et cherche à ramener au bien les prisonnières.

Lorsqu'elles y parviennent, elles font entrer les pénitentes dans une maison de refuge, dite du *Bon Pasteur*, établie rue d'Enfer, 13, et desservie par les dames de Saint-Thomas-de-Villeneuve.

Les pénitentes sont reçues de seize à vingt-deux ans. Entrées volontairement dans la maison, elles y consacrent le reste de leur vie à la prière et au travail.

La *Société du Patronage des jeunes Filles libérées et abandonnées* a à peu près le même but ; elle prend sous sa protection les jeunes femmes et les filles que les dames visitantes des prisons ont ramenées à une vie meilleure. Elle les recueille dans une maison, rue Plumet, 22, dirigée par les Sœurs de Notre-Dame de la Charité, sous l'inspection des dames de l'OEuvre.

OEuvre de l'immaculée Conception.

Cette OEuvre, dont le siège est rue Cassette, 20, a pour but d'ouvrir un asile et de procurer du travail aux jeunes filles après leur première communion, et surtout à l'âge où elles sortent des établissemens de charité et des maisons de sœurs où elles ont été élevées chrétiennement.

OEuvre des Dames visitant les prisons.

Cette association, présidée par Mme de Lamartine, visite dans les prisons les femmes détenues, soit avant, soit après le jugement.

Les dames de l'œuvre font aux prisonnières des instructions sur la religion, surveillent leurs ateliers et leur distribuent des secours.

Asile-ouvroir pour les nouvelles accouchées.

Une maison de convalescence a été établie, en 1839, rue de Vaugirard, 108, pour ramener au bien et arracher aux dangers auxquels elles sont exposées les jeunes filles devenues mères par suite d'une première faute.

Au sortir des hôpitaux, elles y sont reçues, nourries, vêtues, instruites et gardées jusqu'au moment où on peut leur procurer du travail ou une place.

Association des Institutrices, rue Neuve-Saint-Etienne, 13.

Cette OEuvre, nouvellement fondée, se compose de jeunes personnes qui, se destinant à l'éducation particulière ou publique, forment entre elles une association pour s'aider, chercher à se procurer des élèves, et offrir aux familles qui demandent des institutrices tous les renseignemens et toutes les garanties de moralité et d'instruction.

Société de la Miséricorde.

L'OEuvre de la Miséricorde, rue de la Chaise, fondée en 1833, par Mlle Dumartray, sous les auspices de Mgr de Quélen, a pour but de secourir les familles qui, d'une position élévée ou aisée, sont tombées dans l'indigence.

Société de Saint Vincent-de-Paul, place de l'Estrapade, 11.

La Société de Saint Vincent-de-Paul a pour objet principal la visite des pauvres. Elle se compose de jeunes gens chrétiens qui, voulant consacrer par semaine quelques heures à faire du bien, se distribuent entre eux les familles les plus malheureuses, leur portent des secours en pain, viande, bois, protègent et surveillent les enfans, placent les apprentis, cherchent à procurer aux adultes des emplois et du travail, et se font les intermédiaires entre les familles qu'ils visitent et toutes les ressources que la société et la charité ont préparées pour les pauvres. La Société de Saint Vincent-de Paul compte à Paris 30 conférences et 887 membres actifs; 1,300 se sont fait inscrire sur les listes; elle visite et secourt 1928 familles et patronne 600 enfans. En province, 55 conférences se sont établies : 3 à Lyon, 3 à Bordeaux, 3 à Toulouse et une à Nantes, Rennes, Dijon, Nancy, Metz, Langres, Lille, Aix, Angers, Moulins, Arras, Montpellier, Orléans, Grenoble, Rhodez, Rouen, Caen, Nimes, Tours, Laval, Poitiers, La Rochelle, Quimper, Strasbourg, Besançon, Saint-Brieuc, Bernay, Amiens, Montmirail, Bourg, Limoges, Cahors, Saint-Etienne, Colmar, Lagny, Blaye, Le Mans, Châlons et Guimgamp.

Deux viennent de s'établir à Rome.

Le nombre total des membres de la société est d'environ 3,500; celui des familles visitées de 5,400.

Société charitable de Saint François Régis.

Une effrayante statistique a constaté qu'à Paris sur trois naissances il y en avait une d'illégitime. De toutes ces unions illégitimes, plusieurs ont été contractées en dehors de la religion et des lois par suite de l'ignorance et de la pauvreté. La Société de Saint François Régis a pour objet de réparer et faire cesser ces désordres ; elle a été fondée en 1826 pour faciliter le mariage civil et religieux des pauvres du diocèse de Paris qui vivent dans le désordre, et la légitimation de leurs enfants naturels.

Elle se charge de toutes les correspondances, de tous les frais qu'entraîne la célébration du mariage.

Elle sollicite de l'administration des hospices la remise gratuite des enfans déposés à l'hospice des Enfans-Trouvés et des Orphelins, qui ont été depuis légitimés par le mariage de leurs parens.

Elle s'occupe aussi de faire venir les actes de naissance nécessaires pour l'admission des infirmes et des vieillards aux hospices et maisons de retraite du département de la Seine.

Elle procure, sur la demande des Frères des écoles chrétiennes ou des Sœurs de la charité, les actes de baptême requis pour la première communion des enfans pauvres.

Détenus pour dettes.

La Société, instituée pour la délivrance et le soulagement des prisonniers, applique ses secours spécialement à ceux arrêtés pour dettes et à leurs familles.

Elle consacre la majeure partie de ses ressources à la délivrance des prisonniers de cette catégorie, et elle distribue le reste en secours de diverses natures aux autres détenus.

Des avocats, des avoués, membres de la société, sont chargés des affaires contentieuses ; ils poursuivent et soutiennent devant les tribunaux, en faveur des prisonniers, les procès et contestations, et provoquent les cessions de bien, nullités d'écrou, etc. Des médecins attachés à l'association donnent leurs soins aux prisonniers malades.

La société choisit de préférence, pour les délivrer, les détenus dont la liberté et le travail sont le plus nécessaires à leurs familles et dont la moralité est constatée.

Infirmerie Marie-Thérèse.

L'infirmerie Marie-Thérèse, fondée en 1819, sous le patronage de Mme la Dauphine, rue d'Enfer, 86, par Mme de Châteaubriand, était destinée à recueillir quelques victimes de la révolution.

Monseigneur de Quélen ayant acheté la maison, l'a donnée au diocèse de Paris, et l'a particulièrement consacrée à servir de maison de santé aux ecclésiastiques valétudinaires, et de maison de retraite à ceux que l'âge ou les infirmités éloignent du saint ministère.

OEuvre de la Propagation de la foi.

L'OEuvre de la Propagation de la foi, fondée en 1822, à Lyon, s'est répandue en peu de temps dans tous les diocèses du royaume et dans les pays étrangers. Elle compte aujourd'hui 700,000 associés, distribue ses annales à près de cent mille exemplaires, et a reçu l'année dernière près de deux millions et demi.

Elle a pour but unique d'aider par des prières et

par des aumônes les missionnaires catholiques, chargés de la prédication de l'Evangile dans les pays d'outre-mer, et aussi de secourir les Eglises catholiques dans les pays protestans ou schismatiques d'Europe.

Pour être membre de l'œuvre il suffit : 1° d'appliquer à son intention le *Pater* et l'*Ave* de la prière du matin ou du soir de chaque jour, et d'y joindre chaque fois cette invocation : Saint François Xavier, priez pour nous ! 2° de donner en aumônes pour les missions *cinq centimes par semaine.*

Le secrétaire de l'œuvre est M. Choiselat, rue du Pot-de-Fer-Saint-Sulpice, à Paris.

Filature en faveur des indigens.

Cet établissement, établi impasse des Hospitalières, 2, fournit du travail aux femmes indigentes.

Munies d'un certificat constatant leur inscription au rôle des pauvres et cautionnées par leurs propriétaires, principaux locataires ou autres personnes domiciliées et solvables, il leur est fourni un rouet, un dévidoir et une certaine quantité de filasse.

Au fur et à mesure qu'elles rapportent le fil à l'établissement, elles reçoivent le prix de leur main-d'œuvre suivant la qualité et le numéro du fil. Le travail est payé à raison, à peu près, de 50 c. par jour.

Consultations médicales gratuites.

Des consultations gratuites sont données tous les jours :

Par les médecins du bureau central (Parvis-Notre-Dame), pour toute espèce de maladies, de neuf heures du matin à quatre heures du soir;

Par les médecins des hôpitaux généraux, pour toute espèce de maladies;

Par les médecins des hôpitaux spéciaux, pour les maladies traitées dans les hôpitaux, aux heures de la visite;

Par les médecins des bureaux de bienfaisance, pour toutes les maladies des indigens de l'arrondissement. (Les heures sont indiquées par un tableau placé dans la maison de charité);

Par les médecins de chaque dispensaire de la Société philantropique, pour toutes les maladies des indigens de la circonscription. (Les heures sont également indiquées par un tableau placé dans le dispensaire, rue de l'Epée-de-Bois, 11).

Consultations judiciaires gratuites.

Les avocats stagiaires à la Cour royale de Paris, réunis les mardis en conférence au Palais-de-Justice, sous la présidence du bâtonnier de l'ordre, donnent des consultations gratuites aux personnes munies d'un certificat d'indigence.

Les avocats à la Cour de cassation donnent aussi des consultations gratuites, et chargent l'un d'entre eux de suivre devant la Cour les affaires intéressant les indigens.

MANUFACTURE ROYALE DES TAPISSERIES DES GOBELINS.

(Rue Mouffetard, n° 270).

Cet établissement qui fait l'admiration et qui est envié de toute l'Europe, fut fondé en 1540, par Jean Gobelin, habile et célèbre teinturier.

Il reçut de nombreux perfectionnemens sous Louis XIV, qui, sur la recommandation de Colbert, en confia la direction au célèbre peintre Lebrun. Dès-lors, cet établissement fut porté au plus haut degré de perfection. Tout ce qui sort de cette manufacture est merveilleux et ne peut se concevoir qu'en le voyant.

Les ateliers et le salon d'exposition sont ouverts les mercredi et samedi de 2 à 4 heures du soir. On y est admis sur billets qui s'obtiennent facilement à l'Intendance de la Liste Civile, place Vendôme, n. 9.

TÉLÉGRAPHES.

Administration centrale, rue de Grenelle-Saint-Germain, 103.

Voici quelques indications sur la rapidité avec laquelle sont transmises les dépêches par la voie télégraphique.

On reçoit à Paris, point central, en trois minutes les nouvelles de Calais, au moyen d'une ligne composée de 27 télégraphes; en deux minutes de Lille, par 22 télégraphes; en six minutes de Strasbourg, par 46 télégraphes; en huit minutes de Lyon, par 50 télégraphes; en huit minutes de Brest, par 80 télégraphes.

IMPRIMERIE ROYALE.

Rue Vieille-du-Temple, 89.

Les personnes qui désirent visiter l'imprimerie, y sont admises les jeudis sur l'autorisation du directeur.

Impression, distribution et débit des lois, ordonnances, réglemens et actes de l'autorité royale. — Service des Conseils du roi, — du cabinet et des bureaux de la maison du roi. — Impression des effets royaux et valeurs émises par le Trésor public, — moulage des cartes, — congés des troupes, des brevets, — des timbres, — passeports, etc. — Service général des ministères et administrations centrales et spéciales dont les impressions sont payées sur les deniers de l'Etat.

Impressions des ouvrages de sciences et d'arts publiés aux frais du gouvernement, en vertu d'un utorisation spéciale du roi. —Impression aux frais des auteurs, sur autorisation spéciale de M. le Garde-des-Sceaux, des ouvrages composés en tout ou en partie de caractères étrangers.

MM. les imprimeurs de Paris sont autorisés, par décision de M. le Garde-des-Sceaux, à faire composer et imprimer à l'imprimerie royale la partie des ouvrages qu'ils auraient entrepris, dans laquelle il se trouverait des caractères orientaux, ou quelques-uns des signes particuliers qui existent dans la typographie étrangère de cet établissement.

Cet établissement est le plus complet et le plus riche qui existe en caractères pour toutes les langues ; il possède 56 corps de caractères pour les langues orientales ; cette collection comprend toutes les écritures connues des peuples de l'Asie anciens et modernes, et dans les mêmes proportions pour toutes les langues mortes ou vivantes. Son immense matériel et sa grande variété de caractères en font l'imprimerie la plus importante de toute l'Europe.

P. Lebrun O. ✳, *pair de France, conseiller d'état, directeur.*

COURS ET TRIBUNAUX.

Cour des Comptes, quai d'Orsay. Les audiences ont lieu à 9 heures pour la première chambre, les jeudis, vendredis et samedis ; pour la deuxième chambre, les lundis, mardis et mercredis ; pour la troisième chambre, les mardis, mercredis et jeudis. Le greffe est ouvert tous les jours de deux à quatre heures.

Cour de Cassation, au Palais de Justice. Les audiences ont lieu, pour la chambre des requêtes, les mardis, mercredis et jeudis ; pour la chambre civile, les lundis, mardis et mercredis ; pour la chambre criminelle, les jeudis, vendredis et samedis ; pour les chambres réunies, les jours indiqués sont ordinairement les samedis.

Cour royale, au Palais-de-Justice, de laquelle ressortissent les départemens de l'Aube, d'Eure-et-Loir, de la Marne, de Seine-et-Marne, de Seine-et-Oise, de l'Yonne. Les jours d'audience sont, pour la première chambre civile, les lundis, mardis et samedis à 9 heures; les vendredis à midi; pour la deuxième chambre, les lundis et mardis à midi, les mercredis et jeudis à 9 heures; pour la troisième chambre, les mercredis et jeudis à midi, les vendredis et samedis à 9 heures; pour la chambre de mise en accusation, les mardis et vendredis à 9 heures; pour la chambre des appels de police correctionnelle, il y a une session par mois à jours indiqués.

Tribunal de première instance, au Palais-de-Justice. Les audiences ont lieu tous les jours, les dimanches et lundis exceptés, pour les affaires civiles; première chambre, à 9 heures et demie; deuxième chambre, à 10 heures; troisième chambre, à 10 heures et demie; quatrième chambre, à 11 heures. —Causes sommaires, cinquième chambre, à 10 heures.—Police correctionnelle, sixième chambre, à 10 heures; septième chambre, à 11 heures.—Ventes sur saisies immobilières, première chambre, les jeudis, après l'audience; audiences des criées, les mercredis et samedis à midi; référés, les mardis, mercredis, vendredis et samedis, à une heure.

Tribunal de commerce, à la Bourse. Audiences les mardis, jeudis et vendredis, à 10 heures, pour appel des causes et affaires sommaires; les lundis et mercredis, à midi, pour les causes du grand rôle et les plaidoiries.

Tribunal de police municipale, au Palais, présidé par un juge de paix. Les fonctions du ministère public y sont remplies par un commissaire de police. Connaît des contraventions de police qui peuvent donner lieu au plus à une amende de 15 francs ou 5 jours de prison.

PRISONS.

Comme toutes celles du royaume, elles ont reçu de nombreuses améliorations depuis 50 ans et surtout depuis 1830 ; les bâtimens en sont mieux distribués et des réglemens sévères forcent les prisonniers à se tenir proprement. Pour tout dire en un mot, le régime des prisons participe beaucoup actuellement de celui qu'on a si heureusement introduit dans les hôpitaux

Les principales maisons de détention sont :

1° La prison *pour dettes*, près la barrière de Clichy. Les détenus, au nombre d'environ 200, jouissent dans l'intérieur de son enceinte d'une liberté presque sans limites ; ils peuvent manger, boire, dormir, jouer, recevoir leurs amis sans aucun obstacle.

L'incarcérateur doit payer 30 francs par mois ; faute de ce faire le détenu est mis en liberté.

2° La *Force*, rue du roi de Sicile, est affectée aux voleurs et autres malfaiteurs distribués en plusieurs catégories.

3° *Saint-Lazare*, faubourg Saint-Denis, n° 117, divisée en plusieurs quartiers. On y enferme des femmes qui attendent leur jugement ; des filles publiques, toujours au nombre de 6 à 700 ; des détenues pour dettes.

4° Prison *de la Roquette*, séparée en deux sections par une rue ; dans celle de droite on enferme les condamnés à mort, aux travaux forcés ; il serait très difficile de s'évader de cette prison, tant elle est habilement construite.

Vis-à-vis est celle des *jeunes détenus* : c'est un polygone régulier avec des tours aux angles ; les détenus y sont classés suivant leur âge, leur moralité; ils ne communiquent ensemble que dans les ateliers.

5° Prison de l'*Abbaye*, rue Sainte-Marguerite,

15.

sert de maison d'arrêt pour crimes ou délits commis par des militaires.

6° *Sainte-Pélagie* , rue de la Clé ; elle reçoit les condamnés à moins d'un an, ceux qui sont exposés à faire de longues préventions, et des condamnés pour délits politiques , d'où résultent plusieurs divisions.

Les lois qui concernent les prisons étant sur le point d'être changées ou modifiées, nous n'en dirons pas davantage pour le moment sur ces tristes établissemens.

RENSEIGNEMENS DIVERS.

FAMILLE ROYALE.

LOUIS-PHILIPPE Ier, né à Paris, le 6 octobre 1773, roi des Français le 9 août 1830; marié le 25 novembre 1809, à MARIE - AMÉLIE, née le 26 avril 1782, fille de Ferdinand Ier, roi des Deux-Siciles.

FILS ET FILLES DU ROI.

HÉLÈNE-LOUISE-ÉLISABETH, née le 24 janvier 1814, fille de feu Frédéric-Louis, prince héréditaire de Mecklenbourg-Schwérin, et de feu Caroline-Louise de Saxe-Weymar, mariée le 30 mai 1837; veuve le 13 juillet 1842, de Ferdinand-Philippe-Louis-Charles-Henri d'Orléans, duc d'Orléans, prince royal.

DE CE MARIAGE:

LOUIS - PHILIPPE - ALBERT D'ORLÉANS, comte de Paris, né à Paris, le 24 août 1838.

ROBERT - PHILIPPE - LOUIS - EUGÈNE-FERDINAND D'ORLÉANS, duc de Chartres, né à Paris, le 9 novembre 1840.

LOUIS - CHARLES - PHILIPPE - RAPHAEL D'ORLÉANS, duc de Nemours, né à Paris, le 25 octobre 1814, marié le 27 avril 1840, à VICTOIRE - ANTOINETTE-AUGUSTE, princesse de Saxe-Cobourg-Gotha, née à Vienne, le 16 février 1822.

DE CE MARIAGE.

LOUIS PHILIPPE-MARIE-FER- DINAND-GASTON D'ORLÉANS, comte d'Eu, né à Neuilly, le 29 avril 1842.

FRANÇOIS - FERDINAND - PHILIPPE-LOUIS-MARIE D'ORLÉANS, prince de Joinville, né à Neuilly, le 14 août 1818, marié le 1er mai 1843, à FRANÇOISE-CAROLINE-JEANNE CHARLOTTE - LÉOPOLDINE - ROMAINE-XAVIÈRE-DE-PAULE-MICHELLE - GABRIELLE - RAPHAELLE-GONZAGUE, princesse du Brésil, né à Rio-de-Janeiro, le 2 août 1824.

HENRI - EUGÈNE - PHILIPPE - LOUIS D'ORLÉANS, duc d'Aumale, né à Paris, le 16 janvier 1822.

ANTOINE - MARIE - PHILIPPE-LOUIS D'ORLÉANS duc de Montpensier, né à Neuilly le 31 juillet 1824.

LOUISE - MARIE - THÉRÈSE - CHARLOTTE-ISABELLE, princesse d'Orléans, née à Palerme, le 3 avril 1812, reine des Belges.

MARIE - CLÉMENTINE - CAROLINE-LÉOPOLDINE -CLOTILDE, princesse d'Orléans, née à Neuilly, le 3 juin 1817, duchesse de Saxe-Cobourg-Gotha.

SOEUR DU ROI.

EUGÉNIE-ADÉLAÏDE -LOUISE, princesse d'Orléans, née le 23 août 1777.

CORPS DIPLOMATIQUE ÉTRANGER.

Résidant près le Roi,

AUTRICHE, r. Grenelle-St-Germain, 121. S. Ex. M. le comte Antoine d'Appony.

BADE, r. Lepelletier, 2. S. Ex. M. le baron d'Andlaw Birseck, ministre résident.

BAVIÈRE, place Vendôme, 19. S. Ex. M. le comte de Luxbourg, envoyé extraordinaire et ministre plénipotentiaire.

BELGIQUE, r. d'Angoulème-St-Honoré, 2. S. Ex. M. le prince de Ligne. — Conseiller de légation : Rogier (F.), O. ✳.

BRÉSIL, r. Neuve-des-Capucines, 11. M. le chevalier d'Araujo-Ribeiro, envoyé extraordinaire et ministre plénipotentiaire.

CHILI, r. Basse-du-Rempart, 26. Chargé d'affaires : Rosalès.

CONFÉDÉRATION-ARGENTINE, r. Provence, 41. Manuel de Sarratea, ministre plénipotentiaire extraordinaire.

DANEMARK, r. Faub.-St-Honoré, 55. S. Ex. M. le chev. de Koss, envoyé extraordinaire et ministre plénipotentiaire.

DEUX-SICILES, r. Faub.-St-Honoré, 90. S. Ex. M. le duc de Serra-Capriola, ambassadeur extraordinaire.

ESPAGNE, r. Blanche, 15. Olozaga, envoyé extraordinaire.

ETATS ROMAINS, r. St-Guillaume, 20. Fornari (Mgr). nonce du Saint-Siège.

ETATS-UNIS D'AMÉRIQUE, r. Lavoisier, 19. Envoyé extraordinaire et ministre plénipotentiaire, N....

GRANDE-BRETAGNE ET IRLANDE, r. du Faub.-St-Honoré, 39. S. Ex. lord Cowley, ambassadeur extraordinaire et ministre plénipotentiaire. — Louis Goldsmith, *notaire du gouvernement britannique,* chargé de délivrer aux créanciers français qui se

trouvent compromis par faillites anglaises, les cer-
tificats de leurs déclarations de créances, qu'ils sont
obligés d'affirmer sous serment devant le consul
britannique, sous peine d'être exclus du passif du
failli.

GRÈCE, r. d'Anjou-St-Honoré, 26. S. Ex. M. J.,
envoyé extraordinaire et ministre plénipotentiaire.

HANOVRE, r. Monthabor, 11. M. le baron de
Stockhausen, ministre résident.

HESSE ÉLECTORALE, r. Neuve-des-Mathurins, 108,
M. le baron de Schachten, chargé d'affaires.

HESSE (GRAND-DUCHÉ DE), r. Ferme-des-Mathu-
rins, 36. Drachenfels (Baron, ✳, ministre résident,
chargé d'affaires.

LUCQUES, r. St-Dominique-St-Germain, 69. S.
Ex. M. le marquis de Brignolle-Sale, chargé d'affaires.

MECKLENBOURG-SCHWÉRIN, r. du Faub.-St-Hono-
ré, 35. S. Ex. M. de Oerthling.

MECKLENBOURG-STRÉLITZ, etc., r. Caumartin, 7.
M. Weyland, chargé d'affaires.

NASSAU, r. de Surène, 22. Fagel (baron de), chargé d'affaires.

PARME, r. St-Dominique-St-Germain, 121. S.Ex.
le comte d'Appony, ambassadeur d'Autriche, chargé d'affaires.

PAYS-BAS, r. de Surène, 22. S. Ex. M. le général baron Fagel, envoyé extraordinaire et ministre
plénipotentiaire.

PORTUGAL, r. Saint-Lazare, 34. S. Ex. M. le vicomte de Carréria, envoyé extraordinaire et ministre plénipotentiaire.

PRUSSE, r. de Lille, 86. M. le baron d'Arnim, envoyé extraordinaire et ministre plénipotentiaire.

RUSSIE, place Vendôme, 12. S. Ex. M. le comte
Pahlen, ambassadeur.

SARDAIGNE, r. St-Dominique, 69. S. Ex. M. le
marquis Brignole-Sale, ambassadeur.

SAXE, r. de la Pépinière, 21. S. Ex. M. le baron

de Kœnneritz, envoyé extraordinaire et ministre plénipotentiaire.

SAXE-WEYMAR, r. Caumartin, 7. M. Weyland, ministre résident.

SUÈDE ET NORWÉGE, r. d'Anjou-St-Honoré, 58. S. Ex. M. le comte de Lœvenhielm (G.), envoyé extraordinaire et ministre plénipotentiaire.

SUISSE, r. Tivoli, 3. M. de Tschann (G.), chargé d'affaires.

TEXAS, place Vendôme, 1. Ashbel-Smith, chargé d'affaires.

TOSCANE, cité d'Antin, 11. M. Perruzzi, ministre résident.

TURQUIE, r. des Champs-Elysées, 1. Nafi-Effendi.

URUGUAY, boul. des Capucines, 7. Jose Ellauri, envoyé extraordinaire et ministre plénipotentiaire.

VILLES LIBRES ET ANSÉATIQUES DE HAMBOURG, BRÊME, LUBECK ET VILLE L'BRE DE FRANCFORT, r. Trudon, 6. Rumpff, ministre résident.

WURTEMBERG, r. de Lille, 73. S. Ex. M. le général de Fleischmann, envoyé extraordinaire et ministre plénipotentiaire.

Introducteur des ambassadeurs.

M. le comte V. de St-Mauris, O. ✳ , r. de Surêne, 7.

CONSULS ÉTRANGERS A PARIS.

AUTRICHE, M. le baron de Rotschild, r. Laffitte, n° 15.

BRÉSIL, M. Maciel da Rocha, r. Castellane, 10.

DANEMARK, M. Delong, r. de Trévise, 3.

EQUATEUR, M. Veyret, r. du Gros-Chenet, 8.

ETATS-UNIS D'AMÉRIQUE, M. Draper, r. Hauteville, 30.

GRANDE-BRETAGNE, M. Pickford, faubourg St-Honoré, 39.

GRÈCE, M. d'Eichtal, r. Lepelletier, 14.

PAYS-BAS, M. W....

PORTUGAL, M.Daupias, baron d'Alcochète, r. Nve-des-Mathurins, 69.

Russie, M. de Spie, place Vendôme, 12.

SAXE, M. Albrecht, place Vendôme, 6.

SUÈDE ET NORWÉGE, M. Pagny, r. Laffitte, 21.

TEXAS, M. Brunet (P.), r. Hauteville, 21.

LOGES DE FRANCS-MAÇONS.

Le Grand Orient de France, r. du Four St-Germain.

Diverses loges se réunissent rue de Grenelle St-Honoré, 45, et au Prado, place du Palais-de-Justice.

On compte, à Paris, environ 80 loges, parmi lesquelles on distingue surtout les suivantes :

Les Amis bienfaisans, séance 2e vendredi du mois; les Amis de la Vérité, 1er et 5e vendredis ; les Amis de l'Ordre, 1er mercredi; les Trinosophes, les 1er et 5e vendredis ; l'Athénée des étrangers, 2e jeudi : les Amis de la Patrie, le 5e mercredi ; les Sept Ecossais, le 2e jeudi.

Quartiers, Populat., Mairies, Justices de paix

ARR.	QUARTIERS.	POPULATION.		MAIRIES, etc.	JUST. DE PAIX, JUGES
1er	Tuileries....	12.537	\	R. d'Anj.-St-H., 9.	R. d'Anj.-St-H., 9.
	Champs-Ély.	16,604	82,758	E. Cottenet, maire	De Forcade la Roq.
	Roule......	28,088		Marbeau, 1er adj.	Texier, 1er suppl.
	Pl. Vendôme	24,629	/	Muron, 2e adjoint.	Papillon, 2 suppl.
2e	Ch.-d'Antin..	21,825	\	R. Pinon, 2.	R. Pinon, 2.
	Palais Royal.	23,231	90,292	Torras, maire.	Lerat de Magnitot.
	Feydeau....	19,341		No'leval, 1er adj.	Mitouflet de Mong.
	F.-Montmar	25.895	/	Halphen, 2e adj.	Blot, 2e suppléant
3e	F.-Poissonn..	2 .742	\	Pl. des Petits-Pères	R. de l'Echiquier.
	Montmartre.	12,615	67,059	Decau, maire.	Delahaye, juge.
	S.-Eustache.	11,195		Mignotte, 1er ad	Drouin, 1er supp.
	Mail.......	12,506	/	Prevost Rousseau.	Labroust, 2e supp.
4e	Saint-Honoré	12,962	\	Pl. Ch.-du-Guet, 4.	Pl. du Ch.-du-Guet.
	Louvre....	12,275	50,123	Chambry, maire.	Ancelle, juge.
	Marchés. ...	11,354		Dupérier, 1er adj.	Decagny, 1er sup.
	B. de France.	13,532	/	Marion aine, 2e adj	Maldan, 2e suppl.
5e	Bonne-Nouv.	14,836	\	R. de Bondy, 20.	R. de Bondy, 20.
	F.-St-Denis.	21,426	82,234	Griolet, maire.	N....., juge.
	Porte-S.-Den.	28,093		Vée, 1er adjoint.	Guillebout, 1er su.
	Montorgueil.	17,879	/	Soccard-Magnier.	Rouget, 2e suppl.
6e	Temple.....	27.861	\	Rue Vendôme, 11.	R. Vendôme, 11.
	Lombards...	16,783	94,108	Cotelle, dép., mai.	Béranger, juge.
	Porte-St-Den	19,578		Robilliard, 1er ad.	Th. Regnault, 1e su
	St-M-des-Ch.	29,886	/	Grondard, 2e adj.	Dur.-Claye, 2e su
7e	Arcis.	12,495	\	R. Se-C.-de-la-Bret.	R. Ste.-C.-Br.. 20.
	Saint-Avoye.	20,869	68,407	Moreau, dép., mai.	Troulebert, juge.
	Mont-de-Piét	17.701		Levillain, 1er adj.	Froidure, 1er sup.
	Mar. St-Jean	17.342	/	Mansais, 2e adj.	Lachaize, 2e sup.
8e	Quin.-Vingts	22,673	\	Pl. Royale, 14.	Place Roya'e, 14
	Popincourt..	19,956	82,094	Bayvet, maire.	Perier, juge.
	F.-S-Antoine	16,807		H. Nast, 1er adj.	Gallois, 1er suppl.
	Marais.	22,658	/	E.-L. Moreau, 2e a.	Vivien, 2e suppl.
9e	Cité.	36.860	\	R. Geoff.-Las..., 25.	R. Geoffr.-Las. 25.
	Arsenal.	13,487	71,750	A.-R. Loquet, n:.	Marchand, juge.
	Ile-St-Louis.	6,568		Morel Darl., 1er a	Dellac, 1er suppl.
	Hôt.-de-Ville	14,835	/	Martinon, 2e adj.	Chauvelot, 2e sup.
10e	Invalides....	20,428	\	R. de Gr.-St-Ger., 7	R. Gren.-S.-G., 7.
	Monnaie....	24,121	89,173	Bessas Lamégie, m.	Louvet, juge.
	St-Th..d'Aq.	26,224		Thierriet, 1er adj.	Duchesne, 1er sup.
	F.-St-Germ.	18,400	/	Tourin, 2e adj.	Jansse, 2e suppl.
11e	Luxembourg	24,157	\	R. Garancière, 20.	R. Garancière, 10
	Ec. de Médec.	17,259	58,767	Démonts, maire.	Rouillon, juge.
	Sorbonne.	14,069		Vaillant, 1er adj.	Duvergier, 1er sup.
	Palais de Jus.	3.282	/	Desgranges, 2e ad.	Moulin, 2e suppl.
12e	St-Jacques..	25,622	\	R. St Jacques, 262.	R. S. Jacques, 161.
	Observatoire	19,264	82,361	A. de Lanneau, m.	Pinart fils, juge.
	Jard.-du-Roi.	20.456		Boissel, 1er adj.	Estienne, 1er sup.
	St-Marcel...	19,019	/	Bontemps, 2e adj.	Bruzard, 2e suppl

Comm. de police, Pap. timbré, par Quartiers.

COMMISSAIRES DE POLICE.	BUREAU DE PAPIER TIMBRÉ.
Tronçard, Imp. du Doyenné, 6	Pierrard, — Loysel, r. St-Honoré, 365.
Tulasne, r. de Ponthieu, 5.	
Bruxelin, grande rue Verte, 10.	Deschamps, passage Sandrié, 6.
Volff, r. Godot-Mauroy, 16.	Naudet, r. Duras, 3.
Vassal, r. d'Argenteuil, 43.	D'Autefort, r. des Moineaux, 14.
Deroste, r. Grammont, 9.	Marcotte-Forceville, Mar.-S.-H., 28
Basset., faub. Montmartre, 67.	Maison, r. Papillon, 4.
You, r. Papillon, 7,	Gromier, r. Chabannais, 15.
Fresne, r St Pierre-Mont., 11.	Corneille, r, Mandar, 9.
Adam, r. d'Enghein, 18.	Lecourt-Cautilly, r. Montmar., 130
Quoinat, r. Montmartre, 144.	Giraud, r. Montmartre, 61.
Petit, r. du Jour, 31.	Molin, r. d'Enghein, 35.
Moulion, r. des Bons-Enfants, 2.	Demarènes, r. F.-S.-Germ.-l'Aux., 8
Devoud, pl. du Louvre, 10.	Soret Dulac, r. Thibotaudé, 9
D'Agnesse Giro, r. Béthizy, 21.	Quillot, r. Coquillière, 31.
Lenoir, à la halle aux draps.	Trolley, pl. du Chevalier-du-Guet,
Yver, r. Beaurepaire. 3.	Delavillenière, r. de Bondy, 24.
Laumond, r. Ste-Barbe. 11.	Delahaitré, r. de la Lune, 87.
Baxille Frégeac, F.-S.-Martin, 151.	Bonlieu, r. du Caire. 28.
Gabet, r. des Marais, 36.	Darras, faub. St-Martin, 91.
Moulnier, r. des F.-du-Temple, 20.	Cibot, r. Tracy, 6.
Haymonet, r. N.-S.-Denis, 21.	Lamire, quai Jemmapes. 104.
Barlet, r. des Fontaines, 9.	Rousselot, r. N.-St-Martin, 34.
Gronfier-Chailly, r. des Ecrivains, 22	Chapuzet, r. St-Denis, 178.
Lalmand, r. de la Tixeranderie, 13.	
Dourlens, r. du Cloître S.-Merri, 6.	Gupasquier, r. du Roi-de-Sicile, 32.
Gille, r. du Grand-Chantier, 7.	Letournelle, r. Geoffroy-Langevin, 4
Loyeux, r. Pavée. 24, au Marais.	
Gronfier jeune, r. Harlay, 4.	Livaud, r. Culture-Ste-Catherine, 12
Monnier, r. Amelot, 50.	Rebard, boul. Bourdon, 2.
Boulley, r. Charonne, 35.	Vernay, r. de Charenton, 47.
Dussard, r. Beauveau-St-Antoine, 5.	
Bruncamp, r. des Lions-S.-Paul, 9.	Voidel, r. du Figuier, 2
Lapie-Delafage, r. de l'Hôt-de-Ville.	Morand, r. du clos.-Notre-Dame, 20
Bérillon, quai Bourbon, 17.	Perrot, quai d'Aujou, 21.
Retourné, quai Napoléon, 7.	Leroux, r. du Pont-Louis-Phil., 18
Cabuchet, r. des Petits-Augustins.	Costes, r. de l'Université, 5.
Elouin, r. de Lille, 43.	Baurey, r. Bourgogne, 23, bis.
Lemoine Tachera, r. Plumet, 5.	Aubry, r. Furstemberg, 9.
Noël, r. S.-Dominique, 22.	Pasquet, r. de Sèvres, 105.
Prunier-Quatremère, r. Mézières, 3.	Tupigny, r. des Grands-Augustins, 25
Foudras, r. de l'Eperon, 10.	Coustille, r. St.-Andre-des-Arts, 51.
Wautby, r. Sorbonne, 4.	Moubinne, r. des Grès, 20.
Jenesson, cour Harlay, 22.	Chevalier, Pot-de-Fer-St-Sulpice, 14
Jacquemin, r. des Carmes, 7.	
Blavier, r. St-Jacques, 356.	Auger, r. des Boulangers, 34.
Bouilhon, r. de Poutoise, 12.	Rigaut, r. St-Jacques, 59.
Henchard, r. du Marché-aux-C., 16.	

MINISTÈRES.

Les Ministres donnent des audiences particulières toutes les fois qu'on en fait la demande par écrit, en indiquant l'objet dont on veut les entretenir.

DE LA JUSTICE, place Vendôme.

Le public n'est pas admis dans les bureaux; il est reçu par le secrétaire-général les lundis et vendredis de 8 à 9 heures du matin, et par les chefs de division, rue Neuve du Luxembourg n. 22, le vendredi, depuis 2 h. jusqu'à 4. Le bureau des légalisations est ouvert tous les jours de midi à 2 heures, excepté les dimanches et fêtes. Le secrétaire-général reçoit tous les jours, excepté le mardi, de 11 à 1 heure.

DES AFFAIRES ETRANGÈRES, boulevart des Capucines.

Le bureau des passeports et légalisations, qui est le seul ouvert au public, est chargé, outre les passeports et légalisations, de l'état civil, des significations à l'étranger, etc. On peut s'y présenter tous les jours, depuis 11 h. du matin jusqu'à 4 du soir, les dimanches et les fêtes exceptés.

DE LA GUERRE, r. St-Dominique, 82.

Le public est admis tous les mercredis et vendredis, de 2 à 5 heures, à la section de l'enregistrement et des renseignemens.

DE LA MARINE, rue Royale.

Les bureaux sont ouverts au public le jeudi de 2 à 4 heures.

DE L'INTÉRIEUR, rue de Grenelle, 101; les bureaux, 101, 124, 126.

Le ministre, le sous-secrétaire d'état et le secrétaire général donnent des audiences particulières, lorsqu'on en fait la demande par écrit, en indiquant l'objet dont on désire les entretenir. Les chefs de division reçoivent le public les jeudis, de 2 à 4 heures.

DES FINANCES, rue de Rivoli, 48.

Le bureau des renseignemens et le bureau des archives et l'ancienne liquidation sont ouverts au public tous les jours, de 2 à 4 heures, excepté les dimanches et fêtes.

DE L'INSTRUCTION PUBLIQUE, rue de Gren.-St-Germain, 116.

DE L'AGRICULTURE ET DU COMMERCE, rue de Varennes, 26.

Le secrétaire-général reçoit de 10 h. à midi; les chefs de divisions reçoivent le public les lundis et jeudis, de 2 à 4 heures. Les bureaux, rue de Grenelle, 103 et 122.

DES TRAVAUX PUBLICS, r. des Sts-Pères, 24.

Le sous-secrétaire d'état donne des audiences sur demandes spéciales. Les bureaux sont ouverts au public les mardis et vendredis, de 2 à 4 heures.

BANQUE DE FRANCE.

RUE DE LA VRILLÈRE.

La Banque de France a, par les lois des 24 germinal an 11 (14 avril 1803) et 22 avril 1806, le privilége d'émettre seule des billets payables au porteur et à vue. Elle a ce privilége pour quarante ans, à compter du 1er vendémiaire an 12 (23 septembre 1803). Ce privilége a été renouvelé.

Les opérations de la Banque consistent :

1° A escompter des lettres-de-change et billets à ordre, dont les échéances ne peuvent excéder trois mois, timbrés et garantis par trois signatures. Elle admet néanmoins à l'escompte des effets garantis par deux signatures seulement, avec un transfert d'actions de banque ou de rentes sur l'état, ou d'effets publics dont le gouvernement est débiteur.

2° A faire des avances sur les effets publics à échéances déterminées.

3° A faire des avances sur des effets publics à échéances non déterminées. (Rentes 3, 4, 4 1/2 et 5 p. 100.)

4° A faire des avances sur des lingots ou monnaies étrangères d'or et d'argent, moyennant l'intérêt de 1 p. 100 l'an. Le temps fixé pour les dépôts est de 45 jours. La banque n'admet pas de dépôt au-dessous de dix mille fr.

5° A tenir une caisse de dépôts volontaires pour titres, effets publics nationaux et étrangers, obligations, lingots, monnaies d'or ou d'argent, diamants, moyennant un droit de garde sur la valeur du dépôt d'un huitième d'un pour 100 pour chaque période de 6 mois et au-dessous.

6° A se charger du recouvrement des effets sur Paris.

7° A recevoir en compte courant les sommes qui lui sont versées, et à payer les dispositions faites sur elle et les engagements pris à son domicile, jusqu'à la concurrence des sommes encaissées. Elle fournit aux personnes qui le désirent des récépissés nominatifs de toutes sommes payables à vue, mais sur l'acquit de ces personnes seulement.

Les jours d'escompte sont les lundi, mercredi et vendredi de chaque semaine.

Le taux de l'escompte est déterminé par le conseil général. Il est en ce moment de 4 p. 100 l'an.

Pour être admis à l'escompte et avoir un compte à la Banque, il faut en faire la demande par écrit à M. le Gouverneur, et l'accompagner d'un certificat signé du demandeur et de trois personnes connues, qui certifient sa signature et qu'il fait honneur à ses engagements. Les faillis non réhabilités ne peuvent être admis à l'escompte.

La Banque ne peut admettre d'oppositions sur les sommes qu'elle a en compte courant. Ceux qui font des dispositions sur la Banque sans lui avoir fait les fonds pour les échéances, peuvent être privés de leur compte courant par le conseil général. On peut céder l'usufruit des actions de la Banque. Nonobstant la cession de l'usufruit, on peut disposer de la nue propriété.

Les actions de la Banque peuvent être immobilisées par la simple déclaration du propriétaire : dès lors, elles sont à l'instar des immeubles de toute nature ; elles sont sujettes aux mêmes lois. D'après la loi du 17 mai 1834, elles peuvent être rémobilisées ; elles ont les mêmes prérogatives.

BOURSE DE PARIS.

La Bourse est ouverte depuis 2 h. jusqu'à 5, tous les jours, excepté ceux fériés, à tous les citoyens jouissant de leurs droits politiques, et aux étrangers ; mais le parquet est interdit à tout autre qu'aux agents de change. A la fin de chaque séance de la Bourse, les agents de change se réunissent dans leur cabinet, 1° pour vérifier les cotes des effets publics ; 2° pour en faire arrêter le cours par le syndic et un adjoint, ou par deux adjoints, en cas d'absence du syndic ; 3° pour faire constater dans la même forme le cours du change. Les courtiers de commerce se réunissent pour la vérification des cotes des marchandises et matières premières ou métalliques, et pour en faire constater le cours par leur syndic et un adjoint, ou par deux adjoints, en cas d'absence du syndic.

Le commissaire de la Bourse porte sur un registre le cours arrêté par les agents de change et les courtiers de commerce, chacun pour ce qui le concerne.

TRIBUNAL DE COMMERCE.

(PALAIS DE LA BOURSE).

Audiences : mardis, jeudis et vendredis, à 10 h., pour l'appel des causes et affaires sommaires ; mercredis à 10 heures et une heure, pour les causes de grand rôle et plaidoiries.
Président : M. CAREZ, rue Monthabor, 9.

DIRECTION GÉNÉRALE DES POSTES.
RUE J.-J. ROUSSEAU.

Le départ de Paris, pour tous les bureaux et l'arrivée de ces mêmes bureaux à Paris, sont journaliers.

Le bureau des affranchissements et chargements pour les départements et l'étranger est ouvert depuis 9 h. du matin jusqu'à 4 h. du soir ; le dimanche, il se ferme à 2 heures.

Les lettres qui y sont affranchies jusqu'à 2 h. pour l'étranger, et jusqu'à 4 pour les départements, partent le jour même.

N.B. On ne reçoit point d'or ni d'argent dans les lettres. Il y a un bureau des envois d'argent dans lequel on reçoit les pièces d'or et d'argent, en payant 5 centimes par franc de leur valeur ;

ce bureau est ouvert tous les jours, les dimanches exceptés, de 9 h. du matin à 5 h. du soir. L'administration ne répond que des envois faits de cette manière.

N. B. Les dimanches, fêtes, etc., jours où la Bourse est fermée, ainsi que les ministères et administrations, les lettres sont levées de la boîte de l'hôtel des Postes à 2 h. précises au lieu de 5. Les affranchissements et chargements ne sont reçus que jusqu'à midi pour l'étranger, et jusqu'à 2 h. pour les départements. Le bureau des feuilles périodiques est fermé à midi.

La Direction rappelle au public qu'une ordonnance l'autorise, pour les lettres adressées des départements à destination de Paris, et qui ont une certaine importance, à les recommander, sans pour cela en augmenter la taxe ordinaire, et que la trace de ces lettres peut être suivie, par des précautions particulières prises à cet effet, depuis leur entrée jusqu'à la remise qui n'en est faite que sur récépissé.

SERVICE DE PARIS.

Tableau des heures de Levée aux boîtes et des distributions.

HEURES DES LEVÉES.		H^{res} DE DISTRIBUT.	
1re { à 7 h. 1/2 aux boîtes.	à 8 h. aux bureaux	7 heur.	p^r les lettr. de Paris.
2e. { à 10 h. sux boîtes.	à 10 h. 1/2 aux bur.	9 h. 1/2	
3e. { à midi aux boîtes	à midi 1/2 aux bur.	à midi.	p^r les lettr. de Paris, des départem^{ts} et de l'étranger.
4e. { à 2 h. aux boîtes	à 2 h. 1/2 aux bur	2 heur.	
5e. { à 3 h. 1/2 aux boîtes. . . . . à 4 h. aux bureaux . . . . à 5 h. à l'hôt. des Postes et à la Bourse		4 heur.	
6e. { à 4 h. 1/2 aux boîtes.	à 5 h. aux bureaux.	6 heur.	p. les lett. de Paris.
7e. { à 8 h. aux boîtes.	à 8 h. 1/2 aux bur.		

Les lettres provenant de la 7me levée sont mises en réserve pour la première distribution du lendemain à 7 h. du matin.

SITUATION DES BUREAUX D'ARRONDISSEMENT.

Bureau A r. St-Honoré, 12.
Bureau B boulevart Beaumarchais, 29.
Bureau C r. du Grand-Chantier, 5.
Bureau D r. de l'Echiquier, 23.
Bureau E r. Desèze, 24.
Bureau F r. de Beaune, 2.

Bureau G   r. St-André-des-Arts, 61.
Bureau H   r. des Fossés-Saint-Victor, 35.
Bureau J   Place de la Bourse, 4.

BUREAUX PRÈS DES AUTORITÉS.

Maison du Roi place, du Palais-Royal.
Chambre des Pairs, rue de Vaugirard, 19.
Chambre des Députés, au Palais-Bourbon.
A l'Hôtel-de-Ville.

PAYS OU L'AFFRANCHISSEMENT EST LIBRE JUSQU'A DESTINATION.

États - Romains, Angleterre, Bâde, Bavière, Belgique, Danemarck, Hanôvre, Hollande, Hesse, Naples, Prusse, Sardaigne, Saxe, Suisse, Toscane, Wurtemberg.

PAYS ÉTRANGERS OU L'AFFRANCHISSEMENT EST FORCÉ JUSQU'A LA FRONTIÈRE OU AU PORT D'EMBARQUEMENT.

Autriche, Bengale, Brésil, Chine, Espagne, États-Unis d'Amérique, Haïti, Lombardo-Vénitien (royaume), Mexique, Norwége, Pérou, Portugal, Russie, Sicile (deux), Suède, Varsovie.

NOTA. Pour partir le jour même dans les départements et à l'étranger, une lettre peut être mise, les jours ordinaires, dans les boîtes de quartier, jusqu'à 3 h.; aux boîtes d'arrondissement jusqu'à 4 h.; au bureau de l'Hôtel-de-Ville jusqu'à 4 h. 1/2; à l'hôtel des Postes, à la Bourse, et aux bureaux près les autorités, jusqu'à 5 h. — Les jours fériés, 2 h. plutôt.

MALLES-POSTES.

Il part tous les jours de Paris 15 malles pour les destinations suivantes :
Calais, Lille, Valenciennes, Sedan, Forbach, Strasbourg, Besançon, Lyon, Marseille, Toulouse, Bordeaux, Nantes, Brest, Caen, Rouen et le Hâvre.
11 autres malles partent tous les jours :
5 de Bordeaux à Bayonne, à Toulouse et à Nantes. 2 de Lyon à Avignon et à Strasbourg. 1 de Moulins à Montpellier. 2 de Toulouse à Bayonne et à Marseille, et 1 de Troyes à Mulhausen. 1 de Limoges à Pau. 1 de Nantes à Rouen.

POSTE AUX CHEVAUX,
RUE PIGALE.

Aucun maître de poste ne peut donner des chevaux à un voyageur, si celui n'exhibe son passeport.
Le tarif de la poste aux chevaux est ainsi réglé par ordonnance du 1er mars 1829:
1° Cabriolets ou chaises. Une ou deux personnes, 2 chevaux à 1 f. 50 c., 3 f.; trois personnes, 3 chevaux à 1 f.50 c., 4 f. 50 c. —Petites calèches à un seul fond et à un timon : une ou deux

personnes, 2 chevaux à 1 f. 50 c., 3 f. ; s'il se trouve une troisième personne, il sera payé 1 f. par poste en sus du prix des chevaux ; s'il se trouve plus de trois personnes, la calèche est considérée comme berline.

2° Limonières, voitures fermées et coupés, et calèches à brancard : une, deux et trois personnes, 3 chevaux à 1 f. 50 c., 4 f. 50 c. ; il sera payé 1 fr. par poste en sus par chaque personne excédant le nombre de trois.

3° Berlines, voitures fermées ou autres à deux fonds égaux, et calèches à deux fonds et à timon : une, deux, trois et quatre personnes, 4 chevaux à 1 f. 50 c., 6 f. ; s'il y a une cinquième personne, il sera payé 1 f. par poste en sus. Les mêmes voitures à six personnes, 6 chevaux à 1 f. 50 c. par cheval et 2 postillons. Il sera payé 1 fr. par poste en sus pour chaque personne excédant le nombre de six.

COCHES.

H^e-SEINE, YONNE ET CANAL DE BOURGOGNE, Port St-Bernard ;

Départ de Paris, du 1er octob. au 31 mars, à 8 h. du matin. et du 1er avril au 30 septembre, à 7 h. du matin.

M. Michel de Rotrou et Ce, propriétaires, r. Bretonvilliers, 1 île St-Louis.

Cette entreprise se charge du transport des voyageurs et des marchandises. Des voitures correspondent, à Auxerre, avec l'arrivée des coches pour la route de Lyon.

Elle se charge aussi des expéditions pour tout le midi, le Havre, la Franche-Comté, la Suisse et l'Alsace, par le canal de Bourgogne.

Les voyageurs peuvent se rendre directement au port St Bernard, lieu de départ.

Le coche de Nogent part de Paris le dimanche, arrive le lundi à 3 h. du soir ; part le mercredi de Nogent, et arrive à Paris le jeudi à 2 h. après-midi.

Le coche d'Auxerre part de Paris le mercredi, arrive le samedi soir ; part d'Auxerre le jeudi matin et arrive à Paris le samedi soir.

Le petit coche d'Auxerre part d'Auxerre le lundi matin et arrive à Paris le mercredi soir.

BATEAUX A VAPEUR.

Départs tous les jours de Paris, port de la Grève, à 7 heures précises du matin.

Pour Corbeil, Melun, Fontainebleau, Montereau.

Bateaux-Postes pour Bondy, Pantin, Ville-Parisis, Claye et Meaux. Bureau à Paris, r. du Ponceau.

Basse Seine : départs du port St-Nicolas et quai d'Orsay.

Pour St-Cloud, le Pecq, Poissy, Pontoise, l'Ile-Adam, St-Leu, Chantilly, Creil, Pont-Ste-Maxence, Compiègne, Maisons-Laffitte, Meulan, Mantes, Bonnières, Vernon, les Andelys, Elbeuf, Oissel, Rouen,

SERVICES DES CHEMINS

| POINTS | | HEURES DU |
DE DÉPART.	DE DESTINAT.	EN ÉTÉ.
Paris......	Saint-Germain Versailles....	Toutes les heures. { 7 h. matin à 10 h. soir...... 7 h. 1/2 m. à 10 h. soir......
	Corbeil.......	de 7 h. 35 matin à 9 h. 35 soir...............
	Orléans......	7 h. , 8 h. 30, 10 h. , midi. — 5 h. 7 h. soir........
	Rouen.......	7 h. 9 h. midi. — 3 h. 7 h. soir...............
Bordeaux..	La Teste.....	8 h. 1/2 midi. — 5 h. 1/2 soir...............
Montpellier	Cette........	4 h. 1/2 9 h. 1/2 matin. — 4 h. 1/2 soir..........
Nîmes.....	Beaucaire....	6 h. 10 h. matin.—2 h. 7 h. soir...............
	Alais........	8 h. matin. — 1 h. 6 h. soir...............
Alais......	La Gr.'Combe	6 h. 11 h. matin. — 5 h. soir...............
Strasbourg.	Bâle........	6 h. 30. 9 h. 30 midi.—4 h. 30. 7 h. soir..........
Mulhouse..	Thann.......	7 h. 20. 10 h. matin.—4 h. 40. 7 h. 40 soir........
St-Étienne.	Lyon........	7 h. matin. midi. — 4 h. soir...............
	Roanne......	6 h. 45 matin. — 3 h. soir.

DE FER FRANÇAIS.

DÉPART	DURÉE des Tra-jets.	PRIX DES PLACES.			
EN HIVER.		1res.	2es.	3es.	4es.
	h. m.	f. c.	f. c.	fr c.	f. c.
Toutes les heures. { 8 h. 35 mat. à 9 h. 10 du s.	» 30	2 »	1 50	1 25	» »
{ 8 h. 30 mat. à 9 h. du soir.	1 »	2 »	1 50	1 25	» »
8 h. 45 9 h. midi. — 3 h. 4 h. 30. 5 h. 8 h. du s..	2 »	3 »	2 40	1 60	» »
8 h. 30. 10 h. 30 mat — 4 h 30. 7 h. 10 h. 30 s.	4 »	18 »	12 60	9 50	6 35
7 h. 9 h. du mat. midi. — 3 h. 7 h. du soir...	4 »	16 »	13 »	10 »	» »
8 h. 30 matin. midi. — 5 h. 30 soir..........	1 »	5 50	4 25	2 75	» »
6 h. 10 h. 30 matin. — 4 h. soir...........	» 50	2 20	1 25	» »	» »
7 h. 10 h. matin. — 2 h. 6 h. soir...........	1 »	3 »	2 25	1 75	1 25
9 h. matin. — 5 heures soir..............	2 »	5 »	4 »	3 50	2 50
7 h. 11 h. mat. — 5 h. soir..............	» 30	1 »	» 75	» 25	» »
7 h. 30. 11 h. 45 mat — 3 h. 30. 5 h. 45 soir..	5 30	13 95	10 60	7 15	» »
7 h. 30. 11 h. 45 mat. — 3 h. 45. 7 h. 30 s.	1 20	2 20	1 70	1 15	» »
7 h. matin. midi. — 4 h. 10 h. 30 soir......	4 »	6 »	5 »	4 »	» »
6 h. 45 matin. — 3 h. soir..............	4 »	6 50	4 50	5 50	» »

MESSAGERIES, CHEMINS DE FER.

GRANDES MESSAGERIES ROYALES,
Rues Montmartre et N. D. des Victoires.

Cet établissement est chargé des transports pour le gouvernement et les administrations publiques ; il offre au commerce et aux particuliers une centralité de services des messageries sur tous les points du royaume, par ses correspondants dans le Piémont, l'Italie, l'Allemagne, la Suisse, l'Espagne, la Belgique, l'Angleterre, etc.

L'administration s'assemble trois fois par semaine, de midi à 4 heures ; mais il y a toujours à l'hôtel des messageries une personne chargée de recevoir les réclamations du public, et y faire droit.

Cette administration correspond avec tous les pays de l'Europe où il y a des entreprises régulièrement organisées : ainsi, pour Londres et toute la Grande-Bretagne, avec les voitures de M. Horn Oolden Cross, Charing Cross. L'Allemagne et l'Autriche, par Metz et Strasbourg. La Belgique, la Hollande et la Prusse, par Lille, Valenciennes et Mézières. La Suisse et l'Italie, par Bâle, Besançon, Genève et Lyon. L'Espagne, par Perpignan et Bayonne. Toute la France, le Languedoc et le reste du midi de la France. L'administration se charge de toute espèce de marchandises, expédition de finances et objets de valeur, mouvements d'effets, et enfin de tout ce qui peut faciliter le commerce des particuliers entre eux.

Nota. Les changements fréquents qui ont lieu dans les jours de départ nous forcent à ne point en donner le tableau. On s'adressera à ce sujet au secrétariat-général.

MESSAGERIES JUMELLES,
Rue du Bouloy, 7 et 9. — Toulouse et Ce.

Argentan, Bruxelles, Chartres, le Hâvre, Laigle, Laon, Melun, Orléans, Reims, Rouen, etc.

MESSAGERIES LAFFITTE. CAILLARD et Ce,
Rues Saint-Honoré, 150, et de Grenelle.

Cette administration est constituée sur les mêmes principes que les grandes Messageries pour tout ce qui concerne le service et avec les mêmes garanties. S'adresser pour tous renseignements à M. Méry, à l'administration.

MESSAGERIES TOUCHARD,
Faubourg-Saint-Denis, 50. — Toulouse et Ce.
Service général des environs de Paris.

MESSAGERIES MAUCOMBLE, HÔTEL DU LION D'ARGENT,
Faubourg St-Denis, 51, et rue d'Enghien, 4.

MESSAGERIES DU PETIT-SAINT-MARTIN,
Rue Saint-Martin, 247.

VOITURES POUR LES EVIRONS DE PARIS.

Impasse de la Planchette, 1, carré St-Martin.

On y trouve des Voitures partant à volonté pour tous les environs de Paris.

On trouve aussi des voitures spéciales qui desservent les communes ci-après.

Ablon, ch. de fer de Corbeil.
Alfort, r. des Tournell., 17.
— pl. de la Bastille.
Antony, r. Mazarine, 36.
— r. d'Enfer, 110.
Arcueil, r. du Pont-de-Lodi, 1.
Argenteuil, r. de Rohan, 2.
Arpajon, r. Mazarine, 36.
Asnières, r. du Faub.-St-Denis, 12.
— Chem. de fer, r. dr.
Auteuil, r. de Rohan.
Bagneux, r. Christine.
Bagnolet, r. St-Martin, 247.
Beaumont, r. Montorg., 49.
Bellevue, ch. de fer, rive g.
Bicêtre, quai Napoléon, 29.
Bièvres, rue de Seine, 51.
Boissy-St-Léger, rue St-Antoine, 62.
Bondy, rue Ste-Appoline, 12
Bougival, ch. de fer, rive dr.
Boulogne, rue de Rohan.
Bourg-la-Reine, passage Dauphine.
Brie, Ste-Croix-de-la-Bretonnerie. 11.
Brunoy, r. des D.-Ecus, 32.
Chanbry, r. du F.-St-Denis, 50 et 70.
Chantilly, r. du F.-St-Denis, 51.
Charenton, r. des Tournelles, 17.

Chatillon, chemin de fer de Corbeil.
Chatillon, pass. Dauphine
Chatou, ch. de fer, rive dr.
Chaville, r. de Rivoli.
— ch. de fer de Versaill.
Chelles, r. de Saintonge, 58.
Choisy-le-Roi, r. Dauphine, 26.
— Ch. de fer de Corbeil.
Colombes, r. de Rohan.
Draveil, r. Cloche-Perche.
Ecouen, r. du F.-St-Denis, 28.
Epinay, r. du F.-St-Denis, 12.
Ermenonville, r. du F.-St-Denis, 12.
Etréchy, ch. de f. d'Orléans.
Fontenay-aux-Roses, r. Mazarine, 59.
Franconville, r. du F.-St-Denis, 17.
Fresnes, r. St-Martin, 247.
Gentilly, q. Napoléon.
Gonesse, r. du F.-St-Denis, 51 et 67.
Houdan, r. des D.-Écus, 23.
Ile-Adam, r. du F.-St-Denis, 51.
Ivry, pl. du Pal.-de-Justice.
Jouy, r. de Rohan, 6.
Juvisy, ch. de fer de Corbeil.
Lagny, r. du F.-St-Denis, 50.
L'Ermitage, r. Montorg., 49.
Linas, r. des Prouvaires, 16.

Livry, r. St-Martin, 247.
Longjumeau, r. d'Enfer, 5.
Lusarches, rue du F.-St-Denis, 12.
Magny, r. Bourg-l'Abbé, 9.
Maisons-Laffitte, r. de Rivoli, 4.
— Ch. de fer, rive dr.
Mantes, ch. de fer, rive dr.
Marly, r. St-Thom.-du-Lou.
Marolles, ch. de fer d'Orl.
Meaux, r. du F.-St-Denis, 50
Meudon, barr. du Maine.
— Ch. de fer, rive gauc.
Meulan, r. de Gren.-St-Honoré, 18.
— Ch. de fer, rive dr.
Montargis, r. Dauphine, 26.
Montfermeil, r. Ste-Apolline, 11.
Montlhéry, pass. Dauphine, 36.
Montmorency, r. du F.-St-Denis, 12, 51 et 67.
Montreuil, r. des Prouvaires, 16.
Montrouge, r. de l'Arbre-Sec.
Nanterre, r. de Rivoli.
— Ch. de fer, rive dr.
Neuilly, r. de Rohan.
— pl. de l'Oratoire.
Nogent, r. Ste-Apolline, 11.
Palaiseau, r. St-Honoré, 112
Pierrefitte, r. du F.-St-Denis, 23.
Plessis, pl. St-Michel.
Poissy, r. de Rohan, 2.
— Ch. de fer de Rouen.
Pontoise, r. Montorgueil, 49.
Puteaux, ch. de fer, rive dr.

Raincy, r. St-Martin, 247.
Rambouillet, cour des Fontaines, 2.
Ris, ch. de fer de Corbeil.
Romainville, Omnibus, lignes 21 et 22, pl. Dauphine et des Petits-Pères.
Rosny, ch. de fer, rive dr.
Rueil, id.
St-Cloud, r. de Rohan.
— Ch. de fer, rive dr.
St-Denis, r. du F.-St-Denis.
St-Germain, r. de Rohan.
— Ch. de fer.
St-Mandé, pl. de la Bastille.
St-Maur, id.
St-Ouen, r. du F.-St-Denis.
Sarcelles, r. du F.-St-Denis, 25.
Sceaux, pl. St-Michel, 10.
Sèvres, r. des Quinze-V.
— Ch. de fer de Vers.
Stains, r. du F.-St-Denis, 51.
Suresne, r. des Quinze-V.
— Ch. de fer, rive dr.
Triel, ch. de fer, rive dr.
Vanves, r. J.-J. Rousseau, 14.
Verrières, r. d'Enfer, 9.
Versailles, r. de Rivoli.
— Ch. de fer.
Ville d'Avray, r. de Rohan.
— Ch. de fer, rive dr.
Villejuif, pass. Dauphine, 36.
Villeneuve-St-Georges, rue Geoffroy-l'Asnier.
Ville-Parisis, r. St-Martin, 247.
Vincennes, pl. de la Bastille.
— r. du Bouloy, 9 et 23.

VOITURES OMNIBUS.

50 CENTIMES.

Le service de ces voitures est tellement organisé, qu'elles conduisent les voyageurs, au moyen de leurs correspondances avec les autres administrations, sur tous les points de la capitale. Des bureaux d'attente, sur les boulevarts et dans presque tous les quartiers de Paris, sont disposés pour recevoir le public. — Les conducteurs indiquent les correspond.

OMNIBUS (Feux Rose), lanterne unique. (1re ligne).

Bercy, point de départ au boulev. de la Madeleine, par tous les boulev. et par les Barrière et rue de Bercy, boul. Contrescarpe, pl. de la Bastille, boul. Beaumarchais, b. des Filles-du-Calvaire, boul. du Temple, St-Martin et St-Denis, boul. Bonne-Nouvelle, Poissonnière, boul. Montmartre, Italiens.

2e ligne.

Barrière du Trône au Carrousel par la rue St-Antoine et les quais, et par les rues du Faub.-St-Antoine, pl. de la Bastille, rue St-Antoine, r. du Pont-Louis-Philippe, l'Hôtel-de-Ville, q. Pelletier, q. de Gèvres, q. de la Mégisserie, q. de l'Ecole, q. du Louvre, q. des Tuileries.

3e ligne.

Boulev. Beaumarchais (Bastille) au chemin de fer de Versailles rive droite, St-Germain et Rouen, par les rues du Pas-de-la-Mule, place Royale, rue Neuve-Ste-Catherine, rue des Francs-Bourgeois, rue de Paradis, rue Rambuteau, rue Montorgueil, r. Tiquetonne, r. Montmartre, r. de la Juss. et du Coq-St-Hon., rue Coquillière, r. de la Banque. (Bureau), place des Victoires, r. Vide-Gousset (bureau), rue N.-D.-des-Victoires, rue des Filles-St-Thomas, r. Neuve-St-Augustin, boul des Capucines, rues Caum., Thir. et Se-Croix, rue St-Lazare, 110.

4e ligne.

Barrière du Roule au boulevart des Filles-du-Calvaire, par le Palais-Royal, et par les rues du Fau.-du-Roule, r. du Faub.-Saint-Houoré, la Madeleine, r. Duphot, r. S.-Honoré, r. Trainée, Pointe-Ste-Eustache, r. Montorgueil, r. Mauconseil, r. St-Denis du n° 119 à 262, r. aux Ours et Bourg-l'Abbé, r. Ne-Bourg-l'Abbé, r. St-Martin, du n° 183 à 236, (retour par la rue Grenétat), r. Royal-St-Martin, r. Phélipeaux, r. de la Corder. et de Bret, rue des Filles-du-Calv. (bout de ligne.)

5e ligne.

Montmartre) à l'Odéon par l'Opéra et le Palais-Royal, et par les rues Notre-D.-de-Lorette, rue de la Font.-St-Georges, l'Eglise Notre-D.-de-Lorette, r. Laffite, boul. des Italiens (bureau), r. Richelieu, r. de Rohan, pl. du Carrousel, Pont-Royal, q. Volaire, rue des St-Pères, du n° 1 à 55, r. Taranne et Dragon, la Croix-Rouge, r. du Vieux-Colombier, pl. St-Sulpice, r. de Tournon, à l'Odéon (bout de ligne).

6e ligne.

Barrière de Passy à la pl. du Carrousel par le bord de l'eau, et par le quai de Billy (Bas de Chaillot), q. de la Conférence, quartier de François Ier, Cours-la-Reine, Champs-Elysées, place de la Concorde, q. des Tuileries long. la terr. Pont-Royal, pl. du Carrousel.

OMNIBUS.(Feu Vert) 7ᵉ ligne.

Pont de Neuilly, point de départ, à la Madeleine par les Ternes, et par les Av. de Seine dans Neuilly, P. Maillot ent. du bois de Boul., chemin de la Révolte, route des Ternes, barrière du Roule, r. du faub. du-Roule, r. du faub.St-Hon., Porte-St-Honoré, la Madel.

OMNIBUS (feux rouge et orange) 8ᵉ ligne.

Bercy-le-Port, point de départ, au Louvre, pl. de l'Oratoire, passant près le p. d'Austerlitz, et par les q. de la Râpée, q. Morland (Arsenal), q. St-Paul, q. des Ormes, q. de la Grève, Hôtel-de-Ville, q. Pelletier, q. de Gèvres, pl. du Châtelet, q. de la Mégisserie, q. de l'École.

ORLÉANAISES (feux rouge et Orange) 9ᵉ ligne.

Pont de Neuilly, point de départ, au Louvre, place de l'Oratoire, et par les aven. de Seine dans Neuilly, l'Arc-de-Triomphe, barrière de l'Etoile, avenue des Champs-Elysées, pl. de la Concorde, r. de Rivoli et de St-Nicaise, r. St-Honoré.

DAMES-RÉUNIES, ci-devant DAMES-BLANCHES (feux rouges). 10ᵉ ligne.

La Villette, rue de Flandres, nº 113, point de départ, à St-Sulpice, par les rues du F.-St-Martin, Porte et r. St-Martin, r. des Arcis et Planche-Mib., Pont-Notre-Dame, Marché-aux-Fleurs, Palais-de-Justice, rue de la Barillerie, Pont-St-Michel, r. St-André-des-Arts, Carrefour Bussy, r. de l'Ancienne-Comédie.

DAMES-RÉUNIES, ci-devant DAMES-FRANÇAISES. 11ᵉ lig.

Grenelle, point de départ, à l'église St-Laurent, faub. St-Martin, par le Palais-Royal, et par l'École-Militaire, avenue de la Mothe-Piquet, les Invalides et r. de Grenelle, r. B.-Chasse et St-Dominique, r. du Bac et Pont-Royal, Carr. et St-Th.-du-Louvre, r. St-Honoré et de Grenelle, r. Coquillière et Vieux-August., r. Montmartre, r. et faub.-Poissonnière, r. de l'Echiquier et Hautev., r. des P.-Ecuries et Martel.

TRYCYCLES (feux bleus). 12ᵉ ligne.

Barrière du Maine, chemin de fer de Versailles rive gauche, à la porte St-Denis, passant par le Palais-Royal, et par les avenues du Maine, b. Mont-Parnasse, r. de Sèvres et du Bac, Pont-Royal et Carrousel, r. de Chartres, pl. du Palais-Royal, r. St-Honoré et Croix-des-P.-Ch., banque et pl. des Victoires, r. des Fossés-Montmartre, r. Montmartre, rue de Cléry.

FAVORITES (feux v. et rouge). 13ᵉ ligne.

Chapelle-Saint-Denis, p. de départ à la barrière d'Enfer, par le Palais-de-Justice, et par les barr. St-Denis, faub. et Porte-St-Denis, r. St-Denis, pl. du Châtelet, P.-au-Change, r. de la Barillerie, Pont-St-Michel, r. de la Vieille-Bouclerie, r. de la Harpe, pl. St-Michel, r. d'Enfer. Correspond avec les 14, 15 et 16ᵉ lignes Favorites, et la 21ᵉ ligne Citadines, pour Vaugirard, les Gobelins, les chemins de fer, barr. des Martyrs et Belleville. Service de Banlieue annexé à cette ligne pour St-Denis. Bureau de bout de ligne, boul. Mont-Parnasse et d'Enfer, près la barrière.

14e Ligne.

Vaugirard (pl. de l'Ecole), point de départ, aux bains de Tivoli, passant par le Palais-Royal, et par les r. de Sèvres et du Dragon, r. Taranne et Ste-Marguer., r. et carrefour Bussy, r. Dauphine et Pont-Neuf, r. de la Monnaie et du Roule, r. et Marché-des-Prouvaires, r. Trainée et Coquillière, r. de la Banque, rue N.-des-Petits-Champs, r. Neuve-des-Capucines, r. Caumartin et Thiroux, r. Ste-Croix-d'Antin. Correspond avec les 13, 15 et 16e lignes Favorites, et avec la 21e ligne Citadines, pour les Gobelins, barrières d'Enfer et des Martyrs, faub. Poissonnière, La Chapelle et Belleville. Bureau de bout de ligne, r. St-Lazare, no 81, en face les bains de Tivoli.

15e ligne.

Barrière des Martyrs, point de départ, aux Gobelins, passant par les Halles du centre, et par les r. des Martyrs, faub. Montmartre, r. Montmartre, Pointe-St-Eustache, r. Trainée et des Prouvaires, r. du Roule et de la Monnaie, Pont-Neuf et place Dauphine, q. des Orfèvres, Pont et quai St-Michel, r. du P.-Pont et Galande, pl. Maubert et r. St-Victor, r. des Fossés-St-Marcel.

16e ligne.

Place Lafayette, faub. Poissonnière, point de départ, à l'Ecole-de-Médecine, passant près la Banque, et par les rues du F.-Poisson. et de Cléry, r. du Mail et Vide-Gousset, pl. des Victoires, r. Croix-des-Petits-Champs, r. du Coq-St-Honoré, pl. du Louvre, quai de l'Ecole (bureau), Pont-Neuf et r. Dauphine, carrefour Bussy, r. de l'Anc.-Comédie.

DILIGENTES (feux orange et vert). 17e ligne.

Bar. de Charenton, point de départ, passant au Palais-Roy., à la r. St-Lazare, Chaussée-d'Antin, touchant les chemins de fer par les r. de Charenton, Faub.-St-Antoine, pl. de la Bastille, r. St-Antoine r. Renaud-Lefèvre, M.-St-J. r. de la Verrerie, r. des Lombards, r. de l'Aiguil. et Ste-Op., r. de la Ferronnerie, r. St-Honoré, Marché-St-Honoré, rue d'Antin et N.-St-Augustin, r. Louis-le-Grand.

18e ligne.

Batignolles-Monceaux, rue des Dames, point de départ, à la r. St-Honoré, près Saint-Roch, et par les rues de Lévi dans Monceaux, Bar. de Monceaux, r. du Rocher, r. de la Pépinière, no 1 à 2, r. St-Lazare, no 140 à 146, r. de l'Arcade no 35 à 13, r. N.-des-Mathurins, no 41 à 38, r de la Fermé, boulevart de la Madeleine, r. Duphot, r. St-Honoré, no 380 à 331.

Service de Banlieue pour Charenton, Creteil et Boissy.

Service de Banlieue annexé à cette ligne pour Asnières, Argenteuil, Franconville et Sannois. Bureau de bout de ligne, r. St-Honoré, au coin de celle du 29 Juillet.

BÉARNAISES (feux vert)
19ᵉ ligne.

Place de la Bourse, point de départ, à la place St-Sulpice, par les r. Vivienne, r. N.-de, Pet.-Ch. 25 à 2, r. de la Banq., r. Croix-des-Petits-Champs, r. St-Honoré, nº 168 à 111, rue de l'Arbre-Sec, r. des Fossés St.Germain, r. de la Monnaies Pont-Neuf et r. Dauphine, r. de Bussy et de Seine.

BÉARNAISES (feux vert et aurore). 20ᵉ ligne.

Gros-Caillou, r. St-Dominique, r. des Sts-Pères et de Grenelle, la Croix-Rouge, rue du Vieux-Colombier, pl. St-Sulpice, r. Petit-Bourbon et P.-Lion, carrefour de l'Odéon, r. de l'Ecole-de-Médecine, r. des Mathurins-St-Jacques, r. des Noyers, r. St-Victor, nº 11 à 82, r. des Bernardins, quai et Pont de la Tournelle, r. des D.-Ponts, Ile-st-Louis, Pont-Marie, rues Nonaindières et Fourcy, r. St-Antoine, nº 82 à 223, pl. de la Bastille. B. de lig.

CITADINES (feux violet).
21ᵉ ligne.

Belleville, r. de Paris, nº 32, point de départ, à la pl. Dauphine, par la pl. de Grève, et par les Faub.-du-Temple, r. du Temple, r. Ste-Avoye, rue Bar-du-Bac, r. des Coquilles, r. de la Tixerandrie, pl. de l'Hôtel-de-Ville, q. Pelletier et de Gèvres, P.-au-Change, q. de l'Horloge, r. du Harlay.

22ᵉ ligne.

Pl. des Petits-Pères, point de départ, à Belleville, par les r. Vide-Gousset, pl. des Victoires, r. des Fossés-Montm., r. Neuv.-St-Eustache, r. Bourbon-Villeneuve, boul. St-Denis, r. St-Martin, r. Neuve-St-Martin, r. Notre-D.-de Nazareth, r. du Temple, nº 123 à 139, r. du Faub.-du-Temple.

BATIGNOLLAISES (f. rouge).
23ᵉ ligne.

Batignol.-Monceaux, point de départ, au cloître St-Honoré, près le Louvre, par les Grande-Rue aux Batignolles, Bar. et r. de Clichy, r. St-Lazare, nº 74 à 88, r. de la Chaussée-d'Antin, r. Louis-le-Grand, nº 30 à 35, r. du Port-Mahon, r. et carref. Gaillon, r. Neuve-St-Roch, r. St-Honoré, 298 à 186, pl. du Palais-Royal, au Cloître-St-Honoré bout de ligne.

Service de Clichy, St-Ouen et St-Denis,

24ᵉ ligne.

Gare de Bercy, rive gauche, à la r. des Pyramides près les Tuileries, au chemin de fer d'Orléans, et touchant par les quai d'Austerlitz, r. Nve-de-la-Gare, boul. de l'Hôpital, Jardin-des-Plantes, les quais jusqu'au Pont-Neuf, le Pont-Neuf, les quais jusqu'au Carrousel, r. de Rivoli.

Service de Banlieue par la correspondance dès Batignollaises pour Clichy, st-Ouen et St-Denis. Bureau de bout de ligne, pl. et r. des Pyrami-

HIRONDELLES (f. orange).
25ᵉ ligne.

Barrière Rochechouart à celle St-Jacques, par le Palais-Royal et le Palais-de-Justice, et par les r. Rochechouart et Cadet, r. du Faub.-Montmartre, boul. des Variétés, rue Vivienne, r. Neuve-des-Petits-Champs, r. des Bons-Enfans, rue Saint-Honoré, n° 192 à 111, r. de l'Arbre-Sec, pl. et quai de l'École, quai de la Mégisserie, pont-au-Change, rue de la Barillerie, pont et quai St-Michel, r. du Petit-Pont et St-Jacques, r. des Mathurins-St-Jacques, r. de la Sorbonne, rue de Cluny et des Cordiers, reprise de la r. St-Jacques, r. du Faub.-St-Jacques. (bout de ligne.)

HIRONDELLES (feux orange), 26° ligne.

Place Cadet, point de départ, au quartier Moufftetard, par les portes St-Denis et St-Martin, et l'île Saint-Louis, et par les r. Bleue, r. du Faub.-Poissonnière, r. des Petites-Écuries, r. du Faub.-St-Denis. boulev. St-Denis, porte et rue St-Martin, r. Jean-Robert, r. des Graviliers. r. du Temple, n° 39 à 1, r. Ste-Avoye, r. Ste-Croix-de-la-Bretonn. r. Bourtibourg, marché St-Jean, rue Renaud-Lefèvre, r. St-Antoine, n° 2 à 48, r. de Jouy, r. des Nonaindières, pont-Marie, r. des D.-Ponts, Ile-St-Louis, pont-de-la-Tournelle, rue des Fossés-St-Bernard, r. St-Victor et Jardin-du-Roi, r. Fer-à-Moulin, r. Moufftetard, n° 79 à 83, r. Paschal, n° 2 (bout de ligne).

PARISIENNES (feux orange et rouge) 27° ligne.

Barrière Mont-Parnasse, près du chemin de fer, rive gauche, au boul. du Temple,

par le Pont-Neuf et les r. du Montparnasse, r. Notre-D.-des-Champs, r. du Regard, r. du Cherche-Midi, la Croix-Rouge, r. de Grenelle et Sts-Pères, r. Taranne, r. St-Benoît, r. Jacob, n° 34 à 40, rue des Petits-Augustins, q. Malaquais et Conti, Pont-Neuf, q. de l'École, r. de l'Arbre-Sec r. St-Honoré, n° 111 à 160, r. de Grenelle, rue Coquillière, n° 18 à 47, r. Croix-des-Petits-Champs, pl. des Victoires, r. des Fossés-Montmartre, rue Neuve-St-Eustache, r. Bourbon-Villeneuve, barr. St-Denis et St-Martin, b. du Temple (bout de ligne). Correspond avec les 1, 17, 25, 23 et 29° lignes.

28° Ligne.

Du Panthéon à la r. Chauchat, près l'Opéra, passant p. St-Sulpice, Chambre des Députés, place de la Concorde et la pl. Vendôme, et par les rues St-Jacques, n° 168 à 204, r. St-Dominique-d'Enfer, r. d'Enfer, n° 15 à 1, pl. St-Michel, r. des Francs-Bourgeois, rue de M.-le-Prince, n° 55 à 39, rue Racine, pl. et rue de l'Odéon, r. des Quatre-Vents, r. Petit-Bourbon, pl. St-Sulpice, r. des Cannettes, rue du Four, n° 31 à 81, Croix-Rouge, r. de Gren.-St-Germain, n° 1 à 111, rue de Bourgogne, pont et pl. de la Concorde, rue Royale, rue St-Honoré à la pl. Vendôme, pl. Vendôme, r. de la Paix, boul. des Capucines, rue Chaussée-d'Antin, n° 2 à 34, rue de Provence, rue Chauchat, (bout de ligne.)

29° ligne.

Extrémité de Vaugirard, point

de départ à St-Sulpice, par les Grand'-rue dans Vaugirard, barrière de Vaugirard, rue de Vaugirard jusqu'à la r. N.-D.-des-Champs et à la rue du Regard.

Bureau rue de Vaugirard, de ce point à la r. du Pot-de-Fer-St-Sulpice, r. du Pot-de-Fer, pl. St-Sulpice.

CONSTANTINES (feux orange et vert.) 30e ligne.

De la barr. de Longchamps (plaine de Passy) au faubourg Saint-Martin, passant devant l'embarcadère des chemins de fer de Versailles, rive droite, St-Germain et Rouen, et par les rues de Longchamps, r. de Chaillot, avenue des Champs-Elysées, avenue et rue de Marigny, pl. Beauveau, rue du Faub.-St-Honoré, r. de la Madeleine, r. Neuve-des-Mathurins, rue de l'Arcade, n° 13 à 38, rue St-Lazare et r. Coquenard, rues Montholon et Papillon, r. de Paradis-Poissonnière, rue du Faubourg-St-Denis, rue N.-Chabrol, Faubourg-Saint-martin (bout de ligne.)

Service de Banlieue annexé à cette ligne pour Neuilly, Puteaux, Courbevoie et Passy.

—o©o—

NOMENCLATURE DES COMMUNES

COMPOSANT LE RESSORT DE LA PRÉFECTURE DE POLICE,

Et pour lesquelles le service des Voitures de place, prises à l'heure, est obligatoire, avec leur distance de Paris en kilomètres.

	kilom.		kilom.		kilom.
Antony	13	Colombes	13	Pantin	7
Arcueil	7	Courbevoie	9	Passy	6
Asnières	8	Courneuve (La)	10	Pierrefitte	13
Aubervilliers	8	Creteil	11	Plessis-Piq. (Le)	13
Auteuil	7	Drancy	12	Prés-St-Gervais	6
Bagneux	8	Dugny	14	Puteaux	10
Bagnolet	7	Épinay	14	Romainville	8
Batignoles	5	Fontenay-s.-B.	10	Rosny	11
Baubigny	11	Fonten.-aux-R.	10	Rungis	14
Belleville	4	Fresnes	13	Saint-Cloud	11
Bercy	4	Gennevilliers	11	Saint-Denis	10
Bondy	12	Gentilly	5	Saint-Mandé	6
Bonneuil	15	Grenelle	5	Saint-Maur	11
Boulogne	11	Hay (L')	13	Saint-Ouen	8
Bourg-la-Reine	9	Ile-St-Denis	11	Sceaux	11
Bourget (Le)	12	Issy	6	Sèvres	12
Brie-sur-Marné	14	Ivry	16	Stains	14
Champigny	14	Joinville-le-Pont	10	Suresnes	12
Chapelle (La)	4	Maisons-Alfort	9	Thiais	14
Charenton-le-P.	6	Meudon	9	Vanves	7
Char.-St-Maur.	7	Montmartre	4	Vaugirard	5
Charonne	5	Montreuil	8	Villejuif	8
Chatenay	14	Montrouge	6	Villemonble	13
Châtillon	8	Nanterre	19	Villetanneuse	14
Chevilly	11	Neuilly	8	Villette (La)	5
Choissy-le-Roi	22	Nogent-sur-M	11	Vincennes	7
Clamart	10	Noisy-le-Sec	10	Vitry	8
Clichy	7	Orly	16		

Indépendamment des Voitures de place, toutes ces communes sont desservies par des Voitures spéciales, comme on le voit dans le tableau des Voitures pour les Environs de Paris.

COMPTES FAITS POUR LES COURSES A L'HEURE.

h.	min.	FIACRES à 2 chev.	COUPES et Petits FIACRES.	CABRIO-LETS.	CABRIO-LETS de remise
1	"	2 25	1 75	1 50	2 "
1	5	2 40	1 90	1 60	2 20
1	10	2 55	2 "	1 70	2 35
1	15	2 70	2 15	1 80	2 50
1	20	2 85	2 25	1 90	2 70
1	25	3 "	2 40	2 "	2 85
1	30	3 10	2 50	2 15	3 "
1	35	3 25	2 65	2 25	3 20
1	40	3 40	2 75	2 35	3 35
1	45	3 55	2 90	2 45	3 50
1	50	3 70	3 "	2 55	3 70
1	55	3 85	3 15	2 65	3 85
2	"	4 "	3 25	2 75	4 "
2	5	4 15	3 40	2 85	4 20
2	10	4 30	3 50	2 95	4 35
2	15	4 45	3 65	3 05	4 50
2	20	4 60	3 75	3 15	4 70
2	25	4 75	3 90	3 25	4 85
2	30	4 85	4 "	3 40	5 "
2	35	5 "	4 15	3 50	5 20
2	40	5 15	4 25	3 60	5 35
2	45	5 30	4 40	3 70	5 50
2	50	5 45	4 50	3 80	5 70
2	55	5 60	4 65	3 90	5 85
3	"	5 75	4 75	4 "	6 "
3	5	5 90	4 90	4 10	6 20
3	10	6 05	5 "	4 20	6 35
3	15	6 20	5 15	4 30	6 50
3	20	6 35	5 25	4 40	6 70
3	25	6 50	5 40	4 50	6 85
3	30	6 60	5 50	4 65	7 "
3	35	6 75	5 65	4 75	7 20
3	40	6 90	5 75	4 85	7 35
3	45	7 05	5 90	4 95	7 50
3	50	7 20	6 "	5 05	7 70
3	55	7 35	6 15	5 15	7 85
4	"	7 50	6 25	5 25	8 "

TARIF DES VOITURES DE PLACE.

POUR L'INTÉRIEUR DE PARIS.

DÉSIGNATION des VOITURES.	DE 6 H. DU MATIN à minuit.			DE MINUIT à 6 h. du mat.	
	La course.	La 1re h. (1)	2e h. et suiv. (2)	La course.	l'heure
FIACRES (à 2 chev.)	1 50	2 25	1 75	2 »	3 »
PETITS FIACRES, à 4 pl., et COUPÉS (à 1 ou 2 chev.) ..	1 25	1 75	1 30	1 65	2 50
CABRIOLETS (à 2 ou à 4 roues) (3)	1 »	1 50	1 25	1 65	2 50

POUR L'EXTÉRIEUR DE PARIS.

Prix de l'heure :	Fiacr.	Coup.	Cabriol.
En dedans du mur d'enceinte des fortifications..............	2 50	2 »	1 75
En dehors de ce mur	3 »	2 50	2 25

(1) Lorsqu'un cocher est appelé à domicile, le prix de l'heure compte du moment où le cocher aura été pris, soit sur une station, soit ailleurs.

(2) Pour le temps qui excède l'heure, il est d'usage de compter par fraction de 5 minutes. Nous donnons ci-après des comptes qui dispenseront de tout calcul.

(3) Outre les cabriolets de place, on trouve dans tous les quartiers des *cabriolets de remise*, ainsi nommés parce qu'ils sont généralement remisés sous des portes cochères. Ces cabriolets sont mieux montés sous tous les rapports, que ceux de place. Leur prix est de :

La course .... 1 fr. 50 c.
L'heure .... 2 »

17

EXTRAIT DES ORDONNANCES

des 15 janvier 1841 et 25 mai 1842.

Dispositions pour l'intérieur de Paris.

1. Pour prévenir les discussions qui pourraient s'élever, relativement au tarif, entre le public et les cochers, il est enjoint à ces derniers de demander aux personnes qui montent dans leurs voitures si elles entendent être conduites à l'heure ou à la course.

2. Tout cocher qui sera pris, soit sur une station de voitures, soit sur tout autre point de la voie publique, pour aller charger à domicile, sera tenu de marcher à la course , toutes les fois qu'il en sera requis , quel que soit l'éloignement de ce domicile (1).

3. Les cochers qui seront pris , soit dans !Paris pour transporter des voyageurs à l'embarcadère du chemin de fer de Versailles (rive gauche), soit à cet embarcadère pour se rendre dans Paris, seront tenus de marcher aux prix fixés pour l'intérieur de Paris.

4. Les cochers devront se faire payer d'avance , lorsqu'ils conduiront des personnes aux théâtres,

---

(1) Nous avons cru devoir faire suivre les dispositions que l'on vient de lire de quelques commentaires résumant les décisions rendues depuis la promulgation des ordonnances précitées. Disons d'abord que ces ordonnances ont eu pour but de remédier aux nombreux abus vexatoires dont le public avait à se plaindre ; et c'est à cette cause première qu'il faut attribuer la sévérité de la disposition 2, enjoignant au cocher d'aller charger à domicile au prix de la course, quel que soit l'éloignement de ce domicile. On comprend combien, dans une ville d'une étendue aussi considérable que Paris, il serait dommageable pour les entrepreneurs de voitures que l'on abusât de ce droit ; aussi, pour réprimer toute supercherie, les cochers sont autorisés , alors que le domicile est éloigné, à ne pas admettre dans leur voiture la personne qui requiert le chargement ; mais ils doivent, dans ce cas, remettre à cette personne le numéro de leur voiture et se rendre de suite au domicile indiqué.

bals, concerts et autres lieux de réunion, ou lorsque les personnes qu'ils conduiront descendront à l'entrée d'un jardin public et de tout autre lieu où il est notoire qu'il existe plusieurs issues.

5. Tout cocher pris entre onze heures et minuit, et qui arrivera à sa destination après minuit, n'aura droit qu'aux prix fixés pour le jour, mais seulement pour la première course ou la première heure. Celui qui aura été pris entre cinq et six heures du matin, et qui n'arrivera à sa destination qu'après six heures, aura droit au prix fixé pour la nuit, mais seulement pour la première course ou la première heure.

6. Le cocher qui, dans une course, aura été détourné de son chemin par la volonté de la personne qui l'emploiera, sera censé avoir été pris à l'heure. Le cocher qui, sans être détourné de son chemin, sera requis de déposer en route une ou plusieurs personnes, n'aura droit qu'au prix de la course.

7. Lorsqu'un cocher marchera à l'heure, il lui sera dû le prix total de l'heure, lors même qu'il n'aura pas été employé pendant l'heure entière. Lorsque le cocher pris à l'heure aura été employé pendant plus d'une heure, le prix qui lui sera dû à compter de la deuxième heure sera calculé sur l'espace de temps pendant lequel il aura été employé (1).

_____

(1) L'art. 7 dit qu'à compter de la deuxième heure le prix sera calculé d'après l'espace de temps pendant lequel il a été employé; mais l'usage consacre en faveur des cochers le bénéfice de ne pas compter par minutes, mais par fractions de cinq en cinq minutes. Ainsi, par exemple, un cocher pris à 1 h. 23 m. et quitté à 2 h. 47 m. recevra une heure et demie, parce que 1 h. 23 compte comme 1 h. 20, et 2 h. 47 comme 2 h. 50 m., et ce sans préjudice du pourboire, dont nous parlerons plus loin.

L'art. 12 établit une délimitation de 2 heures entre l'été et l'hiver, ce qui nécessitait que les mois d'été et d'hiver soient indiqués. Nous pensons que les mois de mai, juin, juillet, août, septembre et octobre, composent le semestre d'été, et que les mois de novembre, décembre, janvier, février, mars et avril composent celui d'hiver.

L'art. 13 prescrit que le retour sera payé au cocher dont

Dispositions pour l'extérieur de Paris.

Pour le dedans de l'enceinte des fortifications.

8. Les cochers ne seront tenus, en aucune saison, de sortir de Paris après minuit, pour se rendre sur le territoire situé en dedans du mur d'enceinte des fortifications. Après cette heure le prix sera réglé de gré à gré.

9. Tout cocher qui sera pris entre onze heures et minuit ne pourra, lors même qu'il arrivera à sa

---

la voiture sera abandonnée au dehors des fortifications en raison du temps qu'il aura mis à venir de Paris ; l'ordonnance a voulu dire du point de Paris où il aura été pris ; ce qui, en d'autres termes, établit le prix du temps RÉEL au double, car dans ce cas le cocher n'a pas droit au temps de repos accordé par l'art. 19.

La disposition de l'art. 20 nous paraît trop rigoureuse, le bois de Boulogne étant d'une grande étendue. L'autorité a pensé que le chargement pour le retour en ville serait facile ; mais nous invitons le public à apprécier les circonstances qui mettraient obstacle à un retour fructueux pour le cocher ; car beaucoup d'entre eux sont comptables envers les entrepreneurs d'un prix de journée à forfait, et seraient exposés à subir un préjudice non mérité.

L'ordonnance n'a pas statué sur un point dont la solution offre parfois quelque difficulté. Pendant combien de temps un cocher chargeant à domicile et à la course doit-il attendre les voyageurs ? Nous sommes autorisés à croire, d'après les opinions de personnes compétentes, qu'on ne saurait faire attendre un cocher plus de cinq minutes, et qu'au delà de ce temps il lui est dû le prix de l'heure. Au surplus, toutes les petites difficultés qui pourraient naître à ce sujet sont facilement aplanies par la promesse d'un pourboire plus élevé que la moyenne ordinaire, qui est assez couramment du dixième du prix principal.

En général le pourboire doit être considéré comme une récompense obligée du zèle et des petites attentions d'un cocher ; il le mérite à bien plus d'égards que beaucoup d'autres serviteurs en faveur desquels cet usage a été consacré ; car non seulement le cocher est plus exposé aux intempéries de la saison, mais encore il est civilement responsable des accidens que viendrait occasionner la vitesse imprimée à ses chevaux d'après les recommandations de la plupart des voyageurs. A moins de sujets de mécontentemens, ne pas donner de pourboire, ou en donner un inférieur au dixième du prix, est considéré comme une vilenie.

destination après minuit, exiger un salaire plus élevé que le prix fixé pour le territoire compris dans le mur d'enceinte des fortifications.

10. Lorsque le voyageur, arrivé à destination, renverra la voiture, il ne sera point tenu de payer au cocher le temps de retour, mais il devra payer le prix total de l'heure, lors même que la course aurait été faite en moins d'une heure.

Pour le dehors de l'enceinte des fortifications.

11. Les cochers ne seront pas tenus de sortir de Paris pour se rendre sur le territoire situé en dehors du mur d'enceinte des fortifications, après 7 h. du soir en hiver, et 9 h. en été. Après ces heures, le prix sera réglé de gré à gré.

12. Tout cocher qui sera pris en hiver entre 6 et 7 heures du soir, et en été entre 8 et 9 h., ne pourra, lors même qu'il arrivera à sa destination après 7 et 9 h., exiger un salaire plus élevé que le prix fixé pour le territoire situé en dehors du mur d'enceinte des fortifications.

13. Lorsque le voyageur, arrivé à sa destination, renverra la voiture, le retour sera payé au cocher en raison du temps qu'il aura mis pour se rendre de Paris au lieu où la voiture aura été abandonnée.

Dispositions communes aux deux parties du Tarif pour l'extérieur de Paris.

14. Aucun cocher ne pourra être contraint à se rendre sur le territoire situé, soit en dedans, soit en dehors du mur d'enceinte des fortifications, qu'autant qu'il sera pris à l'heure.

15. Les prix établis pour l'extérieur de Paris ne sont point applicables aux locations de la journée; le prix de ces locations continuera d'être réglé de gré à gré entre le public et les cochers.

16. Les prix dont il est question au paragraphe précédent seront obligatoires, tant à l'extérieur que dans l'intérieur de Paris. — Lorsque le cocher sera pris sur l'un des points du territoire compris

dans le ressort de la préfecture de police, pour venir à Paris, il ne lui sera dû que le prix du temps pendant lequel il aura été employé. Lorsque le cocher sera pris sur un point de ce territoire, pour se rendre sur un autre point de ce même territoire, le prix du voyage sera réglé de gré à gré.

17. Les cochers qui conduiront des voyageurs sur l'un des points du territoire compris dans le ressort de la préfecture de police, seront tenus de faire faire à leurs chevaux huit kilomètres à l'heure (deux lieues).

18. Lorsque le voyageur qui se sera fait transporter sur l'un des points du territoire compris dans le ressort de la préfecture de police reviendra à Paris avec la voiture, le salaire du cocher devra être calculé sur l'espace de temps pendant lequel ce cocher aura été employé ; mais le prix de la première heure devra toujours lui être payé en entier.

19. Lorsque les cochers sont arrivés à destination et qu'ils devront ramener le voyageur, ils auront droit à un temps de repos qui ne pourra dépasser le tiers du temps qu'ils auront mis à se rendre au lieu de la destination. Le prix du temps de repos devra être payé par le voyageur, conformément aux prix déterminés pour l'extérieur de Paris.

20. Les cochers qui seront pris pour transporter des voyageurs sur quelque point que ce soit du bois de Boulogne, ou dans ce bois pour venir à Paris, seront tenus de marcher au prix fixé pour le territoire situé en dedans du mur d'enceinte des fortifications.

Dispositions communes aux diverses parties du Tarif.

21, 22, 23. Tout cocher pris sur une station de voitures ou sur quelque autre point de la voie publique que ce soit, sera tenu de marcher à toute réquisition. — Celui qui, dans Paris, aura été appelé pour aller chercher quelqu'un à domicile, et qui sera renvoyé sans être employé, recevra, à titre d'indemnité de déplacement, le prix d'une demi-course. Celui qui chargera hors de place sera censé avoir été pris sur une station, et ne pourra exiger un salaire plus élevé.

24. Les droits de péage pour passage des ponts ou bacs ne seront à la charge des voyageurs que lorsque ces derniers auront demandé à passer sur ces ponts ou bacs.

Des obligations imposées aux cochers dans leurs rapports avec le Public.

27. Toute impolitesse, tout acte de grossièreté des cochers envers le public, seront sévèrement réprimés.

28. Il est enjoint à tout cocher de remettre à la personne qui voudra faire usage de sa voiture, soit à la course, soit à l'heure, et avant qu'elle y monte, l'une des cartes qui lui auront été délivrées le matin par l'entrepreneur au service duquel il sera employé.

29. Il est enjoint aux cochers de visiter, immédiatement après chaque course, l'intérieur de leurs voitures, et de remettre sur-le-champ aux personnes qu'ils auront conduites les objets qu'elles y auraient laissés.

A défaut de possibilité de la remise prescrite ci-dessus, la déclaration et le dépôt des objets trouvés dans les voitures seront faits à la préfecture de police dans les vingt-quatre heures, à la diligence des cochers ou des entrepreneurs.

30. Les cochers ne pourront être contraints à recevoir dans leurs voitures au-delà de quatre personnes et un enfant pour un grand fiacre à 2 chevaux ; — quatre personnes pour un petit fiacre à un seul cheval ; — trois personnes pour un coupé à 1 ou 2 chevaux ; deux personnes pour un cabriolet à 2 ou 4 roues.

Les cochers des cabriolets dits de l'extérieur ne devront point laisser monter dans ces voitures un plus grand nombre de voyageurs que celui qui sera indiqué par l'inscription peinte dans l'intérieur de chacune de ces voitures, conformément aux dispositions de l'art. 72 de la présente ordonnance.

Il ne pourra être placé sur la banquette extérieure des cabriolets ci-dessus désignés plus de trois personnes, y compris le cocher.

Aucun cocher ne pourra être contraint à laisser monter des animaux dans sa voiture.

51. Les cochers ne pourront être contraints à charger des meubles, des marchandises ou des paquets d'un fort volume, soit dans l'intérieur de leurs voitures, soit sur l'impériale.

Les cochers des cabriolets dits de l'extérieur sont exceptés des dispositions qui précèdent, en ce qui concerne le chargement sur l'impériale des voitures.

52. Les plaintes adressées au préfet de police contre les cochers des voitures de place, devront indiquer les numéros des voitures, ainsi que le jour, le lieu et l'heure auxquels ces voitures auront été prises et quittées.

MONNAIES DÉCIMALES DE FRANCE.

Les monnaies françaises sont assujetties, sous le rapport de leurs divisions, de leur poids et de leur module, au système décimal des mesures prises dans la nature.

Aux termes de la loi du 7 germinal an XI (28 mars 1803), cinq grammes d'argent, au titre de neuf dixièmes de fin, constituent l'unité monétaire, qui conserve le nom de *franc*.

Le franc se divise en 10 *décimes*, ou en 20 pièces de *cinq centimes*, qui ont conservé vulgairement les noms de 2 *sous* et de 1 *sou*.

TITRE.

Les monnaies d'or de France contiennent, ainsi que celles d'argent, un dixième d'alliage et neuf dixièmes de métal pur. En général (le titre s'exprimant en millièmes) le titre monétaire exact, ou sans la tolérance, est de 900 millièmes ou 0,900.

Le titre du billon est de 200 millièmes, ou 0,200.

La tolérance de titre, soit en-dessus, soit en dessous, est de 2 millièmes pour l'or, de 3 millièmes pour l'argent, et de 7 millièmes pour le billon.

POIDS ET DIAMÈTRE DES PIÈCES DE MONNAIE.

Poids.

Le poids des pièces de monnaie d'argent, de cuivre et même de billon ayant été établi en nombres ronds, elles peuvent servir de poids usuels. Ainsi :

1 pièce de billon de 10 c. pèse 2 grammes.

1 pièce d'argent de 2 francs . . . . . .⎫
ou 1 pièce de cuivre de 5 cent . . . . ⎭ pèse 1 décagram.

4 pièces d'argent de 5 francs . . . . .⎫
ou 10 pièces d'argent de 2 francs. . . .⎬ pèsent 1 hectogram.
ou 10 pièces de cuivre de 5 cent. . . .⎭

155 pièces d'or de 20 francs. . . . . .⎫
ou 40 pièces d'argent de 5 francs. . .⎪
ou 500 pièces de billon de 10 centimes⎬ pèsent 1 kilogram.
ou 50 pièces de cuivre d'un décime. . . .⎭

200 pièces de 5 fr. . . . .⎫
ou 250 décimes. . . . .⎬ pèsent 5 kilogr.
ou 500 pièces de 5 cent. . . . .⎭

La proportion entre l'or et l'argent, qui est, dans notre système de monnaies décimales, de 15 1/2 à 1, n'a pas permis de donner aux pièces d'or de 40 fr. et de 20 fr. un poids en nombres ronds; mais 155 pièces de 20 fr. équivalent à 1 kilogr., comme on l'a déjà vu.

Le diamètre ou module des pièces étant fixé en nombres décimaux entiers, elles peuvent offrir des mesures usuelles de longueur. Ainsi, par exemple :

17.

52 pièces de 40 fr. et 8 pièces de 20 fr. \
11 *id.* et 34 *id.* \
19 pièces de 5 fr. et 11 pièces de 2 fr. \
20 pièces de 2 francs ou de 5 cent. et } donnent 1 mètre. \
20 pièces de 1 franc. \
7 décimes et 29 pièces de 5 centimes. /

Au moyen d'un certain nombre de trois espèces de pièces différentes, on pourrait aussi obtenir 1 mètre.

Ce qu'on vient de dire est exact pour les pièces de monnaie qui ont été frappées en virole pleine et dont les lettres de la légende sur tranche sont marquées en creux. Depuis 1830, époque à laquelle on a adopté, pour les monnaies d'or et la pièce de 5 francs la marque sur tranche en relief, au moyen de la virole brisée, les diamètres des surfaces sont bien restés les mêmes; mais la légère saillie des lettres de la tranche, si les pièces, qu'on rapprocherait sur une même ligne, se touchaient par ces lettres, donnerait moins d'exactitude aux mesures de longueur que nous avons indiquées ci-dessus. Les pièces de 2 francs et de 1 franc sont, depuis la même époque, cannelées sur tranche,

TABLEAU DE COMPARAISON

Des Monnaies réelles étrangères avec les Monnaies françaises, toutes supposées exactes de poids et de titre, d'après les lois de fabrication.

ALGÉRIE.	F.	C.	Demi-risdale ou florin.	2 59	75
Or. Sequin-Soultany....	8	71	Vingt kreutzers	0 86	50
Argent. Zoudi-Boudjou.	5	72	Dix kreutzers.......	0 43	25
ANGLETERRE.					
Or. Guinée de 21 shillings..........	26	47	**BADE.**		
Demi............	13	23 50	*Or.* Pièce de 20 florins..	21 04	
Un quart......	6	61 75	10 florins..	10 52	
Un tiers, ou 7 shillings.	8	82 35	*Argent.* Pièce de 2 florains............	4 18	
Souverain depuis 1818, de 20 shillings........	25	20 80	1 florin............	2 09	
Argent. Crown, ou couronne de 5 shillings anciens........	6	28	**BAVIÈRE.**		
			Or. Carolin.........25	66	
Schillings anciens....	1	25 60	Maximilien......17	18	
Crown ou couronne, depuis 1818........	5	80 72	*Argent.* Couronne......	5 66	
			Risdale de 1800......	5 10	
Shillings, depuis 1818.	1	16 14	Teston ou kopftuck..	2 09	
AUTRICHE ET BOHÈME.			**BELGIQUE.**		
Or. Ducat de l'empereur.11	86		*Or.* Vingt francs.......20	00	
Ducat de Hongrie....	11	90	Quarante francs.....40	00	
Demi-Souverain.....	17	58	*Argent.* Quart de franc.	0 25	
Quart............	8	79	Demi-franc...	0 50	
Argent. Ecu, ou risdale de convention, depuis			Un franc..........	1 00	
			Deux francs........	2 00	
1755.............	5	19 50	Cinq francs........	5 00	

DANEMARCK ET HOLSTEIN.

Or. Ducat courant depuis
1767................ 9 47
Ducat species 1791 à
1802.... ....11 86
Chrétien, 1775....20 95
Argent. Risdale d'espèce
ou double écu de 96
schellings danois de
1776............. 5 66
Risdale ou pièce de 6
marcs danois de 1750. 4 96
Marcs danois de 16
schellings de 1776... o 94

ÉGYPTE.

Or. Sequin.......... 6 70
Argent. Grouch, piastre
de 40 paras...... o 30

ESPAGNE.

Or. Pistole ou doublon de
8 écus, 1772 à 1786...83 93
—— de 4 écus......41 96 50
—— de 2 écus......20 98 25
Demi-pistole, ou écu.10 49 12
Pistole ou doublon de
8 écus, depuis 1786..81 51
—— de 4 écus.....40 75 30
—— de 2 écus......20 37 75
Demi-pistole ou écu..10 18 87
Argent. Piastre, depuis
1772.......... 5 43
Réal de 2, ou piécette,
ou cinquième de pias-
tre........... 1 08
Réal de 1, ou demi-
piécette, ou dixième de
piastre............ o 54
Réallillo, ou réale de
Veillon, ou vingtième
de piastre.. ...... o 27
Nota. Ces 3 dernières
pièces sont dénommées
monnaies provinciales;
elles n'ont cours que
dans la Péninsule.

ÉTATS ROMAINS. F. C.

Pistoles de Pie VI et
Pie VII......... 17 37 50
Demi.. .... 8 68 75
Sequin, 1769. Clé-
ment XIV et ses succes-
seurs............ 11 80

Demi............. 8 90
Argent. Ecu de 10 Pauls
ou 100 bayoques.... 5 38 50
Trois dixièmes d'écu
ou teston de 30 bayo-
ques........... 1 62
Un cinquième d'écu ou
papeto de 20 bayoques. 1 08
Un dixième d'écu. ou
Paul de 10 bayoques. o 54

ÉTATS-UNIS D'AMÉRIQUE.

Or. Double aigle de dix
dollars............ 55 21
Aigle de cinq dollards. 27 60 50
Demi-aigle, ou 2 1/2
dollars...........15 80 23
Argent. Dollar........ 5 42
Demi. 2 71
Un quart........... 1 35 50

GRÈCE.   F. C.

Argent. Phénix depuis
1829............. o 90
Il se divise en 100 lepta.
5 drachmes (Othon)... 4 48

HAMBOURG.

Or. Ducat ad legem Im-
perii................11 86
Ducat nouveau de la
ville................11 76
Argent. Marc ou 16 schel-
lings, d'après la conven-
tion de Lubeck.. .... 1 55
Risdale de constitution
ou écu d'espèce...... 5 70

JAPON.

(Par approximation, et
faute de renseignemens
précis sur le poids et le
titre légal des monnaies).
Or. Kobang vieux de 100
mas................51 24
Kobang nouveau de
100 mas............39 69
Argent. Tigo-gin ou pièce
de 40 mas.......... 14 40

LOMBARDO-VÉNITIEN.
(Royaume).

Or. Souver depuis 1823. 55 29

Demi ou 20 livres d'Au-
triche 17 56
Argent. Ecu de 6 livres
d'Autriche........... 6 20
Demi-écu ou 1 florin.. » 60
Livre d'Autriche..... 0 86

MOGOL.
(Par approximation).

Or. Roupie du Mogol.. 38 72
    Demi............... 19 56
    Un quart........... 9 68
    Pagode ou croissant... 9 46
    Id. à l'étoile........ 9 35
    Ducat de la compagnie
    hollandaise......... 11 62
    Demi............... 5 81
Argent. Roupie du Mo-
    gol................ 2 42
    Roupie de Madras.. 2 40
Argent. Roupie d'Arcate. 2 56
    Roupie de Pondichéry. 2 42
    Double fanon des Indes. 0 63
    Fanon 0 31 50
    Pièce de la Compagnie
    hollandaise 2 40

NAPLES.
Voyez aussi SICILE.

Or. Le titre des anciens
    ducats est trop variable
    pour pouvoir en donner
    l'évaluation en mon-
    naies françaises...... »
    Once nouveau de 3 du-
    cats, depuis 1818..... 12 99
    Quintuple de 15 ducats,
    depuis 1818.......... 64 95
    Décuple de 30 ducats,
    depuis 1818......... 129 90
Argent. 12 carlins de 120
    grains, depuis 1804... 5 10
    Ducat de 10 carlins de
    100 grains, depuis 1784. 4 25
    2 carlins, depuis 1804.. 0 85
    1 carlin, depuis 1804.. 0 42 5
    Ducat de 10 carlins, de
    1818................ 4 25

PARME.

Or. Pistole de 1786 à 1791. 21 91
    40 lire de Marie-Louise,
    depuis 1815.......... 40 »
    20 lire, *id*, depuis 1815. 20 »

Argent. Ducat de 1784
    et 1796............. 5 15
    5 lire de Marie-Louise,
    depuis 1815.......... 5 »
    2 lire, 1 lira, 1/2, 1/4
    de lira à proportion.. »

PAYS-BAS.

Or. Dix florins........ 20 85 99
    Cinq florins........ 10 42 99
Argent. 1/20 de florin ou
    5 cents............. 0 10 68
    1/10 de florin ou 10
    cents.............. 0 21 36
    1/4 de flor. ou 25 cents. 0 53 4
    1/2 florin ou 50 cents. 1 06 16
    Un florin ou 100 cents. 2 13 28
    Trois florins......... 6 40 85

PERSE.
(Par approximation).

Or. Roupie........... 56 75
    Demi.............. 28 37 50
Argent. Double-roupie de
    5 abassis........... 4 90
    Roupie de 2 1/2 abassis. 2 45
    Abassi............. 0 97
    Mamoudi........... 0 48 50
    Larin.............. 2 03

PORTUGAL.

Or. Moéda douro lisbon-
    nine de 4,800 reis.... 33 96
    Meia moéda demi-lis-
    bonnine de 2,400 reis. 16 93
    Quartino, quart de lis-
    bonnine de 1,100 reis. 8 49
    Méiadobra, portugaise
    de 6,400 reis........ 45 27
    Demi - portugaise de
    3,200 reis.......... 22 63 50
    Pièces de 16 test de
    1,600 reis......... 11 31 75
    Pièces de 12 testons de
    1,200 reis.......... 8 02
    Pièces de testons de 800
    reis 5 66
    Cruzade de 480 reis.. 3 30
Argent. Cruzade neuve de
    480 reis............ 2 94
    Cruzade de 1,000 reis. 6 12

PRUSSE.

Or. Ducat............11 77
  Frédéric 20 80
  Demi............10 40
Argent. Risdale ou thaler
  de 30 silbergros de 1823. 3 71 11
  Pièce de 5 silbergros.. 0 61 85
  Silbergros, valeur in-
  trinsèque............ 0 10

RAGUSE.

Or. Néant.
Argent. Talaro, dit ragu-
  sine.............. 3 90
  Demi-talaro 1 95
  Ducat 1 37
  12 grossettes......... 0 41
  6 grossettes.......... 0 20 50

RUSSIE.

Or. Ducat de 1755 à 1763. 11 79
  — de 1763.......11 59
  Impériale de 10 roubles
  de 1755 à 1763.......52 38
  Demi, 5 roubles, de
  1755 à 1763.......26 19
Platine. Impériale de 10
  roubles depuis 1763..41 29
  Demi de 5 roubles, de-
  puis 1763..........20 64 50
  Pièce de 12 roubles.. 48 »
Argent. Rouble de 100 co
  pecks de 1750 à 1762 4 61
  Rouble de 100 copecks
  de 1763 à 1807..... 4 »

SARDAIGNE.

Or. Carlin, depuis 1768.. 49 33
  Pistole............28 45
  Quadruple de 80 liv.. 80
  Pistole de 40 et 20 liv.,
  à proportion........ » »
  Séquin...........11 95
  Id. de Gênes......12 01
  Double-neuve pist. de
  24 livres...........30 »
  Carlin, depuis 1755. 150 »
  Demi..............75 »
Argent. Ecu depuis 1768. 4 70
  Demi-écu 2 33
  Quart d'écu, ou une liv. 1 17 50
  Ecu neuf de 6 livres,
  1816............... 5 »

Ecu de 6 livres, depuis
  1755 .... 7 07
  Demi-écu 3 53 50
  Un quart, ou 30 sous. 1 76 75
  Demi-quart, ou 15 sous. 0 88 37

SAXE.

Or. Ducat...........11 86
  Double-Auguste, ou 10
  thalers... ....41 49
  Auguste ou 5 thalers. 20 74 50
  Demi-auguste.......10 37 25
Argent. Risdale d'espèce
  ou écu de convention,
  depuis 1763......... 5 19 50
  Demi ou florin de con-
  vention.......... 2 59 75
  Un gros ou 32e de ris-
  dale ou 24e de thaler.. 0 16 21

SICILE.

Or. Once, depuis 1748...13 73
Argent. Ecu de 12 tarins. 5 10

SUÈDE.

Or. Ducat...........11 70
  Demi............ 5 85 50
  Un quart.......... 2 92 50
Argent. Risdale d'espèce
  de 48 schellings de 1720
  à 1802........... 6 75 73
  Deux tiers de risdale,
  ou double plotte de 32
  schellings 3 83 82
  Un tiers, ou 16 schel.. 1 91 91

SUISSE.

Or. Pièce de 32 franken
  de Suisse............47 63
  Pièce de 16.........23 81 50
  Ducat de Zurich....11 77
  — de Berne......11 64
  Pistole de Berne......23 76
Argent. Ecu de Bâle de 30
  batz ou 2 florins. .. 4 56
  Demi-écu ou florin de
  15 batz............ 2 28
  Franc de Berne, depuis
  1803 .... 1 50
  Ecu de Zurich de 1781. 4 70
  Demi ou florin, depuis
  1781 .... 2 35
Argent. Ecu de 40 batz de
  Bâle et Soleure, depuis

1798............... 5 90
Pièce de 4 frank. de
Berne de 1799........ 5 88
Pièce de 4 franken de
Suisse en 1803...... 6 »
Pièce de 2 franken de
Suisse en 1803....... 3 »
Pièce d'un franken de
Suisse en 1803....... 1 50

TOSCANE.

Or. Ruspone, ou 3 sequins
aux lys.............. 36 04
Un tiers ruspone, ou
sequin aux lys....... 12 01. 33
Demi sequin.......... 6 00. 67
Sequin à effigie...... 12 01. 33
Rosine.............. 21 54
Demi............... 10 77
Argent. Francescone de
10 pauls, livournine,
piastre à la rose, talaro,
leopoldine et écu de 10
pauls............... 5 61
Pièce de 5 pauls...... 2 80. 50
— de 2 pauls...... 1 12. 20
pièce de 1 paul...... 0 56. 10

TURQUIE.

Or. Sequin zermahboub

du sultan Abdel Hamrd
1774............... 8 72
Nisfie, ou 1/2 zermah-
boub. *idem*.......... 4 36
Raubyeh, ou 1/4 sequin
faudaukli........... 2 43. 33
Sequin de Zermahboub
de Selim III.......... 7 50
Demi............... 3 65
Un quart............ 1 82. 50
Argent. Altmichlec de 60
paras, depuis 1771... 3 52
Yaremlec de 20 paras,
ou 60 aspres, 1757... 0 93
Roub de 10 paras ou
30 aspres, 1757..... 0 49
Para de 3 aspres, 1773. 0 04
Aspre, dont 120 pour
la piastre de 1773.... 0 01. 33
Piastre de 40 paras, ou
120 aspres, 1780..... 2 »
Pièce de 5 piastres de
Mahmaud, 1811...... 4 15. 67

WURTEMBERG.

Or. Ducat............. 11 85
Florin ou Caolin..... 25 87
Risdale ou écu de con-
vention............. 5 19
Kronen thaler ou gros
écu............... 5 70

CURIOSITÉS.

CHEFS-D'OEUVRE DE MÉCANIQUE.

AUTOMATES, SUJETS MÉCANIQUES,

chez SUSSE, *place de la Bourse, 31.*

Nous nous proposions d'appeler l'attention du public, et plus particulièrement des étrangers, sur les chefs-d'œuvre créés par M. Stevenard, horloger-mécanicien de Boulogne-sur-Mer, lorsque nous avons appris avec un indicible regret que Paris devait être bientôt privé de cette précieuse collection d'un luxe vraiment royal. Heureusement cette nouvelle n'est pas exacte, puisque les deux pièces principales viennent d'être acquises par M. Susse, place de la Bourse, 31, qui continuera d'en faire jouir les amateurs. Disons que rien ne pouvait être mieux entendu que de confier les destinées d'un si précieux travail à M. Susse, l'artiste par excellence, dont les salons s'enrichissent chaque jour de tout ce que la main de l'homme peut créer de plus fini comme art et de plus splendide comme exécution.

Il existe bien des merveilles à Paris, bien des spectacles dignes d'attirer l'attention ; il n'en est aucun cependant qui mérite l'admiration autant que celui que M. Susse est à même d'offrir à la curiosité des amateurs.

Voici la description abrégée de ces deux chefs-d'œuvre.

Le Joueur de flûte.

Sur un canapé que porte un piédestal d'une très riche exécution, est assis cet automate, grand d'un pied, et orné de diamans, d'émeraudes, de rubis, et vêtu avec toute la magnificence d'un costume espagnol.

Au commandement, cet habile joueur de flûte se lève, salue gracieusement, porte l'instrument à ses lèvres, marque de chaque doigt chaque note comme le flûtiste le plus exercé, et joue des airs charmans de Bellini et de Rossini, sur lesquels il brode de fort belles variations, tout en regardant çà et là l'assemblée. Tout ce qui constitue l'art du flûtiste en particulier, et l'habileté du musicien en général, il le possède à ravir; le double coup de langue, le coulé, les traits en octaves, les nuances, le style, rien n'y manque; cela se fait avec une justesse, une grâce, une aisance dont rien n'approche, et qu'il faut vraiment voir pour s'en faire une idée.

Le Magicien.

Sur un socle en ébène, enrichi d'ornemens en bronze et de balustres dorés à l'or moulu, s'élève un temple magnifique en bronze doré; ce temple est recouvert par des glaces à biseaux, encadrées dans un châssis d'une rare élégance. L'ensemble de cette pièce, de 8 pieds d'élévation, présente à la vue une magnificence tout-à-fait féerique, et réalise tout ce que l'imagination peut se figurer de plus somptueux. Mais c'est là son moindre mérite.

Un magicien, d'un pied de hauteur, est assis sous le portique du temple : il tient d'une main la baguette enchantée, et de l'autre le livre du Destin; son costume enrichi d'or, de rubis et de brillans, est d'une richesse dont rien n'approche. Au bas du socle est un tiroir contenant seize tablettes, qui sont autant de vrais bijoux, sont égales de forme, de poids et de dimension; il n'existe entre elles aucune différence. Les questions à faire au magicien sont toutes de la plus haute philosophie, parfaitement choisies, et présentent un véritable intérêt; elles sont gravées, sur chaque tablette, en français d'un côté et en anglais de l'autre.

Pour adresser une question au magicien, il suffit de toucher un bouton; aussitôt, une porte placée au milieu du socle s'abat et livre passage à un petit tiroir en or très élégant qui s'avance seul : quatre cygnes placés à chaque coin reçoivent la tablette; .

on touche de nouveau le bouton, le tiroir s'en retourne comme il est venu, la question est faite.

Une musique délicieuse, appropriée aux mouvemens du magicien, et changeant à chaque nouvelle demande, se fait immédiatement entendre. Ce dernier quitte sa lecture, regarde la personne qui lui a adressé la question, consulte son grimoire, trace des cercles magiques et commence ses conjurations. Après quelques instans accordés à la méditation, il se lève d'un air inspiré, réitère ses enchantemens, frappe trois coups retentissans : les portes du temple s'ouvrent à deux battans, et laissent voir dans l'intérieur, qui est magnifique, un ovale en émail noir, entouré d'un double cercle de brillans. C'est alors que le magicien est vraiment admirable ! Par un nouveau commandement, un serviteur, un petit démon, plein de malice et d'esprit, sort du temple et lui apporte un vase en or, dans lequel il trempe sa baguette. C'est ici surtout qu'il faut redoubler d'attention, et remarquer avec quelle grâce, quelle aisance, le magicien trace la réponse dans le médaillon : les lettres se forment à la vue des spectateurs, et sortent comme par magie du bout de la baguette. Cette réponse est une sentence courte, précise, sans réplique. Le magicien se retourne alors vers le public, promène ses regards vers toutes les parties du salon, montre sa réponse, d'un coup de baguette fait disparaître le petit génie, s'assure qu'on a bien lu, frappe ensuite sur les portes du temple, qui se referment aussitôt, fait un salut très gracieux, se rassied, reprend sa lecture; et rentre dans la méditation et le repos.

Il est impossible de rendre par une description l'effet que produit cet automate; la pantomime est tout à la fois imposante, noble et gracieuse; ses mouvemens sont tellement naturels, qu'ils semblent appartenir à un être doué de la vie; le petit génie, qui vient ajouter au charme de la pièce par ses gestes et ses gentilles manières, en double le pres-

tige ; c'est prodigieux, cela tient du fantastique.
Mais ce qui est étonnant, ce qui est surtout inconcevable, c'est la question de l'heure, qu'on peut adresser au magicien à tel instant que ce soit, ainsi que toutes les autres en anglais et en français, et à laquelle il répond dans les deux langues avec une merveilleuse précision.

Ce chef-d'œuvre de mécanique a coûté 30,000 fr. de déboursés et six années de travail à son auteur.

Nous espérons que l'empressement du public récompensera M. Susse d'avoir fixé dans la capitale un trésor au point de vue de la mécanique, que l'Angleterre nous envie et nous eût enlevé.

PORTRAITS A 1 FRANC, *par un nouveau procédé.*
PROSOPOGRAPHUS, *célèbre dessinateur automate, de Londres, boulevart Montmartre, n. 9.* — Nous venons, dans le précédent article, d'esquisser toutes les magnificences de sujets mécaniques créés par un de nos compatriotes; un esprit non moins intelligent a su, lui aussi, animer la matière inerte, et si les dehors de ses automates sont moins resplendissans, le spectateur n'en est pas moins charmé des merveilles à l'exécution desquelles il prend une part directe, et que cette mécanique prodigue à tous avec une incroyable facilité, en donnant à chacun son portrait.

L'inventeur est un artiste de Londres, arrivé depuis peu dans notre capitale, hospitalière à tous les genres de mérite, sans distinction d'origine, et déjà ses salons, accessibles à tous, sont remplis de nombreux visiteurs.

Vous qui avez une famille éloignée, des amis absens, des liens de cœur, en un mot, venez poser une minute dans le boudoir de Prosopographus. Ce nouvel enchanteur, qu'un ressort met en mouvement, avec accompagnement d'une suave mélodie, s'inspire à l'instant même de vos désirs, et bientôt, sans que vous puissiez en deviner la magie, sa main guide un crayon toujours sûr, et trace le profil de votre portrait avec une fidélité inexprimable.

Quelque combinaison cachée viendrait-elle placer ce portrait dans l'album de ce peintre d'une école jusqu'alors inconnue ? Prosopographus cacherait-il sous son riche costume espagnol quelque boîte à tiroirs d'où quelque prestidigitateur fait surgir votre portrait, résultat d'un travail manuel ? S'il en était ainsi, on devrait déjà saluer d'admiration une exécution aussi surprenante par sa promptitude. Mais non, rien de semblable : c'est devant vous, sous votre inspection même, que l'automate opère ; artiste aussi modeste que désintéressé, tous ses soins sont de vous plaire, et si vous donnez un sourire à ses efforts, ce sourire, votre image vous le rendra.

Ce spectacle que nous tenterions vainement de décrire, est un de ceux dont la double merveille laisse un double souvenir, et si ce n'était l'aménité du propriétaire de Prosopographus qui vous met à l'aise, on se trouverait dans une situation véritablement embarrassante, tant on est disposé à penser que la bagatelle de 1 fr. n'acquitte pas la dette entière ; on se demande lequel n'est pas payé ou du spectacle ou du portrait que l'on emporte avec soi.

Avec un peu plus de dépense, ce portrait, sans perdre de sa vérité première, se revêt sous les coups du pinceau habile de M. Hervé de La Morinière de tous les accessoires qui en font une miniature exquise et du dernier fini.

Portraits en pied, 6 fr.
Portraits en couleur, 15 et 50 fr.
Portraits miniature en couleur, 50 fr.

CURIOSITÉS PAR ARRONDISSEMENT.

1er Arrondissement, composé des quartiers des Tuileries, des Champs-Elysées, du Roule, de la place Vendôme : Arcs-de-triomphe du Carrousel, de l'Etoile. — Bibliothèque du roi. — Galerie du Louvre.—Champs-Elysées. — Chapelle expiatoire de Louis XVI. — Collége Bourbon. — Eglises de l'Assomption. — De la Madeleine.—Saint-Philippe-du-Roule. — Elysée-Bourbon. — Garde-Meuble. — Gymnase civil. — Hospice Beaujon. — Sainte-Pé-rine, à Chaillot. — Maison de François Ier, dans les Champs-Elysées. — Manufacture de mosaïques, quai de Billy, 24. — Marché de la Madeleine. — Ministère des Finances.—Obélisque de Luxor. — Palais et jardin des Tuileries.—Panorama.— Parc de Monceaux. — Place et colonne Vendôme. — Place et pont de la Concorde.— Ponts des Invali-des. — Royal. — D'Iéna. — Temple anglais.

2e Arrondissement, composé des quartiers de la Chaussée-d'Antin, du Palais-Royal, Feydeau, fau-bourg Montmartre :-Abattoir Montmartre. — Bi-bliothèque du Roi, et s s cabinets des Estampes et des Manuscrits. — Eglises Saint-Roch. — Notre-Dame-de-Lorette. — Fontaines, rue et place Ri-chelieu. — Galerie de Choiseul. — Marché Saint-Honoré. — Palais-Royal, sa galerie de tableaux et son jardin. — De la Bourse. — Théâtre-Français. — Du Grand-Opéra. — De l'Opéra Comique. —Du Palais-Royal. — Des Variétés. — Du Vaudeville.

5e Arrondissement , composé des quartiers du Faubourg-Poissonnière, de Montmartre, de Saint-Eustache, du Mail : Cabinet de M. Delessert. — Eglises St-Eustache. — Des Petits-Pères. — Bonne-Nouvelle. — Passages Colbert et Vivienne. — Place des Victoires, statue équestre de Louis XIV. — Ga-lerie des Beaux-Arts, 20 et 22.

4e Arrondissement, composé des quartiers Saint-Honoré, du Louvre, des Marchés, de la Banque de France : Banque de France. — Eglise Saint-Ger-main-l'Auxerrois. — Les Fontaines de Marie-de-Médicis.—Du Châtelet.— Des Innocens.— Halle au Blé. — Le Louvre et ses riches galeries.—Tem-ple de l'Oratoire.— Place du Châtelet. —Ponts des Arts. — Du Carrousel.

5e Arrondissement, composé des quartiers Bonne-Nouvelle, du faubourg St-Denis, de la Porte-Saint-

Martin , de Montorgueil : Arcs-de-triomphe des portes Saint-Denis et Saint-Martin. — Barrière de La Villette.— Eglises Saint-Laurent.— Saint-Vincent-de-Paul. — Fontaine du Château-d'Eau. — Hôpital Saint-Louis. — Prison St-Lazare.— Théâtres de l'Ambigu.— Du Gymnase. — De la Porte Saint-Martin.

6e Arrondissement, composé des quartiers du Temple, des Lombards, de la porte Saint-Denis, de Saint-Martin-des-Champs : Conservatoire des Arts-et-Métiers et sa bibliothèque. — Eglises Sainte-Elisabeth. — Saint-Leu. — Saint-Nicolas-des-Champs. — Marchés Saint-Martin. — Du Temple. — Synagogue. — Le Temple. — Théâtres du Cirque-Olympique et de la Gaîté. — Tour St-Jacques-la-Boucherie.

7e Arrondissement, composé des quartiers des Arcis, de Sainte-Avoie, du Mont-de-Piété, du Marché Saint-Jean : Archives du royaume. — Eglises des Blanc-Manteaux. — St-François. — St-Merry. — Imprimerie-Royale. — Marché des Blancs-Manteaux. — Mont-de-Piété. — Temple des Protestans.

8e Arrondissement, composé des quartiers des Quinze-Vingts, de Popincourt, du faubourg Saint-Antoine, du Marais : Cimetière du Père-la-Chaise. — Eglise Ste-Marguerite. — Hospices des Orphelins.—Des Quinze-Vingts.—Manufacture royale des Glaces.—Place-Royale, et statue de Louis XIII. — Pont d'Austerlitz. — Prison de la Roquette. — Temple des Protestans.

9e Arrondissement, composé des quartiers de la Cité, de l'Arsenal, de l'île Saint-Louis, de l'Hôtel-de-Ville : Arsenal et sa bibliothèque. — Colonne de Juillet. — Eglises Notre-Dame. — St-Gervais.— St-Louis-en-l'Ile. — St-Paul. — Hôtel-Dieu. — Hôtel-de-Ville et sa bibliothèque. — Marché aux fleurs. — Places de la Bastille. — De Grève. — Ponts d'Arcole. — Au Change.— De Constantine. — Damiette. — Louis-Philippe.

10e Arrondissement, composé des quartiers des Invalides, de la Monnaie, de St-Thomas-d'Aquin, du faubourg St-Germain : Bibliothèque Mazarine. — Champ-de-Mars. — Ecole-Militaire. — Eglises, Missions Etrangères. — St-Germain-des-Prés. — St-Pierre. — St-Thomas-d'Aquin. — Fontaine de la rue de Grenelle. — Hôpital militaire du Gros-Caillou. — Hospice des ménages. — Hôtel des Invalides et sa bibliothèque. — Des Monnaies, ses cabinets de médailles et de minéralogie. — Hôtel du quai d'Orsay. — Institution des Jeunes-Aveugles. — Musée d'Artillerie. — Palais des Beaux-Arts. — De la Chambre des députés. — De l'Institut. — De la Légion-d'Honneur. — Ponts d'Iéna. — En Chaînes.

11e Arrondissement, composé des quartiers du Luxembourg, de l'Ecole-de-Médecine, de Sorbonne, du Palais-de-Justice : Ecole-de-Médecine. — Eglises de la Sainte-Chapelle. — St-Séverin. — St-Sulpice. — Hôtel-Cluny et cabinet de M. du Sommerard. — Marchés St-Germain. — A la Volaille. — Monument de Malherbe. — La Morgue. — Musée Dupuytren. — Palais-de-Justice. — Du Luxembourg, son jardin et son Musée. — Des Thermes. — Place Dauphine. — Ponts des Arts. — Du Carrousel. — Neuf. — St-Michel. — Séminaire St-Sulpice. — Sorbonne. — Statue de Henri IV. — Théâtre de l'Odéon.

12e Arrondissement, composé des quartiers St-Jacques, de l'Observatoire, du Jardin-du-Roi, de St-Marcel : Bibliothèque Ste-Geneviève. — Catacombes. — Colléges Henri IV. — Louis-le-Grand. — Royal de France. — Ste-Barbe. — Ecoles de droit. — De pharmacie et son jardin botanique. — Polytechnique. — Royale des Sourds-Muets. — Eglises St-Etienne-du-Mont. — St-Jacques-du-Haut-Pas. — St-Médard. — St-Nicolas-du-Chardonnet. — Gobelins. — Halle aux vins. — Hôpital militaire du Val-de-Grâce. — Hospice Cochin. — De la Salpétrière. — Jardin des Plantes, sa bibliothèque , son cabinet d'anatomie, sa ménagerie, son muséum d'histoire naturelle. — Manufacture des Gobelins. — Marché aux chevaux. — Pont d'Austerlitz. — Observatoire. — Panthéon.

N. B. Pour visiter les établissemens et monumens publics, s'adresser à M. le directeur des bâtimens publics, au ministère de l'intérieur.

ABATTOIRS : de Grenelle, barrière de Sèvres; — de Ménilmontant, entre les rues Popincourt. St-Maur et des Amandiers; — Montmartre, à la barrière Rochechouart; — du Roule ou de Monceaux, r. Miroménil; — de Villejuif ou d'Ivry, boulevart de l'Hôpital.

Galeries et cabinets particuliers de tableaux.

Indépendamment des musées indiqués p. 119, on pourra encore visiter les galeries suivantes :

— De M. Casimir Périer, rue Neuve-de-Luxembourg, 17.

— De M. Bonnemaison, rue Neuve-Saint-Augustin, 59.

— De M. du Sommerard , rue des Mathurins-St-Jacques, 14.

— De MM. Delessert, rue Montmartre, 176.

— De M. Erard, rue du Mail, 13.

— De M. le baron de Jassand, rue Grange-aux-Belles, 7.

— De M. le duc de Dalmatie , rue de l'Université, 57.

— De Mme de Frainay, rue de Suresne, 25.

ÉTABLISSEMENS D'UTILITÉ GÉNÉRALE.

COMPAGNIE HOLLANDAISE. — La Compagnie Hollandaise a sa fabrique et son administration rue Saint-Victor, 2.

Le bouillon, le consommé et la viande cuite vendus dans ses établissemens sont le produit de la viande de bœufs achetés directement sur les marchés de Sceaux et Poissy; les autres matières premières servant à la préparation de ces produits sont du premier choix, et employées avec le soin et la propreté les plus recherchés.

Les personnes qui voudraient vérifier par elles-mêmes notre affirmation seront admises à visiter la fabrique, en se présentant au bureau, dont l'entrée particulière est rue Cuvier, n. 10.

C'est en connaissance de cause, et pour en avoir nous-mêmes contracté l'habitude, que nous conseillons aux étrangers et aux personnes que leurs occupations éloignent de leur domicile, de profiter des avantages que leur procure l'existence des trente et un dépôts dont nous donnons l'adresse ci-après; dépôts qui, pour la plupart, sont situés dans des quartiers où l'on chercherait vainement un restaurant convenable. On peut s'y procurer, sans la moindre perte de temps, une collation qui a le double mérite d'être peu coûteuse et cependant très confortable; car l'on peut accompagner la tasse de bouillon d'une excellente tranche de bœuf, rehaussée par un hors-d'œuvre à son choix.

Les Dépôts sont situés :

rue de la Chaussée-d'Antin, 60.
rue du Faubourg Montmartre, 62.
rue du Faubourg Saint-Denis, 78.
rue du Faubourg Saint-Martin, 125.
Grande rue Verte.
boul. des Capucines, 23.
rue Saint-Honoré, 354.
rue Montmartre, 182.
rue du Petit-Carreau, 7.
rue Coquillère, 37.
rue Montmartre, 85.

boulevart Bonne-Nouvelle, 28.
rue Ferdinand Berthot, 2.
boulev. du Temple, 43.
rue St-Dominique-Gros-Caillou, 146.
rue St-Dominique-Saint-Germain, 99.
rue Jacob, 43.
rue Richelieu, 15.
rue du Coq St-Honoré, 10.
rue de la Monnaie, 8.
rue Dauphine, 29.
rue de la Barillerie, 25 et 27.

rue Rambuteau, 4.

passage du Petit-St-Antoine, rue St-Antoine, 69.

rue de Sèvres, 11.

rue des Boucheries-Saint-Germain, 47.

rue des Noyers, 12 et 14.

rue de la Harpe, place St-Michel, 125.

boul. Beaumarchais, 15.

rue du Faubourg Saint-Antoine, 172.

rue Mouffetard, 112.

PROGRÈS INDUSTRIELS. — INVENTIONS.

LE CALCULATEUR MÉCANIQUE DES INTÉRÊTS A TOUS LES TAUX, par V. RICHARD, *arbitre-expert en matières commerciales*, 5, *rue St-Fiacre, à Paris.* — Joli petit instrument breveté, également utile aux Notaires, Avoués, Huissiers, Banquiers, Agens de change, Chefs d'industrie et de commerce, Teneurs de livres, etc., etc.

Depuis quelques années les opérations de banque et de finances ont pris un tel développement que, pour répondre au besoin généralement senti de méthodes expéditives, divers auteurs ont présenté au commerce des tables à *décimales*, nommées improprement comptes tout faits.

Presque toutes ces tables, copiées les unes sur les autres, présentent l'inconvénient de faire tomber l'opérateur dans des erreurs parfois très grossières, ce qui en a fait interdire l'usage dans un très grand nombre de maisons de banque, où l'on est revenu aux opérations ordinaires, quoiqu'elles entraînent une lenteur inévitable, dans la confection des bordereaux d'escompte.

Cet état de choses réclamait un perfectionnement. En effet les tables à décimales ne sauraient être remises aux mains de tout le monde. Elles exigent le soin d'analyser les progressions et d'en combiner l'emploi en raison de la valeur des nombres naturels. Elles exigent en outre, de la part de l'opérateur, une transcription sur le papier, nouvelle source d'erreurs.

Le Calculateur mécanique obvie à tous ces inconvéniens.

18

Il opère avec une prodigieuse vitesse ; exprime immédiatement les produits des intérêts par des nombres naturels ; dispense de toute contention d'esprit au point de pouvoir être mis en usage par l'enfant dès que l'addition lui devient tant soit peu familière ; il procure une économie matérielle, par la suppression des plumes, encre, papier, etc., auxiliaires devenus inutiles, l'opération, conduite avec le doigt, n'exigeant aucune transcription.

Avec lui toute erreur est impossible, par la facilité même d'une vérification instantanée.

Véritable automate, plus instruit qu'aucun de ses aînés, il prête à tous l'appui de son érudition. Aux notaires, aux banquiers, aux comptables de tous genres, il procure l'économie du temps, ce capital qui se perd si vite et ne se retrouve jamais.

A la fois protecteur modeste et juge inflexible, il devient, dans les mains des petits industriels peu versés dans la science des calculs, un moyen sûr de s'abriter contre l'audacieuse duplicité de certains escompteurs de bas étage, qui souvent déguisent leurs rapines à l'aide de calculs sciemment erronés.

Mais là ne se borne pas son utilité ; sa forme extérieure, aussi élégante que son mécanisme intérieur est simple, en fait un serre-papier des plus commodes.

Réunissant tant d'avantages, sa place devient inévitablement marquée dans tous les cabinets, aussi bien sur le bureau-ministre du financier que sur celui de bois noirci du jeune clerc de notaire.

Dans les vues de lui faire prendre le rapide essor qui l'élève promptement à la hauteur de sa destinée, l'inventeur prévient messieurs les papetiers, libraires et marchands de curiosités, qu'il désire établir un dépôt dans toutes les villes des départemens. — Il prévient également les autres inventeurs qui voudraient exploiter en commun quelque autre objet se rattachant par sa spécialité au *con-*

fortable du bureau, partie généralement trop né-
gligée en France, qu'il traitera de toute bonne invention en réservant à son auteur une part d'intérêts dans le produit des ventes.

Demander des dépôts ou un exemplaire d'échan-
tillon par lettre affranchie. — Prix : 20 fr.

Nota. — Cette dépense est compensée en moins
d'une semaine dans une maison de banque de quelque importance, tant par l'économie de temps que
par celle des accessoires sus-indiqués.

Gravure typographique en relief, procédé
RÉMON, rue du Cloître-Saint-Benoît, 14. — Si la
gravure sur bois remonte à une haute antiquité, ce
n'est guère qu'à la fin du quinzième siècle qu'elle a
commencé à prendre rang parmi les arts, grâce aux
travaux d'Albert Durer et de Lucas Von-Cranach,
et encore ses productions grossières ne lui valurent-
elles que peu d'attention pendant les trois siècles
suivans. Mais depuis quelques années cet art, inti-
mement lié à l'art typographique, pour lequel il est
aujourd'hui un si puissant élément de succès, a pris
un immense développement, et chaque jour voit
grandir son importance. Ses principaux avantages
sur la gravure en taille-douce sont, tout le monde
le sait, de soutenir un tirage beaucoup plus considérable, et de pouvoir être livrée au commerce à
bien meilleur marché, parce qu'elle s'imprime par
les procédés ordinaires de la typographie ; elle offre encore la facilité de reproduire un sujet autant
de fois qu'on le désire par le moyen de clichés.

Au milieu de l'essor qu'ont pris chez nous les procédés industriels, l'art de la gravure typographique, qui paraît appelé à de si brillantes destinées,
ne pouvait rester stationnaire, et de nombreux perfectionnemens déjà y ont été introduits ; mais il
n'en est point qui nous semble réunir plus d'élémens de succès que le procédé Rémon. Ce procédé
consiste à reproduire en cuivre les dessins que l'on
grave aujourd'hui sur bois, et les avantages que ce

nouveau mode a sur l'ancien sont tels, que nous le croyons destiné à opérer une complète révolution dans l'art de la gravure.

Voici les principaux avantages du procédé sur lequel nous appelons l'attention des artistes et des amateurs :

Bon marché. — Diminution de moitié dans le prix de la gravure en bois dans les cas ordinaires, et plus grande encore lorsque le dessin est compliqué, c'est-à-dire chargé de travail.

Reproduction plus fidèle des dessins. — Les dessins sont reproduits avec la plus rigoureuse exactitude, puisqu'ils le sont à l'aide d'une opération chimique, toujours plus sûre qu'un outil, quelle que soit l'habileté de la main qui le dirige.

Dimension des planches. — Les planches sont de telle dimension que l'on veut, ce qui permet de faire en typographie ce que l'on n'a pu faire jusqu'à présent, sans avoir à craindre que des planches se fendent ou se gauchissent, comme il arrive au bois, même pour des planches de dimension assez petites.

Cliché. — On peut, comme des gravures sur bois, en tirer des clichés qui donnent de très bonnes épreuves, les arêtes des tailles étant toujours très franches.

Tirage. — Il serait difficile de déterminer le nombre d'épreuves que pourraient donner les planches Rémon ; tout ce que nous pouvons assurer, c'est que des planches qui ont donné trente mille épreuves et plus ne paraissent pas même avoir passé sous presse. Nous ajouterons que les épreuves ont un brillant, une netteté que ne sauraient donner les meilleurs bois.

THÉATRES.

Le répertoire des théâtres de Paris est le premier du monde. Où trouver des pièces comparables aux tragédies de Corneille, de Racine, de Voltaire !

Molière est sans pareil pour la comédie ; après lui, Regnard occupe le premier rang ; Lesage, Destouches, Dufresny,... et bien d'autres écrivains français, se sont fait un nom distingué dans le même genre ; si nous le cédons à d'autres peuples pour la musique, nous avons le bon esprit d'attirer chez nous les meilleurs compositeurs de l'Europe. C'est, sous les voûtes de notre grand Opéra, une sorte de brevet de capacité ; quant à la danse, nous avons des zéphirs et des sylphides qui font le désespoir de tous les sauteurs étrangers qui ont la témérité de les imiter ; nous brillons dans l'opéra-comique ; le vaudeville est une production indigène du pays. Nos dramaturges sont maîtres passés dans l'art de composer des mélodrames, de les mettre en scène avec les accessoires et tous les ornemens qu'ils comportent.... Nous avons enfin un théâtre Italien.

Les théâtres se classent en *théâtres royaux* qui sont pour la *tragédie*, la *comédie*... le Théâtre-Français, l'Odéon ; pour la *musique*, le grand Opéra ou Académie royale de Musique, le Théâtre-Italien, l'Opéra-Comique.

Les théâtres du second ordre sont le Gymnase, les Variétés, le Vaudeville, la Porte-Saint-Martin, l'Ambigu, la Gaîté, le Cirque-Olympique, les Funambules, les Folies-Dramatiques, etc., etc.

En dehors des barrières, on trouve le théâtre Mont-Parnasse, barrière de ce nom, théâtre Montmartre, à Montmartre ; les théâtres de Belleville, de Grenelle, des Batignolles, des Thernes, dans les bourgs qui portent ces noms.

THÉÂTRE-FRANÇAIS ou de la COMÉDIE FRANÇAISE.
(*Fait partie du Palais-Royal.*)

Ce théâtre, considéré comme monument, est au-dessous du médiocre ; on trouve dans le vestibule

18.

une statue de Voltaire ; la salle décorée convenablement, peut contenir environ 1800 spectateurs.

Mais sous le rapport du mérite littéraire des pièces qui se jouent sur la scène de la Comédie-Française, il n'est point de théâtre au monde qui puisse lui être comparé ; c'est sur cette scène que plusieurs acteurs et actrices se sont immortalisés, tels que Baron, Le Kain, Talma... et les dames Clairon, Raucour, Duchesnoy, Mars.

L'ODÉON ou SECOND THÉATRE-FRANÇAIS.

(Rue de ce nom, près le Luxembourg.)

On y joue les mêmes pièces qu'au Théâtre-Français, et surtout beaucoup de nouveautés.

Sous le rapport de l'architecture, ce théâtre est le premier de la capitale. C'est un rectangle solidement construit, isolé de tous côtés ; à l'extérieur règnent des galeries voûtées qui en font tout le tour. Le portique sous lequel s'ouvre la principale porte d'entrée est décoré de huit colonnes d'ordre toscan ; il n'y a point de fronton ni d'attique.

A l'intérieur, on trouve une salle spacieuse qui ne laisse rien à désirer ; le foyer est très bien entendu.

OPÉRA-COMIQUE.

(Salle Favart, place des Italiens.)

Comme bâtiment, ce théâtre est le premier après celui de l'Odéon. On y joue des comédies mêlées de couplets, le tout en français.

L'Opéra-Comique reçoit du gouvernement une subvention annuelle de 246,000 fr.

GRAND OPERA.

(Rue Lepélletier.)

Les bâtimens de ce théâtre sont vastes, mais comme ils ne sont que provisoires, ils sont pour la plupart construits en plâtre et moellon. Dans ce théâtre tout se chante.

L'Opéra reçoit du gouvernement une subvention de 890,000 fr.

OPÉRA-ITALIEN.

(Salle Ventadour, rue Méhul, près celle des Petits-Champs.)

On n'y chante que des opéras en langue italienne. La troupe ne joue que trois fois la semaine, le lundi, le mercredi et le samedi, depuis le 1er octobre jusqu'au 31 mars ; pendant les six autres mois, elle va jouer à Londres.

Voilà les cinq grands théâtres de la capitale spécialement soutenus par le gouvernement.

Nous ne dirons rien des théâtres du second ordre; la plupart sont insignifians et fréquentés par des individus appartenant aux classes inférieures de la société.

PRIX DES PLACES AUX DIFFÉRENTS THÉÂTRES.

DESIGNATION des PLACES.	OPÉRA. f. c.	FRANÇAIS. f. c.	OPÉRA-COMIQUE. f. c.	ITALIENS. f. c.	ODÉON. f. c.	GYMNASE. f. c.	VAUDEVILLE. f. c.	VARIÉTÉS. f. c.	PALAIS-ROYAL. f. c.	PORTE ST.-MARTIN. f. c.	AMBIGU. f. c.	GAITÉ. f. c.	CIRQUE. f. c.	FOLIES DRAMATIQUES. f. c.
Avant-Scènes, 1res	9 »	6 60	7 50	» »	6 »	5 »	6 »	6 »	5 »	5 »	5 »	4 »	» »	2 75
id. des 2mes	7 50	» »	» 5	» 10	4 »	5 »	5 »	5 »	5 »	4 »	2 50	2 »	» »	1 50
Balcon des 1res	7 50	6 60	6 »	» 10	4 »	5 »	5 »	5 »	5 »	2 50	1 50	2 50	» »	1 50
Stalles de balcon	7 50	6 60	6 »	» 10	4 »	5 »	4 »	5 »	3 »	3 »	3 »	2 25	» »	» »
d'orchestre	7 50	6 60	» 5	» »	» 5	5 »	5 »	5 »	3 »	3 »	2 50	2 »	» »	» 75
— de 1re galerie	7 50	» »	» »	7 50	3 50	3 25	3 »	» »	4 »	» »	2 50	» »	» »	» 25
Loges de 1re galerie	9 »	6 60	6 »	» »	» 3	2 25	4 »	2 50	4 »	3 »	4 »	3 »	» »	» »
Premières de face	9 »	6 60	6 »	» 10	» »	1 75	3 »	» »	2 50	2 50	2 50	2 50	» »	1 50
Premières de côté	6 »	» 5	4 »	» 10	2 50	» »	4 »	» »	2 50	2 50	2 »	2 »	» »	» »
Deuxièmes de face	7 50	4 »	2 50	7 50	2 »	4 »	5 »	» 2 50	2 50	2 50	2 »	» »	» »	» »
Deuxièmes de côté	5 »	» »	3 »	» »	2 50	» »	3 »	» »	1 »	1 »	1 50	» 50	» »	1 50
Baignoires de face	» »	6 60	» 5	» 10	4 »	4 »	4 »	4 »	4 »	3 »	3 »	1 50	» »	» »
Baignoires de côté	6 »	» 5	» 3	» »	1 »	2 75	4 »	4 »	» »	2 50	2 »	2 »	» »	» »
Orchestre	7 50	5 »	» 5	» 6	» »	1 95	2 50	1 50	1 »	» »	» »	» »	» »	» »
Première galerie	7 50	2 75	3 »	» 8	1 »	» »	» »	» »	» »	1 »	1 »	1 »	» »	» »
3es de face et centre	5 »	» »	» 5	» »	1 »	1 25	1 »	2 »	1 50	1 50	1 »	1 25	» »	» 50
Troisièmes de côté	3 »	3 »	» 3	» »	1 25	1 25	1 »	1 »	1 25	1 50	1 25	» »	» »	» »
Deuxième galerie	» »	» »	» »	» »	1 »	1 25	2 »	2 »	1 »	1 »	1 »	1 »	» »	» 75

PRINCIPAUX RESTAURANS.

Bancelin, boulevart du Temple, 25.

Baudouin, Faubourg-Poissonnière, 38.

Bonvalet, boulevart du Temple, 29.

Bonvalet, r. St-Martin, vis-à-vis le marché.

Borel (AU ROCHER DE CANCALE), r. Montorgueil, 61.

Byron (TAVERNE ANGLAISE), r. Favart, 2.

Collot (AUX DEUX FRÈRES PROVENÇAUX), galerie de la Rotonde, 98, Palais Royal.

Dauzier jeune, et café, boulevart Bonne-Nouvelle, 39.

Deffieux, boulevart du Temple, 90, donne des bals par souscription, très bien suivis, pendant l'hiver.

Demallerais, et hôtel garni, r. de Grenelle-St-Honoré, 20.

Déotte, r. Montorgueil, 57, renommé pour les bonnes huîtres.

Durand, place de la Madeleine, 2.

Hamel aîné, successeur de Véfour, Palais Royal galerie de la Rotonde, 81 et 82.

Lemardelay, r. Richelieu, 100.

Henri (dîners à 1 fr. 60 c. et 2 fr.) boul. St-Martin, 43.

Moreau (dîners à 2 fr. et 2 fr. 50 cent.), renommé pour ses vins, Palais-Royal, galerie Montpensier, 40.

Naudin, rue de la Lune, 23, et boul. Bonne-Nouvelle (dîners à prix fixe et à la carte).

Parly, r. des Filles-St-Thomas-du-Louvre, 19.

Philippe, r. Montorgueil, 80, (bonnes huîtres).

Roblot, boulevart Montmartre, 4.

Taverne de l'Industrie (dîners à 1 f. 60 c. et 2 f.) Palais-Royal, 103, à côté du Gourmand. (Il y a des cabinets.)

Véfour (RESTAURANT DU PÉRIGORD), galerie Montpensier, 65 et 66, Palais-Royal.

Talabas (CAFÉ ANGLAIS), boul. des Italiens, 13.

Verdier et Dauzier (A LA MAISON-DORÉE), rue Laffitte, 1. Renommé pour ses soupers.

PRINCIPAUX CAFÉS.

Café Cardinal, boulevart des Italiens, 1, tenu par Boin et Cie.

Café Chapelain, r. St-Honoré, 77.

Café de Paris, galerie de Valois, 154, Palais-Royal.

Café Minerve, r. Richelieu, 8.

Café Tortoni, boul. des Italiens, 14, tenu par Girardin.

Café de Chartres, Palais-Royal, gal. Valois, 81-82.

Café des Aveugles et du Sauvage, Palais-Royal, vis-à-vis le passage des Pavillons.

Café d'Orléans, galerie d'Orléans, 40, Palais-Royal.

Café Anglais, boulevart des Italiens, 13.

Café de la Régence, place du Palais-Royal, 243, tenu par Vielle, directeur du cercle des Echecs.

Estaminet anglais, Palais-Royal, galerie de Valois, 113.

Estaminet des Panoramas, galer. Montmartre, 26.

PRINCIPAUX HOTELS GARNIS.

Avis important pour les voyageurs.

L'usage constant et général à Paris, est que les propriétaires des maisons et hôtels meublés, n'acceptent à l'égard des voyageurs, la responsabilité des vols de valeurs monétaires ou autres, qu'autant que ces derniers en ont fait le dépôt entre les mains des propriétaires de ces établissemens.

Cet usage, ainsi que tous ceux concernant le séjour et les relations habituelles des voyageurs dans les hôtels, se trouvent parfaitement établis dans un petit ouvrage publié par l'Agence générale de placement, galerie Vivienne, 70. LE CODE MANUEL DU MAITRE D'HOTEL GARNI est effectivement aussi indispensable aux personnes qui dirigent ces établissemens, qu'aux étrangers et voyageurs qui les fréquentent. Nous les recommandons vivement à ces derniers, parce qu'ils y puiseront d'utiles renseignemens.

Un bureau spécial de placement pour les employés et domestiques des maisons et hôtels meublés est établi passage

Vivienne, 70, (rue Vivienne, 6) sous le patronage des commissaires des maisons et hôtels meublés.

Albion, faubourg St-Honoré, 30.

Ambassadeurs, r. N.-D. des Victoires, 11.

Amirauté, r. Neuve-St-Augustin, 47.

Angleterre, r. des Filles-St-Thomas, 18.

Angleterre, r. du Mail, 10.

Arts, cité Bergère, 7.

Armes de la ville de Paris, r. Michodière, 9.

Bade, r. du Helder, 6.

Bains, r. Richelieu, 19.

Bath, r. de Rivoli, 52.

Béarn, r. de Lille, 38.

Bedford, r. St-Honoré, 323.

Belgique, r. St-Thomas-du-Louvre, 13.

Bergère, r. Bergère, 26.

Bordeaux, r. de Grenelle St-Honoré, 43.

Bourgogne, r. des Bons-Enfans, 31.

Bourse, r. Notre-Dame-des-Victoires, 15.

Bretagne, r. Richelieu, 25.

Bristol, place Vendôme, 5.

Bristol, r. Fontaine-Molière, 22, et r. Richel. 15.

Britannique, r. de la Paix, 18.

Britannique, r. Duphot, 20.

Bruxelles, r. du Mail, 35.

Bruxelles, r. Richelieu, 47.

Byron, r. Laffitte, 20.

Calais, r. Neuve-des-Capucines, 3.

Canterbury, r. de la Paix, 24.

Castiglione, r. Castiglione, 10.

Castille, r. Richelieu, 113.

Caumartin, r. Caumartin, 23.

Chatam, r. Neuve-St-Augustin, 57.

Chaussée-d'Antin, r. de ce nom, 20.

Choiseul, r. Ste-Anne, 61.

Choiseul, r. St-Honoré, 355.

Cité Bergère, cité Bergère, 4.

Clarendon, r. Castiglione, 2.

Colonies, r. Richelieu, 107.

Congrès, r. de Rivoli, 44.

Coq-Héron, r. Coq-Héron, 1.
Coquillière, et restaurant, r. Coquillière, 23.
Danemarck, r. Neuve-St-Augustin, 9.
Danube, r. Richepanse, 7.
Deux-Pavillons, r. de Rivoli, 4.
Duc de Clarence, r. Grenelle, 26.
Douvres, r. de la Paix, 21.
Empereur Joseph II, r. de Tournon, 35.
Empereurs, r. de Grenelle-St-Honoré, 22.
Empire, r. Neuve-St-Augustin, 49.
Espagne, r. Richelieu, 61.
Etats-Généraux, r. Ste-Anne, 36.
Etats-Unis, et restaur., r. N.-D.-des-Victoires, 9.
Etats-Unis, r. d'Antin, 16.
Etrangers, r. Feydeau, 3.
Etrangers, r. Vivienne, 3.
Europe, r. de Valois-Palais-Royal, 4.
Europe, r. de Rivoli, 46.
Europe, r. Lepelletier, 5.
Favart, r. de Marivaux-des-Italiens, 5.
France, r. Laffitte, 23.
France, r. de Grenelle-St-Honoré, 10.
France, r. Coq-Héron, 7.
France, r. St-Thomas-du-Louvre, 52.
Gaillard-Bois, r. de l'Echelle, 6.
Genève, r. St-Thomas-du-Louvre, 56.
Glascow, r. St-Honoré, 418.
Globe, r. Croix-des-Petits-Champs, 4 et 6.
Godot-de-Mauroy, r. de ce nom, 30.
Hautes-Alpes, r. Richelieu, 12.
Haute-Vienne, cité Bergère, 8.
Hâvre, r. Croix-des-Petits-Champs, 29.
Hâvre, r. des Vieux-Augustins, 45.
Hâvre, r. de Savoie, 3.
Helder, r. du Helder, 9.
Hollande, r. de la Paix, 16.
Hollande, r. des Vieux-Augustins, 38.
Intérieur, r. Neuve-St-Augustin, 51.
Italie, place des Italiens, 1.

Lille et Albion, et restaur., r. S-Th.-d.-Louvre, 40.
Loiret, r. des Bons-Enfans, 5.
Londres, r. de la Bourse, 7.
Lyon, r. des Filles-St-Thomas, 20.
Mail, restaurant et bains, r. du Mail, 23.
Maison meublée, r. Neuve-St-Augustin, 38.
Maison meublée, r. Neuve-St-Augustin, 40.
Maison meublée, r. Neuve-St-Augustin, 52.
Maison meublée, r. Neuve-St-Augustin, 54.
Maison meublée, r. du Dauphin, 5.
Maison meublée, r. de Marivaux, 11.
Maison meublée, r. Louis-le-Grand, 22.
Maison meublée, boulev. des Capucines, 15.
Maison meublée, cité Bergère, 9.
Maison meublée, cité Bergère 11.
Maison meublée, cité Bergère, 12.
Maison meublée, r. de la Ferme-des-Mathu-
    rins, 14.
Maison meublée, r. du Helder, 16.
Malte, r. Richelieu, 65.
Manchester, r. de Grammont, 1.
Marine, r. Croix-des-Petits-Champs, 50.
Messageries générales Laffitte et Caillard, et res-
    taurant, r. de Grenelle-St-Honoré, 20.
Metz, r. du Mail, 22.
Meurice, r. de Rivoli, 42.
Meuse, r. N.-D.-des-Victoires, 12.
Ministres, r. de l'Université, 36.
Mirabeau, et restaurant, r. de la Paix, 6.
Montesquieu, r. Montesquieu, 5.
Montmorency, boulevart des Italiens, 20.
Nantes, r. Neuve-des-Petits-Champs, 78.
Nantes, place du Carrousel.
Nelson, r. Lepelletier, 11.
Néothermes, et restaurant, r. de la Victoire, 8.
Neustrie, r. du Port-Mahon, 9.
Nord, r. du Bouloi, 15.
Nord, r. Richelieu, 86.
Nord, r. Jacob, 27.
Normandie, r. Neuve-St-Roch, 23.

19

Normandie, et restaurant, r. St-Honoré, 240.
Notre-Dame, r. du Bouloi, 9.
Orléans, r. Richelieu, 17.
Paix, r. de la Paix, 28.
Paris, r. Richelieu, 111.
Périgord, r. de Valois-Batave, 4.
Poniatowski, r. de Cléry, 26.
Pré-aux-Clercs, r. Jacob, 37.
Princes, et restaurant bien servi, r. Riche-
   lieu, 109.
Prince-Albert, et restaurant, r. St-Hyacinthe-St-
   Honoré, 5.
Prince-Régent, r. St-Hyacinthe-St Honoré, 10.
Rhin, place Vendôme, 4.
Rhône, r. du Bouloi, 21.
Richelieu, r. Marivaux des-Italiens, 9.
Saint-James, r. St Honoré, 366.
Saint-Phar, boulevart Poissonnière, 22.
Sinet, r. du Faubourg-Saint-Honoré, 52.
Strasbourg, r. Richelieu, 47.
Strasbourg, r. N.-D.-des-Victoires, 6.
Sully, et restaurant, r. du Mail, 14.
Taitbout, r. Taitbout, 10.
Terrasse, et restaurant, r. de Rivoli, 50.
Tibre, r. du Helder, 8.
Tronchet, r. Tronchet, 21.
Toulouse, r. Baillif, 2.
Tours, et restaurant, r. N.-D.-des-Victoires, 32.
Tuileries, r. Rivoli, 6.
Valois, r. Richelieu, 71.
Ventadour, r. Ventadour, 7.
Victoires, r. des Fossés-Montmartre, 9.
Victoria, r. Chauveau-Lagarde, 3.
Violet, passage Violet, 9.
Vivienne, r. Vivienne, 14.
Voltaire, r. de Lille, 47.
Wagram, r. de Rivoli, 28.
Westminster, r. de la Paix, 9.
Windsor, r. de Rivoli, 38.

ENVIRONS DE PARIS.

Si l'on voulait prendre l'une après l'autre toutes les communes situées aux environs de Paris, on n'en trouverait peut-être pas une qui ne fût digne d'arrêter les regards de l'observateur. L'une se recommande par son histoire et par sa lointaine origine ; l'autre par un monument ou quelque antiquité précieuse. Ici c'est le palais où brilla dans tout son éclat la monarchie de Louis XIV ; là une inscription nous désigne la maison modeste qui servit d'asile à la vieillesse d'un grand homme persécuté, et qui fut témoin de ses dernières inspirations ; de tous côtés, enfin, et pour ainsi dire à chaque pas, c'est un site pittoresque ou une délicieuse promenade , une œuvre d'art, une ruine, tout ce qui peut attirer le désœuvré qui cherche ses plaisirs, l'artiste qui étudie , le poète qui aime à se recueillir dans le passé. Mais nous n'indiquerons que les communes qui présentent de jolies promenades.

AUTEUIL.—A une lieue de Paris, sur le penchant d'une colline qui domine tout le bassin de la Seine. Auteuil est garni de jolies maisons de campagne construites à l'anglaise ; les promenades du bois de Boulogne et le Point-du-Jour en font un séjour agréable. Le bal, qui est un des plus élégans et des plus fréquentés des environs de Paris, est à la porte du bois qui donne sur le village. Ses promenades à âne sont très en vogue. L'église est remarquable par son portail et par sa tour, que l'on fait remonter au douzième siècle. Molière, Boileau, J.-J. Rousseau et le chancelier d'Aguesseau habitèrent ce village. On ne connaît de Boileau que la rue qu'il habita et qui porte son nom ; sa maison a subi tant de dégradations qu'elle est méconnaissable. Le monument élevé à la mémoire de d'Aguesseau est au milieu de l'enceinte occupée jadis par le cimetière de la commune, et dont on a fait la place publique. Quant à Molière, sa modeste habitation s'est transformée en un séjour magnifique, grâce à Mme la duchesse de Montmorency, qui a fait graver ces mots sur la façade : ICI FUT LA MAISON DE MOLIÈRE. Les deux plus belles propriétés d'Auteuil sont le château de Mme de Montmorency et un antique et gracieux manoir qui a appartenu à Mme de Brienne.

Une voiture desservie par l'entreprise Toulouse, partant de 20 en 20 minutes et correspondant avec les omnibus du bas de Passy, fait le service d'Auteuil, du Point-du-Jour et de Billancourt. D'autres voitures traversent sans cesse le pays.

BELLEVILLE.—A l'est de Paris, il n'en est, à proprement parler, séparé que par la barrière du faubourg du Temple. C'est une des communes les plus importantes, autant par sa population qui s'élève jusqu'à 10,000 habitans, que par son industrie qui a reçu ces dernières années de grands développemens. Il se divise en trois parties : Belleville, Ménilmontant et la Courtille. Belleville prend de la barrière jusqu'au bois de Romainville ; Ménilmontant est en face la barrière du même nom ; la Courtille se compose de cet amas de guinguettes placées entre Ménilmontant et Belleville. Belleville offre l'aspect le plus riant et le plus animé ; les rues en sont larges et bien pavées, et, à la population qui sillonne dans les rues marchandes, on voit bien que le commerce est là dans toute son activité. A mi-côte à peu près de la rue de Paris, on trouve le théâtre, situé au milieu d'une jolie place plantée d'arbres, bâti par M. Séveste père, qui en avait fait le plus joli théâtre de la banlieue ; il était l'objet de ses prédilections, et c'est là qu'il a formé dans l'art dramatique une grande partie des bons acteurs que nous voyons aujourd'hui sur tous les théâtres de Paris. Ménilmontant renferme un grand nombre de maisons bourgeoises ; c'est là que se trouve, sur le point le plus élevé de la colline, la propriété de M. Enfantin, le chef des Saints-Simoniens, qui en fit l'asile des derniers partisans de cette doctrine. Il ne reste rien d'un magnifique château, aussi remarquable sous le rapport de l'architecture que par le beau parc qui l'entourait ; l'édifice a été détruit, et le terrain vendu par parcelles pour être livré à la culture ; il a pris le nom de clos St-Fargeau. On écrirait un long article sur la Courtille, si sa réputation n'était pas européenne. La Courtille, autrefois si crapuleuse, est devenue, sous l'administration ferme de son maire actuel, le lieu le plus fréquenté de tout Paris par la jeunesse des deux sexes. La police y est très bien faite; si une querelle vient à s'élever, les gardes municipaux poussent les querelleurs par les épaules et les font sortir par une porte dérobée sans que la danse soit troublée en rien. On y remarque plusieurs guinguettes dont les magnifiques salons resplendissent d'or, de peintures et de glaces ; jamais le luxe n'a été poussé aussi loin. Ces établissemens sont curieux à visiter, surtout le dimanche : on danse toute la semaine à la Courtille. Tous les ans, à pareil jour, le carnaval nous ramène un spectacle digne du crayon de Callot, dont la tradition se perd dans la nuit des temps et qui nous rappelle les anciennes saturnales. De tous les points de Paris accourent des êtres appartenant à l'espèce humaine, mais dont il serait difficile de déterminer l'âge, le sexe, le nombre ; ils s'entassent dans les grandes salles des Folies de Belleville, du Grand St-Martin, du Grand-Vainqueur, du Sauvage, etc. C'est une licence sans frein, une ivresse sans nom, qui ne durent pas moins de trois jours et trois nuits. Le mercredi des Cendres, dès le matin, toute cette foule s'écoule jusqu'au boulevart du Temple, ivre, salle, déguenillée, semant de toutes parts sans distinction et sans respect l'insulte et la boue : cette hideuse procession dure plusieurs heures et s'effectue au milieu d'un public élégant qui a fait trève à ses habitudes d'aristocratie et de paresse pour accourir de bonne heure à cet étrange spectacle. Une des principales industries de Belleville est la location d'appartemens avec jardin pour la belle saison. Son air pur, sa proximité du bois de Romainville et des Prés-St-Gervais, attirent un nombre prodigieux de familles. Un marché bien approvisionné se tient les jeudis et dimanches sur la place publique. Les habitans et les marchands de Belleville sont d'une urbanité remarquable. Le bal de Noel, rue des Solitaires, fort bien tenu par lui-même, est très suivi par la jeunesse de la classe moyenne de tous les quartiers de Paris. On trouve à Belleville, à mi-côte, les omnibus Citadines qui partent à tout instant, et stationnent à Paris, place des Petits-Pères et place Dauphine, pour le quartier de la Grève. Une voiture, qui stationne à la porte des Citadines, conduit pour 25 c. jusqu'au bois de Romainville.

BOULOGNE.—A deux lieues de Paris, dans une situation admirable, placé entre la Seine et le bois qui porte son nom; il est de plus en face de Saint-Cloud, qui se développe avec son parc et sa ligne de maisons qu'on dirait échelonnées sur les gradins d'un amphithéâtre. Boulogne est déjà par lui-même une commune fort importante, puisque sa population est de 6,000 habitans; mais il doit à la propreté de ses rues, à la proximité du parc de St-Cloud, au bois de Boulogne, enfin à son site heureux et riant, une population flottante bien plus considérable; le nombre des visiteurs dans la belle saison est incalculable. Boulogne a deux églises: l'une catholique française, a été fondée en 1831; l'autre catholique romaine, est remarquable par son portail et sa nef gothique, qui remonte au quatorzième siècle. On trouve à Boulogne, surtout à l'entrée du bois, plusieurs belles maisons de campagne; l'une est la propriété de M. le baron de Rotschild; l'autre, qui a appartenu à Cambacérès, archi-chancelier de l'empire, appartient maintenant à M. Perrot.

CHARENTON-LE-PONT.—A une lieue de Paris,

sud-est; situé sur la rive droite de la Marne, il doit son nom à son ancien pont. Cette commune est une des plus favorisées pour ses jolies promenades; les bords de la Marne et de la Seine, la pelouse de Bercy, le bois de Vincennes, sont autant de promenades charmantes; restent encore les jardins de Charenton et de Conflans, d'où se déroule un admirable panorama. C'est à Conflans que se trouve le château qui sert de maison de plaisance aux archevêques de Paris; là aussi, Mme de Grammont entretient à ses frais 50 orphelines, par suite du choléra. L'église occupe le point culminant de la côte près du château de l'archevêque; sur son emplacement, au 13e siècle, était une chapelle qui portait le nom de Saint-Martin. L'édifice actuel date du 15e siècle, et a été dédié par Guillaume, évêque de Paris. Le pavillon de Gabrielle d'Estrées subsiste encore; il a été embelli et réparé par Mme la duchesse d'Orléans, mère de Louis-Philippe. Les appartemens, attenant au pavillon, servent à des bals publics d'été et d'hiver, c'est ce qu'on appelle le Ranelagh de Charenton. Le service public est fait par les Diligentes; elles ont établi à la barrière de Charenton des voitures de correspondance du même nom qui conduisent dans tous les quartiers de Paris.

CHARENTON-SAINT-MAURICE. — A deux lieues de Paris, offre comme Charenton-le Pont, de jolies promenades; placée au pied de la colline qui couronne le bois de Vincennes, cette commune a pour promenade les bords de la Marne et du canal St-Maur, ainsi que le bois de Vincennes. On y remarque surtout la maison des aliénés, sur le petit bras de la Marne, dans la situation la plus heureuse; son accès orné de jolies plantations; les préaux y sont vastes et peuplés d'arbres; de grands corridors règnent autour, et la vue s'étend sur les plaines d'Ivry et de Maisons. L'établissement et la manière dont il est distribué, tous les traitemens employés pour l'état mental des malades, présentent les détails les plus intéressans et les plus curieux. Les petites Diligentes partent de Charenton de 20 en 20 minutes, et correspondent avec les Diligentes qui stationnent barrière de Charenton.

CHATENAY.—A deux lieues de Paris, sur un monticule. Aulnay et le Val-du-Loup en dépendent. C'est, sous tous les rapports, une des plus jolies promenades ; la commune renferme à peu près vingt-cinq maisons bourgeoises ; mais il en est une surtout qui mérite une attention spéciale ; elle fut anciennement la propriété du prince Borghèse, elle est aujourd'hui la demeure de Mme la comtesse de Boigne ; c'est là que naquit Voltaire. On remarque aussi au Val-du-Loup une jolie habitation qui a appartenu pendant quelques années à l'illustre auteur du Génie du Christianisme, Châteaubriant. L'église, consacrée au culte romain, date du 7e siècle, et renferme plusieurs beaux tableaux. Les communications avec Paris sont très faciles ; elles se font par deux voitures dont l'une est à Sceaux et l'autre à Verrières.

EPINAY.—A trois lieues de Paris, au sud-ouest par la barrière St-Denis, au bord de la Seine ; la commune est peu considérable, l'industrie y est tout agricole, la population n'y est guère que de 900 âmes ; mais l'air y est pur, les rues entretenues avec le plus grand soin, et les environs du village, ainsi que la place de l'église, forment les promenades les plus agréables. Le magnifique château d'Epinay était la propriété de M. le comte Sommariva, mort il y a peu de temps, et renfermant une galerie de tableaux, venant presque tous des grands maîtres. Mme la duchesse d'Orléans a acquis ce château pour en faire sa résidence d'été. Quatre autres maisons de campagne, ayant vue sur la Seine, appartiennent à MM. Carlier, Payen, Perein, Mure. Des voitures publiques sillonnent continuellement la commune, mais il y a, de plus, deux entreprises continuelles.

FONTENAY-AUX-ROSES.—A deux lieues de Paris, par la barrière d'Enfer, est un des villages les plus recherchés des environs, et rien n'est plus gracieux en effet que l'aspect de son territoire. On sait que son nom distinctif lui vient de la quantité de roses qu'on y cultivait jadis et qu'on y trouve encore en abondance, bien qu'on ait substitué à cette culture celle des fraises. A certaine époque de l'année, on prendrait Fontenay pour un jardin, grâce aux roses qui tapissent de leurs espaliers la devanture des maisons. Avant son élévation, Joséphine habitait Fontenay, et la maitresse de Robespierre y avait une fort jolie maison de campagne. De quelque côté qu'on arrive à Fontenay, on rencontre les sites les plus heureux et les plus belles promenades. M. Taillefer, inspecteur de l'Académie, et M. le baron Thénard, pair de France, habitent Fontenay. M. Ledru Rollin, avocat, y possède une belle maison.

Les voitures qui y conduisent sont rue et passage Dauphine.

MAISONS-LAFFITTE.—A quatre lieues de Paris ; il est situé dans la troisième presqu'île formée par la Seine au-dessous de Paris. Ce village est bâti sur le penchant d'une colline que couronne la forêt de St-Germain. Son élévation lui procure un horizon magnifique. On embrasse de là le vaste bassin au milieu duquel Paris est placé. Maisons offre aux alentours de jolies promenades, et la forêt de Saint-Germain suffirait pour en faire un séjour agréable et un objet de curiosité. Le château de Maisons, propriété de M. Laffitte, est mis au premier rang de ceux qui avoisinent Paris. Mansard le bâtit pour le sur-intendant René de Longueil. Le parc a une étendue de mille arpens. M. Laffitte l'a divisé en portions d'un demi-arpent et livré ainsi à la vente, en réservant environ 500 arpens qui, disséminés dans les parties mises en vente, offriront aux acquéreurs des terrains des promenades variées. M. Laf-

19.

fitte a établi un mode de paiement qui offre les plus grandes facilités. Bon nombre de personnes sont déjà devenues propriétaires, et le parc de Maisons offre un heureux ensemble de nombreuses et riantes habitations, auquel on a donné le nom de COLONIE-LAFFITE. A chaque rond-point des avenues, sont des fontaines qui portent tous les noms illustrés depuis un demi-siècle.

Une voiture établie dans le pays opère quatre voyages par jour.

MEUDON.—A deux lieues et demie de Paris, par la barrière de Passy, sur une colline dont la Seine baigne le pied. Son territoire est montueux et couronné de belles forêts. Meudon est dans une position pittoresque ; il a des vues délicieuses sur la Seine, St-Cloud, Paris et ses environs. Il est au centre des plus magnifiques promenades qu'on puisse imaginer, sans compter son admirable parc et sa forêt. Le parc de St Cloud, les bois de Fleury et de Verrières, les bords de la Seine et les îles du Bas-Meudon, sont pour ainsi dire à ses portes. Aussi Meudon est-il fort recherché comme séjour et a-t-il de nombreux visiteurs. Le magnifique hameau de Bellevue offre un ensemble de petites maisons aussi riantes que commodes. Parmi ses nombreuses et riches habitations, on remarque celle du général Jacqueminot, celle de M. Scribe à Montalais ; le château de Vilbon, au milieu du bois de Meudon, propriété de M. Trucy-Aubert, et celui de Mme la marquise de Pastoret. Meudon a aussi un château royal, dont le mobilier est devenu historique par les souvenirs que lui a imprimés Napoléon, et dont la magnifique terrasse est préférée à celle de St-Germain. Le bois est aussi d'une grande beauté. La jeune reine de Portugal, doña Maria, l'a habité pendant son séjour en France. Il est devenu la résidence habituelle du duc d'Orléans pendant la belle saison. La commune a des archives qui remontent jusqu'à 1400, et, d'après elles, rien ne prouverait que Rabelais en ait été le curé.

Les voitures de Versailles, rue de Rivoli, correspondent avec Bellevue ; on y va encore par les voitures de Sèvres, rue de Rivoli , et celles d'Issy , place Dauphine.

MONTMARTRE. — Voir page 348.

MONTMORENCY.—A quatre lieues de Paris. La vallée qui porte son nom est remarquable par sa fertilité. Montmorency est dans une belle position, sur une colline environnée de campagnes semées de sites et de points de vue charmans , et embellies par une multitude de villages et de maisons de plaisance. Les alentours de la ville offrent de tous côtés de jolies promenades; celle de Champeaux le sont surtout. La forêt en renferme aussi de fort belles , qui sont , de temps immémorial, le rendez-vous des bourgeois de Paris pour les courses à cheval et à âne. L'ermitage , qui fut illustré par le séjour de J.-J. Rousseau, est encore un lieu délicieux, qui attire à ce double titre un grand nombre de curieux. Auprès de l'ermitage a lieu , les dimanches et fêtes, un bal champêtre, aussi renommé par son heureux emplacement que par la bonne compagnie qui le fréquente. Montmorency mérite encore, sous le rapport historique, de fixer l'attention ; il remonte aux temps les plus reculés ; c'est une des plus anciennes villes de France. En 998, c'était déjà une forteresse très importante par sa situation et son étendue. A cette époque , le roi Robert la donna à Bouchard-le-Barbu , à condition qu'il ne reconstruirait pas le château de l'île St-Denis, que le roi venait de faire démolir , parce que Bouchard, qui en était propriétaire, dévastait les terres de l'abbaye de St-Denis. C'est de Bouchard que descend l'illustre famille de Montmorency. Une porte, qui faisait partie de cette enceinte, existe encore sous le nom de Poterne. De l'ancien château , qui appartenait aux Montmorency, il ne reste plus que l'orangerie. Ce bâtiment est la propriété de M. Darale. A l'endroit où était le château , Mme Véry a fait élever une belle maison, entourée d'un parc étendu. Il y a encore deux autres châteaux à Montmorency. L'un bâti il y a 50 ans, par M. Goix, appartient à M. Mora ; l'autre, qui porte le nom de la Grange-Chambellan, dont M. de Berteux est possesseur, a été la propriété du célèbre Kessner, ex-caissier en chef du trésor public, que sa fuite et le déficit considérable qu'il a causé aux finances de l'état ont marqué d'une triste réputation. Le voisinage d'Enghien-les-Bains donne encore de l'importance à Montmorency, et y attire un grand nombre de personnes qui veulent prendre les eaux. L'église mérite une mention particulière. L'édifice a été construit par les ordres et aux frais du duc Guillaume de Montmorency, chambellan des rois Charles VIII, Louis XII et François Ier. Son portrait et son tombeau étaient dans l'église, ainsi que celui du fameux connétable Anne de Montmorency, magnifique mausolée que lui fit élever sa femme, Madeleine de Savoie. Dans les troubles révolutionnaires, l'église fut dépouillée et le monument du connétable transporté au musée des Monumens.

Voitures, faubourg St-Denis, n. 12 et 50, et rue Sainte-Appoline, 11.

NEUILLY. — A une lieue et demie de Paris, par la barrière de l'Etoile, au nord-ouest ; son territoire est très étendu et ses maisons un peu éparpillées, coupées par de grandes masses de bois, ce qui ne nuit ni à l'agrément ni à la richesse. Villiers, les Ternes, St James, Madrid, Sablonville, la Porte-Maillot, Bagatelle, sont autant d'annexes de Neuilly. On dirait que tout a été disposé pour une population à part : toutes les constructions nouvelles y sont élégantes et commodes ; le bois de Boulogne, les bords de la Seine offrent les plus belles promenades. Un grand nombre de routes, dont une royale, et trois départementales, plusieurs chemins vicinaux sillonnent son territoire. Parmi ses maisons de campagne, nous citerons le château de Bagatelle, que lord Yarmourth, son dernier propriétaire, a complétement restauré, la superbe propriété de Mme Vve Casimir Perrier, les restes du château de Madrid, occupés par M. Borne, le château des Ternes, propriété du général Dupont, et celui du maréchal St-Cyr, à Villiers, la Folie-Saint-James, citée par le luxe des appartemens et la beauté de ses jardins, propriété de M. Benazet ; enfin le château royal et son magnifique parc de six cents arpens, avec les trois îles qui en dépendent, le château de Villiers qui y est réuni, et qu'on sait avoir été toujours le séjour favori de Louis-Philippe et l'objet de sa prédilection particulière, depuis même que son avènement au trône a mis à sa disposition Versailles, Compiègne, Fontainebleau et tous les domaines dépendant de la couronne.

Les voitures de Neuilly partent de quart-d'heure en quart-d'heure, rue de Rivoli ; on prend les Orléanaises, place du Coq au Louvre, et à la barrière de Bercy ; il y a encore des voitures sur les boulevarts.

PASSY.—A l'ouest et aux portes de Paris, à gauche de la route de Versailles, et sur la lisière du bois de Boulogne, dans lequel il pénètre jusqu'à la route des Princes. Passy est placé sur une hauteur, et c'est sans doute à cette position, de même qu'à la largeur et à la propreté de ses rues qu'il doit son air vivifiant et pur. Sa grande importance, comme commune, a plusieurs causes réunies. L'industrie d'abord y est en plein progrès ; les raffineries, les entrepôts de vin, les fabriques y sont en grand nombre. Grâce à l'activité et au zèle de son jeune maire, M. Possoz, de nouveaux quartiers se forment, de nouvelles maisons se construisent ; c'est lui qui a fait bâtir la mairie actuelle en avançant la majeure partie des fonds. Comme membre du conseil général, M. Possoz rend de grands services non seulement à sa commune, mais à toutes les banlieues.

La population de Passy, qui pendant l'hiver n'est

guère que de 5,000 habitans, s'élève jusqu'à 8,000 pendant la belle saison. Les maisons de Passy sont en général élégantes et commodes. On remarque surtout la propriété de M. le baron Delessert. Elle renferme le premier pont suspendu qui ait été fait en France. Les jardins représentent, par leur pente et par le mouvement des terres, un paysage suisse. On sait que c'est là que M. Delessert a frabriqué, pendant toute la durée du blocus continental, du sucre de betteraves, ce qui lui valut, de la part de Napoléon, la croix de la Légion-d'Honneur et le titre de baron de l'empire. L'église de Passy est grande et belle. Au nombre de ses tableaux, se trouvent deux magnifiques copies d'après Raphaël. Mais ce qui donne le plus d'importance à Passy, après sa proximité du bois de Boulogne, c'est le Renelagh. Le Renelagh est un établissement situé dans le bois de Boulogne et consacré à la musique, aux spectacles et à la danse. Son propriétaire actuel est M. Gabriel Henri, qui ne néglige rien pour plaire à la belle société qui fréquente son établissement. La salle est un carré long terminé à chaque extrémité par un hémicycle. Le vestibule est recouvert en forme de tente ; au rez-de-chaussée règne une galerie en amphithéâtre. Au moyen d'un théâtre portatif, la salle de bal peut être transformée en salle de spectacle ; il y a de plus une salle de billard et un café-restaurant décoré avec goût. Les bals publics ont lieu le dimanche, les spectacles le lundi, les concerts le jeudi. Un grand nombre de personnages célèbres habitent Passy ; les principaux sont le poète Béranger, le comte de Las-Cases père, député, compagnon d'infortune de Napoléon, le comte Portalis, MM. B. et F. Delessert.

On va à Passy par les Accélérées, rue de Rivoli, conduisant au centre, par les Constantines, rue de Chabrol, traversant toute la Chaussée d'Antin et Chaillot, où elles correspondent avec les Accélérées, et par les omnibus place du Carrousel, conduisant au bas de Passy. Ces omnibus correspondent avec le Marais.

PLESSIS-PIQUET.—A deux lieues et demie de Paris, par la barrière d'Enfer. Situé sur la pente d'un côteau, il domine le plus joli vallon de Fontenay-aux-Roses. Il y aurait peu de choses à dire sur ce petit village sans importance, si les sites pittoresques qu'il offre de tous côtés, ne lui attiraient sans cesse un grand nombre de visiteurs. A ce titre, le Plessis-Piquet est peut-être le plus curieux village des environs. On y remarque aussi un vaste et bel étang, au haut duquel se trouve une magnifique maison dont le parc forme un amphithéâtre de verdure. On distingue parmi les belles maisons de cette petite commune, celle de M. Odier, construite sur un ancien château, et celle de M. Désobé, qui appartint autrefois au précepteur d'Alexandre, empereur de Russie.

On prend les voitures de Sceaux, impasse Conti.

PRÉS SAINT-GERVAIS.—A une lieue de Paris, par la barrière de Pantin ou par le faubourg du Temple, au nord-est; cette petite commune a joui pendant long-temps, par ses plantations de lilas, d'une célébrité qui attirait tous les habitans de Paris; les étrangers les ont détruites en 1814. Dans la première invasion, les habitans ont éprouvé aussi à cette époque des pertes si considérables que la prospérité de la commune s'en est ressentie, et que le nombre des habitans a diminué, jusqu'en 1830, dans une proportion fatale. Cependant, un mouvement ascensionnel se fait maintenant sentir; de belles maisons s'élèvent de tous côtés. M. Simonot, son maire, vient de faire construire, à l'un des angles de la place, un hôtel de ville simple, mais de bon goût. En 1832, M. Simonot donna à la commune son cimetière actuel. L'industrie même s'y implante peu à peu, et le voisinage du bois de Romainville y attire encore de nombreux visiteurs. Entre les buttes Saint-Chaumont et la côte de Romainville, on peut voir encore les restes d'un manoir qu'habita Gabrielle d'Estrées. Il est tombé malheureusement entre les mains d'un plâtrier, qui, sans respect pour les souvenirs, a transformé le corps du logis en écurie, comblé les pièces d'eau et détruit la plus grande partie du parc. Les terrains pris pour les fortifications ont considérablement mutilé cette jolie commune.

Une voiture à 30 cent., partant du carré Saint-Martin, cul-de-sac de la Planchette, conduit sur la place de la mairie ; on y va aussi par les voitures de Pantin, rue Saint-Martin, 256 et par les Dames-Blanches.

ROMAINVILLE.—A une lieue et demie de Paris par le faubourg du Temple, sur une des collines les plus élevées des environs. Il s'accroît tous les jours en population et en importance ; de nouvelles maisons s'élèvent de toutes parts ; ce résultat est dû aux jolies promenades qu'on trouve aux alentours, à la proximité du bois qui porte son nom, et qui attire les jours fériés une grande partie de la population de Paris. Plus de soixante maisons bordent la route qui traverse le bois. Ce sont en grande partie des cafés, des restaurans, des bals champêtres. Les courses à cheval et sur des ânes sont le passe-temps ordinaire des promeneurs. Beaucoup de sociétés dînent dans le bois sur l'herbe ; on se procure au Garde-Chasse, ou chez tout autre traiteur, ce qu'on ne peut apporter avec soi, tel que pain, vin, etc. On compte à Romainville six belles maisons de campagne : les deux principales sont le château de M. le marquis de Noailles, qui jouit d'un des plus beaux points de vue des environs de Paris, et celui de M. le duc de Choiseul, rebâti dans le goût moderne, à la place de l'ancien ; qui tombait de vétusté.

Voitures : Les Citadines de Belleville, place Dauphine et place des Petits-Pères.

ROSNY.—A deux lieues et demie de Paris, par la barrière de Pantin. Il y a deux villages pour ainsi dirc dans Rosny, l'ancien et le nouveau. Le premier, avec ses maisons neuves et riantes, forme un contraste frappant avec le second, dont l'aspect est assez triste. La jolie pelouse entre Avron et Rosny, dans la plaine de l'ancien château, et le bois de Raincy, méritent d'être connus, et servent de promenades aux curieux. Du haut de la montagne, dite de Chergolay, on jouit du plus admirable point de vue ; on distingue la vallée de Montmorency, la forêt de Bondy, le joli village de Raincy et la plaine de Livry.

Voitures de Villemonble, rue Sc-Appoline, n° 11.

SAINT-CLOUD. — A deux lieues de Paris, dans le département de Seine-et-Oise ; son territoire est en partie couvert de bois ; ses côteaux forment le plus joli paysage et la plus riche perspective. Saint-Cloud a, comme Versailles, son château royal, sinon aussi magnifique, du moins aussi curieux. Le parc, d'une beauté remarquable, est d'une grande étendue et aussi beau que celui de Versailles ; l'art n'y a pas, comme à Versailles, prodigué peut-être toutes ses ressources ; mais la nature y est plus riche, et rien n'égale la fraîcheur de ses ombrages. Le château a été construit sur les dessins de Lépautre, de Gérard et de Mansard, et le parc planté par Lenôtre. Sa cascade, qui est la plus belle de l'Europe, attire surtout les curieux. C'est Napoléon qui a fait élever ce qu'on appelle la lanterne de Diogène, ouvrage de trois ouvriers italiens, les frères Trabuchi ; ceux-ci, ayant trouvé le moyen de faire des poêles en terre d'une grande dimension, communiquèrent leur procédé à MM. Percier, Legrand et Belloni, qui engagèrent les frères Trabuchi à exécuter en grand le monument d'Athènes, connu sous le nom de lanterne de Diogène. Ils suivirent ce conseil et firent une copie qui fut exposée en 1800 dans la cour du Louvre. Napoléon voulut qu'elle fût placée à St-Cloud, et y fit ajouter un fanal surmonté d'une pomme de pin. C'est dans le château de Saint-Cloud que Charles X signa, en 1830, son abdication au trône ; on a conservé la table dont il se servit. Le parc de St-Cloud est ouvert tous les jours, et attire, comme celui de Versailles, de nombreux visiteurs. Saint-Cloud possède un hospice fondé par Marie-Antoinette, et dirigé par trois sœurs de Saint-Vincent-de-Paul. Du jardin de cet hospice, sur le haut de la colline, on découvre les plus beaux points de vue.

Voitures : Rue de Rivoli et chemin de fer.

SAINT-DENIS.—A deux lieues nord de Paris, par le faubourg Saint-Denis, au milieu d'une vaste plaine qui porte son nom. C'est une grande et belle ville qui n'a pas moins de 12,000 âmes de population. La Seine, le canal Saint-Denis, plusieurs routes, des chemins commodes assurent de tous côtés ses communications. Saint-Denis est dans un état de grande prospérité ; l'industrie s'y révèle sous toutes les formes. Il a trois places publiques, une salle de spectacle, de belles promenades, et un joli boulevart l'entoure de toutes parts. Mais ce qui fait de Saint-Denis une ville à part, c'est son ancienneté et surtout sa célèbre cathédrale. Selon la légende, St-Denis daterait du troisième siècle. Les saints Denis, Rustique et Eleuthère, décapités à Montmartre, auraient été enterrés au lieu même où est aujourd'hui la cathédrale. On sait que, dès l'origine, la cathédrale fut consacrée à la sépulture des rois de France. Son entrée est un reste de l'église élevée sous Charlemagne ; les nefs furent rebâties en 1231 par la reine Blanche et par Saint-Louis ; le chœur et le chevet furent achevés en 1281 par Philippe-le-Hardi. Le buffet d'orgues est moderne et supporté par une arcade de plus de 40 pieds d'élévation. L'église contenait, avant la première révolution, une multitude de tombeaux des rois qui ont occupé le trône ; mais sous la république, l'église fut dévastée ; quelques monumens furent sauvés et conservés dans le musée des monumens à Paris. Napo-

léon restaura la basilique de Saint-Denis, qu'il destinait à sa sépulture et à celle de sa famille. Les
Bourbons continuèrent les travaux de restauration,
et les tombeaux qui étaient au musée des monumens
furent restitués à l'église. C'est aussi à Saint-Denis
que se trouve la maison d'éducation de l'ordre
royal de la Légion-d'Honneur, fondée pour 400
élèves gratuites, filles de légionnaires sans fortune,
qui ont le grade d'officier. La maison est placée
sous le patronage de la reine. On est admis à visiter les caveaux en s'adressant au suisse de l'église.

On trouve des voitures faubourg Saint-Denis, passage du bois de Boulogne et à la porte Saint-Denis ;
les Favorites, traversant tout Paris jusqu'à la barrière d'Enfer y conduisent aussi pour 50 centimes,
au moyen des Dyonisiennes qu'on trouve à la Chapelle.

SAINT-GERMAIN.— A quatre lieues sud de Paris, renferme une population de 10,000 âmes et est
placé sur une colline au pied de laquelle coule le
Pecq, dont les bords offrent une délicieuse promenade. Saint-Germain est le rendez-vous d'une société privilégiée ; il renferme les plus belles maisons de campagne. C'est pour ainsi dire la ville aris-
tocratique des environs de Paris. Saint-Germain est
surtout remarquable par son château et par sa forêt,
dont l'étendue, la position, ainsi que les ombrages,
et surtout les accidens de terrain qu'on y rencontre, attirent de nombreux visiteurs. Le château fut
bâti par François Ier pour Diane de Poitiers, et c'est
pour cela que le bâtiment a la figure d'un delta.
Saint-Germain fut la résidence favorite de Gabrielle
d'Estrées, maîtresse d'Henri IV. Le château de St-
Germain est célèbre par sa magnifique terrasse,
d'où se déroule un point de vue enchanteur.
Louis XIV, qui habitait souvent Saint-Germain, se
promenait avec Mme de Montespan, et admirant
avec elle le vaste horizon qui se développait à ses
yeux, se plaignit que le point de vue était gâté pour

lui par la flèche de la cathédrale Saint-Denis, qui semblait se dresser devant lui pour lui rappeler que là était son tombeau, ce terme de sa puissance. C'est cette pensée là qui donna lieu au château de Versailles.

Voitures : Rue de Rivoli et Champs-Elysées, et le chemin de fer rue Saint-Lazare, 120. Départs toutes les heures ; des omnibus à 15 centimes conduisent à l'embarcadère. On les trouve : cour des Messageries royales, boulevart Saint-Denis, cité d'Orléans, rue Dauphine, 25, et place du Carrousel.

SCEAUX. — A deux lieues et demie de Paris, par la barrière d'Enfer. C'est un des plus beaux villages des environs. Ses promenades, charmantes et diversifiées, s'offrent de toutes parts aux alentours, et il doit à sa position un air excellent et un très-beau point de vue. Sceaux est une des communes qui se recommandent le plus à l'attention par les souvenirs historiques. En 1670, Colbert acheta le château qu'on y voyait alors ; il le fit reconstruire en entier, et le célèbre Lenôtre en dessina le parc. Après Colbert, M. de Seignelay son fils l'habita et ajouta encore aux embellissemens de ce séjour. En 1700, le duc du Maine, fils naturel de Louis XIV, en fit l'acquisition et le conserva jusqu'en 1775. Il vint ensuite par héritage à M. le duc de Penthièvre. En 1793, le château et le parc furent vendus à des spéculateurs ; il n'en reste plus aujourd'hui que la partie qui était appelée jadis la ménagerie. Au milieu de ce jardin, qui offre une promenade délicieuse, et qui est devenu un lieu public, s'élève un joli pavillon dont l'intérieur est simple et de bon goût. C'est là qu'a lieu le bal dont l'origine remonte loin et qui a acquis une réputation européenne. On remarque à Sceaux trois belles maisons. La première qui est sur le territoire de l'ancien château, appartient à M. de Trévise, fils de l'illustre maréchal ; la seconde à M. Vandermarcq, son maire actuel, agent de change à Paris, et la troisième à l'amiral russe

Tchichagoff. L'église remonte au 13ᵉ siècle, et fut mise sous l'invocation de saint Mamers, dont elle a dit-on, renfermé les restes. La flèche du clocher a été détruite par la foudre il y a 40 ans, et n'a pas été rétablie. Au-dessus du maître-autel, on remarque un superbe groupe en marbre blanc, exécuté par Tuby, sur des dessins de Lebrun. Le duc et la duchesse du Maine étaient inhumés dans l'église. L'ancien cimetière renferme les restes du poète Florian. Sceaux est encore la résidence de M. Garnon, député de l'arrondissement, où il a exercé la profession de notaire avec tant de distinction que la chambre des Notaires de Paris a cru devoir lui conférer le titre de notaire honoraire.

Voitures : impasse Conti, place Dauphine, et rue d'Enfer, près l'école des Mines.

VINCENNES. — A trois quarts de lieue de Paris, par la barrière du Trône. Ce village s'étend en grande partie sur la lisière du bois qui porte son nom, et qui renferme les plus agréables promenades des environs. Le château de Vincennes, indépendamment des souvenirs qui s'y rattachent, est, comme architecture et comme étendue, une des plus belles choses de France. Le château de Vincennes fut habité par nos rois jusqu'à la minorité de Louis XV. Il est célèbre dans les annales de l'histoire comme prison d'État, et l'on sait que son donjon a servi de prison aux derniers ministres de Charles X. Le nom de Daumesnil, surnommé la jambe de bois, s'unit au château de Vincennes d'une manière pour ainsi dire inséparable. On sait qu'il y commandait, avec une petite garnison, en 1814, lorsque les ennemis vinrent en faire le siège en nombre prodigieux. Daumesnil refusa de se rendre; il ne se laissa ni effrayer par les menaces, ni séduire par l'énorme somme d'argent qu'on lui offrit. Bien mieux, il menaça de faire sauter le château si l'ennemi ne se retirait. Les Bourbons étaient sur le trône et la France était soumise que le drapeau tricolore flottait au château de Vincennes, et Napoléon, au retour de l'île d'Elbe, trouva le général Daumesnil qui avait refusé de rendre la citadelle. Le château de Vincennes est regardé comme imprenable. —Voitures : place de la Bastille, place du Carrousel, par les omnibus du Trône, où se trouve une correspondance.

VERSAILLES. — A quatre lieues de Paris, dans le département de Seine-et-Oise; c'est une grande et magnifique ville, qui, bien que déchue de son éclat, n'a pas aujourd'hui moins de 30,000 habitans. L'histoire de Versailles est tout entière dans son château, qui demanderait les plus longs développemens, si l'on voulait parler de tout ce qui mérite de fixer l'attention. Le palais, qu'on peut regarder comme la plus belle résidence d'Europe, fut bâti par Louis XIV, et l'argent qu'il y dépensa se calcule par centaine de millions. Il fut, pendant la vie entière de Louis XIV, son séjour privilégié, et c'est là, pour ainsi dire, que se passa tout le temps de son règne, car Paris était devenu, pour lui, une résidence secondaire. Tant que dura la monarchie de Louis XIV, L'Europe entière s'entretint des fêtes magnifiques qui y furent données par le grand roi, et la renommée s'étendit même jusque chez les peuples barbares, qui envoyèrent leurs députations. Versailles garde encore le souvenir de Louis XIV, et, malgré les différens maîtres qui s'y sont succédés, malgré la révolution qui s'était appliquée à effacer même le souvenir des rois, Versailles est resté intact, protégé pour ainsi dire par sa magnificence, par les chefs-d'œuvre qui y sont accumulés, et l'on voit encore, telle qu'elle était dans ses détails les plus minutieux, la chambre à coucher de Louis XIV. Napoléon aimait aussi Versailles, il ne laissa pas le palais décroître de sa splendeur; la restauration vint ensuite et imita Napoléon, et, il y a quelques années, le roi Louis-Philippe vient de terminer cette magnifique galerie historique, qui reste comme une gloire nationale, qui fait l'admiration des étrangers, et qu'on est venu visiter de tous les points de la France et du monde. Le parc de Versailles, qui est le chef-d'œuvre de Lenôtre, dont on ne se lasse d'admirer l'étendue, le dessin, les belles nappes d'eau avec leurs innombrables jets, les magnifiques allées, les immenses pelouses de gazon, est ouvert au public, et c'est, sans comparaison, la plus admirable promenade que les alentours de Paris puissent offrir; les galeries historiques sont ouvertes au public trois jours de la semaine. C'est dans le parc de Versailles que se trouve le petit château de Trianon, qui est une merveille par sa distribution et sa richesse, et qui rappelle les intrigues amoureuses du siècle de Louis XIV. Au bout du parc est le petit village et la royale maison de Saint-Cyr, aujourd'hui école militaire, et si célèbre par le séjour de Madame de Maintenon. — Voitures : rue Rivoli, 2 et 4; à l'entrée des Champs-Elysées; le chemin de fer (rive droite). Voyez Saint-Germain; le chemin de fer (rive gauche), barrière du Maine. Départs toutes les heures; des Omnibus à 15 centimes conduisent à l'embarcadère. On les trouve : rue Feydeau, 5; place du Carrousel; place Saint-Sulpice; rue François-Miron, 2; porte Saint-Martin, impasse de la Planchette.

(Pour les voitures de tous les environs de Paris, *Voir* pages 279-280).

MONTMARTRE. — Sous le rapport des promenades, Montmartre ne présente aucun intérêt ni aucun agrément; cependant il mérite d'être visité par rapport à sa position relativement à Paris. Ce village, auquel on arrive en suivant le faubourg Montmartre et la barrière des Martyrs, est très élevé (1).

(1) Cette montagne est le point le plus septentrional de l'horizon de Paris. Le méridien de l'Observatoire, tracé par Cassini, pour sa grande carte de France, passe sur le sommet à l'endroit indiqué par une pyramide.

Cette situation offre à ses nombreux visiteurs le plus beau panorama de Paris que l'on puisse imaginer. On plane sur toute la capitale, sur le bassin de la Seine et sur toutes les collines qui l'enferment. On reconnaît tous ses monumens les uns après les autres. Il est impossible de dépeindre ce tableau, il faut le voir.

On ne devra pas quitter Montmartre sans avoir visité le Calvaire que M. l'abbé Ottin, curé de Montmartre y a établi, et dont voici au surplus la description d'après ce vénérable ecclésiastique :

« Dans un terrain contigu à l'église, M. Ottin, curé actuel de Montmartre, a établi un calvaire. Les stations, espacées autour de ce vaste enclos, dont le milieu est dessiné en jardin anglais, sont au nombre de neuf. Le dessin et la construction en sont confiés au talent d'un artiste distingué, M. Courtin, qui nous prouve par la délicatesse de sa manière et la richesse de son ornementation, sa connaissance approfondie de l'art chrétien et les abondantes ressources de son génie. Une description écrite ne donnerait qu'une imparfaite idée des compositions de M. Courtin, qui sont un résumé bien déterminé de l'art catholique à toutes ses époques.

» Les trois croix sont élevées sur un beau rocher qui termine le jardin ; à droite du spectateur, une grotte souterraine représente le saint Sépulcre, qui, par sa forme intérieure et ses dimensions, rappelle celui de Jérusalem. »

On devra aussi visiter, rue des Dames, le *Castel gothique* construit dans le style moyen-âge, et les élégantes serres chaudes que M. L'Escalopier y a fait construire ; elles sont chauffées à la vapeur, et renferment une collection très remarquable de plantes des plus rares et des plus curieuses sous les rapports historiques.

DICTIONNAIRE DES RUES,

QUAIS, CARREFOURS, PLACES, COURS, PASSAGES,

IMPASSES, PORTS, AVENUES, BOULEVARTS

ET BARRIÉRES DE PARIS.

L'ordre du numérotage des rues de Paris a été établi par l'administration municipale, en 1808, d'après les réglemens ci-après : Dans toutes les rues parallèles à la Seine, l'ordre des numéros suit le cours de la rivière, les premiers numéros étant plus près du levant, et les plus forts s'avançant vers le couchant. Dans les rues perpendiculaires à la Seine, la série des numéros commence du côté du fleuve; les plus forts sont les plus éloignés; les numéros pairs sont à droite en remontant la rue, et les numéros impairs sont à gauche. Cette règle, qui est bien simple, est un moyen infaillible, pour les personnes qui ne connaissent pas bien Paris, de ne pas s'égarer dans les nombreuses rues de la capitale.

PARIS est divisé en 12 arrondissemens et en 48 quartiers, répartis ainsi :

1er ARRONDISSEMENT : quartiers — Roule, 1.—Champs-Elysées, 2. — Place Vendôme, 3. — Tuileries, 4.

2e ARRONDISSEMENT : quartiers — Chaussée-d'Antin, 5. — Palais-Royal, 6. — Feydeau, 7. — Faubourg Montmartre, 8.

3e ARRONDISSEMENT : quartiers — Faubourg Poissonnière, 9. — Montmartre, 10. — Saint-Eustache, 11. — Mail, 12.

4e ARRONDISSEMENT : quartiers — Saint-Honoré, 13. — Louvre, 14. — Halle, 15. — Banque de France, 16.

5e ARRONDISSEMENT : quartiers — Faubourg Saint-Denis, 17. — Porte St-Martin, 18. — Bonne-Nouvelle, 19. — Montorgueil, 20.

6e ARRONDISSEMENT : quartiers — Porte-Saint-Martin, 21. — Saint-Martin-des-Champs, 22. — Lombards, 23. — Temple, 24.

7e ARRONDISSEMENT : quartiers — Sainte-Avoye, 25. — Mont-de-Piété, 26. — Marché Saint-Jean, 27. — Arcis, 28.

8e ARRONDISSEMENT : quartiers — Marais, 29. — Popincourt, 30. — Faubourg Saint-Antoine, 31. — Quinze-Vingts, 32.

9e ARRONDISSEMENT : quartiers — Ile Saint-Louis, 33. — Hotel-de-Ville, 34. — Cité, 35. — Arsenal, 36.

10e ARRONDISSEMENT : quartiers — Monnaie, 37. — Saint-Thomas-d'Aquin, 38. — Invalides, 39. — Faubourg Saint-Germain, 40.

11e ARRONDISSEMENT : quartiers — Luxembourg, 41. — Ecole-de-Médecine, 42. — Sorbonne, 43. — Palais-de-Justice, 44.

12e ARRONDISSEMENT : quartiers — Saint-Jacques, 45. — Saint-Marcel, 46. — Jardin-du-Roi, 47. — l'Observatoire, 48.

N. B. La quatrième colonne indique l'arrondissement auquel appartient la rue.

RUES, QUAIS, ETC.	TENANS.	ABOUTISSANS.	ARR.
Abattoir (de l'),	Faub. St-Denis	Fb. Poissonnière	3
Abattoir (avenue de l')	près l'ab. du Roule		1
Abbaye (de l'),	r de l'Echaudé	r St-Ger.-des-Prés	10
Abbaye St-Germ. (car.)	r de Bussy	r du Four	11
Abbaye (passage de l'),	r Ste-Marguer. 13	r du Four	10
Acacias (des),	r Neuve-Plumet	r de Sèvres	10
Acacias (des Petits),	Boul. des Invalid.	place Breteuil	10
Aguesseau (d'),	r du fb. S-Honoré	r de Surène	1
Aguesseau (marché d')	r d'Aguesseau	r des Saussaies	1
Aiguillerie (de l'),	r St-Denis	cloît. St-Opport.	4
Albret (cour d'),	r des Sept-Voies		12
Albouy,	r des M. du Temp.	r des Vinaigriers	5
Alexandre (de St),	r Grenetat.	enclos de la Trinité	6
Alger (d'),	r de Rivoli.	r St-Honoré	1
Alibert (anc. imp.St-L.)	quai de Jemmap.	r Bichat	5
Aligre (d'),	r de Charenton	Marché Beauveau	8
Aligre (passage d'),	r Bailleul	r St-Honoré	4
Amandiers Popin.(des)	r de Popincourt	bar. des Amandiers	8
Amandiers (Se-Genev.)	r M. Ste-Genev.	r des Sept-Voies	12
Amandiers (barr. des)	r des Amandiers		8
— (chem. de ronde),	b. des Amandiers	barr. Ménilmont.	8
Amboise (d'),	r de Richelieu	r Favart	2
Amboise (impasse d'),	place Maubert		12
Ambroise (St),	r de Popincourt	r St-Maur	8
Amélie,	r St-Dominique	r de Grenelle	10
Amelot,	place St-Antoine	r St-Sébastien	8
Amsterdam (d'),	r St-Lazare	place de l'Europe	1
Anastase (St),	r St-Louis	r St-Gervais	8
Anastase (Neuve St)	r St-Paul	r des Prêtres St-P.	9
Ancre (passage de l'),	r St-Martin	r Bourg-l'Abbé	6
André (St) Popincourt	r Folie-Regnault	barr. d'Aunay	8
André-des-Arcs (St),	pl. du p. S-Mich.	r Dauphine	11
André-des-Arcs (pl. St)	r St-André-des-A.	r Hautefeuille	11
Andrelas (impasse),		r Mouffetard	12
Angevilliers (d'),	r des Poulies	de l'Oratoire	4
Anglade (de l'),	r l'Evêque	r Traversine	2
Anglaises (des),	r Galande	r des Noyers	12
Anglais (impasse des),	r Beaubourg		7
Anglaise (des),	r de l'Oursine	r du Pet.-Champ	12
Angoulême (d') Marais	boul. du Temple	r Folie-Méricourt	6
Angoulême (d') Roule	av. de Neuilly	fb. du Roule	1
Angoulême (Neuve d')	r de Ménilmontant	r d'Angoulême	6
Angoulême (place d')	r du Temple	r Fossés du Temp.	6
Anjou Dauphine (d'),	r Dauphine	r de Nevers	10
Anjou (St-Honoré d')	r du f. St-Honoré	r de la Pépinière	1
Anjou (d') (Marais),	r de Berry	r du Grand-Chant.	7
Anjou (quai d'),	r St-Louis-en-l'Ile	pont Marie	9
Anne (Ste),	r de l'Anglade	r Ne-St-Augustin	2
Anne (Petite Ste),	C. de la St-Chap.	quai des Orfèvres	11
Antin (d'),	r Ne des P.-Champ.	r Ne-St-Augustin	2
Antin (allée d'),	Cours la Reine	étoile des Ch.-Elys.	1
Antin (de la Chauss d')	boul. des Italiens	r St-Lazare	1-2
Antin (pass. et cité d'),	r de Provence		2

RUES, QUAIS, ETC.	TENANS.	ABOUTISSANS.	ARR.
Antoine (St),	place Baudoyer	boul. Bourdon	7—8
Antoine (Faub. St.)	place St-Antoine	barr. du Trône	8
Antoine (place St),	r du f. S-Antoine		8
Antoine (pas. du P. St)	r St-Antoine	r du Roi-de-Sicile	7
Anny (impasse),	r du Rocher		1
Apolline (Ste),	r St-Martin.	r St-Denis.	6
Aqueduc (de l'),	Fontaine-S-Georg.	rue Blanche	2
Arbalète (de l'),	r Mouffetard	r des Charbonniers	12
Arbre-Sec (de l'),	place de l'Ecole	r St-Honoré	4
Arcade (de l'),	r de la Madeleine	r St-Lazare	1
Arche-Marion,	quai de la Mégiss.	r St-Ger. l'Auxerr.	4
Arche Pépin,	quai de la Mégiss.	r St-Ger. l'Auxerr.	4
Archevêché (quai de l')	quai Napoléon	pont de l'Archevêc.	9
Archevêché (pont de l')	q. de l'Archevêché	quai de la Tourn.	9
Arcis (des),	r de la Vannerie	rue des Lombards	12
Arcole (d'),	quai Napoléon.	pl. du parv. N.-D.	9
Arcole (pont d'),	pl. de l'H.-de-Vil.	quai Napoléon	9
Arcueil (barr. d'),	r du f. St-Jacques		12
— — (chemin de ronde)	barr. d'Arcueil	barr. d'Enfer	12
Ariane (place),	r de la P.-Truand.	r de la G.-Truand.	5
Argenson (impasse d')	r V.-du-Temple		7
Argenteuil (d'),	r des Frondeurs	r Neuve-St-Roch	2
Argenteuil (imp. d')	r du Rocher		1
Arras (d'),	r St-Victor	r Clopin	12
Arsenal (de l'),	r de Sully	cour des Salpêtres	9
Arsenal (place de l')	Arsenal	r de la Laiterie	9
Arsenal (pont de l'),	quai Morland.	quai d'Austerlitz	9
Arts (des),	r des Métiers		6
Arts (pont des),	Louvre	Institut	4—10
Asile (de l'),	passage Moufle	r Popincourt	8
Assas (d'),	r du Cherch.-Midi	r de Vaugirard	11
Astorg (d'),	r de la Vil.-l'Evêq.	r de la Pépinière	1
Aubert (passage),	r St-Denis.	r Ste-Foy	5
Aubry-le-Boucher,	r St-Martin.	r St-Denis	6
Augustin (Neuve-St)	r de Richelieu	r Louis-le-Grand	1—2
Augustins (des Grands)	q. des Augustins	r St-André-d.-Arcs	11
Augustins (des Petits)	q. Malaquais	r Jacob	10
Augustins (des Vieux)	r Coquillère	r Montmartre	5
Augustins (quai des)	pont St-Michel	Pont-Neuf	11
Aumaire,	r Frépillon	r St-Martin	6
Aumont (impasse),	r de l'H.-de-Ville		9
Aunay (barr. d'),	r St-André		8
— — (chemin de ronde),	barr. d'Aunay	barr. des Amand.	8
Austerlitz (d'),	boul. de l'Hôpital.	bar. d'Ivry	12
Austerlitz (quai d'),	barr. de la Gare	boul. de l'Hôpital	12
Austerlitz (pont d'),	quai Morland.	place Walhubert	12
Auvergnats (pass. des)	r du f. St-Antoine		5
Aveugles (des),	r Garancière	place St-Sulpice	11
Avignon (d'),	r St-Denis.	r de la Savonnerie	6
Avoye (Ste),	r St-C. de la Bret.	r Michel-le-Comte	7
Avoye (passage Ste),	r du Chaume	r Ste-Avoye	7
Babille,	r des Deux-Ecus	r de Viarmes	4
Babylone (de),	r du Bac.	boul. des Invalides	10

RUES, QUAIS, ETC.	TENANS.	ABOUTISSANS.	ARR.
Bac (du),	quai Voltaire	r de Sèvres	10
Bac (Petite-du),	r de Sèvres	r du Cher.-Midi	10
Bagneux,	r du Cherc.-Midi	r de Vaugirard	10
Baillet,	r de la Monnaie	r de l'Arbre-Sec	4
Bailleul,	r de l'Arbre-Sec	r des Poulies	4
Baillif,	r des Bons-Enfans	r C.-des-P.-Cham.	4
Bailly-St-Martin,	r St-Paxent	r Henry	6
Bains (passage des),	pass. du Saumon	rue du Cadran	3
Bains (passage des),	rue Montmartre	rue Tiquetonne	3
Ballets (des),	r St-Antoine	r du Roi-de-Sicile	7
Banque (de la),	r C.-des-P.-Ch.	r de la Feuillade	4
Banquier (du)	du Marc.-aux-Ch.	r Mouffetard	12
Banquier (du Petit),	r du Banquier	boul. de l'Hôpital	12
Barbe (Sainte),	r Beauregard	boul. Bonne-Nouv.	5
Barbet-de-Jouy,	r de Varennes	rue de Babylone	10
Barbette,	r des Trois-Pavil.	r Vieille-du-Temp.	8
Barillerie (de la),	quai de l'Horloge	pont St-Michel	9—11
Barnabites (passage),	pl. du P.-de-Just.	r de la Calandre	9
Barouillère,	r de Sèvres	r du Cherc.-Midi	10
Bar-du-Bec,	r de la Verrerie	r S-C. de la Breton.	7
Barres-St-Gervais (des)	quai de la Grève	place Beaudoyer	9
Barres-St-Paul (des),	r St-Paul	r. de l'Etoile	9
Barrois (passage),	r au Maire	r des Gravilliers	6
Barthélemy,	av. de Breteuil	ch. de r. b. Sèvres	10
Bafour (impasse),	r St-Denis, 300	enc. de la Trinité	6
Basfroi,	r de Charonne	r de la Roquette	8
Basse-du-Rempart,	r de la Ch.-d'Ant.	pl. de la Madel.	1
Bassins (barrière des),	r des Bassins		1
— (chemin de ronde)	barr. des Bassins	b. de Longchamp	1
Bassins,	Newton	ch. de r. b. des Bas	1
Bastille (Imp. de la Pet)	r de l'Arbre-Sec		4
Bastille (place de la),	boul. Bourdon	boul. St-Antoine	8—9
Batailles (des),	r de Long-Champ,	ruelle Ste-Marie	1
Batailles (carref. des)	quartier du	Luxembourg.	10
Batave (Cour),	r de Venise (pass.)	r St-Denis, 124	6
Battoir St-André (du)	r Hautefeuille	r de l'Eperon	11
Battoir St-Victor (du)	r Copeau	r du P. l'Hermite	12
Baudin (impasse),	r St-Lazare, 110		1
Baudoyer (place),	r St-Antoine	r François-Miron	7—8
Baville (de),	cour du Harlay	cour Lamoignon	11
Bayard,	r Kléber	r Duguesclin	10
Bayard (impasse),		r Bayard	10
Bayard (Champs-Elys.)	Cours-la-Reine	allée des Veuves	1
Beaubourg,	r Simon-le-Franc	r Michel-le-Comte	7
Beauce (de),	r d'Anjou	r de la Corderie	7
Beaucourt (impasse),		r du F. du Roule	1er
Beaudroyerie (I. de la)	r de la Corroierie		7
Beaufort (impasse),	r Salle-au-Comte		6
Beaufort (passage),	r Quincampoix	r Salle-au-Comte	6
Beaujolais (de),	r de Bretagne	r Forez	6
Beaujolais St-Honoré	r de Chartres	r de Valois	1
Beaujolais (passage),	r Montpensier	r Richelieu	2
Beaujolais-Pal.-Royal	r de Valois	r Montpensier	2

RUES, QUAIS, ETC.	TENANS.	ABOUTISSANS.	ARR.
Beaujon (Cité),	av. des Ch.-Elys.	r du fb. du Roule	1
Beaumarchais (boul.)	pl. de la Bastille	b. des F.-du-Calv.	8
Beaune (de),	quai Voltaire	r de l'Université	10
Beauregard,	r. Poissonnière	r de Cléry	5
Beauregard (ruelle),	r des Martyrs	ch. r. b. des Mart.	2
Beaurepaire,	r des Deux-Portes	r Montorgueil	5
Beautreillis,	r des Lions-S-Paul	r St-Antoine	9
Beauveau,	r de Charenton	marché St-Antoine	8
Beauveau (place),	r du f. St-Honoré		1
Beauveau (marché),	r d'Aligre	r Lenoir	8
Beaux-Arts,	r de Seine	r des P.-Augustins	10
Bel-Air (avenue du),	pl. de la b. du Tr.	avenue St-Mandé	8
Bellart,	avenue de Saxe	ch. r. bar. de Sèv.	10
Belle-Chasse (de),	quai d'Orsay	r de Grenelle	10
Belle-Chasse (place),	r St-Dominique	rue de Las-Cases	10
Bellefond,	r du f. Poissonn.	r Rochechouart	2
Belleville (barrière de)	r du f. du Temple		5—6
— chemin de ronde	barr. Belleville	bar. de la Chopin.	5
Belliart,	r Pérignon	ch. de r. b. de Sèv.	10
Bellièvre,	quai de la Gare	r des Deux-Moul.	12
Benoît (Saint),	r Jacob	r Taranne	10
Benoît (cloître Saint)	r des Mathurins	r St-Jacques 94, 96	11
Benoît (carrefour St)	r St-Benoît	r de l'Egout	10
Benoît St-Martin (St)	r Royale	r St-Vannes	6
Benoît (pass. St),	place de l'Abbaye	r St-Benoît	10
Benoît (pass. St-Benoît)	r du cloît. St-Ben.	r de la Sorbonne	11
Benoît (impasse Saint-)	r de la Tacherie, 7		7
Bercy (St-Jean),	r V.-du-Temple	r Bourtibourg	7
Bercy St-Antoine,	r de la Contrescar.	bar. de Bercy	8
Bercy (barrière de),	r de Bercy		8
— chemin de ronde)	barr. de Bercy	r de Charenton	8
Bergère,	r du faub. Poiss.	r du fb. Montmart.	2
Bergère (Cité),	r du f. Montmartre	r Bergère, 15.	2
Bergère (pass de la cité)	r Bergère, 15	r du fb. Montmart.	2
Berlin,	r d'Amsterdam	pl. d'Europe	1
Bernard (Saint),	r du f. St-Antoine	r de Charonne	8
Bernard (des Foss. St)	quai St-Bernard	r St-Victor	12
Bernard (quai St),	pont d'Austerlitz	quai de la Tourn.	12
Bernard (impasse St)	r St-Bernard, 10		8
Bernardins (des),	quai de la Tourn.	r St-Victor	12
Bernardins (Cloît. des)	r de Pontoise	r des Bernardins	12
Berry (de) au Marais	r de Poitou	r de Bretagne	7
Berry (Neuve de),	av. de Neuilly	r du f. du Roule	1
Berthaud (impasse),	r. Beaubourg, 32		7
Bertin-Poirée,	r St-Germ-l'Aux.	r Thibautodé	4
Bertin-Poirée (place)	quai de la Mégiss.	r St-G-l'Auxerrois	4
Béthizy,	r des Bourdonnais	r du Roule	4
Béthizy (carrefour),	r Béthizy, Boucher	r des Bourdonnais	4
Béthune (quai de),	r St-Louis-en-l'Ile	pont de la Tourn.	9
Beurrière,	r du F.-St-Germ.	r du Vieux-Colom.	11
Bibliothèque (de la),	place de l'Oratoire	r St-Honoré	4
Bichat,	r du f. du Temple	Hôpital St-Louis	5
Bichat (cour),	r Bichat		5

RUES, QUAIS, ETC.	TENANS.	ABOUTISSANS.	ARR.
Bienfaisance (de la),	r du Rocher.	barr. Monceau	1
Biette (passage),	r Ménilmontant, 5	r de Crussol, 6	6
Bièvre (de),	r des Grands-Deg.	r St-Victor	12
Bièvre (pont de la),	quai de l'Hôpital		12
Billettes (des),	r de la Verrerie	r Ste-C. de la Bret.	7
Billettes (impasse des)	r des Billettes, 13		7
Billy (quai de),	allée des Veuves	barr. de Passy	1
Birague (place),	r St-Antoine		8—9
Bizet,	quai de Billy	r de Chaillot	1
Bizet (impasse),	r St-Lazare, 106		1
Blanche,	r St-Lazare	barr. Blanche	2
Blanche (barrière),	r Blanche		2
— chemin de ronde.	barr. Blanche	barr. de Clichy	2
Blancs-Manteaux,	r V.-du-Temple	r Ste-Avoye	7
Blé (halle au),	r de Viarme		4
Blé (port au),	pont Louis-Philip.	pont d'Arcole	9
Bleue,	r du f. Poissonn.	r Cadet	2
Bleus (Cour des),	r Grenetat, 38	enclos de la Trinit.	6
Bochart-Saron,	r de la Tour-d'Au.	aven. de Trudaine	2
Bœuf (impasse du),	r Saint-Merry		7
Bœufs (impasse des),	r des Sept-Voies		12
Bois de Boulogne (pas.)	boul. St-Denis	fb. St-Denis, 10	5
Bon (Saint),	r Jean-Pain-Mollet	r de la Verrerie	7
Bondy (de),	r du f. du Temple	porte St-Martin	5
Bonne-Nouvelle (boul.)	Porte-St-Denis	r Poissonnière	3—5
Bonne-Nouvelle,	r du Regard	boul. Bonne-Nouv.	5
Bon Puits (du),	r St-Victor	r Traversine	12
Bons-Enfans (des),	r St-Honoré	r Baillif	2—4
Bons-Enfans (Ne des)	r Baillif	r Ne-des-Pet-Ch.	2—4
Bony (Cour),	r St-Lazare, 126		1
Borda,	r de la Croix	r Mongolfier	6
Bossuet,	quai Napoléon	r Chanoinesse	9
Boucher,	r de la Monnaie	r Thibautodé	4
Boucherat,	r des F.-du-Calv.	r Charlot	6
Boucherie (de la),	quai d'Orsay	r St-Dominique	10
Boucherie(pas.de la Pe)	r de l'Abbaye	pl. Se-Marguerite	10
Boucheries S-Ger. (des)	carref. de l'Odéon	r du Four	10—11
Bouche (pl. S.-Jacq.la)	rue des Ecrivains		10
Bouclerie (de la Vieille)	pl. du pont S-Mic.	r St-Severin	11
Boudreau,	r de Trudon	r Caumartin	1
Boufflers (avenue de),	av. de Tourville	pl. Fontenoy	10
Boufflers (passage),	r Choiseul, 12	boul. des Italiens	2
Boulangers (des),	r St-Victor	r des F.-S.-Victor	12
Boule-Blanche (p.de la)	r de Charenton	r du fb. S.-Antoine	8
Boule-Rouge (de la),	r du f. Montmart.	r Richer	2
Boule-Rouge(pas.de la)	faub.-Montmartre		8
Boulets (des),	r de Montreuil.	r de Charonne	10
Boullainvilliers (marc.)	r du Bac, 15		2
Bouloi (du),	r C.-des-P.-Champ	r Coquilière	4
Bouquet-des-Champs,	r de Longchamp,	r aux Champs	1
Bourbe (de la),	r du f. St-Jacques	r d'Enfer	12
Bourbon (quai),	r des Deux-Ponts	r St-Louis-en-l'Ile	9
Bourbon (pl. du Palais)	Invalides	r de l'Université	10

RUES, QUAIS, ETC.	TENANS.	ABOUTISSANS.	ARR
Bourbon (du Petit),	r de Tournon	pl. St-Sulpice	11
Bourbon-le-Château,	r de Bussy	r de l'Echaudé	10
Bourbon-Villeneuve,	r du P.-Carreau	r St-Denis	8
Bourdaloue,	r Olivier	r St-Lazare	2
Bourdon (boulevart),	quai Morland	r St-Antoine	9
Bourdonnaye (av. de la)	r de l'Université	av. de L.-Piquet	10
Bourdonnais (des),	r Béthizy	r St-Honoré	4
Bourdonnais (imp. des)	r des Bourdonnais		4
Bourg-l'Abbé,	r aux Ours	r Grenetat	6
Bourg-l'Abbé (Neuve),	r St-Martin	r Bourg-l'Abbé	6
Bourg-l'Abbé (passage)	r Bourg-l'Abbé, 23	r St-Denis	6
Bourgogne (de),	quai d'Orsay	r de Varennes	10
Bourguignons (des),	r de l'Oursine	r des Capucins	12
Boursault,	r Blanche	r Pigalle	2
Bourse (de la),	r Neuve-Vivienne	r Richelieu	2
Bourse (place de la),	r des F.-St-Thomas	r Feydeau	2
Bourtibourg,	r de la Verrerie	r Ste-C. de la Bret.	7
Boutebrie,	r de la Parchem.	r du Foin	11
Bouteille (imp. de la),	r Montorgueil, 33		3
Bouton (ruelle Jean),	r des Charbonniers	r de Charenton	8
Bouvart (impasse)	r St-Hilaire, 8, 10		12
Boyauterie (barr. de la)	r de la butte Chau-	mont.	5
—— chemin de ronde,	b. de la Boyauter.	bar. de Pantin	5
Brady (passage),	r faub. St-Mart. 45	fb. St-Denis, 48	5
Bracque (de),	r du Chaume	r Ste-Avoye	7
Brasserie (imp. de la),	r Trav.-St-Honoré	cour St-Guillaume	2
Bréda,	r des Martyrs	r de la Tour-d'Au.	2
Bretagne (de) Marais,	r V.-du-Temple	r de la Rotonde	7—6
Bretagne (Neuve de),	b. des F.-du-Calv.	r St-Louis	8
Breteuil (de),	r Royale	marché St-Martin	6
Breteuil (avenue de),	place Vauban	r de Sèvres	10
Breteuil (place),	aven. de Breteuil	avenue de Saxe	10
Bretonvilliers,	quai Béthune	r St-Louis	9
Briare (impasse de),	r Rochechouart 71		2
Briare (passage),	r f. Montmartre		2
Brière,	r du f. St-Antoine	r de Montreuil	8
Brière (passage),	faub. St-Antoine	r de Montreuil	8
Brisemiche,	r du cloît. St-Mer-	r N.-St-Merry	7
Brodeurs (des),	r Plumet	r de Sèvres	10
Brosse (Jacques de),	quai de Gèvres	François-Miron	9
Bruant,	quai de la Gare	r Bellièvre	12
Brutus ou Coquen.(im.)	r Coquenard,		2
Bruxelles (de),	r de Miromesnil	r de Clichy	1
Bruyère (de la),	place St-Georges	r Pigale	2
Bûcherie (de la),	r St-Jacques	place Maubert	12
Bûcherie (quai de la),	port au Double	pl. du P.-St-Michel	9
Buffault (de),	r fb. Montmartre	r Coquenard	2
Buffon (de),	boul. de l'Hôpital	r du Jardin-du-Roi	12
Buisson St-Louis,	r St-Maur	b. de la Chopinette	5
Bussy (carrefour de),	r de Bussy-Dauph.		11
Bussy (de),	r Mazarine	r Ste-Marguerite	10
Butte (de la) Chaumont,	r du fb. St-Martin	b. de la Boyauter.	5
Buttes (des),	r de Reuilly	r Picpus	8

RUES, QUAIS, ETC.	TENANS.	ABOUTISSANS.	ARR.
Buvette (de la ruelle,)	allée des Veuves	r Marbœuf	1
Byron,	fb. St-Jacques	r de la Santé	12
Cadet,	r du f. Montmart.	r Montholon	2
Cadran (du),	r du Petit-Carreau	r Montmartre	3
Cafarelli,	r de la Corderie	rotonde du Temple	6
Café de Foi (pass. du)	Palais-Royal	r Richelieu	2
Caire (du),	r St-Denis	pl. du Caire	5
Caire (passage du),	r St-Denis, 333	pl. du Caire	5
Caire (place du),	r du Caire	r Bourbon-Villen.	5
Calandre (de la),	r de la Cité	r de la Barrillerie	9
Calvaire (carr. des Fil.)	r. F.-du-Calvaire	r V.-du-Temple	6
Cambrai (place),	r St-J.-de-Latran	r St-Jacques, 87	12
Campagne première,	b. Montparnasse	Boul. d'Enfer	11
Canal St-Martin (du),	quai Valmy	r du fb. St-Martin	5
Cannettes (des),	r du Four	pl. St-Sulpice	11
Cannettes (des Trois),	r St-Christophe	r de la Licorne	9
Canivet (du),	r Servandoni	r Férou	11
Capucines (Neuve des),	r de la Paix	b. de la Madeleine	1
Capucines (boulev. des)	r Louis-le-Grand	r N.-des-Capucines	1
Capucins (des),	r des Bourguign.	r St-Jacques	12
Cardinale,	r Furstemberg	r de l'Abbaye	10
Cardinal-le-Moine (du)	quai de la Tourn.	r St-Victor	12
Carême-Prenant,	quai de Jemmapes	r Grang.-aux-Bell.	5
Cargaisons (des),	Marché-Neuf	r de la Calandre	9
Carmélites (imp. des),	r St-Jacques, 284		12
Carmes (des),	r des Noyers	r St-Hilaire	12
Carmes (marché des),	r des Noyers		12
Carmes (carrefour des)	r St-Victor	place Maubert	12
Caron,	Marc. Se-Catherine	r de Jarente	9
Carpentier,	r du Gindre	r Cassette	11
Carré Ste-Genev. (pl. du)	r St-Jacques		12
Carreau (du Petit),	r du Cadran	r de Cléry	3—5
Carrousel (du),	r Froidmanteau	pl. du Carrousel	1
Carrousel (place du),	Louvre	Tuileries	1
Casimir-Périer,	r St-Dom.-St-Ger.	r de Grenelle	10
Cassette,	r du V.-Colombier	r de Vaugirard	11
Cassini,	r du fb. St-Jacques	av. de l'Observat.	12
Cassini (impasse),	r de Cassini		12
Castellane,	r Tronchet	r de l'Arcade	9
Castex,	r de la Cerisaie	r St-Antoine	1
Castiglione,	r de Rivoli	r St-Honoré	1
Catherine (Culture Ste)	r St-Antoine	r du Parc-Royal	7—8
Catherine (Ste),	r St-Thomas	r St-Dominique	11
Catherine (marché Ste)	r d'Ormesson	r Caron	8
Catherine (Neuve Ste)	r St-Louis	r Païenne	8
Cather. (pl. du mar. Ste)	Marais	r Jarente	8
Capmartin,	boul. de la Madel.	r Neuve-des-Math.	1
Célestins (quai des),	r du Petit-Musc	r St-Paul	9
Cendrier (du),	r du m. aux Chev.	r des F.-S-Marcel	12
Cendrier (passage),	r Basse-du-Remp.	r Neuve-des-Math.	1
Cendrier (impasse),	passage Cendrier		1
Censier,	r du Jardin-du-R.	r Mouffetard	12
Cerf (pass. du Grand)	r du Ponceau	r St-Denis, 380	6

RUES, QUAIS, ETC.	TENANS.	ABOUTISSANS.	ARR.
cerf (pass. de l'anc. gd)	r des 2 p. St-Sauv.	r St-Denis	5
cerisaie (de la),	r Lesdiguières	r du Petit-Musc	9
cerisaie (Neuve de la),	boul. Bourdon	r Lesdiguières	9
césar (passage),	r St-Dominique	r de Grenelle	10
chabannais,	r Ne-des-P.-Cham.	r St-Anne	2
chabrol,	r du fb. St-Denis	r Lafayette	3
chabrol (Neuve de),	r du fb St-Martin	r du fb. St-Denis	5
chaillot (de),	r de Longchamp	avenue de Neuilly	1
chaise (de la),	r Grenelle St-Ger.	r de Sèvres	10
chaise (pass. de la Pete)	r Planche-Mibray	r St-Jacq.-la-Bouc.	7
chamon,	r N.-D.-des-Cham.	boul. Mont-Parn.	11
champ (du Petit),	r du Ch.-de-l'Alo.	r de la Glacière	12
champ de l'Alouette,	r de l'Oursine	r Croulebarbe	12
champs-Elysées (carré)	quai de la Confér.	chemin de Neuilly	1
champs-Elys.(r.-point)	place de la Conc.	r du fb. St-Honoré	1
champs S.-Mart.(Petits)	r Beaubourg	r St-Martin	7
champs (Ne-d.-Petits)	pas. des P.-Pères	place Vendôme	1-2-3
change (pont au),	Marché aux fleurs	quai de Gèvres	1
chanoinesse,	r Bossuet	r de la Colombe	9
chantercine de la Victe)	r du fb. Montm.	r de la Ch.-d'Antin	2
chant. de l'Ecu(pas.du)	r Ne-des-Mathur.	r. Basse-du-Remp.	1
chantre (du),	place du Musée	r St-Honoré	4
chantres (des),	r Bass.-des-Ursins	r Chanoinesse	9
chanverrerie (de la),	r St-Denis	r Mondétour	4—5
chapelle (de la),	r Chât.-Landon	barr. des Vertus	5
chapelle(cour de la Ste)	r de la Barillerie	r Nazareth	11
chapon,	r du Temple	r Transnonain	6—7
chaptal,	r Pigale	r Blanche	2
charbonniers,	r de Bercy	r Charenton	8
charbonniers (im. des)	r des Charbonn.		8
charbonniers S-Marcel	r de l'Arbalète	r des Bourguign.	12
charenton,	fb. St-Antoine	barr. Charenton	8
charenton (barr. de),	r de Charenton		8
charenton chemin de ronde,	barr. Charenton	bar. de Reuilly	8
charriot-d'Or(pass. du)	r Grenetat	r du Grand-Hurl.	6
charité (de la),	r St-Laurent	r de la Félicité	5
charlemagne (passage)	r St-Antoine	r des Prêt.-S-Paul	9
charles (cité Saint),	r St-Dom.-St-Ger.		10
charles (pont Saint),	Cité	Hôtel-Dieu	7
charlot,	r de Bretagne	boul. du Temple	6
charonne (de),	r du f. St-Antoine	b. Fontarabie	8
charonne (barrière de)	r de Charonne		8
charonne chemin de ronde,	barr. de Charonne	r des Rats	8
charretière,	r St-Hilaire	r de Reims	12
charost (pas. du p. hôt.)	r des V.-Augustins	r Montmartre	3
chartres (St-Honoré),	place du Carrousel	pl. du Pal.-Royal	1
chartres (du Roule),	r du Monceau	barr. Courcelles	1
chartres (barrière de)	parc de Monceau		1
chartres chemin de ronde,	barr. de Chartres	barr. Courcelles	1
chartres (passage de)	Palais-Royal		2
chartreuse,	r de l'O. du Roule	r du fb. du Roule	1
chartreux (pass. des),	r de la Tonnellerie	r Traînée, 9	4
chat Blanc (imp. du),	r St-Jacq. la Bou. 52		6

RUES, QUAIS, ETC.	TENANS.	ABOUTISSANS.	ARR.
Chat qui pêche (du),	quai St Michel,	rue de la Huchotte	11
Châteaubriant (av. de),	av. de Lord Byron	av. de Gabrielle	1
Château-Landon,	faub. St-Martin	barr. des Vertus	5
Châtelet (place du),	quai de la Mégiss.	r St-Denis	4—7
Châtillon,	r St-Maur Popine.	ch. de r. b. Chop.	5
Chauchat,	r de Provence	r de la Victoire	2
Chaudron (du),	faub. St-Martin	r Château-Landon	5
Chaume,	r des Blancs-Mant.	r des Vieill.-Audr.	7
Chaume (passage du),	Mont-de-Piété	r du Chaume	5
Chaumont (pass. St),	r St-Denis, 374	r du Ponteeau, 18	6
Chauss. du Maine (imp)	chauss. du Maine		11
Chausson (passage),	r Nve St-Nicolas	r des Marais du Te	5
Chauveau La Garde,	r de la Madeleine	r de l'Arcade	1
Chemins (ruelle des 4)	barr. de Charenton	r de Reuilly	8
Chemin de Lagny (du),	av. des Ormes	r du Fb St-Antoine	8
Chemin de Pantin (du)	r du Fb. St-Martin	barr. de Pantin	5
Chemin de Versailles,	av. de Neuilly	Chaillot	1
Chemin Vert,	r Amelot	r Popincourt	8
Cheminées (carr. des 4)	r de l'Anglade	r Ste Anne	2
Cherche-Midi,	pl. de la Croix Roug	r de Vaugirard	10—11
Chevalier du Guet (du)	r de la Vieille Har.	r des Lavandières	4
Cheval Blanc (pass. du)	r du Ponceau	r St-Martin	6
Cheval Blanc (pass. du)	faub. St-Antoine	r de la Roquette	8
Cheval Rouge (pass. du)	r du Ponceau	r St-Martin	6
Cheval. du Guet (pl. du)	r Perrin-Gasselin	r du Chev. du Guet	4
Chevaux (du mar. aux)	r Poliveau	boul. de l'Hôpital	12
Chevaux (marché aux)	boul. de l'Hôpital	r du Mar. aux Chev	12
Chevert,	av. de Lamothe-P.	av. de Tourville	10
Chevert (Petite rue),	av. de Lam. Piquet	av. Lamotte-Piquet	10
Chevet St-Landy,	r Basse des Ursins	r des Marmousets	9
Chevreuse (de),	r N.-D. des Champs	boul. Mont-Parnas	11
Childebert,	r d'Erfurth	r Ste-Marthe	10
Chilpéric,	r de l'Arbre-Sec	pl. St-Germ. l'Aux.	4
Choiseul (de),	r Nve St-Augustin	boul. des Italiens	2
Choiseul (passage),	r Nve des Pet.-Ch.	r Nve-St-Augustin	2
Chollets (des),	r de Reims	r St-Etienne-des-G.	12
Chopinette (de la),	r St-Maur-Popine.	r de la Chopinette	5
Chopinette (barr. de la)	r du Buisson St-L.		5
—chemin de ronde,	barr. de la Chopin.	barr. du Combat	5
Christine,	r des Gr.-August.	r Dauphine	11
Christophe (St),	r de la Cité	pl. du Parv. N.-D.	9
Cimetière (St-André),	pl. St-And. des Ar.	r de l'Eperon	11
Cimetière (St-Nicolas),	r Transnonain	r St-Martin	6—7
Cimetière (St-Benoît),	r Fromentel	r St-Jacques	12
Cinq Diamants (des),	r des Lombards	r Aubry-le-Bouche	
Ciseaux (des),	r Ste-Marguerite	r du Four	10
Cité,	quai Napoléon	pet. pt de l'Hôtel-D.	
Clairvaux (imp.),	r St-Martin, 106 108	r des Foss. St-Mar.	11
Clamart (cr. de la Croix)	r du Jardin du Roi		9
Cité (pont de la),	Ile de la Cité	Ile St-Louis	9
Claude (Bonne-Nouv.)	r Ste-Foy	r de Cléry	5
Claude (Marais),	boul. Beaumarch.	r St-Louis	
Claude (impasse St),	r Montmartre		5

RUES, QUAIS, ETC.	TENANS.	ABOUTISSANS.	ARR.
Claude (impasse St),	r St-Claude, 8, 10		7
Claude-Villefosse,	r Châtillon	barr. du Combat	5
olef (de la),	r d'Orléans	r Copeau	12
Clément,	r de Seine St-Ger.	r Mabillon	11
Cléry (de),	r Montmartre	boul. Bonne-Nouv.	5—5
Clichy (de),	r St-Lazare	barr. de Clichy	1—2
Clichy (barrière de),	r de Clichy		1—2
chemin de ronde,	barr. de Clichy	barr. de Monceau	1
oche Perche,	r St-Antoine	r du Roi de Sicile	7
oopin,	r des Foss. St-Vict.	r Descartes	12
os Brunot,	r Mont. Ste-Genev.	r des Carmes	12
os Georgeot (du),	r Travers. St-Hon.	r Ste-Anne	2
ootilde,	r Clovis	r de la Vieill. Estr.	12
ovis,	r des Foss. St-Vict.	pl. St-Etienne du M	12
uny,	pl. Sorbonne	r des Grès	11
uny (passage),	Sorbonne	r des Grès	11
ocatrix,	r d'Arcole	r des Trois Canett.	9
ur-Volant (du),	r des Boucheries	r des Quatre-Vents	11
lbert,	r Vivienne	r de Richelieu	2
lbert (galerie),	r Nve des Pet.-Ch.	r Vivienne	1
llisée,	av. de Neuilly	r du Fb St-Honoré	2
llége Louis le Grand,	r Nve des Poirées	r St-Jacques	11
llégiale (place de la),	r St-Marcel	r Pierre-Lombard	12
ollombe (de la),	quai Napoléon	r des Marmousets	9
ollombier (Neuve du),	r St-Antoine	r d'Ormesson	8
ollombier (du Vieux),	pl St-Sulpice	carr. de la C.-Rouge	11
olonnes (des),	r des Filles-S-Tho.	r Feydeau	2
ombat (barrière du),	r de l'Hôpital-S.-L.		5
chemin de ronde,	barr. du Combat	barr. de Boyauterie	5
omédie (de l'Ancien.)	r de Bussy	r des Bouch. St-Ger	10—11
omète (de la),	r St-Dominique	r de Grenelle	10
mr du comm. (march)	r des Ecrivains		6
ommerce (passage du)	r St-And. des A. 75	r de l'Ecole de Méd	11
ommerce (passage du)	r Phélipeaux, 17	r Frépillon, 14	6
ommerce (du),	r des Métiers	r de la Laiterie	6
oncorde (place de la	jard. des Tuileries	Champs-Elysées	1
ondé (de),	r des Boucheries	r de Vaugirard	11
onférence (pl. de la)	Champs-Elysées	Pompe à feu	1
onférence (quai de la)	Allée des Veuves	quai de Billy	1
onstantine (de),	r de la Cité	r aux Fèves	9
onstantine (pont de),	Jardin du Roi		9
onstantinople,	pl. de l'Europe	barr. Monceau	2
onté,	r Montgolfier	r Vaucanson	6
ontrat Social (du),	r de la Tonnellerie	r des Prouvaires	3
ontrescarpe S. André,	r Dauphine	r St-And. des Arcs	11
ontrescarpe S. Marcel,	r des Foss. St-Vict.	r Nve Ste-Geneviev	12
ontrescarpe (de la),	pl. Mazas.	pl. de la Bastille	9—8
onti (quai),	r Dauphine	pont des Arts	10
onti (imp.),	près la Monnaie		10
oueau,	r St-Victor	r Mouffetard	12
q. St-Honoré (du),	pl. de l'Oratoire	r St-Honoré	4
q. St-Jean (du),	r de la Tixérander.	r de la Verrerie	7
q-Héron,	r Coquillière	r Pangevin	5

RUES, QUAIS, etc.	TENANS.	ABOUTISSANS.	ARR
Coquenard,	r Rochechouart	r du Fb Montmart.	2
Coquenard (Neuve),	r Coquenard	av. de Trudaine	2
Coquerel (impasse),	r des Juifs, 24		3
Coquilles (des),	r de la Tixérander.	r de la Verrerie	7
Coquillière,	pl. St-Eustache	r Cr. des Pet.-Ch.	3—4
Corbeau,	r Bichat	r St-Maur-Popinc.	5
Cordelières,	r St-Hippolyte	r du Ch. de l'Allou	12
Corderie (de la) St.Hon,	r Nve St-Roch	Marché St-Honoré	2
Corderie (de la) du Te,	r de Beauce	r du Temple	5—7
Corderie (de la Petite),	rotonde du Temple	r Dupuis	6
Corderie (imp. de la),	r de la Corder. S-H.		2
Corderie (place de la),	Temple	Enclos du Temple	6
Cordiers (des),	r St-Jacques	r de Cluny	11
Cordonnerie (de la),	r Marché aux Poiré	r de la Tonnellerie	4
Corneille,	pl. de l'Odéon	r de Vaugirad	11
Cornes (des),	r du Banquier	r des Foss. St-Mar.	12
Corroierie (de la),	r Beaubourg	r St-Martin	7
Cossonnerie (de la),	r St-Denis	Marché aux Poirée	4
Cotte,	r Trouvée	r du Fb St-Antoine	8
Courbaton (impasse),	r de l'Arbre-Sec, 25		4
Courcelles,	r de la Pépinière	r de Monceau	1
Courcelles (barr. de),	r de Chartres du R.		1
— chemin de ronde,	barr. de Courcelles	barr. du Roule	1
Cour des Coches (pass.)	Roule	r de Surène	1
Cr des Compt. (p.de la)	r du Pet.-Thouars	r Dupuis du Temp	6
Cr des Miracles (p.de la)	Palais-de-Justice	.	11
Cour de la Corderie,	Marais		8
Cour du Commerce,	r du Petit-Crucifix	r des Ecrivains	6
Cour du Commerce,	r Fb du Roule	r d'Angoulême	1
Cour du Harlay (p de la)	Palais-de-Justice		11
Cr du Roi Franç. (pas.)	Porte St-Denis		6
Couronne d'Or (p.de la)	r Tirechappe	r des Bourdonnais	4
Couronnes (barr. des 3),	r des Trois Couron.		6
— chemin de ronde,	barr. des Trois Co.	barr. Ramponeau	6
Courtalon,	r St-Denis	pl. Ste Opportune	4
Courty,	r de Lille	r de l'Université	10
Coutellerie (de la),	r Jean de l'Epine	r de la Vannerie	7
Coutures St-Gervais,	r Thorigny	r Vieille du Templ	8
Crébillon,	r de Condé	place de l'Odéon	11
Crétel,	r Blanche	r Larochefoucault.	2
Croissant (du),	r du Gros-Chenet	r Montmartre	3
Croix (de la),	r Phélippeaux	r Nve St-Laurent	6
Croix Blanche (impas.)	r des Billettes		7
Croix Boissière (de la),	r des Champs	barr. des Bassins.	1
Croix Boissière (impas)	r de Chaillot		1
Croix (Neuve-Ste),	r St-Lazare	r St-Nicolas	2
Croix la Bretonn. (Ste),	r Vieil. du Temple	r Ste-Avoye	7
Croix la Bretonn. (pass.)	r Ste-Croix de la Br		7
Croix des Pet.-Champs,	r St-Honoré	pl. des Victoires	3—4
Croix du Roule (de la),	r Fb du Roule	r de Chartres	1
Croix Rouge (car.de la)	Palais-Royal	r Cherche Midi	10
Croix du Trahoir (pl.),	r St-Honoré	r de l'Arbre Sec	4
Croix (Ste) Cité,	r Gervais-Laurent	r de la Vieille Drap.	9

RUES, QUAIS, etc.	TENANS.	ABOUTISSANS.	ARR.
Croix (impasse Ste),	r des Billettes, 43		7
Croix (place Ste),	r Chaussée-d'Antin	r Nve Ste-Croix	2
Croulebarbe,	r Mouffetard	boul. des Gobelins	12
Croulebarbe (pont),	r St-Marcel	boul. des Gobelins	12
Croulebarbe (barr. de),	r de Croulebarbe		12
— chemin de ronde,	barr. de Crouleb.	barr. de l'Oursine	12
Crucifix (du Petit),	r St-Jacq. la Bouch	pl. St-Jacq. la Bou.	6
Crussol,	r des Fossés du Te	r Folie Méricourt	6
Cunette (barr. de la),	quai d'Orçai		10
Cuvier,	r St-Bernard	r du Jardin du Roi	12
Cygne (du),	r St-Denis	r Mondétour	5
Dalayrac,	r Méhul	r Monsigny	2
Damiette (pont de),	Ile St-Louis	quai des Célestins	4
Damiette,	cour des Miracles	r Bourbon-Villeu.	5
Dandrelas (impasse),	r Mouffetard, 249		12
Damois (passage),	Fb St-Antoine	r d'Aval	8
Dauphin (du),	r de Rivoli	r St-Honoré	1
Dauphine,	quai Conti	carr. Bussy	11—10
Dauphine (passage),	r Dauphine	r Mazarine	10
Dauphine (place),	r du Harlay	pl. du Pont-Neuf	11
Daval,	r de la Roquette	r Amelot	8
Debilly (quai),	allée des Veuves	barr. de Passy	1
Déchargeurs (des),	r des Mauv.Paroles	r de la Ferronner.	4
Degrés (des),	r Cléry	r Beauregard	5
Delaunay (imp.),	r de Charonne, 117		8
Degrés (quai des Gr.),	pont aux Doubles	pont de l'Archevè.	12
Delessert (pass.),	r des Ecluses	r du Canal St-Mart	5
Delorme (galerie),	r de Rivoli	r St-Honoré	1
Delta,	Fb Poissonnière	r Rochechouart	2
Delta-Lafayette,	place de Lafayette		12
Demi-Lune f. S. A. (ch.	barr. du Trône	ch. de r. b. Montre.	8
Demi-Saint (du),	rue Chilpéric	r des Foss.S-G-l'A.	4
Denis (St),	place du Châtelet	boul. St-Denis	4-5-6
Denis (Neuve-St),	r St-Martin	r St-Denis	4—5
Denis (passage St),	r Grenétat	r St-Denis	6
Denis (boul. St),	Porte-St-Martin	Porte St-Denis	5—6
Denis (faub. St),	r St-Denis	barr. St-Denis	3—5
Denis (barrière St),	r Fb St-Denis		3—5
— chemin de ronde,	barr. St-Denis	barr. Poissonnière	5
Derville,	r du Champ de l'Al.	r des Anglaises	12
Desaix,	av. de Suffren	ch. de r. b. de la C.	10
Descartes,	Mont.Ste-Geneviè	r de Fourcy	12
Désert,	r Larochefoucauld	pet. r du Désert.	2
Désert (petite rue du),	r St-Lazare	r du Désert	2
Desèze,	b. de la Madeleine	pl. de la Madeleine	10
Désir (passage du),	r Fb St-Martin	r du Fb St-Denis	1
Vieux-Boules (des),	r des Lavandières	r Bertin-Poirée	5
Vieux-Ecus (des),	r des Prouvaires	r Gren. St-Honoré	3
Vieux-Eglises (des),	r St-Jacques	r d'Enfer	12
Vieux-Ermites (des),	r des Marmousets	r Cocatrix	9
Vieux-Pavill. (pass. des)	r Beaujolais	r Nve des Pet. Ch.	2
Vieux-Ponts (des),	quai Béthune	quai d'Anjou	9
Vieux-Portes S.An.(des	r de la Harpe	r Hautefeuille	11

RUES, QUAIS, etc.	TENANS.	ABOUTISSANS.	ARR.
Deux-Portes S Jean (des)	r Tixéranderie	r de la Verrerie	7
Deux-Port. S. Sauv. (des)	r du Petit-Lion	r Thévenot	5
Domaines (passage des)	r du Bouloy	r Coquillière	4
Dominique d'Enf. (St)	r St-Jacques	r d'Enfer	11—12
Domin. d'Enf. (imp. St)	r St-Domin. d'Enfer		12
Domin. S. Germain (St)	r des SS.-Pères	av. Labourdonnaye	10
Domin. (imp. St)	r St-Domin. d'Enfer		12
Dominiq. (impasse St)	r St-Dom. (Gros-C.)		10
Douane,	r de Bondy	r des Marais	5
Doubles (pont aux),	r de la Bûcherie	pl. Notre-Dame	9
Douze-Portes (des),	r Nve St-Pierre	r St-Louis	8
Doyen (carré),	pl. Louis XV	av. de Neuilly	1
Doyenné,	pl. du Carrousel	r du Carrousel	1
Doyenné (imp. du)	r du Doyenné		1
Dragon (du),	r Taranne	r de Grenelle	10
Dragon (cour du),	r du Dragon	r de l'Egout, 2	11
Duguay-Trouin,	r de Fleurus	r de l'Ouest	10
Duguesclin,	r Bayard	r Dupleix	10
Duphot,	r St-Honoré	boul. de la Madel.	1
Dupleix,	r Kléber	barr. de Grenelle	10
Dupleix (place),	r Dupleix		10
Dupleix (ruelle),	pl. Dupleix	av. de Lamot.-Piq.	10
Dupont,	r Basse-St-Pierre	Gr. rue de Chaillot	1
Dupuis,	r du Petit-Thouars	r de Vendôme	6
Duras,	r Fb St-Honoré	r du Mar. d'Aguess.	1
Echarpe (de l'),	pl. Royale	r St-Louis	8
Echarpe (carref. de l'),	pl. Royale	r St-Louis	8
Echaudé (Marais),	r de Poitou	r Vieille du Temp.	7
Echaudé (St-Germain),	r de Seine-S-Germ	r Ste-Marguerite	10
Echelle (de l'),	r de Rivoli	r St-Honoré	1
Echiquier (de l'),	r Fb St-Denis	r du Fb Poissonn.	3
Echiquier (imp. de l')	r du Temple		7
Ecluses St-Martin,	r Grange-aux-Bell.	r du Fb St-Martin	5
Ecole (impasse de l'),	r Nve Coquenard		2
Ecole (place de l'),	quai de l'Ecole	r St-Germ. l'Auxer	4
Ecole (port de l'),	Louvre	quai de l'Ecole	4
Ecole (quai de l'),	pl. des 3 Maries	pl. du Louvre	4
Ecole de Médec. (de l')	r de la Harpe	r de l'Anc. Coméd.	11
Ecole de Méd. (pl. de l')	r de l'Ecole	r de l'Observance	11
Ecole (barrière de l'),	av. Lowendal		10
— chemin de ronde,	barr. de l'Ecole	barr. de Lam. Piq.	10
Ecosse (d'),	r St-Hilaire	r du Four	12
Ecouffes (des),	r du Roi de Sicile	r des Rosiers	7
Ecrivains (des),	r des Arcis	r de la Vieil.-Mon.	6
Ecuries (d'Artois),	r d'Angoul. St-Hon	r de l'Oratoire	1
Ecuries (des Petites),	r du Fb St-Denis	r du Fb Poissonn.	3
Ecuries (pass. des Pet.)	r des Petit-Ecuries	r du Fb St-Denis	3
Eglise (de l'),	r St-Dominique	av. de Lamot.-Piq.	10
Egout St Germ. (de l'),	r Ste-Marguerite	r. du Four	10
Egout (impasse de l'),	r Fb St-Martin		8
Elisabeth (Ste),	r des Fontaines	r Nve-St-Laurent	6
Eloi (St),	r de la V.-Draperie	r de la Galandre	9
Elysée-Bourb. (av. de l')	r des Ch.-Elysées	av. de Marigny	1

RUES, QUAIS, etc.	TENANS.	ABOUTISSANS.	ARR.
Empereur (pass. de l'),	r St-Denis	r de la Vieil. Haren	4
Enfant-Jés. (imp. de l'),	r de Vaugirard		40
Enfans-Rouges (des),	r Pastourelle	r Molay	7
Enfans-Rouges (mar.)	r de Berry, 19.	r de Bretagne	7
Enfer (d').	pl. St-Michel	r d'Enfer	11—12
Enfer (barr. et boulev.)	boul. Mont-Parnas	r d'Enfer	11—12
Enfer (barrière d'),	r d'Enfer		11—12
— chemin de ronde,	barr. d'Enfer	barr. Mont-Parnas.	11
Enghien (d'),	r du Fb St-Denis	r du Fb Poissonn.	5
Entrepôt gén. des vins,	quai St-Bernard		
Epée de Bois (de l'),	r Gracieuse	r Mouffetard	12
Eperon (de l'),	r St-And.-des-Arcs	r du Jardinet	11
Erfurth (d'),	r Childebert	r Ste-Marguerite	10
Essai (de l'),	marc. aux Chevaux	r Poliveau	12
Est (de l'),	r d'Enfer	av. de l'Observatoir	11—12
Estrapade (de la Vieille	r de Fourcy	pl. de l'Estrapade	12
Estrapade (pl. de l'),	r des Foss. St-Jacq.	r des Postes	12
Estrée (d'),	av. de Villars	pl. Fontenoy	10
Étienne,	r Boucher	r Béthisy	4
Étie. du Mont (imp. St)	r Mont. Ste-Genev		12
Étienne (Neuve-St)	r Beauregard	boul. Bonne-Nouv.	5
Étienne (Neuve-St)	r Copeau	r Contrescarpe	12
Étienne des Grès (St),	pl. du Panthéon	r St-Jacques	12
Étoile (barr. de l'),	Voyez Neuilly		1
Étoile (de l'),	quai des Ormes	r des Barres	9
Étoile B.-Nouv. (pas.),	r Thévenot, 26	Cour des Miracles	5
Étoile (cour de l'),	impass. de l'Étoile	r du Petit-Carreau	5
Étoile (pl. de l'),	Champs-Élysées	barr. de l'Étoile	1
Étroites-Ruelles (des),	barr. Deux-Moulin	boul. de l'Hôpital	12
Étuves St-Hon. (des V.)	r St-Honoré	r des Deux-Écus	4
Étuves St-Mar. (des V.)	r Beaubourg	r St-Martin	7
Étuves (impasse des),	r de Marivaux		6
Europe (pl. de l'),	Chaussée-d'Antin	r de Londres	2
Eustache (passage St),	r Montmartre		5
Eustache (place St),	en face de l'église	r Coquillière	3—5
Eustache (Neuve-St),	r Montmartre	r du Petit-Carreau	3
Évêché (de l')	r Pont aux Doubles	parvis Notre-Dame	9
Évêque (de l'),	r d'Anglade	r des Orties	2
Féron (impasse St),	r Tixérand., 47, 48		7
Fauconnier (du),	r des Barrés	r des Prêtres St-P.	9
Favart,	r Grétry	boul. des Italiens	2
Félibien,	r Clément	r Lobineau	11
Femme sans Tête (de la)	r St-Louis en l'Île	quai Bourbon	9
Fénélon (place),	Cité	chevet de la cathé.	9
Fer à Moulin,	r du Jardin du Roi	r Mouffetard	11
Ferdinand,	r des 5 Couronnes	r de l'Orillon	6
Ferdinand-Berthaud,	r Montgolfier	r Vaucanson	6
Ferme de Grenelle,	av. Motte-Piquet	av. Suffren	10
Ferme des Mathurins,	boul. de la Madelei	r St-Nicolas	1
Ferme des Math. (imp.)	r Nve des Mathur.		1
Férou,	pl. St-Sulpice	r de Vaugirard	11
Férou (imp.),	r Férou, 22, 24		11
Ferronnerie (de la),	r St-Denis	r de la Lingerie	4

RUES, QUAIS, etc.	TENANS.	ABOUTISSANS.	ARR.
Fers (aux),	r St-Denis	Marché aux Poirée	4
Feuillade (de la),	pl. des Victoires	r de la B. de France	3—4
Feuillantines (imp.)	r St Jacques, 261		12
Fèves (aux),	r de la Vieille Drap	r de la Calandre	9
Feydeau,	r Montmartre	r de Richelieu	2
Fiacre (St),	r des Jeûneurs	boul. Poissonnière	3
Fiacre (impasse St),	r St-Martin, 23, 25		6
Fidélité (de la),	r du Fb St-Martin	r du Fb St-Denis	5
Fidélité (pl. de la),	r du Fb St-Denis	près St-Laurent	5
Fidélité (Neuve de la),	r Nve St-Jean	r de la Fidélité	5
Figuier (du),	r du Fauconnier	r des Prêtres St-P.	9
Filles du Calvaire (des)	r St-Louis	boul. des Fill. du C.	3—6
Filles du Calv. (boulev.)	r Pont aux Choux	r des Fill. du Calv.	6—8
Filles-Dieu (des),	r St-Denis	r Bourb.-Villeneuv	5
Filles St-Thomas (des),	r N.-D. des Victoir	r Richelieu	2—3
Fléchier,	r Olivier	r du Fb Montmart.	2
Fleurs (marché aux),	r de la Pelleterie	r Vieille-Draperie	9
Fleurs (quai aux),	pont Notre-Dame	r de la Barillerie	9
Fleurus (de),	r de Madame	r N.-D. des Champs	11
Fleurus (impasse de),	r de Fleurus		11
Florence (de),	r de Hambourg	r de Bruxelles	1
Florentin (St),	r de Rivoli	r St-Honoré	1
Foin St-Jacques (du),	r St-Jacques	r de la Harpe	11
Foin au Marais (du),	r Chauss. des Min.	r St-Louis	8
Folie Méricourt,	r Ménilmontant	r du Fb du Temple	6
Folie Regnault,	r de la Muette	r des Amandiers	8
Fontaine,	r N.-D. de Lorette	barr. Blanche	2
Fontaine (de la),	r d'Orl. St-Marcel	r Puits-l'Ermite	12
Fontaine au Roi,	r Folie-Méricourt	r St-Maur Popinct.	6
Fontaine-Molière,	r Saint-Honoré	r Richelieu	2
Fontaines (des),	r du Temple	r de la Croix	6
Fontaines (passage des)	r de Valois	r des Bons-Enfans	2
Fontaines (passage des)	Luxembourg	r Vaugirard	11
Fontaines (cour des),	r des Bons-Enfans	r de Valois	2
Fontainebleau (bar. de)	Voyez Italie		
— chemin de ronde,	Voyez Italie		8
Fontarabie (bar. de),	Voyez Charonne		
— chemin de ronde,	Voyez Charonne		
Fontenoy (place de),	av. Lowendal	Ecole Militaire	10
Forez,	r Charlot	Marché du Temple	6
Forge Royale (im. de la)	r du Fb St-Ant. 179		8
Forges (des),	r Damiette	pl. du Caire	5
Fortin,	r de Ponthieu	r des Ecur. d'Artois	1
Fortunée (avenue),	av. de Neuilly	av. de Châteaubri.	1
Fouarre (du),	r de la Bûcherie	r Galande	12
Four St-Germain (du),	r Ste-Marguerite	carr. de la Cr. Roug	11—10 = 0
Four St-Honoré (du),	r St-Honoré	r Traînée	3—4
Four St-Jacques (du),	r des Sept-Voyes	r d'Ecosse	12
Fourcy (imp. de),	r de Jouy, 13, 15		9
Fourcy St-Antoine (de)	r de Jouy	r St-Antoine	9
Fourcy St-Marcel (de),	r Mouffetard	r Nve Ste-Genev.	12
Fourneaux (des),	r de Vaugirard	barr. d. Fourneaux	11
Fourneaux (barr. des),	r des Fourneaux		11

RUES, QUAIS, etc.	TENANS.	ABOUTISSANS.	ARR.
Fourneaux ch. de rond.	barr. des Fourneau	r de Vaugirard	11
Fourrages (marché aux)	boul. d'Enfer	Observatoire	5
Fourrages (marché aux)	Fb St-Antoine		8
Fourrages (marché aux)	Faub. St-Martin		5
Fourreurs (des),	pl. Ste-Opportune	r des Déchargeurs	4
Foy (Ste),	r des Filles-Dieu	r St-Denis	5
Foy (pass. Ste),	r des Filles-Dieu	pl. du Caire	5
François (Neuve St),	r St-Louis	r Vieille du Templ	8
François Ier (place),	r Jean-Goujon	r Bayard	1
François Ier,	Cours-la-Reine	pl. François Ier	1
François-Miron,	r Lobau	r Jacques de Brosse	9
Française,	r Mauconseil	r Pavée.	3
Francklin (barrière),	à Passy		1
— chemin de ronde,	à Passy	barr. de Passy	1
Francs-Bourgeois (Mar	r Païenne	r Vieille du Templ	7—8
Fr-Bourgeois (St-Mich.	r de Vaugirard	pl. St-Michel	11
Fr-Bourgeois St-Marc.	r des Foss. St-Mar.	Cloître St-Marcel	12
Fréchot,	r de la Bruyère	barr. Montmartre	2
Frépillon,	r Aumaire	r Phélippeaux	6
Frépillon (passage),	r Phélippaux	pont du Commerce	6
Frileuse,	quai de la Grève	r de l'Hôtel de Vil.	9
Friperie (de la Grande	r du Mar. aux Poir.	r de la Tonnellerie	4
Friperie (de la Petite)	r de la Lingerie	r de la Tonnellerie	4
Froidmanteau,	pl. du Musée	r St-Honoré	1—4
Fromagerie (de la),	r du Mar. aux Poir.	r de la Tonnellerie	4
Fromentel,	r Chartière	r du Cim. S-Benoît	12
Frondeurs (des),	r St-Honoré	r l'Evêque	7
Fruits (Mail, port aux)	quart. St-Jacques	quai de la Tourn.	12
Furstemberg,	r Jacob	r de l'Abbaye	10
Fusots (des),	quai de la Mégiss.	r St-Germ. l'Auxer.	4
Gabrielle (avenue de),	av. de Neuilly	av. de Châteaubri.	1
Gaîté (passage de la),	quart. du Temple		6
Gaillard (passage),	allée des Veuves	r Marbeuf	1
Gaillon,	r Nve des Pet.-Ch.	r Nve St-Augustin	2
Gaillon (carrefour),	r Nve St-Augustin	r Gaillon	2
Galande,	r St-Jacques	pl. Maubert	12
Garancière,	r de Vaugirard	r du Petit-Bourb.	11
Gare (Neuve de la),	r Bellièvre	r Poliveau	12
Gare (barr. de la),	quai d'Austerlitz		12
— chemin de ronde,	barr. de la Gare	barr. des Deux-M.	12
Gasté,	r Basse St-Pierre.	r des Batailles	1
Gaze,	place Lafayette	r des Télégraphes	3
Gazomètre,	pl. Lafayette	r de l'Abattoir	3
Gênes (de),	rue Hambourg	r de Bruxelles	1
Geneviève (Ste),	r de Chaillot	r du Chem. de Vers	1
Geneviève (Neuve Ste),	r de la Vieille-Estr	r des Postes	12
Geneviève (Mont. Ste),	r St-Victor	r Clovis	12
Geneviève (place Ste),	quart. du Panthéon	r Soufflot	12
Gentilly (de),	r Mouffetard	boul. des Gobelins	12
Genty (passage),	quai de la Rapée	r de Bercy	8
Geoffroy-Langevin,	r Ste-Avoye	r Beaubourg	7
Geoffroy-Lasnier,	quai de la Grève	r St-Antoine	9
Geoffroy-Marie,	Fb Montmartre	r Richer	2

RUES, QUAIS, etc.	TENANS	ABOUTISSANS	AR.
Georges (St),	r de Provence	r St-Lazare	
Georges (Neuve St),	r St-Lazare	pl. St-Georges	
Georges (place St),	r Nve-St-Georges	r N.-D.-de-Lorrette	
Germain l'Auxerr. (St)	r St-Denis	pl. des Tr.-Maries	
Germ. l'Auxerr. (pl. St)	r des Prêtres	r. Chilpéric	
Germ. l'Aux. (Foss. S.)	r de la Monnaie	pl. du Louvre	
Germ. des Prés (St),	r Jacob	pl. St-Ger. des Prés	10
Germ. des Prés (pl. St)	vis-à-vis S-G. d. Pr.	r S.-Germ.-des-Pr.	10
Germain (marché St),	r du Four St-Germ		11
Germ.-le-Vieux (pas.St	r Marché-Neuf	r de la Calandre	9
Gervais (St),	r des Coutures	r Nve St-François	8
Gervais (passage St),	Hôtel-de-Ville	r de la Tixerander	9
Gervais-Laurent,	r de la Cité	r du Marc. aux Fl.	9
Gèvres (quai de),	pont Notre-Dame	pl. du Châtelet	7—9
Gilles (Neuve St),	boul. Beaumarch.	r St-Louis	8
Gilles (Pet. r. NeuveSt)	r Nve St-Gilles	boul. Beaumarch.	8
Gindre (du),	r du Vieux-Colom.	r Mézières	11
Gît-le-Cœur,	quai des Augustins	r St-And. des Arcs	11
Glacière (de la),	r de l'Oursine	boul. St-Jacques	12
Glacière (barr. de la),	Voyez l'Oursine		
— chemin de ronde,	Voyez l'Oursine		
Glatigny (de),	r Basse des Ursins	r des Marmousets	9
Gobelins (des),	r Mouffetard	riv. de Bièvre	12
Gobelins (boul. des),	r Mouffetard	r de la Glacière	12
Godefroy,	r Villejuif	barr. d'Italie	11
Godot de Mauroy,	boul. de la Madel.	r Nve des Mathur.	1
Gracieuse,	r d'Orléans-S-Mar	r Copeau	12
Graine (p. de la Bonne)	Fb St-Antoine		8
Grammont (de),	r Nve St-Augustin	boul. des Italiens	2
Grammont (passage),	r de Clichy	r de Berlin	1
Grammont (pont de),	quai des Célestins	île Louviers	8
Grand Carré C. la Reine	allée d'Antin	av. de Neuilly	1
Grand-Chantier (du),	r des Vieilles Audr.	r Pastourelle	7
Grands-Degrés (des),	r de Bièvre	pl. Maubert	12
Grand-Prieuré (du),	r de Ménilmontant	r de la Tour	6
Grange-aux-Belles,	r des Marais	barr. du Combat	5
Grange-Batelière,	boul. Montmartre	r du Fb Montmart.	2
Gravilliers (des),	r du Temple	r Transnonnain	6
Greffulhe,	r Castellane	r Nve des Mathur.	1
Grenelle (impasse de),	r de Gren. (Gr.-Cail		10
Grenelle St-Germain,	r du Dragon	av. Labourdonnaye	10
Grenelle St-Honoré,	r St-Honoré	r Coquillière	4
Gren. de la Ferme (ruel	av. de Lamotte-Piq	av. de Jaffrine	10
Grenelle (barr. de),	r Dupleix		10
— chemin de ronde,	barr. de Grenelle	barr. de la Cunette	10
Grenétat,	r St-Martin	r St-Denis	6
Grenétat (impasse),	encl. de la Trinité		6
Grenier St-Lazare,	r Beaubourg	r St-Martin	7
Grenier au Sel (mar. du	r Amelot		8
Grenier sur l'Eau (du)	r Geoffroy-Lasnier	r des Barres	9
Grès (des),	r St-Jacques	r de la Harpe	11
Grétry,	r Favart	r Grammont	2
Grève (quai de la),	r Geoffroy-Lasnier	pl. de l'Hôt.-de-V.	9

RUES, QUAIS, etc.	TENANS.	ABOUTISSANS.	ARR.
Gril (du),	r d'Orl. St-Marcel	r Censier	12
Grillée,	r de l'Hôtel de Ville	quai de la Grève	
Grillé (passage),	r Basse du Rempart	r Nve des Mathur.	1
Grognerie (imp. de la),	r de la Cordonnerie		4
Gros-Chenet (du),	r de Cléry	r des Jeûneurs	3
Grosse Tête (imp. de la)	r St-Spire, 2, 4		5
Guémenée (impasse),	r St-Antoine, 185		8
Guénégaud,	quai Conti	r Mazarine	10
Guérin-Boisseau,	r St-Martin	r St-Denis	6
Guespine (impasse),	r Geoff.-Lasnier,38		9
Guillaume,	quai d'Orléans	r St-Louis	9
Guillaume (St),	r des SS-Pères	r de Grenelle	10
Guill. (cour et pass. St),	r de Richelieu , 19	r Font.-Molière, 16	2
Guillemain (Neuve),	r du Four	r du Vieux-Colom.	11
Guillemites (des),	r des Blancs-Mant.	r Paradis au Marais	7
Guillery (carrefour),	r de la Coutellerie	r de la Tixeranber	7
Guisarde,	r Mabillon	r des Canettes	11
Guy-la-Brosse,	r Jussieu.	r St-Victor	12
Hambourg (de),	rue de Clichy	rue du Rocher	1
Hanôvre (de),	r de Choiseul	r de Port-Mahon	2
Harengerie (de la Vieille	r du Chev.-du-Guet	r de la Tabletterie	4
Harlay-du-Palais (de),	quai de l'Horloge	quai des Orfèvres	11
Harlay-au-Marais (de),	boulev. St-Antoine	rue St-Claude	8
Harlay (cour de),	rue Harlay-du-Pal.	Palais-de-Justice	11
Harpe (de la),	r St-Séverin	place St-Michel	11
Hasard (du),	r Fontaine-Molière	rue Ste-Anne	2
Haudriettes (des),	quai de la Grève	r de l'Hôtel-de-V.	
Haudriettes (des Vieil.)	rue du Grand-Ch.	r du Temple	7
Hautefeuille,	pl.St-An.-des-Arcs	r de l'Ec.-de-Méd.	11
Hautfort (impasse),	rue des Bourguign.		12
Hauteville,	boul. Bonne-Nouv.	place Lafayette	3
Haut-Moulin (du),	rue de la Tour	r de fb. du Temple	6
H.-Moulin Cité (du),	r de Glatigny	r de la Cité	9
Haut-Pavé (du),	quai des Gr.-Degr.	r de la Bûcherie	12
Heaumerie (de la),	rue de la V.-Monn.	r St-Denis	6
Heaumerie (imp. de la),	r de la Heaumerie		6
Hébérards (ruelle des),	ch. de r.barr. Bercy	r de Charenton	8
Helder (du),	boulev. des Italiens	r Taitbout	2
Henri,	rue Bailly	r Royale-St-Martin	6
Hilaire (St),	r des Sept-Voies	r St-J.-de-Beauv.	12
Hillerin-Bertin,	r de Grenelle	r de Varennes	10
Hippolyte (St),	r des Tr.-Couronn.	r de l'Oursine	12
Hippolyte (carr. St),	r St-Hippolyte	r des Tr.-Couron.	12
Hirondelle (de l'),	pl.du pont St-Mich.	r Gît-le-Cœur	11
Homme-Armé (de l'),	rue Se-C.-de-la-Br.	r des Bl.-Manteaux	7
Honoré (St),	r des Déchargeurs	r Royale	1-2-3-4
Honoré (cloître St),	r St-Honoré	r Montesquieu	4
Honoré (marché St),	r St-Honoré	r Ne-des-Petits-C.	2
Honoré (Faubourg-St),	r Royale	r de la Pépinière	1
Honoré (passage St),	r de la Sourdière	r St-Honoré	2
Honoré-Chevalier,	r du Pot-de-Fer	r Cassette	11
Hôpital (boulev. de l'),	place Walhubert	r Mouffetard	12
Hôpital-Général (de l')	boul. de l'Hôpital	barrière d'Ivry	12

RUES, QUAIS, etc.	TENANS.	ABOUTISSANS.	ARR.
Hôpital (place de l'),	rue St-Marcel	rue Poliveau	12
Hôpital (port de l'),	barrière de la Gare		12
Hôpital (quai de l'),	barrière de la Gare	boul. de l'Hôpital	12
Horloge (de l'),	rue de la Barillerie	Pont-Neuf	11
Hospitalières–St-Gerv.	r des Rosiers	r des Fr.-Bourg.	7
Hospitalières (imp.des)	r delaChaus.d.Min.		8
Hôtel-de-Ville(p.de l'),	quai de la Grève	r du Mouton	9
Hôtel-de-Ville (de),	rue de l'Etoile	pl. de l'H.-de-Ville	9
Hôtel-Colbert (de l'),	r de la Bûcherie	rue Galande	12
H.-des-Ferm.(pas.del')	r du Bouloy	r Gren.-St-Honoré	4
Hôtels des Petits),	r des Magasins	place Lafayette	3
H.-Tachou (pas. de l'),	Marché-Neuf	rue de la Calandre	9
Houssaye (du),	rue de Provence	r de la Victoire	2
Hubert (Jean ,	r des Cholets	r des Sept-Voies	11
Huchette (de la),	r du Petit–Pont	r de la V.-Boucler.	11
Hulot (passage),	r Montpensier	r de Richelieu	2
Hugues (St),	r Bailly	r Royale-St-Martin	6
Hurleur (du Grand),	r St-Martin	r Bourg-l'Abbé	6
Hurleur (du Petit),	r Bourg-l'Abbé	r St-Denis	6
Hyacinthe-St-Hon. (St)	r de la Sourdière	r du march. St-Ho.	2
Hyacinthe-St-Mich.(St)	place St-Michel	r St-Jacques	11
Hyac.-Hôt.-de-Ville(S.)	quai de la Grève	r de l'Hô.-de-Ville	9
Hyacinthe (passage St),	rue St-Hyacinthe	r St-Thomas-d'Enf.	2
Iéna (de),	quai d'Orsay	rue de Gr.-St-Ger.	10
Iéna (pont d'),	Champ-de-Mars	quai de Billy	10
Industrie (passage del')	rue du fb.St-Mart.	faub. St-Denis	5
Innocens (place des),	r St-Denis	rue de la Lingerie	4
Innocens(pl.du Ch. d.)	r St-Denis	r de la Lingerie	4
Institut-de-France,	quai Conti	r Mazarine	10
Invalides (boulev. des)	r de Gr.-St-Germ.	r de Sèvres	10
Invalides (esplan. des)	quai d'Orsay	r de Grenelle	10
Invalides (place des),	Invalides		
Invalides (pont des),	Inval.Ch.-de-Mars.	quai de Billy	10
Invalides (port des),	Invalides		10
Irlandais (des),	r de la V.-Estrap.	rue des Postes	12
Italie (barrière d'),	r Mouffetard		12
—chemin de ronde,	barrière d'Italie	barr. de Crouleb.	12
Italiens (place des),	rue Grétry	rue Marivaux	2
Italiens(boulevart des)	r de Richelieu	r de la Ch.-d'Antin	2
Italiens (cité des),	boul. des Italiens	r Laffitte, 1 et 3	2
Ivry (d'),	rue du Banquier	boul. de l'Hôpital	12
Ivry (barrière d'),	r d'Austerlitz		12
— chemin de ronde,	barrière d'Ivry	barière d'Italie	12
Jabach (passage),	rue St-Merry	rue St-Martin	7
Jacinthe,	r des Trois-Portes	r Galande	12
Jacob,	r de Seine-St-Ger.	r des Sts-Pères	10
Jacques-de-Brosse,	quai de la Grève	r François-Miron	9
Jacques (St),	rue St-Severin	r de la Bourbe	11—12
Jacques (barrière St),	Voyez Arcueil		
— chemin de ronde,	Voyez Arcueil		
Jacques Faub.-St,	rue de la Bourbe	boul. St-Jacques	12
Jacques (boulevart St)	r de la Glacière	barr. d'Enfer	12
Jacques (des Fossés-St)	r St-Jacques	place de l'Estrap.	12

RUES, QUAIS, etc.	TENANS.	ABOUTISSANS.	ARR.
Jacques-l'Hôp.(cloît. S.	r de la Gr.-Truan.	rue Mauconseil	5
Jacq.-la-Boucherie (St)	r des Arcis	r St-Dénis	4-6-7
Jacq.-la-Bouch. (pas.St	r St-Jacq.-la-Bouc.	marché St-J.-la-B.	6
Jardin-du-Roi (du)	r Poliveau	rue Copeau	12
Jardin-du-Roi (pl. du),	Jardin-du-Roi		12
Jardinet (du)	r Mignon		11
Jardiniers (impasse des	rue Amelot 50, 22	r de de l'Eperon	8
Jardiniers (ruelle des),	r de Charenton		9
Jardins (des),	r des Barrés	r des Prêt.-St-Paul	8
Jarente,	r de l'Egoût-Ste-C.	r Culture-Ste-Cat.	8
Jean-Bart,	r de Vaugirard	r de Fleurus	11
Jean-Bart (passage),	quai de la Mégisse.	r St-Germ.-l'Aux.	4
Jean-Béau-Sire,	boul. Beaumarch.	r St-Antoine	8
Jean-Beau-Sire (imp.)	rue Jean-Beau-Sire	boul. St-Antoine	8
Jean-Beau-Sire,	r St-Antoine	boul. St-Antoine	8
Jean-de-Beauce,	r de la Gr.-Friper.	r de la Cordonner.	4
Jean-Lantier,	r des Lav.-Ste-Op.	r Bertin-Poirée	4
Jean (place St),	r Renaud-Lefèvre	r de la Verrerie	7
Jean (St) Gros-Caillou,	r de l'Université	r St-Dominique	10
Jean (Neuve-St),	r du fb. St-Martin	r faubourg St-Den.	5
Jean-Baptiste (St),	r Pépinière	r St-Michel	1
Jean-de-Beauvais,	r des Noyers	r St-Hilaire	12
Jean-de-l'Epine,	r de la Vannerie	r de la Coutellerie	7
Jean-Goujon,	allée des Veuves	allée d'Antin	1
Jean-de-Latran (St),	r St-J.-de-Beauvais	place Cambray	12
Jean-de-Latran(cour S.	r St-J.-de-Beauvais	place Cambray	12
Jean-Pain-Mollet,	r de la Coutellerie	rue des Arcis	7
Jean-Robert,	r Transnonnain	r St-Martin	6
Jean-Tison,	r Foss.St-G.-l'Aux.	r Bailleul	4
Jean-Jacq.-Rousseau	r Coquillière	r Montmartre	5
Jeannisson,	r St-Honoré	rue de Richelieu	2
Jemmapes (quai),	pl. de la Bastille	r de la But.-Chaum.	8-6-5
Jérôme (St),	quai de Gèvres	r de la V.-Tannerie	7
Jérusalem (de),	quai des Orfèvres	r de Nazareth	11
Jérusalem(impasse de)	r St-Christophe 3,5		9
Jeu-de-Boule (pass.du)	r des Foss.-du-T.	r de Malte	6
Jeu-de-Paume (avenue	aven. St-Mandé	place du Trône	8
Jeûneurs (des),	r du Sentier	r Montmartre	5
Joaillerie (de la),	place du Châtelet	r St-J.-la-Boucher.	4—7
Joquelet,	rue Montmartre	r Notre-D.-des-V.	5
Joseph (St),	r du Gros-Chenet	r Montmartre	5
Joseph (marché St),	r Montmartre		5
Joseph (cour St),	faub. St-Antoine	r de Lappe	8
Joubert,	rue Chauss.-d'Ant.	r Ste-Croix	1
Jour (du),	place St-Eustache	r Montmartre	5
Jouy (de),	rue de Fourcy	r St-Antoine	9
Jouy (carrefour de),	r de Jouy	r St-Antoine	7—8
Judas, ou Clos-Bruneau	r Mon.-Ste-Genev.	r des Carmes	12
Juifs (des),	r du Roi-de-Sicile	r des Rosiers	7
Juiverie (cour de la),	r Contresc.-St-Ant.		8
Jules (St).	r du fb. St-Antoine	r de Montreuil	8
Julien-le-Pauvre (St),	r de la Bûcherie	r Galande	12
Julienne,	r Pascal	r de l'Oursine	12

RUES, QUAIS, etc.	TENANS.	ABOUTISSANS.	ARR.
Jussienne (de la),	r Verdelet	r Montmartre	3
Jussienne (pass. de la),	r Montmartre	r de la Jussienne	3
Jussieu,	r Cuvier	r St-Victor	11
Jussieu,	r des Fos.-St-Ber.	r St-Victor	12
Justice (palais de),	r de la Barillerie		11
Justice (pl. du pal. de)	r de la V.-Drap.	r de la Barillerie	11
Kléber,	quai d'Orsay	aven. Lam.-Piquet	10
Laborde,	rue du Rocher	rue Miromesnil	1
Labourdonnaye,	aven. de Tourville	aven. Lowendal	10
Labourdonnaye (aven.)	quai d'Orsay	aven. Lam.-Piquet	10
La Casse, autrefois,	rue de l'Entrepôt		5
Lacuée,	place Mazas	rue de Bercy	8
Lafayette,	r du fb. Poissonn.	r du faub. St-Mart.	3—5
Lafayette (place),	r Hauteville	r Lafayette	3
Laferrière,	r de Provence	boul. des Italiens	2
Laffitte,	boul. des Italiens	rue Olivier	2
Laffitte (passage),	rue Laffitte	r Lepelletier	4
Laf.-et-Caill. (passage),	r St-Honoré	r de Gr.-St-Honoré	2
Lagny (du chemin de),	aven. des Ormeaux	r du fb. St-Antoine	9
Laiterie (de la),	rue des Arts	r du Commerce	6
Lamoignon (cour),	quai de l'Horloge	r de Harlay	11
Lamothe-Piquet (aven.	esplan.des Invalid.	ch. de r. bar.Gren.	10
Lamothe-Piq. (barr. de)	av. de Lam.-Piquet		10
— chemin de ronde,	barr. de Lam.-Piq.	barr. de Grenelle	10
Lancry,	rue de Bondy	rue des Marais	5
Landry St,	quai Napoléon	r des Marmousets	9
Landry (impasse St),	rue du Chev.-St-L.		9
Lanterne (de la),	r St-Bon	r des Arcis	7
Lanterne de la Vieille)	r St-Jérôme	r de V.-pl.-aux-V.	7
La Perche,	r Blanche	r Clichy	2
Lappe (Neuve de),	r de Charonne	r de la Roquette	6
Lappe ou Louis-Phil.	r de Charonne	r de la Roquette	6
La Reynie (de),	r des Cinq-Diam.	r St-Denis	4
Lard (au),	r de la Lingerie	r Lenoir	4
Lard (impasse au),	r Lenoir, 1, 3		4
Larochefoucauld,	r St-Lazare	r Pigale	2
Las Cazes,	r Belle-Chasse	place Bellechasse	10
Laurent (St),	r du fb. St-Martin	r du fb. St-Denis	5
Laurent (impasse St),	boul. Bonne-Nouv.		5
Laurent (marché St),	rue Nve-de-Chabr.		5
Laurent (Neuve St),	r du Temple	r de la Croix	6
Laurette (passage de),	r de l'Ouest	r N.-D.-des-Cham.	11
Laval,	r Pigale	r des Martyrs	2
Laval Montmorency,	r des Martyrs	r Pigale	2
Lavandières-Ste-Oppe,	r St-Germ.-l'Aux.	pl. Ste-Opportune	4
Lavandières (des),	r des Noyers	place Maubert	12
Lavoisier,	r d'Anjou-St-Hon.	rue d'Astorg	1
Lazare St,	r du fb. Montmart.	r du Rocher	1—2
Lazare (clos St),	faub. St-Denis	faub. Poissonnière	5
Lazare (impasse St),	faubourg St-Denis		5
Leclerc,	rue du fb. St-Jacq.	boul. St-Jacques	12
Lemoine (passage),	r St-Denis	passage Long.-All.	6
Lenoir St Antoine,	marché St-Antoine	r du fb. St-Antoine	8

RUES, QUAIS, etc.	TENANS.	ABOUTISSANS.	ARR.
Lenoir (St-Honoré),	rue St-Honoré	r de la Poterie	4
Lenoir (marché),	r de Cotte	marché Beauveau	8
Lepelletier,	boul. des Italiens	rue de Provence	2
Lesdiguières (de),	rue de la Cerisaie	r St-Antoine	9
Licorne (de la),	r des Marmousets	r St-Christophe	9
Lilas (ruelle des),	Petite rue St-Pierre	quai Valmy	8
Lille (de),	rue des Sts-Pères	rue de Bourgogne	10
Limace (de la),	r des Déchargeurs	r des Bourdonnais	4
Limace (carref. de la),	r de la Limace	imp. des Bourdon.	4
Limoges (de),	r de Poitou	r de Bretagne	7
Lingerie (de la),	r St-Honoré	Marché-des-Innoc.	4
Lions (des),	r du Petit-Musc	r St-Paul	9
Lion-St-Sauv.(du Petit)	r St-Denis	r des Deux-Portes	5
Lion-St-Sulp.(du Petit)	r de Condé	r de Tournon	11
Lisbonne (de),	boul. Malesherbes	r de Val.-du-Roule	1
Lobau,	quai de la Grève	r de la Tixérander.	9
Lobineau (de),	rue de Seine	r Mabillon	11
Lodi (du Pont-de),	r des Gr.-August.	r Dauphine	11
Lombards (des),	r St-Martin	r St-Denis	6
Londres (de),	r de Clichy	pl. de l'Europe	1
Longchamp (de),	r des Batailles	barr. de Longch.	1
Longchamp (barr. de),	r de Longchamp		1
— chemin de ronde,	barr. de Longch.	barrière Ste-Marie	1
Long-Pont (du),	r Jacq. de Brosse		2
Longue-Allée (passage)	rue du Ponceau	rue Nve-St-Denis	6
Longue-Avoine (imp.)	faub. St-Jacques		12
Lord-Byron (aven. de),	rue de l'Oratoire	aven. de Gabrielle	1
Louis-de-l'Hôpital (St)	r des Récollets	r des F.-Bourgeois	5
Louis-Philippe(du pont	quai de la Grève	r St-Antoine	9
Louis en île (St),	quai de Béthune	quai d'Orléans	9
Louis-St-Honoré (St),	rue de l'Echelle	rue St-Honoré	1
Louis (St) au Marais,	r de l'Echape	r des F.-du-Calv.	8
Louis (impasse St),	r Carême-Prenant		5
Louis (marché St),	r St-Louis en l'île		9
Louis (passage St),	faub. St-Antoine	r Louis-Philippe	9
Louis (passage St),	r de la Pépinière	place Laborde	1
Louis-le-Grand,	r Ne-des-P.-Cham.	boul. des Capucin.	1
Louis-Philip. (ou Lap.)	r de Charonne	r de la Roquette	9
Louis-Philippe (pont),	Hôtel-de-Ville	Cité	9
Louis XVI (pont),	pl. de la Concorde	faub. St-Germain	1
Loursine,	rue Mouffetard	r de la Santé	12
Loursine (barrière de)	r de la Glacière		12
— chemin de ronde,	barr. de l'Oursine	barr. de la Santé	
Louvier (île),	quai Morland		
Louvois,	rue Richelieu	r Ste-Anne	2
Louvre (palais du),	place du Louvre	quai du Louvre	4
Louvre (place du),	quai du Louvre	rue des Poulies	4
Louvre (quai du),	quai de l'Ecole	quai des Tuileries	4
Louvre (pont du),	place du Louvre	Institut	4
Lowendal (avenue),	aven. de Tourville	barr. de l'Ec.-Mil.	10
Lubeck (de),	rue de Longchamp	barr. Ste-Marie	1
Lulli,	quai de la Grève	rue Rameau	2
Lune (de la),	boul. Bonne-Nouv.	r Poissonnière	5

RUES, QUAIS, etc.	TENANS.	ABOUTISSANS.	ARR.
Luxembourg(Neuve du	r de Rivoli	boul. de la Madel.	1
Lycée (passage du),	r Ne des Bons-En.	r de Valois	2
Lyonnais (des),	r de l'Oursine	r des Charbonniers	12
Mabillon,	rue du Four	r du Petit-Bourb.	11
Mâcon,	r St-André-des-Ar.	r de la Harpe	11
Maçons-Sorbonne (des	r des Mathurins	place Sorbonne	11
Madame,	r de Mézières.	r de l'Ouest	11
Madame (Neuve),	r de Vaugirard	r Honoré-Cheval.	11
Madeleine (de la),	r faub. St-Honoré	r Nve-des-Mathur.	1
Madeleine (boul. de la)	boul. des Capucin.	r Royale	1
Madeleine (pass. de la	r de la Licorne, 2	r de la Cité	9
Madeleine(place de la	boul. de la Madel.		1
Mademoiselle(Petite r.)	rue de Babylone	r Plumet	10
Madrid (de),	place de l'Europe	r du Rocher	1
Magasins (des),	rue de Laborde	r Lafayette	3
Magdebourg (de),	quai de Billy	r des Batailles	
Magloire (St),	r Salle-au-Comte	r St-Denis	9
Magloire (impasse St),	r St-Magloire, 1	r Salle-au-Comte	6
Magloire(pas.StDen.S.)	r St-Denis	imp. St-Magloire	6
Mail (du),	r Vide-Gousset	r Montmartre	5
Maine (chaussée du),	boul. Mont-Parn.	barr. du Maine	11
Maine (barrière du),	chaussée du Maine		11
— chemin de ronde,	barrière du Maine	barr. des Fourn.	11
Maire (passage au),	rue au Maire, 32	r Bailly	6
Maison-Neuve,	r des Grésillons	r de la Pépinière	1
Malaquais (quai),	r de Seine	r des Sts-Pères	10
Malar,	r de l'Université	r St-Dominique	10
Maillebranche(impasse)	passage Cendrier		12
Malesherbes (boulev.)	pl. de la Madelein.	barrière Monceau	1
Malte (de),	rue Ménilmontant	r de la Tour	6
Mandar,	r Montorgueil	r Montmartre	3
Mandé (aven. de St),	ruelle de St-Mandé	barr. de St-Mandé	8
Mandé (barrière de St)	aven. de St-Mandé		8
— chemin de ronde,	barrière St-Mandé	barr. du Trône	8
Manége (passage du),	rue de Vaugir., 96	r du Ch.-Midi, 59	10
Mansard,	r Rabelais	r St-Paul	9
Marais-St-Germ. (des),	r de Seine	r des P.-Augustins	10
Marais-Rouge (imp.du	r des Récollets, 24		5
Marais-du-Temple(des)	r fb. du Temple	r faub. St-Martin	6
Marbeuf,	r Bizet	avenue de Neuilly	1
Marbeuf (allée),	avenue de Neuilly,	rue Marbeuf	1
Marc (carrefour de St),	rue St-Marc	r Feydeau	2
Marc (St) Feydeau,	r Montmartre	r Richelieu	2
Marc (Neuve-St),	r Richelieu	r Favart	2
Marcel (St)	r Mouffetard	place St-Marcel	12
Marcel(des Foss. St),	r de Poliveau	r Mouffetard	12
Marcel (place St),	r des F.-Bourgeois	r St-Marcel	12
Marcel (cloître St),	r Mouffetard	pl. St-Marcel	12
Marchand (passage),	r St-Honoré, 178	cloit.St-Honor., 16	4
Marche (de la),	r de Poitou	r de Bretagne	7
Marché-au-Chev. (du),	r de Poliveau	boul. de l'Hôpital	12
Marc.-aux-Chev. (imp,	r du M.-aux-Chev.		12
Marché-aux-Fleurs(du	r de la Pelleterie	r de laVieilleDrap.	9

RUES, QUAIS, etc.	TENANS.	ABOUTISSANS.	ARR.
Marché-Neuf,	rue de la Cité	r de la Barilllerie	9
Marché-Palu (du),	r de la Calandre	r du Petit-Pont	9
Marché-St-Martin,	r Frépillon	enclos St-Martin	6
Marc.-aux-Poirées (du)	r de la P.-Friperie	r de la Cordonn.	4
Marcoul (St),	r Bailly	r Royale	6
Marcfoy,	r du Gr.-St-Michel	r des Ecluses	
Marguerite-St-Ant.(Ste)	faub. St-Antoine	r de Charonne	8
Marguerite (place Ste),	rue Saint-Bernard		8
Marguer.-St-Germ(Ste,	rue de Bussy	r de l'Egout	10
Marie (pont),	quai d'Anjou	quai des Ormes	9
Marie (Ste),	rue de Lille	rue Verneuil	10
Marie (Ste),	r de Lubeck	r des Batailles	
Marie (avenue Ste),	r du fb. du Roule	barrière de l'Etoil.	1
Marie (passage Ste),	r du Bac	rue de Grenelle	10
Marie (passage Ste),	r de Charon., 21,25	passage Thierré	9
Marie (barrière de Ste,	r de Lubeck		1
— chemin de ronde,	barrière Ste-Marie	barr. de Francklin	
Marie-Stuart,	r des Deux-Portes	r Montorgueil	5
Maries (pl. des Trois)	quai de l'Ecole	r St-Germ.-l'Aux.	4
Marie (avenue de Ste),	r du fb.du Roule,75	barrière de Neuilly	1
Marine(impasse Ste),	rue d'Arcole		9
Marine (passage Ste),	impasse St-Martin	r du Cl. N.-Dame	9
Marigny (avenue de),	avenue de Neuilly	place Beauveau	1
Marigny (carré),	avenue de Neuilly	allée des Veuves	1
Marionnettes (des),	r du fb St-Jacques	rue de l'Arbalète	12
Marivaux-des-Italiens,	r de Grétry	boul. des Italiens	2
Marivaux des Lombards	r des Ecrivains	r des Lombards	6
Marivaux-des-L. (p.r.,	r de la V.-Monnaie	r Marivaux	6
Marmite (passage de la)	r des Gravilliers,28	impasse de Rome	6
Marmousets (des) Cité,	r de la Colombe	rue de la Cité	9
Marmousets (St-Marcel	r des Gobelins	r St-Hippolyte	12
Marsollier,	r de Méhul	r Monsigny	2
Martel,	r des P.-Ecuries	r de Paradis	3
Martial (imp. St),	r St-Eloy, 9, 11		9
Martignac,	r St-Dominique	r de Gr.-St-Honor.	10
Marthe (Ste),	passage St-Benoît	r Childebert	10
Martin (St),	rue des Lombards	boul. St-Martin	6—7
Martin (du canal St),	Canal St-Martin	faubourg St-Mart.	5
Martin (Faubourg St),	rue de Bondy	barr. de la Villette	5
Martin (Neuve St),	r N.-D.-de-Nazar.	r St-Martin	6
Martin (boulevart St),	r du Temple	Porte St-Martin	5—6
Martin (impasse St),	r Royale-St-Martin		6
Martin (des Ecluses St)	r de l'Hô.-St-Louis	faub. St-Martin	5
Martin (des Fossés St),	r Château-Landon	r du fb. St-Denis	5
Martin(march. Neuf St)	r Frépillon	r Montgolfier	6
Martin(Vieux march.St	r Montgolfier		6
Martyrs (des),	r St-Lazare	barr. des Martyrs	2
Martyrs (barrière des),	r des Martyrs		2
— chemin de ronde,	barr. des Martyrs	barr. Montmartre	2
Masseran,	rue Neuve-Plumet	rue de Sèvres	10
Massillon,	r Chanoinesse	r de Bossuet	9
Masure (de la),	quai des Ormes	r de l'H.-de-Ville	9
Mathurins-St-Jacques,	rue St-Jacques	r de la Harpe	11

RUES, QUAIS, etc.	TENANS.	ABOUTISSANS.	ARR.
Mathurins (Neuve des)	r de la Ch.-d'Antin	r de l'Arcade	1
Matignon,	r Rousselet	r du fb. St-Honoré	1
Matignon (avenue de),	Rond–point	suite de la r Matig.	1
Maubert (place),	rue de la Bûcherie	r St-Victor	12
Maubuée,	r du Poirier	r St-Martin	7
Mauconseil,	r St-Denis	r Montorgueil	5
Mauconseil (impasse),	r St-Denis, 269, 271		5
Maur (St),	r Folie-Regnault	r des Amandiers	8
Maur (marché St),	r St-Maur, 152		8
Maur-St-Martin (St),	r Royale	r St-Vannes	6
Maur-St-Germain (St),	r de Sèvres	r du Cherche-Midi	10
Maur-Popincourt (St),	r des Amandiers	Gr.-aux-Belles	8
Maure (du),	r Beaubourg	r St-Martin	7
Maures (des Trois),	r des Lombards	r de la Reynie	6
Mauvais-Garçons-St-G.	r de Bussy	r des Boucheries	10
Mauvais-Garçons-St-J.	r de la Tixerande.	r de la Verrerie	7
Mauvaises-Paroles(des)	r des Lavandières	r des Bourdonnais	4
Mayet,	r du Cherch.-Midi	r de Sèvres	10
Mazagran,	boul. Bonne-Nouv.	r de l'Echiquier	3
Mazarine,	r de Seine	r de Bussy	10
Mazas (place),	quai de la Râpée		8
Mécaniques (des),	rue des Arts	r du Commerce	6
Méchain,	r de la Santé	r du fb. St-Jacques	12
Médard (Neuve-St),	r Gracieuse	r Mouffetard	12
Médard carrefour St)	r de l'Oursine	r Mouffetard	12
Méhul (de),	r Ne-des-P.-Cham.	r Dalayrac	2
Mégisserie (quai de la),	place du Châtelet	Pont-Neuf	4
Ménars (de),	rue de Richelieu	r de Grammont	2
Ménestriers (des),	r Beaubourg	r St-Martin	7
Ménilmontant (de),	r des F.-du-Temp.	barr. de Ménilm.	6—8
Ménilmontant (imp.de)	rMénilmontant,400		8
Ménilmontant(Ne de),	boul. des F.-du-C.	r St-Louis	8
Ménilmontant (barr.de),	rue Ménilmontant		6—8
— chemin de ronde,	barr.Ménilmontant	barr. des Tr.-Cou.	8
Mercier,	rue de Viarmes	r de Grenelle	4
Merry (Neuve St),	r Barre-du-Bec	r St-Martin	7
Merry (cloître St),	r de la Verrerie	r St-Martin	6
Meslay,	r du Temple	r St-Martin	6
Messageries (des).	r de Paradis	r du fb. Poissonn.	5
Messageries (pass. des)	r Montmartre	r N.-D.-des-Vict.	3
Messine (de),	r de Plaisance	r de Valois-du-R.	1
Métiers (des),	r Grenetat	enclos de la Trinit.	6-
Mézières (de),	r du Pot-de-Fer	rue Cassette	11
Michel (place St),	r de la Harpe	r d'Enfer	11
Michel (impasse St),	r du fb St-M. 178		5
Michel (pl. du pont St),	quai St-Michel	r de la Huchette	11
Michel-le-Comte,	r Ste-Avoye	r Transnonain	7
Michel (St),	r d'Astorg	r St-Jean-Baptiste	1
Michel (pont St),	Marché-Palu	quai des Gr.-Aug.	9—11
Michel (du Grand-St),	quai Valmy	r du fb. St-Martin	5
Michel (quai St),	Petit-Pont	pont St-Michel	11
Michodière (de la),	rue Ne-St-August.	boul. des Italiens	2
Mignon,	r du Battoir	r du Jardinet	11

RUES, QUAIS, etc.	TENANS.	ABOUTISSANS.	ARR.
lilan,	r de Clichy	r d'Amsterdam	1
ninimes (des),	r des Tournelles	r St-Louis	8
ninimes (chaussée des)	place Royale	r Nve St-Gilles	8
niiracles (cour des),	rue de Damiette	r des Forges	5
niiromesnil,	r du fb. St-Honoré	r de Valois-du-R.	1
ooine (du Petit),	r de Scipion	r Mouffetard	12
icoineaux (des),	r des Orties	r Nve-St-Roch	2
icoineaux (passage des)	r des Moineaux, 11	r d'Argenteuil, 40	2
lcolay,	r Porte-Foin,	r de la Corderie	7
lolière,	place de l'Odéon	r de Vaugirard	11
lolière (passage),	rue St-Martin, 107	r Quincampoix, 60	6
10nceau (de),	r du fb. du Roule	r de Courcelles	1
10nceau-St-Gerv. (de)	r du Long-Pont	r du Tourniquet	9
10nceau (barrière de)	r du Rocher		1
o chemin de ronde,	barrière Monceau	barr. de Chartres	1
10ndétour,	rue des Prêcheurs	r du Cygne	4—5
10ndovi (de),	r de Rivoli	r Mont-Thabor	1
10nnaie (de la),	r St-G.-l'Auxerrois	r Fos-St-G.-l'Aux.	4
10nnaie (de la Vieille)	r des Ecrivains	r des Lombards	6
10nsieur,	r de Babylone	r Plumet	10
10nsieur-le-Prince,	carrefour de l'Odé.	r de Vaugirard	11
10nsigny,	rue Dalayrac	r Nve-St-Augustin	2
10ntaigne,	avenue de Neuilly	r du fb. St-Honoré	1
10nt-de-Piété (pass. du)	r des Bl.-Mant., 18	r de Paradis, 7	7
10ntesquieu,	r Cr.-des-P.-Cham.	r des Bons-Enfans	4
10ntesquieu (pass. de)	cloître St-Benoît	r Montesquieu	4
10ntfaucon,	rue du Four	r Clément	11
10ntgallet,	r de Charenton	r de Reuilly	8
10ntgolfier,	r du March.-St-Ma.	r du Vertbois	6
10ntholon,	r du fb. Poissonn.	r Rochechouart	2
10ntholon (place),	r Montholon		2
10ntmartre,	Pointe-St-Eustach.	boul. Montmartre	2—3
'nitmartre (faubourg)	boul. Montmartre	r St-Lazare	2
10ntmartre (boulevart)	rue Montmartre	r de Richelieu	2
10ntmartre (des Foss.)	place des Victoires	r Montmartre	3
10ntmartre (bar. de),	rue Pigale		2
lcchemin de ronde,	barr. Montmartre	barrière Blanche	2
10ntmorency,	rue du Temple	r St-Martin	7
10ntmorency (Neuve),	r Feydeau	r St-Marc	2
10ntorgueil,	r de la Tonnellerie	r du Cadran	3—5
10ntour,	chemin de Laguy		8
10nt-Parnasse (du),	r N.-D.-des-Cham.	barr. Mont-Parn.	- 11
10nt-Parn. (boul. int.)	r de Sèvres	av. de l'Observat.	10—11
10nt-Parnasse, (imp.),	boul. Mont-Parnas.		11
10nt-Parnasse (barr.),	b. Mont-Parnasse		11
dhemin de ronde,	barr. M.-Parnasse	barr. du Maine	11
10ntpensier-St-Hon.,	rue de Richelieu	r Beaujolais	2
10ntpensier,	r de Valois	r de Rohan	1
10ntpensier (passage),	r Montpensier	r de Richelieu	2
10ntreuil (de),	r du fb. St-Antoin.	barr. de Montreuil	8
10ntreuil (passage),	r du fb. St-Ant.241	r de Montreuil	8
10ntreuil (barr. de),	r de Montreuil		8
10nchemin de ronde,	barr. de Montreuil	barr. de Charonne	8

RUES, QUAIS, etc.	TENANS.	ABOUTISSANS.	ARR.	AB
Mont-Thabor,	rue d'Alger	r de Mondovi	1	1
Moreau,	r de Bercy	r de Charenton	8	8
Morland (quai),	pont d'Austerlitz	pont de Grammont	9	9
Morland (place),	quai Morland		9	9
Mortagne (impasse),	rue de Charonne, 41		8	8
Morts (des),	rue Grange-aux-B.	r du fb. St-Martin	5	5
Mouffetard,	r de Fourcy	barrière d'Italie	12	12
Moufle (passage),	rue Chemin-Vert	quai Jémmapes	8	8
Moulin-Joli (ruelle du)	r des Tr.-Couron.	dans les Vignes	6	6
Moulins (des),	barrière de Reuilly	r Picpus	8	8
Moulins (des),	rue des Orties	r Nve-des-Petits-C.	2	2
Moulins (des Deux),	r Bruant	boul. de l'Hôpital	12	12
Moulins (bar. des D.),	r des D.-Moulins		12	12
— chemin de ronde,	barr. des Deux-M.	barrière d'Ivry	12	12
Moussi (de),	rue de la Verrerie	r Ste-Cr.-de-la-Br.	7	7
Mouton (du),	pl. de l'Hô.-de-Vill.	r de la Tixérand.	7—9	
Muette (de la),	rue de Charenton	r de la Roquette	8	8
Mulets (ruelle des),	Louvre	r Froidmanteau	4	4
Mulhouse,	r Cléry	Petite rue St-Roch	5	5
Munich (de),	r de Courcelles	abattoir du Roule	1	1
Mûriers (des),			12	12
Mûrier du	r Saint-Victor	r Traversine	12	12
Muse (du Petit),	quai des Célestins	r St-Antoine	8	8
Musée (place du),			4	4
Musée (du),	place du Musée	r Saint-Honoré	1—4	1—
Muséum (place du),	en face du Muséu.		4	4
Naples (de),	place de l'Europe	r de Hambourg	1	1
Napoléon (quai),	pont de la Cité	pont Notre-Dame	9	9
Navarin (de),	rue des Martyrs	r de Breda	2	2
Nazareth (de),	cour de la Ste-Ch.	r de Jérusalem	11	11
Necker,	rue d'Ormesson	r Jarente	9	9
Nemours (de),	r des Tr.-Bornes	r Ménilmontant	6	6
Nemours (galerie de),	Palais-Royal	r St-Honoré	1—4	1—
Neuilly (avenue de),	place Louis XV	barrière de Neuilly	1	1
Neuilly (barrière de),	avenue de Neuilly		1	1
— chemin de ronde,	barrière de Neuilly	barrière des Bass.	1	1
Nevers (de),	quai Conti	r d'Anjou	10	10
Nevers (impasse de),	r d'Anjou-Dauphi.	r de Nevers	10	10
Neuf (Marché),	r du Marché-Neuf	pont St-Michel	9	9
Neuf (pont),	quai de la Mégiss.	quai des Grands-A.	4—4	4—4
Newton (de),	r du Chemin-de-V.	chemin de r de N.	1	1
Nicaise (St),	r de Rivoli	r St-Honoré	1	1
Nicolas (port St),	quai du Louvre		1	1
Nicolas d'Antin (St),	r de la Ch.-d'Antin	r de l'Arcade	1	1
Nicolas-St-Antoine (St)	r de Charenton	r du f. St-Antoine	8	8
Nicolas (Neuve-St),	r Sanson	r du f. St-Martin	5	5
Nic. du Chardon.(pl.St	r St-Vict. en f. l'ég.		12	12
Nicolas du Chard. (St),	r Traversine	r St-Victor	12	12
Nic.-des-Champs(cl.St)	r Aumaire		6	6
Nic. des Champs(pl. St)	r Aumaire en f.l'ég.		6	6
Nicolas (impasse St),	r Royale-St-Martin		6	6
Nicolet,	quai d'Orsay	r de l'Université	10	10
Noir (passage),	r Ne-des-B.-Enf., 9	r de Valois, 24	2	2

RUES, QUAIS, etc.	TENANS.	ABOUTISSANS.	ARR.
oⱲ Nord (du),	r Lafayette	r des Magasins	3
oⱲ Nonaindières (des),	r des Ormes	r de Jouy	9
oⱲ Normandie (de),	r Boucherat	r Charlot	6
oⱲ Notre-Dame (du cloit.),	r Chanoinesse	r d'Arcole	6
oⱲ Notre-Dame (pont),	quai Pelletier	quai Napoléon	7—9
oⱲ Notre-D.(pl. du Parvis)	r du Cl. Ne-Dame	r Nve-Notre-Dame	7
oⱲ Notre-Dame (Neuve),	place du Parvis	r de la Cité	7
oⱲ Notre-Dame-B.-Nouv.,	r Beauregard	boul. Bonne-Nou.	5
oⱲ Notre-Dame-de-Grâce,	r de l'Arcade	r d'Anjou-St-Hon.	1
oⱲ Notre-Dame-de-Lorette	r St-Lazare	r Pigale	2
-.Ⱳ N.-Dame-de-Nazareth,	r du Temple	r du Pont-aux-Bic.	6
-.Ⱳ N.-Dame-de-Recouvr.,	r Beauregard	boul. Bonne-Nou.	5
-.Ⱳ N.-Dame-des-Victoires	pl. des Petits-Pères	r Montmartre	2—3
oⱲ Notre-Dame (Vieille),	r Censier	r d'Orléans-St-Ma.	12
-.Ⱳ N.-D.-des-Champs,	r de Vaugirard	ave. de l'Observat.	11
oⱲ Noyers (des),	place Maubert	r St-Jacques	12
dO Oblin,	r de Viarmes	r Coquillère	4
dO Observance (de l'),	pl. de l'Ec.-de-M.	r Monsieur-le-Pr.	11
dO Observatoire (av. de l')	rue de l'Est	l'Observatoire	11
dO Observatoire (car. de l')	boul. Mont-Parn.	r d'Enfer	11
bO Odéon (de l'),	carr. de l'Odéon	place de l'Odéon	11
bO Odéon (carrefour de l')	Ecole-de-Médecine	r de l'Odéon	11
bO Odéon (pl. de l'),	r de l'Odéon	r Molière et Corn.	11
nO Offices (passage des),	r St-Honoré	1re cour du Pa.-R.	2
ꝗO Ogniard,	r St-Martin	r des Cinq-Diam.	6
ꜳO Oiseaux (des),	Marché-des-En.-R.	r de Beauce	7
iⱡO Olivet (d'),	rue des Brodeurs	r Traverse	10
iⱡO Olivier-St-Georges,	faub. Montmartre	r St-Georges	2
ꝗO Opéra (passage de l'),	boul. des Italiens	r Lepelletier	2
ꝗO Opéra-Comiq.(pl. de l')	en face du théâtre		2
ꝗO Opportune (place Ste),	r des Fourreurs	r de l'Aiguillerie	4
ꝗO Opportune(impasse Ste	r Grange-aux-Bell.		5
ꝗⱸOpportune (Ste),	pl. Ste-Opportune	r de la Ferronnerie	4
ꜱⱡO Orangerie (de l'),	r d'Orl.-St-Marcel	r Censier	12
ꜱⱡO Oratoire (place de l'),	place du Louvre	r de la Bibliothèque	4
ꜱⱡO Orat.-du-Louvre (de l'),	place de l'Oratoire	r St-Honoré	4
ꜱⱡO Orat.-du-Roule (de l'),	avenue de Neuilly	r du f. du Roule	1
ⱡⱡOO Orfèvres (des),	r St-G.-l'Auxerrois	r Jean-Lantier	4
iⱡOO Orfèvres (quai des)	pont St-Michel	pont Neuf	11
iⱡOO Orillon (de l'),	r St-Maur-Popinc.	barr. Ramponeau	6
ⱡⱡOO Orléans-St-Honoré,	r St-Honoré	r des Deux-Ecus	7
ⱡⱡOO Orléans au Marais,	r des Quatre-Fils	r de Poitou	7
ⱡⱡOO Orléans(pass. ou g. d'),	Palais-Royal	Palais-Royal	2
ⱡⱡOO Orléans-St-Marcel,	r du J.-du-Roi	r Mouffetard	12
ⱡⱡOO Orléans (cité d'),	boul. St-Denis, 18		5
ⱡⱡOO Orléans(quai d'),	pont de la Tourn.	r St-Louis-en-l'île	9
ⱡⱡOO Orme (de l'),	r de Sully	pl de l'Arsenal	9
ⱡⱡOO Orme (carrefour de l'),	r de Monceau	r de Long-Pont	9
ⱡⱡOO Orme (Neuve de l'),	place de l'Arsenal	place St-Antoine	9
ⱡⱡOO Orme-St-Gerv. (pass.),	r de la Tixérand.	r François-Miron	9
ⱡⱡOO Ormeaux (avenue des),	pl. du Trône	r de Montreuil	8
ⱡⱡOO Ormeaux (des),	r du ch. de Lagny	r de Montreuil	8
ⱡⱡOO Ormes (quai des),	quai St-Paul	quai de la Grève	9

RUES, QUAIS, etc.	TENANS.	ABOUTISSANS.	ARR.	H
Ormesson (d'),	r de l'Egout	r Culture-Ste-Cat.	8	8
Orsay (port d'),	quai d'Orçay		10	0
Orsay (quai d'),	r du Bac	barr. de la Cunette	10	0
Orties (des),	r d'Argenteuil	r Ste-Anne	2	8
Oseille (de l'),	r St-Louis	r Vieille-du-Tem.	8	8
Ouest (de l'),	r de Vaugirard	avenue de l'Obser.	11	1
Ours (aux),	r St-Martin	r St-Denis	6	8
Oursine (de l'),	V. l'Oursine		12	8
Pagevin,	r Coq-Héron	r des Vieux-Aug.	3	5
Paillassons (des),	avenue de Saxe	ch. de r. bar.des P.	10	01
Paillassons (barr. des),	avenue de Ségur		10	01
— chemin de ronde,	barr. des Paillass.	bar. de l'Ecole	10	01
Paix (de la),	r Nc-des-Capucines	boul. des Capucin.	1	1
Palais-de-Justice(pl.du)	r de la Barill.,7,		9	0
Palais-Royal,	pl. du Palais	r Beaujolais	4	4
Palais-Royal (place du),	r St-Honoré		4—11—	
Palatine	r Garancière	place St-Sulpice	11	11
Panier-Fleuri (pas.du),	r des Bourdonnais	r Tirechappe, 14	4	4
Panier-Fleuri (du),	im. des Qua.-Vents	r des Bouc.-St-G.	11	11
Panoramas (pass. des),	r St-Marc	boul. Montmartre	2	8
Panthéon (place du),	r Soufflot		12	81
Pantin (barrière de),	r du ch. de Pantin		5	5
— chemin de ronde,	barrière de Pantin	bar. de la Villette	5	5
Paon (impasse du),	r du Paon-St-An.,1		11	11
Paon-St-André (du),	r du Jardinet	r de l'Ecole-de-M.	11	11
Paon-St-Victor,	r St-Victor	r Traversine	12	81
Paon-Blanc (du),	quai des Ormes	r de l'Hôtel-de-V.	9	0
Papillon,	r Bleue	place Montholon	2	8
Paradis (de) Marais,	r Vieille-du-Temp.	r du Chaume	7	7
Paradis (de) Poissonn.,	r du faub.St-Denis	r du f. Poissonnière	5	5
Parc-Royal (du),	r St-Louis	r de Thorigny	8	8
Parcheminerie (de la),	r St-Jacques	r de la Harpe	11	11
Paris (de),	place de l'Europe	barrière Monceau	1	1
Parmentier (avenue de)	Popincourt		6	8
Parmentier (avenue de)	r des Amandiers	r St-Ambroise	8	8
Patriarches (march.des)	r Mouffetard		12	81
Pas-de-la-Mule (du),	boul. Beaumarch.	place Royale	8	8
Pascal,	r Mouffetard	r du Champ-de-l'A.	12	81
Passy (barrière de),	V. Francklin		1	1
Pastourelle,	r du Gr.-Chantier	r du Temple	7	7
Paul (St),	quai des Ormes	r St-Antoine	9	0
Paul (passage St),	r St-Paul, 45	V. St-Louis-St-P.	9	0
Paul (Neuve-St),	r Beautreillis	r St-Paul	9	0
Paul (port St),	r des Ormes		9	0
Paul (quai St),	r St-Paul	quai des Ormes	9	0
Pauquet,	r de Chaillot	r Newton	11	11
Pavée-St-André,	quai des Augustins	r St-André-des-Ar.	7	7
Pavée (au Marais),	r St-Antoine	r Nve-Ste-Cather.	5	5
Pavée-St-Sauveur,	r du Petit-Lion	r Montorgueil	6	8
Pavillons (passage des)	r Nc-des-Pet.-Ch.,5	r Beaujolais	2	8
Paxent (St)	r Bailly	r Royale	8	8
Payenne,	r Nc-Ste-Catherine	r du Parc-Royal	7	7
Pecquay (impasse),	r des Bl.-Manteaux		6	8

RUES, QUAIS, etc.	TENANS.	ABOUTISSANS.	ARR.
Peintres (impasse des),	r St-Denis		6
Pelée (ruelle),	Petite r St-Pierre	quai Valmy	8
Pélerins-St-Jacq. (des),	cloître St-Jacques	r Mondétour	5
Pélican (du).	r de Gr.-St-Honoré	r Croix-des-Pet.-C.	4
Pelleterie (de la),	r de la Cité	r de la Barillerie	9
Pelletier (quai),	pl. de l'Hôt.-de-V.	pont Notre-Dame	7
Pépinière (de la),	r de l'Arcade	r du f. St-Honoré	1
Pépinière (aven. de la),	Luxembourg		11
Percée (St-André),	r de la Harpe	r Hautefeuille	11
Percée (St-Antoine),	r des Pr.-St-Paul	r St-Antoine	9
Percée-du-Temple,	place de la Rotonde	r du Temple	6
Perche (du),	r Vieille-du-Tem.	r d'Orléans	7
Perdue,	r des Gr.-Degrés	place Maubert	12
Pères (des Saints),	quai Voltaire	r de Grenelle	10
Pères (Nve des Petits),	r de la Feuillade	r Vide-Gousset	3
Pères (pass. des Petits)	r Nve-des-P.-Pères	r Nve-des-Petits-C.	3
Pères (place des Petits),	r N.-D.-des-Vict.	en face l'église	3
Pérignon,	avenue de Saxe	ch. de r. b.d.Paill.	10
Périgueux (de),	r de Bretagne	r Boucherat	6
Perle (de la),	r de Thorigny	r Vieille-du-Tem.	8
Pernelle,	quai de la Grève	r de l'Hôtel-de-V.	9
Perpignan (de),	r des Marmousets	r des Trois-Cann.	9
Perrée,	rotonde du Temple	r du Temple	6
Perrin-Gasselin,	r St-Denis	r Vieille-Hareng.	4
Pétersbourg (St),	r de Berlin	barrière de Clichy	1
Petit-Pont,	pl. du Petit-Pont	r Galande	11—00
Petit-Thouars (du),	place de la Roton.	r du Temple	6
Petits-Pères (V. Pères),			
Petits-Pères (carr. des),	r Vide-Goussct, 13	r du Mail	3
Pétrelle,	r du faub. Poiss.	r Rochechouart	2
Phélipeaux,	r du Temple	r Frépillon	6
Philippe (St),	r Bourbon-Villen.	r de Cléry	5
Philippe (St) St-Martin,	r Bailly	r Royale	6
Picpus (de),	r du faub. St-Ant.	barrière de Picpus	8
Picpus (barrière de),	r de Picpus		8
— chemin de ronde,	barrière Picpus	r St-Mandé	8
Pied-du-Bœuf (du),	place du Châtelet	r de la Tuerie	7
Pierre (Basse-St)Chaill.	quai Debilly	r de Chaillot	1
Pierre (St) Montmartre	r Montmartre	r N.-D.-des-Vict.	3
Pierre (impasse St),	r Nve-St-Pierre,4,6		9
Pierre (passage St),	r de la Tacherie, 7	r des Arcis	7
Pierre (imp. St) Mont.,	r Montmartre	entrée des Messa.	3
Pierre (St) Popincourt,	r St-Sébastien	r de Ménilmontant	8
Pierre (Petite rue St),	r du Chemin-Vert	r Amelot	8
Pierre (Nve-St) Marais,	r Nve-St-Gilles	r des Deux-Portes	8
Pierre (pass. St) St-Ant.	r St-Antoine	r St-Paul	8
Pierre-Lescot,	r Froidmanteau	r St-Honoré	4
Pierre-à-Poisson,	place du Châtelet	r de la Saulnerie	4
Pierre-Assi,	r Mouffetard	car. St-Hippolyte	12
Pierre-des-Arcis,	r Gervais-Laurent	r de la Vieille-Dr.	9
Pierre-Levée,	r des Trois-Bornes	r Fontaine-au-Roy	6
Pierre-au-Lard,	r Neuve-St-Merry	r du Poirier	7
Pierre-Lombard,	place St-Marcel	r Mouffetard	12

RUES, QUAIS, ETC.	TENANS.	ABOUTISSANS.	ARR.
Pierre-St-Leu(port aux)	quai de la Confér.		4
Pierre-Sarrazin,	r de la Harpe	r Hautefeuille	11
Pigale,	r Blanche	bar. Montmartre	2
Pigale (barrière),	Voyez Montmartre		
— chemin de ronde,	Voyez Montmartre		
Pinon,	r Grange-Batelière	r Laffitte	2
Pitié (carrefour de la),	r Copeau	Jardin-du-Roi	12
Pirouette,	r des Potiers-d'Et.	r Mondétour	4—5
Placide (Ste),	r de Sèvres	r du Clierche-Midi	10
Plaisance (de),	r de la Bienfaisanc.	r de Valois-du-R.	4
Planche (de la),	r de la Chaise	r du Bac	10
Planche-Mibray,	quai Pelletier	r St-Jacques-la-B.	7
Planchette (de la),	r des Terres-Fortes	r de Charenton	8
Planchette (imp. de la),	r St-Martin,254,256		6
Plat-d'Etain (du),	r des Lavandières	r des Déchargeurs	4
Plâtre (du) Ste-Avoye,	r de l'Homme-Ar.	r Ste-Avoye,	7
Plâtre (du) St-Jacques,	r des Anglais	r St-Jacques	12
Plumet,	r des Brodeurs	boul. des Invalides	10
Plumet (impasse),	r des Brodeurs		10
Plumet (Neuve),	boul. des Invalides	avenue de Breteuil	10
Plumets (des),	r de l'Hôt.-de-Vil.	quai de la Grève	9
Poirées (des),	r St-Jacques	place Sorbonne	11
Poirées (Neuve des),	r des Cordiers	r des Poirées	11
Poirier (du),	r Neuve-St-Merry	r Simon-le-Franc	7
Poissonnerie(im. de la)	r Jarente, 4, 6		8
Poissonnière,	r de Cléry	boul. Poissonnière	3—5
Poissonnière (boul.),	boul. B.-Nouvelle	boul. Montmartre	2—3
Poissonnière (faub.),	boul. Poissonnière	bar. Poissonnière	3
Poissonnière (barrière)	r du f. Poissonnière		2—3
— chemin de ronde,	barrière Poissonn.	bar. Rochechouart	3
Poissy,	quai de la Tourn.	r St-Victor	12
Poitevins (des),	r Hautefeuille	r du Battoir	11
Poitiers (de),	quai d'Orsay	r de l'Université	10
Poitiers (Neuve de),	r Nve-de-Bercy	r de l'Oratoire	4
Poitou (de),	r V.-du-Temple	r d'Orléans	7
Pollissart,	r des B.-St-Gervais	r Vieille-du-Tem.	7
Poliveau (de),	quai d'Austerlitz	r des Fossés-St-M.	12
Pologne (carr. de la),	r de l'Arcade	r du Rocher	4
Pompe (imp. de la),	r de Bondy, 62		5
Pompe (de la),	quai d'Orsay	r de l'Université	12
Pompe-à-Feu(p. de la)	r de Chaillot, 28	place de la Conf.	4
Ponceau (du),	r St-Martin,	r St-Denis	6
Ponceau (passage du),	r du Ponceau	r St-Denis	6
Pont-aux-Biches,	r Nve-St-Laurent	r Notre-Dame-Naz.	6
Pont-aux-Biches-St-M.	r Censier	r Fer-à-Moulin	12
Pont-aux-Choux,	boul. St-Antoine	r St-Louis	8
Pont-Neuf,	pl. des T.-Maries	r Dauphine	4—10
Pont-Neuf (pass. du),	r Mazarine	r de Seine	10
Pont-Neuf (place du),	quai des Orfèvr.,76		11
Pont (du Petit),	r de la Huchette	r St-Severin	11—12
Ponthieu (de),	allée des Veuves	r Neuve-de-Berry	4
Pontoise (de),	quai de la Tourn.	r St-Victor	12
Popincourt (de),	r de la Roquette	r Ménilmontant	8

RUES, QUAIS, etc.	TENANS.	ABOUTISSANS.	ARR.
Popincourt (imp. de),	r Popincourt, 50,52		8
Popincourt (Neuve de)	r Ménilmontant	r Popincourt	8
Percherons (carr. des),	faub. Montmartre	r Coquenard	2
Port-Mahon (de),	carrefour Gaillon	r Louis-le-Grand	2
Porte-Foin,	r des Enf.-Rouges	r du Temple	7
Postes (des),	place de l'Esplan.	r de l'Arbalète	12
Pot-de-Fer-St-Marc.(du	r Mouffetard	r des Postes	12
Pot-de-Fer-St-Sul. (du)	r du Vieux-Colom.	r de Vaugirard	11
Poterie-des-Arcis,	r de la Tixérand.	r de la Verrerie	7
Poterie-des-Halles,	r de la Lingerie	r de la Tonnellerie	4
Potiers-d'Etain (des),	r de la Cossonnerie	r Pirouette	4
Poules (des),	r de la Vieille-Est.	r du Puits-qui-p.	12
Poulies (des),	place du Louvre	r St-Honoré	4
Poulletier,	quai de Béthune	quai d'Anjou	9
Poupée,	r de la Harpe	r Hautefeuille	11
Pourtour-St-Gerv. (du)	r Jacques-de-Bros.	place Baudoyer	9
Prado (passage du),	r de la V.-Draperie	r de la Barillerie,3	9
Prêcheurs (des),	r St-Denis	r des Potiers-d'Et.	4
Prêtres-S-Germ.-l'Aux.	r de la Monnaie	pl. St-Germ.-l'Au.	4
Prêtres-St-Paul,	r St-Paul	r des Nonaindières	9
Prêtres-St-Severin,	r St-Séverin	r de la Parchem.	11
Prêtres-St-E.-du-Mont,	r Descartes	r de la M.-Ste-G.	12
Princesse,	r du Four	r Guisarde	11
Prix-Fixe (passage du),	r de Richelieu, 10	r Montpensier, 7	2
Projeté (impasse),	r Nve-des-Mathur.		1
Prouvaires (des),	r St-Honoré	r Traînée	3
Prouvaires (pass. des),	r de la Tonnellerie	r des Prouvaires	3
Provence (de),	r du f. Montmartre	r de la Chaus.-d'A.	2
Provençaux (imp. des),	r de l'Arbre-Sec		4
Puits (imp. du Bon),	r Traversine, 34,36		12
Puits-l'Ermite (du),	r du B.-St-Victor	r Gracieuse	12
Puits-au-Marais (du),	r Ste-Cr.-de-la-Br.	r des Blancs-Mant.	7
Puits-de-l'Erm. (pl.du)	r du Puits-l'Erm., 3		12
Puits-qui-Parle (du),	r Ste-Geneviève	r des Postes	12
Puteaux (passage),	r de la Madeleine	r de l'Arcade	1
Putigneux (impasse),	r Geoff.-l'Asnier,13		10
Pyramides (des),	r de Rivoli	r St-Honoré	1
Quatre-Chem.(ruel.des	r de Reuilly	barrière Charenton	8
Quatre-Fils (des),	r V.-du-Temple	r du Gr.-Chantier	7
Quatre-Vents (des),	r Condé	r de Seine	11
Quenouilles (des),	quai de la Mégiss.	r St-G.-l'Auxerrois	4
Quincampoix,	r Aub.-le-Boucher	r aux Ours	6
Quinze-Vingts (des),	r de Valois	r de Rohan	1
Quinze-Vingts(pas.des)	r St-Honoré, 26	r St-Louis-St-Hon.	1
Rabelais,	r Mansard	r St-Antoine	8
Racine,	r de l'Odéon	r Monsieur-le-Pr.	11
Racine (Neuve),	r de la Harpe	place de l'Odéon	11
Radzivill (passage),	r Nve des B.-Enfans	r de Valois	2
Rambouillet (de),	r de Bercy	r de Charenton	8
Rambuteau,	r du Chaume	marc. aux Poissons	5-6-7
Rameau,	r de Richelieu	r Ste-Anne	2
Ramponeau (barr. de),	r de l'Orillon		6
—chemin de ronde,	barrière Rampon.	bar. de Belleville.	6

RUES, QUAIS, etc.	TENANS.	ABOUTISSANS.	ARR.
Râpée (port de la),	quai de la Râpée		8
Râpée (quai de la),	pont d'Austerlitz	bar. de la Râpée	8
Râpée (barrière de la),	quai de la Râpée		8
— chemin de ronde,	barr. de la Râpée	barrière de Bercy	8
Rats (des),	r Folie-Regnault	barrière des Rats	8
Rats (barrière des),	r des Rats		8
— chemin de ronde,	barrière des Rats	barrière d'Aunay	8
Réale (de la),	r de la Tonnellerie	r de la Grande-Tr.	5
Récollets (des),	r Grange-aux-Bell.	r du f. St-Martin	5
Récollets (impasse des),	r des Récollets		5
Récollettes (ruelle des),	chemin de Gentilly	r Croulebarbe	12
Recueillage (port du),	quai Voltaire		10
Regard,	r Cherche-Midi	r de Vaugirard	10—11
Régnard,	place de l'Odéon	r de Condé	11
Regnault (de la Folie),	r de la Muette	r des Amandiers	8
Regrattier,	quai d'Orléans	r St-Louis en l'île	9
Reims (de),	r des Sept-Voies	r des Cholets	12
Reine-Blanche (de la),	r des F.-St-Marcel	r Mouffetard	12
Reine-de-Hong. (de la),	r Montorgueil, 19	r Montmartre, 46	5
Reine (Cours la),	pl. de la Concorde	allée des Veuves	1
Rempart (du),	r St-Honoré	r Richelieu	1
Renard-St-Merry (du),	r de la Verrerie	r Neuve-St-Merry	7
Renard-St-Sauveur (du)	r St-Denis	r des Deux-Portes	5
Renard (passage du),	r St-Denis	r du Renard	5
Renaud-Lefèvre,	place Baudoyer	marché St-Jean	7
Reposoir (du Petit),	r des Vieux-Aug.	place des Victoires	5
Réservoirs (imp. des),	r de Chaillot		1
Reuilly (de),	r du f. St-Antoine	barrière de Reuilly	8
Reuilly (im. de la p.r.)	P. r de Reuilly, 41		8
Reuilly (Petite rue de),	r de Charenton	r de Reuilly	8
Reuilly (carrefour de),	r du f. St-Antoine	r de Reuilly	8
Reuilly (barrière de),	r de Reuilly		8
— chemin de ronde,	barrière de Reuilly	bar. Picpus	8
Réunion (passage de la),	r St-Martin	r du Maure	7
Riboutté,	r Bleue	place Montholon	2
Richelieu,	r St-Honoré	boul. Montmartre	2
Richelieu (Neuve),	place Sorbonne	r de la Harpe	11
Richelieu (place),	r Rameau	r de Louvois	2
Richepance,	r St-Honoré	r Duphot	1
Richer,	r du f. Poissonniè.	r f. Montmartre	2
Riverin (impasse Cité),			5
Riverin (passage Cité),		r Bondi, 70	5
Rivoli (de),	r de Rohan	r St-Florentin	1
Rivoli (place de),	r de Rivoli, 16, 18		1
Roch-Poissonnière (St),	r Poissonnière	r du Gros-Chenet	5
Roch (Neuve-St),	r St-Honoré	r Ne-des-Petits-C.	2
Roch (passage St),	r St-Honoré	r d'Argenteuil	2
Rochechouart,	r Montholon	bar. Rochechouart	2
Rochechouart (barr. de)	r Rochechouart		2
— chemin de ronde,	barr. Rochechoua.	bar. des Martyrs	2
Rocher (du),	r de la Pépinière	bar. de Monceau	1
Rohan (de),	r de Chartres	r St-Honoré	1
Rohan (cour de),	r du Jardinet	cour du Commerce	11

RUES, QUAIS, etc.	TENANS.	ABOUTISSANS.	ARR.
Rohan(imp. de la c. de),	r du Jardinet		11
Roi-de-Sicile (du),	r des Ballets	r V.-du-Temple	7
Roi-Doré (du),	r St-Louis	r St-Gervais	8
Rollin-Prend-Gage(im)	r des L.-Ste-Opp.		8
Romain (St),	r de Sèvres	r du Cherche-Midi	10
Rome (passage de),	r des Gravilliers	r Frépillon	6
Rome (de),	r de Stockholm	place de l'Europe	1
Roquepine,	r d'Astorg	r de la Ville-l'Évê.	1
Roquette (de la),	place de la Bastille	r de la Muette	8
Roquette (de la),	r Folie-Regnault	bar. d'Aunay	8
Roquette (imp. de la),	p de la Roquette,74		8
Rosiers (des)	r des Juifs	r V.-du-Temple	7
Rotonde (de la),	march. du Temple	r de Vendôme	6
Rot.-du-Temp.(p.de la)	r Percée	r du Petit-Thouars	6
Roule (du),	r Béthizy	r St-Honoré	4
Roule (faubourg du),	r d'Angoulême	barrière du Roule	1
Roule (barrière du),	r du f. du Roule		1
—chemin de ronde,	barrière du Roule	bar. de Neuilly	1
Rousselet,	r Matignon	r Montaigne	1
Rousselet-St-Germain,	r Plumet	r de Sèvres	10
Royal (pont),	quai des Tuileries	quai Voltaire	1
Royale (place),	r R.-St-Antoine	r de l'Echarpe	8
Royale-St-Antoine,	r St-Antoine	place Royale	8
Royale-St-Honoré,	place Louis XVI	pl. de la Madelein.	1
Royale-St-Martin,	Marché-St-Martin	r St-Martin	6
Rumford,	r Lavoisier	r de la Pépinière	1
Sabin (ruelle St),	r St-Sabin	dans le Marais	8
Sabin (impasse St),	r St-Sabin,12		8
Sabin (quai St),	r St-Sabin	r du Chemin-Vert	8
Sabin (St),	r d'Aval	r du Chemin-Vert	8
Sabot (du),	Petite rue Taranne	r du Four	10
Saintonge (de),	r de Bretagne	boul. du Temple	6
Salembière (impasse),	r St-Séverin		11
Salle-au-Comte,	r St-Magloire	r aux Ours	6
Salpêtre (place du),	pr. l'h. de la Salp.		12
Salpêtres (cour des),	r de la Cerisaie		9
Sanson,	r de Bondy	r des Marais	5
Sans-Nom (passage),	r de Grenelle, 52	r Mercier, 8	4
Sans-Nom (passage),	r Cr.-des-P.-Ch. 15	Galerie Montesq.	4
Sans-Nom (passage),	r Cr.-des-P.-Ch., 9	Gal. Montesquieu	4
Sans-Nom (passage),	r des Noyers	Place Maubert	12
Sanson (Neuve),	r des Marais	quai Valmy	5
Santé (de la),	r des Bourguignons	boul. St-Jacques	12
Santé (barrière de la),	r de la Santé		12
— chemin de ronde,	barr. de la Santé	bar. d'Arcueil	12
Sartine (de),	r de Viarmes	r Coquillière	4
Sartine (carrefour),	r Gren.-St-Honoré	r J.-J.-Rousseau	4—5
Saucède (passage),	r Bourg-l'Abbé	r St-Denis	6
Saumon (passage du),	r Montorgueil	r Montmartre	3
Sauncrie (de la),	quai de la Mégiss.	r St-G.-l'Auxerrois	4
Saunier (passage),	r Richer	r Bleue	2
Saussaies (des),	r du f. St-Honoré	r de Surène	1
Sauveur (St),	r St-Denis	r Montorgueil	5

RUES, QUAIS, etc.	TENANS.	ABOUTISSANS.	ARR.	R
Sauveur (Neuve-St),	r Damiette	r du Petit-Carreau	5	c
Savoie (de),	r Pavée-St-André	r des Grands-Aug.	11	1
Savonnerie (de la),	r St-J.-la-Bouche.	r de la Heaumerie	6	8
Saxe (avenue de),	place Fontenoy	r de Sèvres	10	0
Scipion (de),	r du Fer-à-Moulin	r des F.-Bourgeois	12	2
Scipion (place),	r du Fer-à-Moulin		12	2
Sébastien (St),	r St-Pierre	r de Popincourt	8	8
Sébastien (imp. St),	r St-Sébastien		8	8
Ségur (avenue de),	place Vauban	bar. des Paillass.	10	0
Seine-St-Germain (de),	quai Malaquais	r du Petit-Bourb.	10—11	—
Sentier (du),	r St-Roch	boul. Poissonnière	5	5
Sept-Voies (des),	r St-Hilaire	pl. du Panthéon	12	2
Serpente,	r de la Harpe	r Hautefeuille	11	1
Servandoni,	r Palatine	r de Vaugirard	12	2
Severin (St),	r St-Jacques	r de la Harpe	11	1
Sèvres (de),	car. de la C.-Rouge	barrière de Sèvres	10	0
Sèvres (m.de la rue de)	r de Sèvres		10.	0
Sèvres (barrière de),	r de Sèvres		10	0
— chemin de ronde,	barrière de Sèvres	bar. des Paillass.	10	01
Sifflet (V. Briare),	r Rochechouart,7,9	r Nve-Coq., 20, 22	2	2
Simon-Finet (ruelle),	à la rivière	r de la Tannerie	7	7
Simon-le-Franc,	r Ste-Avoye	r du Poirier	7	7
Singes (des),	r Ste-C.-de-la-Br.	r des Bl.-Manteaux	7	7
Singes (passage des),	r V.-du-Temple	r des Singes	7	7
Sœurs (impasse des),	r des Fr.-B.-St-M.		12	12
Soleil-d'Or (pass. du),	r du Rocher, 9	r de la Pépin. 40	1	1
Soly,	r de la Jussienne	r des V.-Augustins	5	5
Sorbonne (de),	r des Mathurins	place Sorbonne	11	11
Sorbonne (place de),	r de Sorbonne	r des Maçons-Sor.	11	11
Soufflot,	place du Panthéon	r St-Jacques	12	12
Soupirs (avenue des),	Quinze-Vingts		8	8
Sourdière (de la),	r St-Honoré	r de la Corderie	2	2
Sourdière (passage),	r de la Sourd., 28	r Ne-St-Roch, 55	2.	2
Sourdis (impasse),	r des F.-St-G.-l'A.		4	4
Spire (St),	r des Filles-Dieu	r Ste-Foy	5	5
Stanislas (V. Terray)				
Stockholm,	r du Rocher	r d'Amsterdam	1	1
Suffren (avenue de),	Invalides		10	01
Sully (de),	r Castex	place Morland	9	9
Sulpice (place St),	r du V.-Colombier	r Férou	11	11
Surène (de),	pl.de la Madeleine	r des Saussaies	1	1
Tabletterie (de la),	r St-Denis	r des Lavandières	4	4
Tacherie (de la),	r de la Coutellerie	r Jean-Pain-Mollet	7	7
Taille-Pain,	cloître St-Merry	r Brisemiche	7	7
Taille-Pain (impasse),	r Brise-Miche		7	7
Taitbout,	boul. des Italiens	r de Provence	2	2
Tannerie (de la),	pl. de l'H.-de-Vill.	r de la Pl.-Mibray	7	7
Tannerie (de la Vieille)	r de la Tannerie	r de la Vannerie	7	7
Taranne,	r de la V.-Lanter!	r de la V.-p.-aux-V.	7	7
Taranne (Petite rue),	r St-Benoît	r des Sts-Pères	10	01
Teinturiers (des),	r de l'Egout	r du Sabot	10	01
Temple (du),	r des Vieilles-Ha.	boul. du Temple	6	6
Temple (faub. du),	boul. du Temple	bar. de Belleville	5—6	—6

RUES, QUAIS, etc.	TENANS.	ABOUTISSANS.	ARR.
T Temple (boul. du),	r des Filles-du-C.	r du f. du Temple	6
T Temple (fossés du),	r Ménilmontant	r du f. du Temple	6
T Temple (enclos du),	r de la Rotonde	r du Petit-Thouars	6
T Temple (marché du),	enclos du Temple		6
T Temple (de la Rot. du)	r de la Corderie	r du Petit-Thouars	6
T Temple (Vieille du),	r St-Antoine	r St-Louis	7—8
T Terray,	r N.-D.-des-Cham.	boul. Mont-Parn.	11
T Terres-Fortes (des),	r de la Contresc.	r Moreau	8
T Thérèse,	r Ste-Anne	r Ventadour	2
T Thévenot,	r St-Denis	r du Petit-Carreau	5
T Thibautodé,	r St-G.-l'Auxerrois	r Boucher	5 4
T Thierré (passage),	impasse Ste-Marie	r de la Roquette, 11	8
T Thionville,	V. rue Dauphine,		
T Thiroux,	r Nve-des-Mathur.	r St-Nicolas	1
T Thomas-d'Aquin (St),	pl. St-Th.-d'Aquin	r St-Dominique	10
T Thomas-d'Aq. (pl. St),	égl. St-Th.-d'Aquin		10
T Thomas-d'Enfer (St),	r St-Hyacinthe	r d'Enfer	11
T Thomas-du-Louvre (St)	r du Carrousel	pl. du Palais-Royal	1 2
T Thorigny,	r du Parc-Royal	r St-Antoine	8
T Tiquetonne,	r Montorgueil	r Montmartre	5
T Tirechape,	r Béthizy	r St-Honoré	4
T Tiron,	r St-Antoine	r du Roi-de-Sicile	7
T Tivoli,	r de Clichy	r d'Amsterdam	1
T Tivoli (impasse),	r de Tivoli		1
T Tivoli (passage),	r St-Lazare	r de Londres	1
T Tixéranderie (de la),	r Jean-Pain-Mollet	place Baudoyer	7—9
T Tonnellerie (de la),	r St-Honoré	r Pirouette	3-4-5
T Touraine (St-Germain)	r de l'Ecole-de-M.	r M.-le-Prince	11
T Touraine (Marais),	r du Perche	r de Poitou	7
T Tour-d'Auvergne (de la)	r Rochechouart	r des Martyrs	2
T Tour-des-Dames (de la)	r de la Rochefouc.	r Blanche	2
T Tour-du-Temple (de la)	r des Fossés-du-T.	quai Valmy	6
T Tournelle (pont de la),	quai de la Tourn.	r des Deux-Portes	9—12
T Tournelle (de la),	r de Pontoise	r de Bièvre	12
T Tournelles (quai des),	r des Fossés-St-B.	r de Pontoise	12
T Tournelles (des),	r St-Antoine	boul. St-Antoine	8
T Tourniquet-St-Jean (du	r Monceau	r de la Tixérand.	7
T Tournon (de),	r du Petit-Lion	r de Vaugirard	11
T Tourville (avenue de),	Invalides		10
T Toutain,	r de Seine	r Félibien	11
T Tracy (de),	r du Ponceau	r St-Denis	6
T Traînée,	r de la P.-St-Eust.	place St-Eustache	5
T Transnonain,	r Gren.-St-Lazare	r Aumaire	6—7
T Traverse,	r Plumet	r de Sèvres	10
T Traversière St-Antoine	r du Fb St-Antoine	quai de la Rapée	8
T Traversière St-Honoré,	r St-Honoré	r Richelieu	2
T Traversine	r d'Arras	r de la Mont. Ste-G.	12
T Treille (imp. de la),	pl. St-Ger. l'Auxer.		4
T Treille (pass. de la),	r d. Foss. St-G. l'A.	r Chilpéric, 12	4
T Treille (pass. de la),	Marché St-Germ.	r Bouch. St-Germ.	11
T Trévise	r Richer	r Bleue	2
T Trinité (encl. ou pass.)	r Grenétat	r St-Denis	6
T Triomphes (av. des),	pl. du Trône	ch. d. r. b. de Vincen.	6

RUES, QUAIS, etc.	TENANS.	ABOUTISSANS.	ARR.
Triperet,	r de la Clef	r Gracieuse	12
Triperie,	r de la Pompe	r de l'Université	10
Tripes (pont aux),	r Mouffetard	r Censier	12
Trognon,	r de la Haumerie	r d'Avignon	6
Trois Bornes (des),	r Folie-Méricourt	r St-Maur	6
Trois Canettes (des),	Parvis Notre-Dame	r de la Licorne	9
Trois Chand. (ruelle des	r Montgallet	ruel. des 4 Chemins	8
Trois Chandeliers (des)	quai St-Michel	r de la Huchette	12
Trois Couron. St-Marc.	r Mouffetard	r St-Hippolyte	12
Trois Cour. du Temple,	r St-Maur	barr. des Tr.-Cour.	6
Trois Cuillers (pass.),	r Salle-au-Comte	r aux Ours	6
Trois Frères (des),	r de la Victoire	r St-Lazare	2
Trois Frères (imp. des	r Tr. St-Ant. 16, 18		8
Trois Maries (pl. des),	quai de l'Ecole	r St-Germ. l'Auxer	4
Trois Maures (ruel. des	r de la Grève	r de l'Hôt. de Ville	9
Trois Maures (des),	r des Lombards	r de la Reynie	6
Trois Pavillons (des),	r des Francs-Bour	r du Parc-Royal	8
Trois Pistolets (des),	r du Petit-Musc	r Beautreillis	9
Trois Portes (des),	pl. Maubert	r de l'Hôtel-Colb.	12
Trois Sabres (des),	barr. de Reuilly	ruel. des 4 Chemins	8
Tronchet,	pl. de la Madeleine	r Nve des Mathur.	1
Trône (de la barr. du),	Fb St-Antoine		8
Trône (barr. du),	Fb St-Antoine		8
— chemin de ronde,	barr. du Trône	barr. de Montreuil	8
Trône (place du),	barr. du Trône		8
Trouvée,	r de Charenton	marché Lenoir	8
Truanderie (de la Gr.)	r St-Denis	r Montorgueil	5
Truanderie (de la Pet.)	r Mondétour	r de la Gr.-Truand.	5
Trudaine (aven.),	r des Martyrs	r de Rochechouart	2
Trudon,	r Boudreau	r Nve des Mathur.	1
Tuiles (port aux),	quai de la Tourn.		12
Tuileries (quai des),	guich. quai du Louv	pl. et pt Louis XV	1
Turgot,	r Rochechouart	av. Trudaine	2
Tuerie (de la Vieille),	r St-Jérôme	pl. du Châtelet	7
Turin (de),	r de Bruxelles	ch. d. r. b. de Clichy	1
Ulm (d'),	pl. du Panthéon	r des Ursulines	12
Université (de l'),	r des Sts-Pères	av. de la Bourdon.	10
Ursins (Haute des),	r St-Landry	r de Glatigny	9
Ursins (Basse des),	r des Chantres	r d'Arcole	9
Ursins (Milieu des),	quai Napoléon	r Haute des Ursins	9
Ursulines (des),	r d'Ulm	Fb St-Jacques	12
Val de Grâce (du),	r St-Jacques	r de l'Est	12
Val Ste-Catherine (du),	r St-Antoine	r Nve Ste-Catherin	8
Vallée (marché de la),	quai des Gr.-Aug.		11
Valmy (quai),	pl. de la Bastille	r de la Butte-Chau	8-6-5
Valois (Tuileries),	r St-Honoré	r de Rohan	1
Valois (Palais),	r St-Honoré	r Beaujolais	2
Valois (du Roule),	r Courcelles	barr. de Monceau	1
Valois (passage),	r de Valois	r de Chartres	2
Vampire (cour du),	Fb St-Antoine		8
Vanneau,	r de Varennes	r de Babylone	10
Vannes,	r des Deux-Ecus	r de Viarmes	4
Vannes (St),	r St-Maur	pl. St-Vannes	6

RUES , QUAIS, etc.	TENANS.	ABOUTISSANS.	ARR.
Vannes (pl. de),	r de Vannes		6
Vannerie (de la),	pl. de l'Hôt-de-Vil	r Planche-Mibray	7
Varennes (de),	r du Bac	boul. des Invalides	10
Varennes (halle au blé)	r des Deux-Ecus	r de Viarmes	4
Variétés (pass. des),	r St-Honoré	Palais-Royal	2
Vatry (de),	a changé de nom	V. N.-D. de Lorette	
Vauban (place),	Hôtel des Invalides	av. de Suffren	10
Vaucanson,	r Ferdinand	imp. Berthaud	6
Vaugirard (dé),	r des Francs-Bour.	barr. de Vaugirard	10—11
Vaugirard (imp. de),	r de Vaugirard		11
Vaugirard (barr. de),	r de Vaugirard		10—11
— chemin de ronde,	barr. de Vaugirard	r de Sèvres	10
Vavin,	r de l'Ouest	r N.-D. des Champs	11
Veaux (halle aux),	r de Poissy	r de Pontoise	12
Veaux (Vieille pl. aux)	r Planche-Mibray	r St-Jacq. la Bouch	7
Veaux (pl. aux),	r de Poissy	r de Pontoise	12
Vendôme (de),	r Charlot	r du Temple	6
Vendôme (place),	r de la Paix	r St-Honoré	1—2
Vendôme (pass.),	r de Vendôme	boul. du Temple	6
Venise (rue et passage)	r St-Martin	r Quincampoix	6
Venise (imp.),	r Quincampoix		6
Ventadour,	r Thérèse	r Nve des Pet.-Ch.	2
Vents (imp. des Quatre	r des Q.-Vents		11
Verdelet,	r J.-J.-Rousseau	r Coq Héron	3
Verderet,	r de la Gr.Tuander	r Mauconseil	5
Verneuil,	r des Sts-Pères	r de Poitiers	10
Véro-Dodat (pass.),	r de Gren.S-Honor	r du Bouloi	4
Verrerie (de la),	marché St-Jean	r St-Martin	7
Versailles (de),	r St-Victor	r Traversine	2
Versailles (du Chem.de	ch.de r. b.d.Bassins	r des Vignes	11
Verbois (du),	r Pont-aux-Biches	r St-Martin	6
Verte (Grande rue),	r Ville-l'Evêque	Fb St-Honoré	1
Verte (Petite rue),	Fb St-Honoré	r Verte	1
Vertus (des),	r des Gravilliers	r Phélipeaux	6
Vertus (barr. des),	r Château-Landon		5
— —chemin de ronde,	barr. des Vertus	barr. St-Denis	5
Veuves (allée des),	Cours-la-Reine	r Rousselet	1
Veuves (ruel.de l'all.d.	allée des Veuves	r Marbœuf	1
Viarmes (des),	r Varennes	r Oblin	3
Victoire (de la)	Fb Montmartre	r de la Chauss.d'A.	2
Victoire (pl. des),	r des Foss.-Montm	r de la Feuillade	4—3
Victor (St),	r Copeau	r de la Mont.Ste-G	12
Victor (carr. St),	r St-Victor	r Foss. St-Bernard	12
Victor (des Foss. St),	r St-Victor	r Descartes	12
Victor-Lemaire,	r Font. St-George	ch. de r. b. Pigalle	2
Vide-Gousset,	pl. des Victoires	r du Mail	5
Vieille-Draperie,	r de la Cité	pl. du Pal. de Just.	7
Vieille pl. aux Veaux,	r Planche-Mibray	r du Châtelet	7
Vienne (de),	r du Rocher	r de l'Europe	1
Vierge (de la),	r de l'Université	r St-Dom. Gr.-Gail.	10
Vigan (pass.),	r Foss.-Montm., 14	r des Vieux-Augus	3
Vieux (Marché St-Mart	marché St-Martin	r Royale	9
Vignes (imp. des),	r des Postes, 28		12

RUES, QUAIS, etc.	TENANS.	ABOUTISSANS.	ARR.
Vignes (Chaillot),	Gr. r. de Chaillot	av. de Neuilly	1
Vignes (des),	r du Banquier	boul. de l'Hôpital	12
Villars (av. de),	Invalides		10
Villedot,	r Richelieu	r Ste-Anne	2
Ville-l'Evêque (de la),	r de la Madeleine	r de la Pépinière	1
Ville-l'Evêque (car. de	r Ville-l'Evêque	r des Saussayes	1
Ville-l'Evêque (pass.),	r de l'Arcade, 14	r de Surène, 4	1
Villefosse,	r de la Chopinette	barr. du Combat	5
Villefosse,	r de la Chopinette	r Grange aux Belles	5
Villejuif (de),	av. de la b. d'Ivry	av. de l'Hôpital	12
Villette (barr. de la),	Fb St-Martin		5
— chemin de ronde,	barr. de la Villette	barr. des Vertus	5
Villiot,	quai de la Rapée	r de Bercy	8
Vinaigriers (des),	q Valmy	Fb St-Martin	5
Vincennes (barr. de),	Voyez Trône		8
— chemin de ronde,	Voyez Trône		8
Vincent de Paul (St),	pl. St-Th.-d'Aquin	r du Bac	10
Vingt-Neuf Juillet (du),	r de Rivoli	r St-Honoré	1
Vins (port aux),	quai St-Bernard		12
Violet, (pass.),	r Hauteville	Fb Poissonnière	3
Virginie (pass.),	Palais-Royal	r St-Honoré	2
Visit. d.Dam.Ste-Marie	r de Grenelle	pass. Ste-Marie	10
Vivienne,	r Beaujolais	boul. Montmartre	2—3
Vivienne (passage),	r Nve des Pet.-Ch.	r Vivienne	3
Voirie (de la,	r des Grésillons	r de la Pet.-Voirie	1
Voirie (de la Petite),	r des Grésillons	r de la Bienfaisance	1
Voirie (de la),	r Château-Landon	r de la Chapelle	5
Voltaire,	r M. le Prince	pl. de l'Odéon	11
Voltaire (quai),	r des Sts-Pères	pont Royal	10
Vrillière (Pet. r. de la),	r Banque de France	pl. des Victoires	4
Walhubert (place),	quai d'Austerlitz	quai St-Bernard	12
Washington (passage),	r de la Bibliothèq.	r du Chantre, 48	4
Wauxhall (cité et pas.)	r Nve-St-Nicolas	r Marais-St-Martin	5
Zacharie (de),	r de la Huchette	r St-Séverin	11
Zacharie (passage),	r Zacharie, 1	r St-Séverin, 16	11

FIN.

Imprimerie de Pommeret et Guénot, rue Mignon, 2.